KB111739

당신의 이해를 돕기 위하여

What it means to be you

당신의 이해를 돕기 위하여 II

이보라 장편소설

초판 1쇄 찍은 날 | 2021년 9월 23일
초판 4쇄 펴낸 날 | 2024년 5월 31일

지은이 | 이보라
발행인 | 이진수
펴낸이 | 황현수

펴낸곳 | 주식회사 카카오엔터테인먼트
등록번호 | 제2015-000037호
등록일자 | 2010년 8월 16일
주소 | 경기도 성남시 분당구 판교역로 221 6(일부)층

제작·감수 | KW북스
E-mail | paperbook@kwbooks.co.kr

ISBN 979-11-385-0127-9 04810
       979-11-385-0125-5 (set)

당신의 이해를 돕기 위하여

What it means to be you

이보라 장편소설

II

Yeondam

아침이 밝아 올 때 바이올렛은 이상스럽게 포근한 침대에서 눈을 떴다.

"부드럽다……."

감탄하던 그녀는 제 목소리에 눈을 번쩍 떴다.

곧바로 여기가 제 방이 아니라는 걸 알았다. 천장에는 로즈 골드의 근사한 조명이 달려 있었고, 고개를 돌려 보니 손등에 꽂힌 링거가 보였다. 그리고 그 손은 자신의 손이 아니었다.

남편과 몸이 바뀐 것을 깨달은 바이올렛이 질겁하며 상체를 일으켰다.

"어, 어떻게 된 거지?"

내가 자는 사이에 죽은 건가?

그 생각이 첫 번째로 들었다. 이어서 이 상황을 어떻게 해결해야 하나 고민하는데 문이 열렸다. 그녀가 눈을 뜬 것을 발견한 하옐이 정신없이 달려왔다.

"대, 대표님!"

하옐이 밤새 울어서 퉁퉁 부은 눈으로 말했다.

"놀랐잖아요! 왜 괜히 쓰러져 계셔서!"

"쓰러지다니?"

"내가 어느 날 이럴 줄 알았다고요! 그러니까 다들 쉬라고 그렇게 말했잖아요! 성벽 아래는 왜 가신 거예요. 이렇게 또 갑자기 쓰러지시면 어쩌시려고!"

"……또?"

"경비원들이 발견하지 못했으면 정말…….."

바이올렛이 멍한 얼굴로 하옐을 보았다. 하옐의 입에서 나오는 모든 말이 윈터의 이야기 같지 않아서 혼란스러웠다.

혹시 제가 아니라 윈터가 죽은 건가? 그래도 몸이 바뀌는 것이고?

그런 생각이 드는 한편, 윈터가 죽은 게 아니라 몸을 바꾸는 다른 방식을 알아낸 걸지도 모른다는 생각이 들었다. 그가 죽을 이유는 조금도 없으니까.

하옐이 손바닥으로 눈물을 닦아 내며 타박을 이어 갔다.

"아무리 대표님이 체격이 좋으셔도 무뢰배들이 총으로 위협해서 납치하면 어쩌실 거냐고요! 몸값 엄청 부를 텐데, 그걸 어떻게 내요!"

"하옐."

"아, 몰라요. 두들겨 패셔도 할 말은 해야겠습니다. 주무세요, 좀! 한 달 정도 푹!"

"이보게."

바이올렛이 두 번이나 부른 뒤에야 하옐이 훌쩍이며 고개를 끄덕였다. 그녀가 흐릿하게 미소 지으며 말했다.

"자넨 정말 남편을 아껴 주는 듯하네. 이걸 본인도 알아야 할 텐데."

그 말에 폭주하던 하옐이 어깨를 들썩이며 울음을 그쳤다. 그리고 순식간에 경악하며 외쳤다.

"작은 마님!"

바이올렛이 다급하게 하옐의 입을 막았다. 눈이 커진 하옐이 그제야 고개를 끄덕끄덕했다. 부부의 몸이 바뀐다는 걸 아는 사람은 하옐뿐이었다.

바이올렛이 손을 떼자 하옐이 눈이 휘둥그레져서 물었다.

"또, 또 몸이 바뀌신 겁니까?"

"그렇다네."

작은 마님의 차분함이 섞인 윈터의 목소리에 같이 진정한 하옐이 물었다.

"이제 어떡합니까?"

"다시 만나서 몸이 닿아야 서로 몸을 되찾을 수 있다네. 일단은 남편이 내 집에 있을 테니 찾아가는 게 좋을 것 같아."

하옐은 대표님의 얼굴로 조곤조곤 말하는 바이올렛을 가만히 보다가 신기하다는 듯이 말했다.

"지난번에도 드리고 싶은 말씀이 있었는데, 작은 마님은 신기하게 더 왕족 같아지셨어요."

"무슨 의미인가?"

"예전엔 움츠려 계셨잖아요. 지금은 훨씬 더…… 위엄이 있으시다고 해야 하나."

그의 말에 바이올렛이 웃었다.

"남편 몸이라 그런 게지."

"아뇨, 저희 대표님은 위엄과는 매우 거리가 있으신 분이십니다. 위엄이 아니라 위협이죠, 그건."

걱정돼서 눈이 붓도록 울어 놓고 금방 고자질이었다.

바이올렛은 의식적으로 조금 미소를 지으며 그에게 다시 물었다.

"아무튼 남편이…… 성벽 아래 쓰러져 있었다고?"

"예, 그러셨습니다."

남편이 걱정스러웠다. 천운으로 몸이 바뀌었지만 과로사라도 한 거라면 크게 신경 써야 할 문제였다.

바이올렛이 바로 윈터를 찾아가려는데 하옐이 재빨리 팔을 붙잡고 애교를 떨었다.

"작은 마님, 때마침 바뀐 김에 사소한 일 몇 개만 처리해 주시고 가면 안 될까요?"

"일?"

"네. 대표님이 어제 10시에 쓰러지셔서 일이 좀 밀렸거든요."

"10시면 자야지?"

"저희 대표님은 늦게 자고 일찍 일어나는 타입이십니다."

"그건 그냥 안 자는 거 아닌가?"

"맞습니다."

바이올렛이 의아해하며 얼떨결에 윈터의 집무실로 향했다. 바닥에는 회색의 카펫이 깔려 있었고, 침실 바로 옆으로 간이 집무실과 간이 바가 있었다.

모든 것이 간이라고 해도 집무실은 훌륭했다. 좀 더 일찍 일어났다면 일출을 보기 딱 좋은 위치였다.

바이올렛이 자리에 앉아 서류를 확인했다. 복잡해 보이긴 하지만 이해를 못 할 내용은 없어 찬찬히 읽기 시작하자 옆에서 하옐이 심각한 표정으로 물었다.

"작은 마님, 이왕이면 좀 더 오래 바뀌어 계시면 안 됩니까?"

"무슨 일로?"

"대표님은 서류를 아예 안 읽으시거든요, 요즘. 그냥 서명해 버리세요."

"그럼 안 되지 않나."

"안 되는 거 맞습니다. 그러니까 말씀드렸잖습니까. 대표님이 너무 무리하게 사업 확장을 하셔서 도산하게 생겼다고."

이렇게까지 말하는 걸 보니 정말인 모양이라고 바이올렛은 생각했다. 남편의 회사에 위험한 상황이 올 거라고는 지금까지 상상조차 해 본 적이 없었다. 제 집안에서 망쳐 놓지 않는 한은 언제까지나 탄탄할 것 같던 회사였는데.

하옐이 지금이 기회라는 듯이 강조하며 말했다.

"그러니까 지금 작은 마님께서 회사를 좀 안정시켜 주시면 좋을 것 같습니다."

"회사를 어떻게……."

"일단 대표님께서 회의에 일절 안 들어가시거든요. 회의에만 참여해 주셔도 훨씬 좋아질 겁니다. 상황 돌아가는 걸 아셔야 해요, 대표님께서도."

회사가 위기에 빠진 것도 모자라 그 원흉이 남편이라니. 바이올렛에게는 모든 것이 충격이었다. 남편이 가장 사랑하는 것들에 금이 가고 있었다.

그때 불쑥 부대표인 안잘리가 나타났다.

"대표님."

하옐이 움찔했다. 그러나 바이올렛은 아무 일도 없다는 듯 담담하게 처음 보는 사내에게 물었다.

"무슨 일이지?"

그녀의 침착한 반응에 하옐이 안심하는데 안잘리가 가져온 봉투를 윈터의 책상 위에 내려놓았다.

"그만두겠습니다."

사표였다.

하옐의 눈과 입이 크게 열렸다. 안 그래도 윈터가 멱살을 잡는 바람에 안잘리의 기분이 그리 좋지 않았다. 게다가 그 뒤에도 윈터가 사과하기는커녕 점점 더 엇나가기만 하니 그도 폭발한 모양이었다.

그는 참을성이 있는 사람이었고, 이 사표는 아마 뒤를 좀 돌아보라는 경고의 의미일 것이었다. 그래야 했다. 지금 상황에서 안잘리가 그만두면 회사가 정말로 위험해진다.

사표를 물끄러미 바라보던 바이올렛이 그것을 받아 들며 말했다.

"그동안 수고했네."

아닙니다, 작은 마님! 그렇게 말씀하시면 안 돼요!

하옐이 안잘리의 뒤에서 사색이 된 얼굴로 두 손을 교차하고 고개까지 저어 가며 사표를 수리해서는 절대 안 된다는 것을 알렸다. 다행히 바이올렛이 알아듣고 다시 사표를 내려놓았다.

"하지만 앞으로도 더 수고해 주길 바라네."

바이올렛의 수습에 하옐이 기가 빠져 자리에 쪼그리고 앉았다.

안잘리가 깊은 상처가 느껴지는 목소리로 말했다.

"며칠 전에도 말씀드렸지만 이제 더는 못 합니다. 이런 식으로 확장만 해서 나중에 어떻게 수습하시려고 그러십니까?"

"……."

"전 아직도 갚을 빚이 많아서 회사와 같이 침몰하고 싶지 않습니다. 내보내 주십시오."

안잘리는 윈터가 자신을 잡으려 드물게 예의를 차린다고 생각했을 뿐, 변화를 눈치채지 못했다.

잠시 생각하던 바이올렛이 몸을 일으켰다. 그리고 조금 서툴게 재킷 단추를 잠가 예의를 차린 후 부드럽게 안잘리의 어깨를 토닥였다.

"미안하네. 걱정을 끼친 것도, 헤아려 주지 못한 것도."

예상 못 한 사과에 안잘리가 멈칫했다. 그에 아랑곳 않고 바이올렛이 다정히 말을 이었다.

"하지만 자네도 조금만 나를 이해해 줬으면 하네. 회사 상황이 어느 정도로 위험하지?"

바이올렛의 질문에 안잘리가 다소지만 감격한 표정을 지었다. 대표님이 이렇게 멀쩡한 질문을 한 게 얼마 만인지 모를 일이었다. 안잘리가 서둘러 대답했다.

"서류 준비했습니다. 물론 또 미루시겠지만……."

"지금 확인하지. 가져오게."

하루 만에 바뀐 대표의 모습에 감격한 안잘리가 곧바로 걸어 나가 서류를 상자째로 가져왔다.

"이것부터 읽으시면 됩니다."

"그렇군. 다 읽으려면 좀 걸릴 것 같으니 사표는 다시 가져가게."

"예, 대표님."

대표가 한 손으로 건넨 사표를 안잘리는 두 손으로 받아 들었다.

지금 대표에게서는 사람을 복종하게 만드는 묘한 압도감이 들었다. 게다가 늘 세상만사에 질린 듯이 의자 뒤로 기대 발을 책상에 올려놓던 윈터가 꼿꼿한 자세로 앉아 서류를 확인하기 시작한다. 안잘리는 처음으로 윈터에게 동경을 느꼈다.

심지어는 자신의 사표가 이렇게까지 그에게 파장을 일으켰나 싶어 뿌듯하기까지 했다.

바이올렛이 펜으로 앞을 가리켰다.

"앉게. 이 서류에 대해서는 자네가 잘 알 테니."

"예, 대표님."

안잘리가 바로 앞에 앉았다. 바이올렛이 물었다.

"차를 한잔하겠나?"

"왜 이렇게 다른 사람처럼 나오시는 겁니까?"

"내가 뭘 했다고."

"차 마시겠냐고 물으신 거 처음입니다. 멱살은 여러 번 잡혀 봤지만."

"……아, 멱살을. 그런 몹쓸 짓을 하다니, 몇 번을 사과해도 부족하네."

바이올렛이 윈터에게 매우 할 말이 많은 표정을 짓자 하옐이 서둘러 말했다.

"차 올리라고 하겠습니다. 전 나가 있죠."

하옐이 인사하고 집무실을 나오며 안도의 한숨을 내쉬었다.

"다행이다……."

요즘의 윈터였다면 또 비꼬고 욕설을 퍼부으며 안잘리의 자존심을 긁었을 것이다. 명문가 자제이기 때문인지 안잘리는 유난히 그런 대우를 힘들어했다.

바이올렛이 우선 사과를 하자 꽉 닫힌 상태로 들이닥쳤던 안잘리의 마음이 단숨에 열렸다. 윈터 블루밍은 권력을 얻은 이후로 사과 비슷한 것도 하지 않았다. 그런 우악스러운 남자가 사과를 건넸으니 특별 대우로 느껴지지 않을 수 없었다.

오늘 몸이 바뀌지 않았다면 안잘리가 정말로 그만뒀을지 모르고, 그랬다면 회사는 정말로 위험에 빠졌을 것이다. 이러느니 저러느니 해도 역시 윈터의 혈통이 그의 뒤를 봐 주고 있는 것이 확실하다고, 하옐은 생각했다.

※ ❄ ※

침대 위에서 눈을 뜬 윈터가 물끄러미 낯선 천장을 바라보았다.

죽었다고 생각했는데 죽지 못했다. 그게 이렇게 큰 형벌인지 전혀 몰랐다. 이제부터 정말 죽을 수 있는 방법을 찾아야 한다는 생각에 피로만 몰려왔다.

그는 천천히 상체를 일으키고 머리칼을 손으로 쓸어 보았다. 바이올렛의 긴 머리칼이 손을 타고 흘렀다.

"아."

그가 소리를 내 보았다. 아무 의욕도 없었는데 바이올렛의 목소리를 들어 보니 애간장이 녹아내린다.

그는 상체를 일으키고 앉아 가만히 정면만 바라보았다.

생각처럼 꽃으로 가득한 집은 아니었지만, 꽃향기가 사방에서 느껴지기는 했다.

자신이 가느니 마차를 편히 탈 수 있을 아내가 몸을 가지고 찾아오기를 기다리고 있는 편이 나았다.

그래서 가만히 앉아 있는데 우당탕 소리가 들리더니 집으로 꼬마

13

아이 하나가 불쑥 들어왔다.

"바이올렛! 왜 아직도 안 일어나? 엄마가 리나보고 바이올렛 깨우래!"

"……."

"바이올렛?"

여섯 살 정도 되어 보이는 여자아이가 평소와 달리 자신을 반겨 주지 않는 바이올렛을 의아해하며 고개를 갸우뚱했다.

"바아이이오올레엣!"

아이가 바이올렛의 이름을 힘차게 부르며 침대 위로 기어 올라왔다. 그리고 무릎에 털썩 앉아 손으로 제 이마와 윈터의 이마를 번갈아 짚어 보았다.

"아픈가……? 내가 엄마랑 같이 올게! 잠깐 기다려!"

그러더니 들어올 때처럼 온갖 소란을 피우며 달려 나갔다.

윈터는 벌써부터 진이 빠졌다.

여기도 지옥 같은데 그의 곁이 여기보다 더한 지옥이라니, 이 무슨 끔찍한 일인가.

잠시 후 아이의 어머니로 보이는 여자가 들어섰다.

윈터는 그녀가 자신이 심어 놓은 스파이인 핌 델루아라는 것을 얼핏 알아차렸다. 그러나 그것과 상관없이 지금은 시끄러움이 짜증 나 입을 열고 싶지 않았다.

"바이올렛! 어디 아파요?"

대답할 힘도 없는데 자꾸 사람이 늘어난다.

윈터가 여전히 대답이 없자 핌이 리나가 한 것처럼 이마에 손을 올리고 깜짝 놀라 말했다.

"열이 있는데?"

뛰어내린 건 저인데 왜 열은 아내에게 있나 모를 일이었다. 안 그래도 윈터는 눈을 뜨는 순간부터 몸에 열이 나고 있음을 느끼고 있었다.

윈터는 당장 꺼지라고 한 소리 할까 하다가 바이올렛이라면 그럴 리 없다고 생각하며 다시 드러누웠다. 그러자 여자가 기겁을 해서 침실을 나갔다.

이제 됐겠지, 싶었는데 얼마 지나지 않아 북적북적거리며 사람들이 모여들었다.

"바이올렛이 아파?"

"아휴, 딱 봐도 약골이니 이제야 아픈 게 기적이지."

"저 상냥한 사람이 대답도 못 해 줄 정도면 도대체 얼마나 아픈 거람."

윈터는 그냥 자는 척을 했다. 도대체 바이올렛이 어떻게 생활하고 있었기에 온 마을 사람들이 다 나타나는 건지 알 수가 없었다.

사람들은 그녀가 잠들었다고 생각했는지 옆에 모여 앉아 자기들끼리 떠들기 시작했다.

"빚이 그렇게 많다잖아요. 늘 그렇게 바쁘니 병이 나지."

"여기 수프를 가져왔어요. 이거면 되나? 부족하려나?"

"어머, 나도 가져왔는데!"

"많이 먹이면 되지 뭐. 에그, 이게 다 우리 애들이 맨날 와서 귀찮게 굴어서 그래요."

"우리 애들은 뭐 안 놀러 왔나? 저 앞에 나무 판이 다 깨졌잖아요."

돈이 많아진 이후부터 윈터는 높고, 깊은 곳에 살게 되었다. 소음에서 한동안 멀어져 있던 그는 사방에서 떠드는 소리가 지독히 신경에 거슬렸다.

그나저나 이불이 점점 두꺼워지는 것 같은데 기분 탓인가.

윈터가 표정을 찌푸리자 자신들이 너무 시끄러웠다는 것을 알아차리고 하나둘 침실을 빠져나갔다.

모두가 나간 걸 확신한 후 눈을 뜬 윈터는 제 위에 겹겹이 놓인 이불에 욕설을 퍼부었다.

"이불로 압사시킬 셈인가?"

이마에는 얼음주머니를 올려놓아 동상에 걸린 기분이었다.

테이블 위에는 여러 종류의 수프와 빵이 놓여 있었다.

거기에 바이올렛이 꽃을 좋아하는 걸 온 동네 사람들이 아는지, 침대 위며 바닥이며 꽃잎이 가득했다.

"마을 전체가 제정신이 아니군."

윈터가 있는 대로 인상을 구기며 몸을 일으켰다. 분노가 우울함을 이겼다. 그가 수프 그릇을 내려다보며 성질을 냈다.

"무단 침입도 모자라서 뭔지도 모르는 음식을 먹여? 애들은 또 뭐야? 게다가 어디서 또 이따위 잡초를 뽑아 와? 여기가 쓰레기통이야, 시장 바닥이야!"

윈터가 저도 모르게 버럭 소리를 쳤다. 그는 우울에서 비롯된 신경질적 태도로 1년을 보냈다. 이렇게 무작정 성질을 부려 본 것도 오랜만이었다.

다 뒤집어엎으려 들기 직전에, 그나마 여기 남자의 흔적도, 아이의 흔적도 없음을 알았다. 모든 물건이 하나씩 있는 걸 보니 같이 사는 사람은 없는 게다. 이 와중에 그건 또 좀 만족스러워 뒤집지는 않게 되었다.

윈터가 바이올렛의 약한 몸에 지쳐 금방 안락의자에 풀썩 앉았다. 손이 닿는 곳에 책장이 있었다. 창문 밖으로 옆집과 동네 아이들이 보였다.

"은퇴한 노인이야, 뭐야."

윈터가 도무지 이해가 안 된다는 듯이 중얼거렸다. 밖의 아이들과 눈이라도 마주쳤다간 또 뛰어 들어올까 봐, 의자에 완전히 드러누웠다. 그러자 정면 거울에 얼굴이 비쳤다.

윈터는 홀린 듯이 몸을 일으켜 거울로 걸어갔다. 그리고 거울에 손을 뻗어 얼굴을 어루만졌다. 눈매가 훨씬 편안해 보였다.

"제가 예쁜 게 얼마나 다행인지 알아야 되는데 말이야."

투덜거리며 돌아다니다 보니 몸이 으슬으슬했다. 마을 사람이 두고 간 담요 하나를 두르고 주방 살림을 살피니 그다지 요리를 즐겨 하는 것 같지는 않았다.

그러다가 출출해져서 사람들이 두고 간 빵을 수프에 찍어 먹었다. 보기에 밋밋하더니 맛도 밋밋했다. 그래도 출출해서인지 쑥쑥 들어갔다.

아무리 좋은 걸 먹어도 어릴 때 먹던, 재료가 빈곤한 식사들이 입에 달았다. 그럴 때마다 윈터는 제 존재 자체에 혐오를 느꼈다.

대충 식사를 우물우물거리며 집을 둘러보았다. 크지 않은 집이지만 밖으로 나와 있는 물건이 거의 없어 깔끔하게 느껴졌다. 1년 만에 이렇게 정리를 잘하게 된 것이 놀라웠다. 그러나 바이올렛의 의사와 전혀 상관없이 멋대로 서랍장을 열자마자 실상이 보였다.

"정리를 잘하게 된 게 아니라 정리할 물건이 없는 거였군. 답다, 다워."

텅 빈 바이올렛의 집을 둘러보다 보니 완전히 진이 빠졌다. 윈터는 두껍게 쌓인 이불 속으로 기어 들어가며 중얼거렸다.

"몸이 바뀔 줄이야……."

바이올렛이 알면 나 보라고 이 근처에서 죽은 거냐고 원망할지도

17

모른다. 그녀가 떠나도 죽지 못했던 것은 그녀가 혹시 그의 죽음에 죄책감을 느낄까 봐, 였다.

바이올렛이 자신을 불행으로 여긴다는 사실은 맹독처럼 순식간에 온몸으로 퍼졌다. 그러고도 죽지 못하다니, 이렇게 끔찍할 수가 있나.

바이올렛은 그런 상태로, 지금 제 마음과 같은 상태로 제게 와서 죽을까 생각했었다고 말했던 것이다.

"……미안하게 됐군."

거기다 대고 엄살 부리지 말라고 했다. 누가 지금 자신에게 엄살 부리지 말라고 말한다면 그대로 몸이 깨져 버릴 것 같았다. 아내에게 그런 짓을 했다고 생각하니 미칠 지경이었다.

게다가 아이가 생겼다고 믿게 된 후부터는 그 상태에 만족해 살겠다고 마음을 먹었었다. 아내에게는 아이가 유일하게 열린 문처럼 느껴졌을 것이다. 그가 줄 수 없는 유일한 것이.

힘이 완전히 빠져 침대에 누운 채로 태양이 움직이며 창문을 넘어오는 햇살의 변화만 물끄러미 바라보고 있었다. 해가 질 때까지 그냥 그곳에 있었다. 손가락 하나 까딱할 힘이 없었다.

얼마나 누워 있었을까. 문 열리는 소리가 들렸다.

제집에 들어선 바이올렛이었다. 그녀는 침대에서 상체를 일으키는 윈터에게 천천히 걸어왔다.

"아파요? 괜찮을 텐데."

"아파."

바이올렛이 몸을 숙여 이마에 손을 올렸다. 그녀가 열을 채 느끼기도 전에 두 사람의 몸이 다시 바뀌고, 윈터의 손에 따끈한 바이올렛의 미열이 전해졌다.

"아프네, 당신."

"전혀요."

"당신이 어떻게 알아. 방금 전까지 내 몸이었는데."

윈터가 기가 막힌다는 듯 핀잔했다. 바이올렛이 침대에서 내려서며 물었다.

"어떻게 된 거예요? 왜 몸이 바뀐 거죠? 성벽 아래 쓰러져 있었다는 건 또 뭐고요."

"오랜만에 만났는데 인사도 없군."

"이게 더 급해요. 설명부터 해요."

윈터는 신기하다고 생각했다. 방금 전에 거울로 본 그녀의 눈빛보다, 지금 온전한 그녀의 눈빛이 훨씬 더 강렬했다. 밤하늘에서 쏟아진 별빛을 담아 둔 것 같았다.

지난 1년 동안 아무것도 느껴지지 않더니, 바이올렛을 만나는 순간에는 이런 미열에도 신경이 쓰이고, 걱정과 분노가 뒤섞여 주름이 잡힌 미간도 눈에 들어오고, 그녀의 한마디 한마디에 지축이 흔들리는 것처럼 세상의 모든 것이 바뀐다.

모든 것이 강렬했다.

내가 지금까지 찾은 것이 당신이었던 걸까. 돈이 아니었나.

제가 그녀의 지옥이라면 이 세상에서 사라져야겠다는 생각이 그의 머릿속을 지배했다. 어떻게든 방법을 찾아야 했다.

윈터가 슬쩍 입꼬리를 늘여 보였다.

"카닉 일족이 있는 곳에 가서 몸이 바뀌는 약초를 발견했어."

"네에?"

"시험 삼아 먹어 봤더니 바로 바뀌더군. 이렇게 바로 바뀔 줄은 나도 예상 못 했지."

"그런 거예요?"

"왜. 내가 죽기라도 한 줄 알았어? 이렇게 많은 걸 두고?"

바이올렛은 윈터가 둘러대는 말을 믿었지만, 가속이 붙어 쉽게 달리기를 멈추지 못하는 아이처럼 격해진 감정을 가라앉히지 못해 눈가가 젖어들어 가고 있었다. 그녀가 울까 봐 윈터는 표정을 있는 대로 구기며 불퉁하게 말했다.

"난 당신처럼 약해 빠지지 않아서 죽지 않아. 애초에 가진 게 이렇게 많은 놈이 뭐가 부족해서 죽어."

"하옐이 당신이 무리하게 사업 확장을 하고 있다고 해서…… 놀랐어요. 회사에 정말 큰일 난 줄 알았단 말이에요."

"큰일 안 나. 안잘리가 돌연사라도 하면 모를까."

"사표를 내던걸요? 그래서 늦었어요."

그 말에는 윈터도 진심으로 놀랄 수밖에 없었다. 진짜로 큰일 날 뻔했다. 안잘리는 집안에 빚이 많으니 웬만큼 굴려선 그만두지 않을 줄 알았다. 윈터가 저도 모르게 욕설을 하자 바이올렛이 그를 흘겼다.

"심지어 당신이 멱살을 잡았다면서요?"

"그 자식이 잔소리하잖아."

"그렇다고 폭력을 쓸 필요는 없잖아요."

"……알았어."

윈터가 못마땅해하면서도 얼떨결에 대꾸했다.

아내 앞에서 약해져 버린 것이 민망해 윈터가 괜히 목덜미를 문지르며 물었다.

"어떻게 지냈어?"

“힘들지만 즐거워요.”

“이런 손바닥만 한 집에서 뭐가 즐거워.”

윈터가 질색을 하며 제집처럼 걸어가 테이블 앞에 앉았다.

“시원한 거나 한 잔 줘. 더워.”

“아직 덥지 않아요.”

“마을 사람들이 당신 아픈 줄 알고 이불이란 이불은 다 가지고 왔어. 기분이 더워.”

침대를 돌아본 바이올렛이 작게 한숨을 푹 쉬었다. 저걸 다 돌려줄게 걱정이었다. 그녀는 마지못해, 미리 우려 둔 찻물에 차가운 물을 부어 그에게 내밀었다.

“마시고 가요.”

“그렇게 보내려고 안달하면 더 안 가. 억울하면 위치를 들키시질 말았어야지.”

“몸이 바뀔 줄 알았겠어요?”

그녀의 핀잔에 윈터가 어깨를 들썩이고 웃더니 차가운 차를 들이켰다. 목울대를 움직이며 시원하게 차를 들이켠 그가 손등으로 입술을 닦아 냈다. 그러고는 바이올렛을 바라보며 눈에 주름이 잡히도록 웃었는데, 여전히 특유의 비틀림은 있었으나 이전과는 다른 침착함이 느껴졌다.

바이올렛이 모처럼 만난 그에게 어떤 표정을 지어야 할까, 고민하던 틈에 동네 아이들이 울먹거리며 바이올렛의 집으로 들어섰다.

“바이올렛! 다 나았어?”

“죽지 마, 바이올렛…….”

눈물이 그렁그렁해서 말하던 아이들이 멈춰 서더니 눈이 커져서 윈

터를 살폈다. 어른이 보기에도 위협적인 윈터의 체격은 아이들의 눈
엔 거의 나무처럼 보였다.

"크다……"

"엄청 커……"

아이들이 멍하니 보고 있으려니 윈터가 혀를 차며 말했다.

"너희 집 가서 놀아."

그러자 아이들이 화들짝 놀라 바이올렛의 뒤로 숨었다. 바이올렛
이 인상을 쓰며 물었다.

"왜 아이들에게 겁을 주는 거죠?"

"내가 언제 겁을 줬어, 쟤들이 멋대로 겁먹은 거지. 여기가 놀이터야?
남의 집 애들이 왜 멋대로 들락거려."

"당신 집도 아니니 참견 말아요."

"아, 이렇게 나오시겠다."

윈터가 싹 비운 잔을 테이블에 탁 내려놓으며 말했다.

"우린 아직 부부야. 참견할 자격 정도는 있지."

아이들이 그럴 리가 없다는 듯 고개를 갸우뚱거리자 윈터가 말을
이었다.

"바이올렛과 나는 결혼한 지 오래됐어."

그 말에 아이들의 눈이 커졌다. 그러더니 충격받은 얼굴로 바이올
렛을 보았다.

"바, 바이올렛, 진짜야?"

"진짜로 저 무서운 아저씨랑 결혼했어? 왜 그랬어?"

아이들이 충격받은 얼굴로 묻자 윈터가 대신 대답했다.

"진짜로 결혼했고, 이야기 좀 해야겠으니 나가."

아이들이 겁먹어 움츠러들더니 쪼르르 달려 나갔다. 바이올렛이 한 숨을 쉬었다.

"당신 실수한 거예요."

"뭘."

"이 동네가 얼마나 좁은데……."

바이올렛의 말에 윈터가 미간을 좁혔다.

두 사람은 다수의 사람들이 몰려오는 소리에 문 쪽을 보았다. 아이들이 달려가며 말했는지 인근에 있던 마을 사람들이 다 몰려오는 중이었다.

"바이올렛, 남편이 왔다는 게 사실…… 어머나!"

마을에서도 유난히 초라하게 지내던 바이올렛의 남편이란 사람은 누가 봐도 부티가 흘러넘쳤다. 고급 원단을 최신 유행에 맞게 재단한 세련된 정장에 반짝반짝 윤이 나는 새 구두를 신었고, 덧붙여 말 걸기 힘든 엄청난 미남이기까지 했다.

사람들이 얼어서 바이올렛 쪽을 보니 그녀가 주민들의 등을 떠밀며 말했다.

"신경 쓸 것 없소. 이 사람, 다신 안 올 테니까."

바이올렛의 말에 오히려 사람들의 수군거림이 커졌다. 결국 한 사람이 바이올렛에게 다가와 귓속말을 했다.

"빚이 있다면서? 남편은 어떻게 저렇게 번듯해?"

그걸 엿들은 윈터가 시답지 않다는 듯 말했다.

"그 빚은 나한테 진 거니까 그만들 떠들고 꺼져."

"나, 남편한테 빚을 지다니?"

사람들이 혼란스러워하자 바이올렛이 별수 없다는 듯이 말했다.

"말하자면 그러니까…… 친정이 남편에게 돈을 많이 빌렸어요."

"어머나, 세상에!"

그렇다면야 이해가 갔다. 동시에 저렇게 무서운 사내가 빚을 받으러 왔다고 하니 다들 오금이 저려 왔다.

바이올렛이 한숨을 쉬며 마을 사람들 등을 떠밀었다.

"여기서 이러고들 있지 말고 가세요. 다들 일해야죠."

마을 사람들은 어떻게 봐도 위협당하고 있는 바이올렛을 구해 주고 싶었지만 다들 예핌추크 가문의 소일거리로 먹고사는 연약한 소시민들이라 윈터에게 덤벼들 수가 없었다. 뱃사람들을 불러와야 하나, 고민만 할 뿐이었다.

윈터는 운 좋게 얻은 아내와의 시간을 방해받자 짜증이 치밀었다. 그러나 조금 더 생각해 보면 아내의 동네 사람들에게 밉보여 봤자 좋을 것은 없어 보였다.

그는 자신을 경계하는 사람들에게 뒤늦게 인위적인 미소를 지어 보였다. 그러고는 다홍색의 꽃무늬가 있는 앞치마를 한 여자에게 말했다.

"그 앞치마를 보니 과일 가게를 하는 모양이군."

"네, 맞아요……."

"이 정도면 가게에 있는 과일을 다 살 수 있나?"

윈터가 라크네 지폐를 지갑에서 있는 대로 꺼내 내밀자 과일 가게 아니스가 깜짝 놀라 지폐를 받아 들었다.

"이거면 다음 주 화요일에 새로 들어오는 과일도 다 사실 수 있는데요!"

"그건 알아서 하고, 오늘 과일 싹 다 꺼내서 파티라도 해."

"으악!"

아니스의 눈이 휘둥그레졌다. 요즘 생계에 어려움을 겪던 아니스가 바이올렛을 향해 어떻게 해야 하나 간절한 표정을 짓자 모든 것을 돈으로 해결하는 윈터의 행동을 기억해 낸 그녀가 한숨을 폭 쉬며 가라는 의미로 손짓했다. 신이 난 아니스가 서둘러 사람들에게 외쳤다.

"과일 먹어요, 과일! 오늘 복숭아가 정말 끝내줘요!"

"복숭아!"

"바이올렛도 얼른 마을 회관으로 와!"

사람들이 신이 나서 달려 나갔다.

윈터는 사람들이 나가는 것을 보며 어깨를 들썩이고 웃다가 바이올렛을 돌아보며 말했다.

"마을 회관?"

그가 돌아보며 허리를 비틀자 탄탄한 허리 근육이 셔츠 위로도 느껴졌다. 바이올렛이 무심코 그의 허리선을 보았던 시선을 문밖으로 돌리며 말했다.

"키론 사람들은 원래 틈만 나면 마을 회관에 모여요."

"개인주의적인 라크라운드에서는 상상도 못 할 일이군."

윈터가 재미있다는 듯한 표정을 지었다. 요즘도 종종 윈터를 떠올리던 바이올렛은 둘 사이에 아무 일도 없었던 것 같은 그의 태연함이 신기했고, 한편으로는 마음이 놓였다.

호텔로 돌아가기 위해 마차에 탄 윈터가 입을 열었다.

"세워."

25

마차가 멈춰 섰다. 그는 창문 너머로 마을 회관 앞을 보고 있었다.

윈터가 턱을 괴고 시선으로 바이올렛을 찾았다. 허름한 옷을 입은 그녀를 마을 아이들이 손을 꼭 잡고 여기저기 끌고 다녔다. 다들 피크닉이라도 하듯이 가득가득한 과일을 꺼내 나눠 먹으며 깔깔 웃고 있었다.

"⋯⋯웃긴 하네."

사람들은 바이올렛을 좋아했지만, 정작 그녀에게 스스럼없이 대할 수 있는 것들은 어린아이들뿐, 열두어 살만 넘어서도 그녀를 불편하게 여겼다.

하기야, 온갖 좋은 것을 가진 상태의 윈터조차 바이올렛 앞에 서면 어려움을 느꼈다. 하나부터 열까지 다르게 성장한 이들에게 바이올렛은 이질적인 존재이리라.

그럼에도 불구하고, 함께 살던 3년 내내 바이올렛이 저렇게 행복하게 웃는 걸 본 적이 없는 것도 사실이었다. 저 장면에서 아내를 오려다가 제집에 둔다면 어울리긴 할지언정 행복할 것 같진 않았다.

가장 좋은 것들을 쥐여 줘야만 만족하리라 확신했었다. 그러나 그녀는 물질보다 사람에게서 행복을 찾았다.

그걸 멀리 떨어져서야 알았다.

그러므로 윈터는 자신이 그녀에게 결코 좋은 남자가 될 수 없음을 알았다. 그는 이미 모든 중심이 물질에 있어서, 세상 모든 사람이 길에 널린 돌멩이처럼 느껴지기 시작한 것이다.

바이올렛은 제가 이곳의 이방인이라는 사실을 신경 쓰지 않는 듯이 보이다가도 잠시 자리에 멈춰 서서 스스럼없이 지내는 사람들을 물끄러미 바라보곤 했다.

한번 만나고 나니 참을 수가 없었다. 윈터는 그녀의 곁에 있고 싶은 마음에 슬슬 머리를 굴리기 시작했다.

세 달 정도. 딱 그 정도만 같이 있을 방법을 생각했다.

* * *

겨울이 끝나고 과일값이 치솟은 상태였다. 그런 와중에 공짜 과일이 생기자 다들 신이 나서 과일을 먹어 영양분 보충을 하더니, 이내 술이 나타나고 키론에서는 흔해 빠졌지만 좋은 안주인 생선 구이도 나왔다.

흥겨운 파티에서 실컷 먹고 밤 10시가 가까워서야 집에 도착한 바이올렛이 눈앞에 보이는 남자에 멈춰 섰다.

윈터를 결국은 다시 보게 될 거라 생각했지만 오늘 당장일 줄은 몰랐다.

그는 문에 기대앉아 오른쪽으로 고개를 돌려 머리를 대고 잠들어 있었다. 아이들이 뛰어놀다가 망가뜨렸던 나무 판이 교체되어 있었고, 벗겨졌던 도료도 새로 칠했는지 벽의 흠집들이 사라져 있었다. 그의 셔츠에 연한 분홍색의 도료가 묻은 걸 보니 기다리는 게 심심해 일을 한 모양이었다.

그는 참 잘하는 게 많은 남자였지만, 바이올렛은 지금 그가 여기 있기를 바라지 않았다.

바이올렛이 굳은 표정으로 윈터를 불렀다.

"윈터, 왜 아직도 여기에 있죠?"

그녀의 목소리에 윈터가 천천히 눈을 떴다. 그리고 고개를 바로 해

물끄러미 바이올렛을 바라보았다.

"늦었네."

"왜 여기 있냐니까요?"

바이올렛이 불쾌감이 역력한 표정으로 묻자 윈터가 태연히 대꾸했다.

"하옐이 그만 일하고 당신 만나서 쉬라고 했어."

"그야……."

"내가 또 말을 잘 듣잖아."

아주 거짓말은 아니었다. 호텔로 돌아가 보니 내내 꿍하던 안잘리가 웬일로 사근사근했고, 하옐도 안도하는 눈치였다. 하옐은 하하, 하고 가증스러운 웃음을 짓더니 '작은 마님 뵈러 가셔야죠.' 하며 윈터의 등을 떠밀었다.

바이올렛이 여전히 날이 선 목소리로 말했다.

"비켜요. 쉬고 싶어요."

윈터가 말없이 자리에서 몸을 일으켰다. 그리고 바이올렛 쪽으로 다가갔다. 바이올렛은 그가 자신을 잡으려 뻗은 손을 피해 문으로 걸어갔다.

윈터는 그런 그녀의 행동에 간신히 붙여 놓은 정신력에 금이 가는 것을 느꼈다.

그가 몸을 돌려 열쇠로 문을 여는 바이올렛의 뒷모습을 바라보았다. 그때 예고도 없이 바이올렛이 돌아서 그의 심장이 철렁거렸다.

바이올렛이 입을 열었다.

"생각해 보니 당신이 있어서 잘됐네요. 만난 김에 이혼 서류를 받고 싶어요. 당신이 여기 있을 때 처리하죠."

"……."

"우린 이미 누구도 부부라고 생각하지 않아요. 이래서는 당신도 나도 다른 사람을 만날 수 없고. 그런데 도대체 뭐 때문에 결혼을 유지하려는 거죠?"

윈터에게 이혼을 하면 안 되는 이유가 없는 것은 아니었다.

그는 유산을 넘겨줄 사람으로 아내 외에는 누구도 생각해 본 적 없었다. 그러니 이혼을 할 수도 없다.

자신의 방식이 틀렸다는 것은 그녀가 떠나기 전부터 알고 있었다. 하지만 이것 말고는 아는 것이 없었다. 이것이 제가 아는 최선이었고, 그녀에게 해 줄 수 있는 최선이었다.

공주님에게는 왕국이 있어야 한다. 그러니 자신이 만든 왕국을 그녀에게 줘야만 했다.

예전부터 유서는 모든 것이 아내 앞으로 갈 수 있게 작성되어 있었으므로, 이제 제가 죽을 방법만 찾으면 된다.

윈터가 무겁게 입을 열었다.

"해 줄게. 세 달 뒤에."

"세 달 뒤요?"

"응. 세 달."

죽을 방법을 찾아낼 때까지 세 달은 걸릴 것 같았다. 그래서 결정했다. 세 달. 100일 정도.

"그때 당신이 원하는 대로 해 줄게. 그러니 그동안만 참아."

"외로워요? 잠자리라도 필요한 건가요?"

바이올렛의 냉정한 말이 윈터의 가슴에 수천 개의 바늘처럼 쏟아져 박혔다. 그가 시간을 길게 잡아 늘린 것처럼 느리게 눈을 깜빡인 후 대답했다.

"이혼하자며. 내 재산이 하나둘인 줄 알아? 아니, 당신 가문과 우리 가문이 이혼을 그렇게 쉽게 받아들일 거라고 생각해? 고작 서류한 장 우리 마음대로 서명했다고?"

"……."

바이올렛이 입을 단단히 다물고 그를 보았다.

윈터는 감정이 전부 식어 증발해 버린 것처럼 표정 없는 얼굴로 말을 이었다.

"내가 뭐 틀린 말 했나? 그리고 욕하고 싶으면 해. 얼굴에 다 적혀 있으니까."

윈터가 온종일 생각한 것은 이게 다였다. 그녀의 화를 풀어 줄 자신은 없고, 돈도 안 먹히니까.

자신이 죽으면 어차피 그게 이혼과 다를 게 뭐란 말인가. 게다가 보수적임의 정점인 로렌스 가문의 바이올렛에게 사별이 이혼보다 살아가는 데 나을 것은 당연했다.

그가 어딘가 무너져 내린 목소리로 말을 이었다.

"보통의 부부들도 이혼하려면 세 달은 숙려 기간을 가져. 그건 당연한 거야. 이 숙려 기간이 오히려 우리의 이혼을 쉽게 만들 테지. 노력해도 안 된다는 증거가 될 테니까."

"……."

"세 달이야. 그 뒤엔 그까짓 이혼 서류, 얼마든지 서명해 주지."

그녀가 이것마저 거절한다면 별수 없이 그냥 오늘 밤 떠날 생각이었다. 혼혈인 저를 쫓아내든 말든 카닉 일족의 고향인 알리카로 갈 것이다. 그리고 죽을 방법을 찾아 수없이 시도하리라.

그렇게 생각했을 때, 바이올렛이 입을 열었다.

"조건이 있어요."

"조건?"

조건이 나오는 걸 보니 이야기가 잘 풀린 모양이라, 내내 어둡던 윈터의 입꼬리가 희미하게 끌려 올라갔다.

바이올렛이 문을 열며 말했다.

"돈은 주지 말아요. 돈에 상응하는 물건들도 받고 싶지 않아요. 당신은 모든 문제를 그렇게 해결하려 하니까."

"또 다 팔아 버리고 돌려줄 테니, 그래. 그 조건은 받아들이지."

윈터가 대답하며 슬쩍 그녀를 따라 들어갔다. 다행히 바이올렛은 그걸 염두에 두고 문을 열었다는 듯 별말을 하지 않았다.

"그 조건만 들어주면 세 달의 숙려 기간을 가지는 건가?"

"아뇨. 이게 시작이에요. 하나하나 더 많은 조건을 각각 붙여서 계약서를 써요."

"누가 공주님 아니랄까 봐 까다로우시긴."

"공주님이라고 하지 말아요."

"그건 안 돼. 애칭이라."

"직책이에요. 이제 아니니까 부르지 말라는 거예요."

"입에 붙어서 튀어나오는 건 어쩔 수 없잖아."

잠시 입을 다물었던 바이올렛이 스스로 제 말을 버거워하며 물었다.

"내가 당신에게 블루밍 가문의 후계자라고 부르면 좋겠어요?"

"난 후계자가 아니잖아."

"그러니까요."

"……."

윈터의 말문이 막혔다.

그러나 바이올렛은 윈터에게 언제나 범접할 수 없이 고귀한 공주님이었으므로 스스로도 그 말이 절대 튀어나오지 않을 거란 보장을 못했다. 윈터가 확신 없는 투로 말했다.

"노력은 하겠는데, 갑자기 튀어나오는 건 그냥 넘어가. 당신이 너무 공주님스럽게 군 책임도 있으니까."

"그러죠."

"기한은 5월 20일로 하지. 정확히 세 달 뒤."

"그렇게 해요."

세 달의 기한이 생겼다.

윈터가 상상 이상의 수확에 기쁜 표정을 짓는데 바이올렛 역시 어느 정도 만족한 표정으로 말했다.

"그날이 지나면 당신과는 정말로 끝이군요."

"그렇지."

"앞으로 만날 일도 없겠네요."

생각만 해도 후련하다는 듯한 그녀의 말에 윈터가 한쪽 입꼬리를 끌어 올려 비웃듯이 말했다.

"만나고 싶어 해도 내가 안 만나 줄 거야."

그의 말에 바이올렛이 잠시 뜸을 들인 후 고개를 끄덕였다.

두 사람은 봄 기분이 물씬 나는 연노랑 테이블보가 덮인 둥근 테이블에 마주 보고 앉아 간단히 서로 협의한 내용들을 종이에 적었다.

결혼도 정략결혼이더니 이번엔 계약 내용이 주렁주렁 달린 숙려 기간이었다.

윈터는 한 손으로 턱을 괴고 맞은편에 앉아 계약서에 서명을 하는 바이올렛을 즐거운 얼굴로 바라보았다.

죽기 전에 합법적으로 그녀와 만날 수 있는 세 달을 보낸다고 생각하니 기분이 확 좋아졌다. 그녀가 원하는 것도, 자신이 원하는 것도 이루어지는 셈이다. 그가 가진 걸 전부 그녀에게 안겨 줄 수 있고, 그녀에게는 그가 사라져 주는 계약이 될 테니.

"질문이 있는데."

"말해요."

바이올렛이 언제나처럼 턱을 조금 들고 우아하게 허락하자 윈터가 입을 열었다.

"어쨌든 숙려 기간이란 게 최대한 이혼하지 않도록 노력하자는 의미잖아. 노력의 방법을 정해야 하지 않나?"

"그래서요."

"우리가 만나는 횟수를 정확한 숫자로 적자고. 아, 그리고 키스도."

"만나는 횟수는 괜찮지만 키스는 안 돼요."

키스가 거론되자, 바이올렛은 윈터가 그녀의 도망을 그저 1년짜리 출장 정도로 느끼는 게 아닐까, 생각했다.

"말 상대 정도는 해 줄게요."

"말 상대 안 해 줄 거잖아. 세 달 동안 당신이 싫다, 무례하다, 내 집에서 나가라, 이딴 소리만 듣다가 순순히 이혼이나 하라는 건가?"

"네."

"세 번."

윈터가 손가락 세 개를 폈다.

"딱 세 번만 하자. 키스."

바이올렛은 망설였다. 그와의 입맞춤은 언제나 지독히 달아 목덜미까지 저릿해지는 기분이었으니까.

그녀는 윈터와의 인연을 여기서 확실하게 정리할 계획이었다. 그러므로 그런 달콤함은 그녀를 다시 그 지옥에 머물게 하는 덫이 될지도 모른다.

하지만 1년이 지나면서 그녀가 윈터에게 가졌던 복잡한 감정들은 아마도 희석되었을 것이고, 그까짓 입맞춤 세 번으로는 제 이혼에 대한 굳은 결심이 흔들리지 않으리라. 오히려 그에 대한 마음이 얼마나 정리되었는지를 확인할 기회일지도 모른다.

바이올렛이 한참 생각을 정리한 끝에 입을 열었다.

"좋아요, 세 번. 대신 잠자리는 안 돼요."

"좋아. 참고로 당신이 원할 때는 언제든지 상관없어."

윈터가 놀리듯이 하는 말에 바이올렛이 살짝 인상을 썼다. 모처럼 보는 저 타박하는 얼굴이 반가워 윈터가 저도 모르게 소리까지 내며 웃었다. 그렇게 웃는 스스로가 어색할 정도로 오랜만이었다.

윈터가 펜대를 굴리며 말했다.

"그리고 나머지 스킨십은 최대한 협조적으로 응할 것."

"나머지가 뭔지 정확히 해요."

"악수와 포옹."

"허락할게요."

계약서가 확실히 완성되자 한 부는 윈터가 챙기고 다른 한 부는 바이올렛이 침대 아래에 두었다.

윈터가 꼼꼼히 계약서를 숨기고 돌아온 바이올렛을 마주 보며 짓궂게 말했다.

"계약이 발효되는 건 지금 당장부터인가?"

"네."

그녀가 대답하기 무섭게 윈터가 바이올렛의 허리를 한 팔로 확 끌어안았다. 놀란 바이올렛이 숨을 날카롭게 들이쉬었다.

그녀가 두 손을 방어적으로 들어 올려 제 몸과 윈터의 몸 사이에 두었다. 윈터가 다가오자 그녀가 피하느라 유연하게 허리가 뒤로 넘어갔다. 윈터가 픽 웃었다.

"발레를 해서 유연한 건가?"

"이렇게 갑자기……."

"바로 해 버리는 게 낫지 않나?"

바이올렛이 자꾸 피하려 하자 윈터가 다른 손으로 그녀의 배꼽 근처를 간질였다. 그 덕에 바이올렛이 깜짝 놀라 허리를 바로 했다.

순식간에 두 사람의 얼굴이 가까워졌다.

"간지럼을 많이 타네?"

"지, 지금 뭐 한 거예요?"

"나쁜 짓."

그는 원래 입을 맞추기 전에 시간이 걸리는 사람이라는 걸, 바이올렛은 이전에 내기에서 지며 알게 되었다.

바이올렛은 그게 정말로 맞지 않았다. 그 긴장감이 두려웠다.

윈터가 가까이에 있어 그의 옷에서 나는 빳빳한 새 옷 냄새나 향수 냄새, 애프터 셰이브와 아주 조금 남은 담배 냄새 같은 것들이 느껴지기 시작하며 심장이 정신없이 뛰었다.

그에게서는 일정한 체취가 느껴지지 않는다고 생각했다. 그는 거의 매번 옷을 바꿨고, 향수도 툭하면 바꿔 댔으니까. 그런데 그런 수도 없이 바뀌는 것들이 합쳐지면 어째서 윈터 블루밍이 나오는지 모를 일이었다.

눈을 감아도 그가 입을 맞추지 않아, 바이올렛이 다시 눈을 떴다.

윈터는 가만히 바이올렛을 바라보고 있었는데, 야만적이던 회색 눈동자에 말로 형용하기 어려운 빛이 서려 있었다.

바이올렛으로서는 처음 보는 눈빛이었다. 그는 지금 이상할 정도로 차분했다. 하옐이 묘사한 윈터는 악마에, 당장에라도 부서질 듯한 성탑 같았는데, 지금 바이올렛의 눈에 보이는 그는 전혀 그렇지 않았다.

그는 가만히 바이올렛을 바라보다가 그녀를 바로 세우고 팔을 풀었다.

"아껴 둬야지."

"……야비하군요."

바이올렛의 미간이 좁아지는 게 귀여워 윈터가 유쾌하게 웃었다.

* ❄ *

다음 날 핌이 리나를 데리고 찾아와 바이올렛에게 호들갑스레 말했다.

"우리 집만이 아니에요, 바이올렛. 다른 집에도 다 이렇게 큰 햄이 와 있더라니까? 그런데 왜 바이올렛 집에는 안 온 거예요?"

"그러게 말이오."

"누락됐나? 하여튼 태어나서 이렇게 크고 좋은 햄은 처음 봐. 정육점이라도 차린 기분이라니까요?"

돈이 많이 드는 선물을 보내지 말라고 계약서에 적었더니, 온 동네 사람들에게 선물을 보내고 있었다. 하여튼 정말 뭐 하나 방심할 수 없는 남자다.

바이올렛의 무릎에 올라앉은 리나가 소중히 들고 온 햄 접시를 내밀며 말했다.

"리나랑 같이 먹자, 바이올렛."

"그럴까?"

바이올렛이 접시를 덮은 보자기를 걷는 사이, 핌이 말을 이었다.

"아무튼 같이 얘기하러 가요. 햄이랑 보상금도 받았어요, 공사가 시끄럽다고."

"핌은 바쁘니 나 혼자 가도 괜찮소."

"호텔이 뭐 얼마나 멀다고 그래요. 게다가 바이올렛은 그런 거 달라는 말 못 하잖아. 내가 대신해 줘야지."

바이올렛이 난처한 표정을 지었다. 그런 이유가 전혀 아니었지만 쉬이 설명할 방법이 없었다.

결국 그녀는 핌의 힘에 이끌려 집을 나섰다. 가는 내내 벗어날 방법을 생각하다가 거의 도착해서야 아픈 척을 할걸, 하는 생각이 났다.

정신 차려 보니 호텔 건물 앞이었다. 안으로 들어가니 일사불란하게 일하던 직원 중 하나가 걸어왔다.

"무슨 일이십니까?"

직원의 질문에 핌이 말했다.

"그 왜 보상금으로 보내 준 거 있잖아요. 우리 마을에서 딱 이 사람만 못 받았어요. 누락됐나, 하고."

"그러셨군요. 들어오시죠. 곧 처리해 드리겠습니다."

괜찮다고 거절을 해야 하는데 타이밍이 잡히지 않았다. 결국 직원의 안내로 로비를 따라 걷기 시작하자 핌의 눈이 휘둥그레졌다.

"세상에, 이게 아직도 다 지은 게 아니라니!"

그러자 직원이 유쾌하게 웃으며 말했다.

"사실 이제 시작이죠. 겉만 다 만들었지, 속은 텅텅 비었거든요. 저희 회사의 디자이너들이 열정적으로 일하고 있습니다."

아이를 포함한 세 사람은 직원에게 이끌려 빈 응접실로 들어섰다. 간단한 간식들이 먼저 나오자 리나가 두리번거리더니 바이올렛에게 물었다.

"바이올렛! 이게 뭐야?"

그러자 바이올렛이 몸을 숙여 리나와 눈을 마주치며 말했다.

"초콜릿. 먹어 보렴."

바이올렛이 포장을 조금 뜯어 내밀자 리나가 용감하게 한입에 다 넣더니 눈이 동그래졌다.

"맛있어!"

"그러니?"

그러자 옆에서 핌이 신기하다는 듯이 말했다.

"그게 초콜릿이구나. 나도 처음 봤네."

"그랬소?"

"아휴, 좀 비싸야죠."

핌이 절레절레 고개를 젓는데 문이 벌컥 열리더니 윈터가 들어왔다.

바이올렛은 그가 나타날 것을 예상했으면서도 난처한 표정이었으나, 윈터에게 거리낌 같은 것은 없었다. 그는 제가 끼어들고 싶으면 어느 곳에나 끼어드는 사람이었다.

윈터가 포마드로 머리 손질을 하고 원색의 넥타이까지 매고 와서는 풀썩 의자에 앉았다.

리나가 기겁을 해서 핌의 팔을 꾹 잡았다.

"엄마! 바이올렛이랑 결혼한 무서운 아저씨야!"

"아, 아이고, 왜 여기 계시나……."

핌이 말하더니 힐끔 바이올렛 쪽을 보았다. 바이올렛이 어딘가 억울한 표정으로 해명했다.

"남편이지만 이혼 조정 기간 중이라오. 그러니까 나와 전혀 상관없는 사람이지."

"그렇다는군."

윈터가 태연히 대꾸하곤 한 손으로 바이올렛이 앉은 의자를 당겨 제 옆에 두었다.

눈을 데굴데굴 굴리던 리나가 소곤거렸다.

"바이올렛, 이혼이 뭐야?"

"결혼을…… 음, 안 한 걸로 하기로 하는 거야."

"결혼을 안 한 걸로 하기로 해?"

"응, 이 아저씨는 너무 무서워서."

"그래? 잘했어."

리나가 이해한다는 듯 어른스럽게 대꾸하자 상황에 상관없이 어른 셋은 동시에 실소가 터졌다. 이내 윈터가 헛기침을 하더니 핌과 리나에게 말했다.

"두 분은 돌아가지? 마차를 준비해 줄 테니."

"잠깐만요. 바이올렛도 데려가야겠어요."

핌이 단호하게 말하자 팔짱을 끼고 앉은 윈터가 태연히 어깨를 으쓱였다.

"그러시든가. 그런데 혹시 바이올렛한테 그건 들으셨나? 본인이 라크라운드 공……."

그 순간 바이올렛이 윈터의 입을 손으로 막았다. 그리고 두 사람에게 말했다.

"할 이야기가 많은가 봐요. 같이 와 줬는데 미안해요, 핌. 먼저 갈래요?"

윈터가 그녀의 손을 잡아 내리며 덧붙였다.

"그리고 꼬마는 맛있으면 얼마든지 간식을 더 챙겨 주지."

"그럼 라즈네 언니 거랑 카린이랑 헤나랑……."

리나가 열심히 고사리손을 접자 윈터가 대답했다.

"그래, 그래. 동네 꼬마들 다 먹을 만큼 챙겨 줄게. 가자, 배웅해 줄 테니."

윈터가 일어나기에 바이올렛이 따라나서려 하자 그가 막아 세웠다.

"당신은 여기 있어. 빠져나가려고 들지 말고."

바이올렛이 못마땅해하며 자리에 앉았다. 살면서 제 신분을 가지고 협박당할 줄은 몰랐다. 그것도 '옛' 신분으로.

그사이 윈터는 모녀를 초콜릿 창고로 데려가 각자에게 바구니를 안겨 주었다. 리나가 눈이 휘둥그레져서 뛰어다니며 초콜릿을 고르는 사이 윈터가 핌에게 물었다.

"재혼에 관한 건 물어봤나?"

"물어봤어요. 아마 재혼은 자기 마음대로 하기 힘들 거라고 하던데요? 오빠가 많이 관여할 것 같다면서."

"……아, 그렇군."

이혼을 하게 된다면 에쉬의 입김이 들어갈 수밖에 없을 것이다. 자신에게 돈을 받고 결혼을 시켰을 때도 바이올렛이 선택했다고는 하지만 거절하기 어려운 상황이었을 것이다. 재혼 또한 그렇게 될까.

윈터는 종종 바이올렛이 무슨 마음으로 저와의 결혼을 허락했을까, 궁금해질 때가 있었다.

열여덟 살의 그녀에게, 오로지 작위를 위해 돈을 주고 결혼하자던 남자에게.

❋ ❋ ❋

남겨진 바이올렛이 진이 빠져 손으로 이마를 짚는데 하옐이 신나서 달려왔다.

"작은 마님! 응접실로 잠시 가시겠어요?"

하옐은 생김새가 어려 보이는 편이라 바이올렛보다 연상인데도 그가 귀엽게 느껴질 때가 있었다. 바이올렛이 미소를 지었다.

"내가 그러는 편이 자네에게 좋겠지?"

윈터의 불같은 성격을 놀리고 있음을 안 하옐이 유쾌하게 웃었다. 그가 응접실로 안내하며 평소보다 들뜬 상태로 재잘거렸다.

"댁에 가실 때 선물 좀 챙겨 드릴게요. 엄청 좋은 술이 있습니다. 이웃분들과 드세요. 이 동네는 뭐만 생기면 파티던데요?"

"흥이 많은 사람들이라. 술은 챙겨 주면 고맙지."

바이올렛이 웃었다. 하옐은 작은 마님이 정말로 회사를 위기에서 구해 주었다고 생각했고, 앞으로 대표님을 제어할 수 있는 유일한 사람이 그녀라고 믿어 의심치 않았다.

바이올렛이 조용히 뒤따라오는 플립에게 말했다.

"지난번에 챙겨 준 빵, 정말 맛있게 먹었어, 플립."

"다, 다행입니다. 제가 그때는 무례를……."

"내 걱정 해 준 게 왜 무렌가. 그런 말 말게."

응접실에 도착해서도 두 사람은 할 말이 많았는지 바로 가지 않고 바이올렛에게 윈터가 얼마나 그들을 괴롭혔는지 일러바쳤다.

잠시 후 돌아온 윈터가 꺼지라고 손짓하자 두 사람이 후다닥 도망쳤다.

윈터가 털썩 앉으며 물었다.

"도대체 왜 당신만 나타나면 주변이 시장 바닥이 되는 거지?"

"무슨 의미죠?"

"사람이 몰린다고."

윈터는 짜증을 냈는데, 바이올렛은 웬일로 배시시 웃었다. 그러자 윈터가 더욱 인상을 썼다.

"그런 식으로만 하면 사람 못 부려. 칭찬 아니야."

"나에겐 칭찬이에요. 다들 불편해하는 줄 알았는데."

"무슨 소리야. 예뻐하는 건 예뻐하는 거고, 불편해하는 건 불편해하는 거지."

그의 직설적인 말에 바이올렛의 눈동자에 충격이 감돌았다. 윈터가 속도 모르고 한마디를 덧붙였다.

"심지어 나도 당신이 불편해."

"뭐라고요? 어느 면이 불편해요? 내 성격에 문제가 있는 건가요?"

바이올렛이 걱정스레 묻자 윈터가 실소했다.

"그럼 왕족이었던 사람이 어떻게 아주 편해?"

"내가 로렌스 가문 사람인 걸 모르는 사람도 불편해하는 건 문제잖아요."

"당신 눈빛이며 손짓 하나도 왕족 그 자체야. 본능적으로 남이 어려움을 느끼게 한다고."

원터 입장에서 그 고귀함은 전 재산을 내놓고라도 얻고 싶었던 것이었고, 그러므로 이거야말로 칭찬이었지만, 바이올렛에게는 자신이 남에게 불편함을 주는 사람이라는 충격만 남았다.

윈터가 술이 있는 테이블로 걸어가며 물었다.

"술?"

"아, 난 괜찮아요."

윈터가 고개를 끄덕이고 트위스트를 넣은 마티니를 한 잔 만들어 단숨에 들이켰다. 그가 잔을 내려놓으며 말했다.

"오늘 내가 당신한테 해야 할 말이 있어서, 이렇게 하면 여기로 올 줄 알고 머리 좀 굴렸어."

"무슨 말인데요?"

바이올렛이 묻자 윈터가 그녀 쪽으로 걸어와 앞에 무릎을 꿇었다.

그의 행동에 바이올렛의 눈망울에 당혹감이 담겼다. 윈터가 고개를 들어 그녀를 올려다보며 말했다.

"미안해."

"……."

"이 말은 해야 할 것 같아서."

바이올렛이 저도 모르게 치맛자락을 꽉 쥐었다.

"뭐가 미안해요, 갑자기?"

"당신 말이 맞았어. 당신이 그랬지? 본인이 비싸게 주고 샀는데 못 쓸 물건 같다고. 난 그때는 이해가 안 갔어. 나와 당신의 결혼이, 결국은 내가 돈을 주고 작위를 사기 위한 것이었고, 그걸 위해 당신이 희생해야 했다는 걸. 그걸 인정하기 싫었어."

"……."

"사과하지."

바이올렛은 자신을 올려다보는 윈터의 눈을 마주 보았다.

형용하기 어려운 감정이 들었다.

"그렇게 말해 줘서 고마워요."

"얼마나? 머리라도 쓰다듬어 주고 싶은 정도인가?"

윈터가 이제 진지함은 끝났다는 듯 짓궂게 묻자 바이올렛이 저도 모르게 어휴, 하고 소리를 냈다. 그러자 윈터가 기가 차다는 듯 웃었다.

"당신이 그런 소리를 다 내네."

"아까 같이 온 핌에게 배웠어요."

"대단한 걸 배우셨군."

"당신에게서 비꼬는 법도 배웠죠."

"아, 그러셔?"

바이올렛이 그제야 아주 조금, 미소를 지었다.

"나도 미안해요."

"돈을 날린 것에 관한 거면 됐어. 당신 탓도 아닌데 골백번도 더 했잖아, 사과. 떠난 것에 대한 사과라면 그것도 됐고. 영원히 용서하지 않을 테니까."

"음…… 그럼 취소하죠."

"현명하군."

윈터가 말했다.

오래 걸리긴 했지만, 그의 사과로 두 사람의 관계는 꽤 부드러워졌다.

그리고 바이올렛은 윈터가 지난 1년을 아무렇지도 않게 여기는 것만은 아니라는 것을 짐작했다.

바이올렛이 먼저 일어선 후 윈터를 일으켜 주려 팔을 당기자 그가 몸을 일으켰다. 그러다 휘청거리는 시늉을 하며 아내를 한 팔로 끌어안았다.

그가 바이올렛의 어깨에 얼굴을 묻고 중얼거렸다.

"다리가 저려서 못 서겠는데."

"당신 지금 서 있어요. 무게가 전혀 안 느껴지거든요."

"……젠장."

윈터가 투덜거리며 몸을 바로 했다. 사과를 받고 마음이 조금 풀려서인지, 그런 그가 조금 귀엽게 느껴졌다.

바이올렛이 물었다.

"왜 이렇게 끌어안고 싶어 해요?"

"당신 몸이 안기 딱 좋거든."

바이올렛은 지난 1년간 윈터가 다른 누군가를 만났을지도 모른다고 생각했다. 그러나 자신을 끌어안는 걸 보니, 지금은 아닐 것이다.

바이올렛은 윈터가 한 번에 두 명, 세 명씩 만나는 쓰레기가 결코 아니라는 신뢰가 있었다.

"안기 딱 좋다는 게 도대체 무슨 의미죠?"

"좋은 냄새가 나. 부드럽고, 말랑말랑하고."

"말랑말랑?"

바이올렛이 고개를 갸우뚱하자 윈터가 그녀의 허벅지 뒤를 팔로 감아 번쩍 들어 테이블 위에 앉혔다. 그녀가 입을 열자마자 윈터가 선수를 쳤다.

"알아, 알아. 테이블 위는 앉는 곳이 아니지."

"알면서 왜 그래요?"

바이올렛이 정말로 이해가 안 간다는 듯이 물었다. 윈터는 혀를 쯧 하고 차며 무시하고 팔을 내밀었다.

"만져 봐."

그의 요구에 바이올렛이 손을 들어 그의 팔을 만져 보니 피부 속에 촘촘하게 들어찬 근육이 바늘 하나 안 들어갈 것처럼 단단했다. 이어서 윈터가 바이올렛의 손을 잡아 들어 그녀의 팔을 만지게 했다.

자신의 피부도 만져 본 뒤 바이올렛이 이제 알겠다는 듯 손을 뗐다. 그러나 그녀의 팔을 쥔 윈터의 손은 떨어지지 않았다.

그가 눈을 마주친 상태로 손을 움직였다. 그의 손은 바이올렛의 손목을 당기면 빠져나갈 수 있을 정도의 세기로 쥐었다가, 천천히 위로 올려 팔뚝을 같은 세기로 잡았다. 그의 커다란 손에 팔뚝이 넉넉히 잡혔다.

그의 손이 더 올라가 어깨를 지나 목을 감더니 천천히 아래로 내려왔다. 그리고 가슴 윗부분에 닿자 바이올렛이 붙잡아 멈췄다.

그녀가 다급한 목소리로 말했다.

"이러지 말아요."

"여기다 눕힐 생각 같은 거 없어. 그럼 꼭 그런 걸 바라고 사과한 것 같아지잖아."

"알긴 아네요. 그리고 여기다 눕히다니, 무슨 소리예요?"

"여기서 할 수도 있지. 급하면."

그의 말에 놀란 토끼 같은 눈을 한 바이올렛이 아이를 혼내듯 말했다.

"미쳤어요? 여긴 응접실이에요."

"당신 입에서 미쳤단 소리가 나올 정도면 천지개벽할 충격이란 뜻

같은데."

"그 정도는 아니지만 부부 관계는 침대 위에서 하는 거예요."

"궁금한 게 있는데."

윈터가 진지한 표정으로 그녀의 앞으로 당긴 의자에 다리를 꼬고 앉았다. 바이올렛이 내려가려 하자 그가 그녀의 종아리를 움켜쥐어 붙든 채로 말을 이었다.

"당신 상식에 말이야."

"네."

"침대를 야외에다 놓으면 거기선 해도 되나?"

"……."

바이올렛의 눈이 경악과 수치스러움과 공포로 가득 찼다.

인간의 머릿속에서 어떻게 저렇게까지 천박한 생각이 나올 수가 있는지 이해하지 못한 표정이었다. 윈터는 그녀의 격한 반응에 웃음이 터져 나오려 해 억누르느라 괴로움이 이만저만이 아니었다.

그가 좀 더 따져 보자는 듯 테이블에 손을 올리며 말을 이었다.

"진짜로 궁금해서 그래. 어쨌든 침대 위라는 건 맞잖아?"

"침대는 야외에 있으면 안 돼요. 당연한 거 아닌가요?"

"왜 안 돼? 그럼 집에서 집으로 침대를 운반해야 하면 어떻게 해? 순간 이동시켜?"

"논점 흐리지 말아요. 그런 문제가 아니잖아요?"

"그물 침대는? 야외에 있잖아."

"그물 침대라니……. 이 이야기 이제 그만해요. 당신과는 말이 안 통해요."

"그물 침대의 뭐가 문제인지 정확히 말해 줘야 내가 알아먹지. 성교육을 워낙 달리 받아서."

"윈터!"

결국 폭발한 바이올렛의 목소리가 높아졌다. 그녀의 얼굴이 드물게 붉어져 있었다.

"침대는 무조건 실내에 있어야 하고, 부부 관계는 침대에서만 가능해요. 그물 침대는 이름만 침대지, 침대가 아니니까 이제 더 이상 말장난하지 말아요!"

"그물 침대가 들으면 섭섭해하겠군. 게다가 말장난이라니, 난 매우 진지한 고민을……."

바이올렛이 두 손으로 윈터의 입을 틀어막았다. 덕분에 두 사람의 시선이 가까워졌다.

윈터는 능청스러운 빛을 띠고 있었고, 바이올렛은 제 뜻을 관철하겠다는 고집스러운 눈빛을 하고 있었다.

윈터가 몸을 조금 기울여 그녀에게 가까이 다가갔다. 그러더니 바이올렛이 손을 떼기 직전에 몸을 일으켜 그녀의 손에서 벗어났다.

"올리브 오일 선물, 당신이 시킨 거지?"

"그건 어떻게 알았어요?"

"이런 촌구석에 나에 대해서 그렇게 잘 아는 사람이 있을 리 없잖아."

"촌구석이라고 하지 말아요."

"당신은 얼굴이 예쁜 걸 감사히 여겨. 꼬장꼬장해 가지고."

"……."

"뭐."

바이올렛이 어색함과 의아함이 감도는 눈으로 윈터를 주시했다. 그 시선을 짜증 가득한 표정으로 마주 보던 윈터가 되물었다.

"모르는 척하지 마. 자기가 예쁜 거 몰라?"

"그런 말 당신에게 처음 들어요."

"거짓말 마. 내가…… 진짜 그런 말을 안 했다고?"

바이올렛이 대답 대신 고개를 끄덕이자 윈터가 헛기침하고 물었다.

"……다시 무릎 꿇을까?"

"이제 충분해요."

두 사람 사이에서 잠시 침묵이 흘렀다.

윈터가 바이올렛의 턱을 손으로 감싸며 말했다.

"당신 얼굴이 예쁘지 않았다면 난 그 망할 잠자리에 대해 알자마자 도망쳤을 거라고."

"도대체 그게 왜 그렇게 싫은 거죠?"

"배고픈데 물로 배 채워야 하는 기분이라면 이해하겠어?"

"물로 배를 채우는 기분은 이해할 수 있지만 그게 왜 우리의 부부 관계에 비유되는지 모르겠군요."

바이올렛은 여전히 이해가 안 간다는 표정이었다.

윈터는 바이올렛의 보드라운 피부에서 손을 떼기 어려웠다. 꼭 맑은 물속에 손을 넣어 천천히 젓고 있는 기분이었다.

그가 저도 모르게 약지를 움직여 바이올렛의 뺨을 간질였다. 먹을 수 있는 거였으면 전부 먹어 치웠을 것 같다고 생각했다.

바이올렛이 윈터의 손을 밀치자, 그는 입꼬리를 씰룩이며 그녀 쪽으로 몸을 숙였다.

"왜. 정말 내가 무슨 짓이라도 할까 봐?"

"그런 건 아니에요. 당신이 그런 무뢰한까진 아니니까."

"이봐, 난 침대를 밖에다 가져다 놓을 생각도 하는 사람이야."

윈터가 놀리듯이 말하며 바이올렛의 손을 잡아 테이블에서 내려
주었다.

"다음 주에 축제가 있다더군. 당신이 데이트 신청을 해 주지 않을
것 같아서 내가 먼저 할까 하는데."

그의 장난스러운 데이트 신청에 바이올렛은 난처한 표정을 지었다.
그러나 그녀는 성실한 편이라, 숙려 기간에 대한 노력을 보여야 한다
고 생각해 곧 허락의 의미로 고개를 조금 까딱여 보였다.

✳ ❄ ✳

바이올렛은 키론에서 세 시간이 떨어진 에이든 가문에서 급한 일
을 마치고 돌아오자마자 깊은 잠이 들었다.

예핌추크 가문에서 파티를 하며 바이올렛을 본 적이 있던 에이든
가문의 아가씨가 불러내서는 일을 시키고 온갖 트집을 잡으며 바이올
렛을 괴롭혔다. 뭔지 몰라도 파티에서 단단히 눈 밖에 난 일이 있었던
게였다.

돈 버는 건 정말이지 쉬운 일이 아니었다. 너무 늦게 집에 돌아온
탓에 기절하듯 잠들었던 바이올렛은 윈터의 목소리가 들리자 졸음을
쫓지 못하고 문을 열었다.

"아직…… 약속 시간 멀었는데요."

바이올렛이 윈터에게 말하자 그가 미간을 좁히며 물었다.

"10시 정도면 일어났을 줄 알았지."

"일이 많아서 새벽에 집에 들어왔어요."

"뭐? 위험하잖아."

"그래도 이렇게 연결받는 것처럼 좋은 기회도 없는걸요. 준비해서 나중엔 가게도 차릴 생각이에요."

바이올렛이 졸음을 다 쫓지 못해서인지 살짝 알딸딸한 상태로 바닥에 내려놓았던 단단한 종이들을 들어 보였다. 그 위에 바이올렛이 직접 쓴 근사한 필체의 글씨들이 적혀 있었다.

"아직 멀긴 했지만 나름 이름도…… 아."

무심코 종이를 내밀던 바이올렛은 팔짱을 낀 상태로 한 손을 올려 입을 틀어막는 윈터를 발견했다. 그는 지금 바이올렛의 행동이 웃겨 어쩔 줄 모르는 얼굴이었다.

"……안 보여 줄 거예요."

그녀가 휙 돌아서며 종이를 치우려 드는데 윈터가 팔을 뻗어 그것을 뺏었다.

"어디 보자."

"싫어요."

"사업 조언은 나에게 듣는 게 좋지. 돈 주고도 못 사. 나에게 한마디라도 조언 얻어 보고 싶어 하는 멍청이들이 줄을 섰다고."

윈터가 말하며 종이들을 확인했다.

비밀의 화원이라든지, 바이올렛 꽃집이라든지 하는 창의력이 돋보이진 않는 이름들이었다. 그게 바이올렛다워서 귀여웠다.

넘기다 보니 '블루밍'이라는 이름도 있었다. 윈터가 그것을 삐딱하게 들여다보자 바이올렛이 다시 종이를 뺏으며 말했다.

"그건 안 써요."

"왜. 꽃이 핀다는 의미니까 딱 좋잖아. 당신 성이기도 하고."

"세 달 뒤에는 아니에요."

"그건 알 수 없는 일이지."

"그게 무슨 소리예요? 약속도 했잖아요."

"혹시 모르잖아. 그 전에 내가 다시 좋아져서 이혼 같은 건 하기 싫어질지도."

원터의 말이 놀림이라고 생각한 바이올렛이 단호하게 대답했다.

"그럴 일은 절대로 없을 거예요. 당신은 별것 아니라고 여길지 몰라도 나는 정말……."

"알아."

"당신이 어떻게 알아요? 다른 남자 아이를 가졌다고 확신했잖아요. 그때."

바이올렛은 허망한 표정으로 원터를 바라보았다.

"그때 내가 어떤 기분이었는지 당신은 몰라요."

"……."

"내 배 속에 당신 아이가…… 있는 줄 알았던 그때, 그때는."

바이올렛이 더 이상 말을 잇지 못하고 입을 다물었다.

원터는 그 착각이 어디서 비롯되었는지, 편지를 통하여 알게 되었다. 그녀는 그저 피해자였다. 그 또한 어느 정도는 억울한 면이 있지만 다짜고짜 그녀의 아이를 다른 남자의 아이라 매도하고, 아무것도 아닌 여자라 폭언을 하며 감시했던 것은 분명 스스로 선택한 행동이고, 자신의 잘못이었다.

그녀가 그의 곁에서 3년이나 버틴 것도 대단했고, 죽음 이후에 몸이 바뀌고 다시 수도에서 살아갈 마음을 먹었다는 건 더더욱 대단하게 느껴졌다.

그는 자신이 이토록 죽음에 대해 확고한 의지를 가진 상태에서 바이올렛에게 매도당했다면 제가 지금 당장, 결국은 죽을 때까지 죽음을 반복했을지도 모른다고 생각했다.

바이올렛도 이런 생각을 한 적이 있었을까.

제발 아니었으면 했다. 거센 우울함으로 몸에 수천, 수만 개의 균열이 생겨 바닥에 부스러질 것 같은 이 감정을 그녀는 느낀 적이 없기를 바랐다.

윈터가 말했다.

"아니면, 세 달 뒤엔 내가 세상에 없을 수도 있잖아."

"뭐라고요?"

바이올렛의 화를 풀어 주려고 한 말이었는데 오히려 아까보다 더 화가 난 표정이라 윈터가 서둘러 말을 돌렸다.

"오픈 파티에 꽃을 한번 책임져 줬으면 좋겠군."

"당신 파티요?"

"그래. 성공하려면 인맥이든 뭐든 쓸 수 있는 건 다 사용해야지. 그곳에서 꽃을 한 번만 담당하면 유력한 가문과 연결이 될 거야."

바이올렛 역시 그것이 큰 기회임을 알았기 때문에 거절의 말을 하지는 않았다.

윈터가 가까이 걸어오더니 졸음이 잔뜩 고인 그녀의 눈을 손으로 가리켰다.

"데이트 약속은 5시니 쭉 자."

"애초에 왜 이렇게 일찍 온⋯⋯."

그녀의 몸이 번쩍 들렸다. 얼떨결에 윈터의 어깨에 엎드려진 바이올렛이 놀라서 물었다.

"이, 이게 무슨 짓이죠?"

"너무 피곤해서 걸음도 못 옮기실까 봐. 마차라고 생각해."

그가 성큼성큼 걸어가 침대에 휙 그녀를 눕히고 자신도 구두를 벗어 던진 후 그녀의 옆에 드러누웠다. 침대가 작아 딱 벌어진 어깨를 가진 윈터가 눕자마자 침대가 꽉 찬 데다가 장신인 그의 종아리부터 침대를 벗어났다.

바이올렛이 못 참고 윈터의 가슴팍을 톡 때렸다.

"당신 정말 왜 이렇게 무례해요? 예전엔 이 정도는 아니었어요. 게다가 누구 마음대로 침대에 올라와요?"

"세 달 뒤면 안 볼 사람에게 예의 차릴 필요 없으니까."

"당신은 신사잖아요. 매너가 몸에 배어 있어야 한다고 생각해요."

"내 주제에 무슨."

"언제까지 그렇게 본인을 비하할 건가요?"

"당신 앞에서는 아마 우리 둘 중 누가 죽을 때까지 이러겠지. 게다가 어쨌든 서류상으론 내가 남편인데, 잠깐은 한 침대 쓸 수 있잖아."

본색이 고지식한 바이올렛은 '서류상 남편'이라는 말에 대꾸할 말을 잊고 멈칫했다. 그러나 곧 다시 그를 밀어내며 말했다.

"더워요."

"난 남부 출신이라 안 덥습니다, 수도 아가씨."

윈터가 자신을 밀어내려는 바이올렛의 모든 말을 능청스레 쳐 내버리고 눈을 감았다.

이 좁은 침대에 바이올렛이 누울 공간을 만들고 나니 윈터의 몸 절반은 침대 밖으로 나와 있었다. 그런데도 왜 굳이 이 침대에 같이 올라와 드러눕는 건지 바이올렛으로선 이해할 수가 없었다.

안 덥다는 건 순 거짓말이었다. 그는 오히려 바이올렛보다 더위에 약했다. 심지어 그의 몸에 딱 맞게 맞춘 셔츠도 탄탄한 몸에 휘감겨 몹시 불편해 보였다.

"셔츠 불편해 보여요."

그녀가 지적하자 윈터가 서슴없이 셔츠 단추를 하나씩 풀기 시작했다. 바이올렛은 그의 행동을 말려야 한다고 생각했지만 저도 모르게 시선으로는 조금씩 드러나는 그의 가슴을 바라보고 있었다.

근육질의 납작한 가슴을 보고 있으니 이상한 기분이 들었다. 그는 마치 햇살을 모아 만든 남신 같아 보였다. 윈터가 셔츠를 벗어 바닥에 대충 던졌는데 그의 움직임을 따라서 근육의 섬세한 움직임들이 여실히 보였다.

윈터가 다시 드러누울 즈음엔 바이올렛이 두 손으로 얼굴을 감싸고 있었다. 윈터가 그녀의 손목을 잡아 끌어 내리며 인상을 쓰고 물었다.

"뭘 그렇게 봐. 신사가 숙녀 앞에서 탈의를 하는 것도 무례인가?"

"당연하죠."

"불편해 보인다며. 말을 잘 들어도 불만이야? 도대체 어떡하라고?"

"벗으란 말은 아니었잖아요. 그냥 그래 보인단 말이었어요."

"난 원래 불편하면 벗어. 당신도 그랬으면 참 좋겠군."

성질이 나서 멋대로 말하다가 속에 있는 말까지 확 해 버렸다. 바이올렛이 세상에 두 명은 없는 저질 쓰레기를 보듯 바라보자 윈터가 끙 앓는 소리를 내며 침대 아래로 내려가 누웠다.

"빨리 자. 잡아먹기 전에."

"사람은 못 먹어요."

"보수적인 시각이군."

말을 마친 윈터가 먼저 눈을 감았다. 바이올렛은 잠들고 싶지 않았지만 전날 밤을 새워서 일하며 너무 진이 빠졌는지 얼마 못 가 스르륵 잠들고 말았다.

윈터는 잠시 후 눈을 뜨고 곤히 잠든 바이올렛의 얼굴을 바라보았다. 그리고 손을 뻗어 그녀의 얼굴 가까이 가져갔다가 멈췄다.

＊ ＊ ＊

그 후로 서너 시간이 지나고 눈을 뜬 바이올렛이 침대 아래를 보니 윈터가 담요를 덮고 잠들어 있었다.

바이올렛으로서는 그와 이렇게 얽혀 있는 것이 너무도 불편했다.

바이올렛이 윈터 쪽으로 몸을 숙여 깨우려고 손을 들었다가, 저도 모르게 진하고 곧은 눈썹을 건드렸다.

그는 나이가 들어 보이려고 늘 노력하는 편이었다. 너무 어릴 때부터 사업체를 운영했고, 이방인인 혼혈이기까지 하니 이런 체구에도 불구하고 얄보이기 쉬웠던 것이다.

예전엔 그가 나이보다 어른스러워 보인다고 생각했는데, 지금은 딱 제 나이로 보였다. 각도에 따라서는 오히려 어려 보이기도 했다. 그는 상당히 외모 관리에 신경을 쓰는 남자였으므로 나이가 들수록 또래보다 오히려 어려 보이게 되는 것이 당연한 이치였다.

이마에서 코, 인중, 입술, 턱으로 떨어지는 직선이 명화처럼 완벽했다. 그는 눈을 감고 있어도 성적인 매력을 물씬 풍겼다. 게다가 상의를 벗고 있으니 우두머리 표범 같은 그의 몸까지 눈에 들어왔다. 가슴통이 두껍고 허리는 늘씬해 더없이 이상적이었다.

바이올렛은 그를 바라볼 때 제 안에서 울렁거리는 감각을 인지는 하고 있었으나, 그것이 성욕이라는 것을 절대로 인정하지 않았다. 그녀는 극도로 보수적인 교육을 받은 학생이기 때문이었다.

깜빡 잠들었던 윈터가 눈을 떴다.

"아, 막 깨우려고 했는데."

그를 바라보고 있었던 걸 들키고 싶지 않아 바이올렛이 서둘러 말하자 윈터가 납득했는지 별말 없이 상체를 일으켰다. 그가 잠이 덜 깬 얼굴로 물었다.

"덥다며. 왜 옷을 꽁꽁 싸매고 있어?"

"당신이 있어서요."

"없으면 벗어?"

"네."

"없다고 생각하지 그래."

"당신 머릿속엔 요즘 음탕한 생각밖에 없나 봐요."

"1년쯤 외로우면 그렇게 되는 모양이더군."

"그럼 다른 여자분을 만나지 그랬어요? 어렵지 않을 텐데."

"돈 보고 달려드는 여자에겐 취미 없어."

"당신에게 돈만 보고 접근하는 여자는 없을 거예요. 돈을 제외해도 당신은 괜찮은 남자니까."

그녀의 말에 멈칫한 윈터가 인상을 쓰고 물었다.

"그런데 당신은 왜 이혼을 하려고 해?"

"나한테는 괜찮지 않았으니까."

"맞는 말이군."

고개를 끄덕이던 윈터가 그대로 바이올렛을 쓰러뜨렸다. 그러더니 놀란 그녀의 손을 깍지를 껴 잡으며 말했다.

"지금 당장 입 맞추고 싶으니 허락해 줘."

"그럴 것 같았으니 허락할게요."

"아, 우아하셔라."

바이올렛은 세 번을 그냥 지금 다 해 버렸으면 좋겠다고 생각했다. 언제 할지 몰라서 조마조마한 데다 매번 이렇게 이유 모를 긴장감으로 불편할 때만 키스를 하겠다고 할지 모르니까.

바이올렛이 눈을 질끈 감았다. 윈터는 그 상태로 몸을 낮춰 그녀에게 입을 맞췄다. 그녀가 입을 열지 않자 윈터가 바이올렛의 턱을 손으로 잡아 입술을 벌리고 손가락을 밀어 넣었다. 그의 손가락이 아랫니를 힘주어 누르자 그녀의 입이 완전히 열렸다.

윈터는 그녀의 입술과 치열 안쪽을 혀로 쓰다듬으며 두 팔로 그녀의 허리와 허벅지를 감아 제 무릎으로 들고 와 앉혔다.

고개를 숙이고 입안 곳곳을 헤집던 그에게 홀려 있던 바이올렛이 퍼뜩 정신을 차리고 밀어내며 물었다.

"도대체 언제까지 할 거예요?"

"우리가 언제 시간 정했어? 계약서 보여 줘?"

"합의를 해요."

"그래, 합의해. 지금부터 몇 분 더 하고 싶어?"

윈터가 인상을 쓰며 묻는데 몇 분 더 하자고 말하려니 민망했다. 곤란한 표정을 짓던 바이올렛이 대답했다.

"……몰라요, 당신 양심껏 해요."

바이올렛의 대답이 끝나자마자 윈터가 그녀의 허리를 당겨 안으며 핀잔했다.

"누구한테서 양심을 찾아."

* ❄ *

원터는 셔츠만 입으면 끝이었는데도 곧바로 목욕을 하고 싶다며 욕실로 들어갔다. 찬물을 거듭 끼얹고 나온 그의 표정이 잠자기 전보다도 피곤해 보였다.

그사이 바이올렛은 몸에 딱 맞는 외출용 드레스를 입고 있었다.

그녀의 옷들은 낡았지만 색감이 화사했다. 진주색 원단에 안감은 새빨간 색이라 묘하게 야릇한 느낌을 주었다.

그녀는 어두운 옷들에 질렸기 때문에, 자유를 얻은 지금은 그런 색의 옷은 거들떠보지도 않았다.

원터는 결혼 생활 내내 아내가 어두운 옷을 좋아한다고 착각했던 자신을 떠올렸다.

베릴의 편지를 받던 날, 원터는 한동안 그것을 놓지 못했다.

부모에게 보내던 재정적 지원을 전부 끊은 후에는 라크라운드 본사에 남아 있는 부대표 이글린에게 베릴을 찾아 이 편지 내용을 확인하라고 명령해 두었다. 그리고 아내에게도 알릴 생각이었다.

바이올렛이 함께 있어 달라고 부탁했던 그 많은 행사들에 진작 같이 가 줬다면 어땠을까. 그래도 그런 일이 생겼을까.

원터가 씁쓸함에 잠겨 있을 때, 바이올렛이 그를 돌아보더니 머뭇거리며 말했다.

"당신이 너무 좋은 옷을 입었네요."

그러자 원터가 바이올렛 쪽을 보지도 않고 대꾸했다.

"당신이 낡은 옷을 입은 거지. 주제에 안 맞게."

"……."

잠시 그의 말을 곱씹은 바이올렛이 물었다.

"당신은 왜 똑같은 말을 굳이 기분 나쁘게 하려고 노력하는 거예요?"

"내가 언제."

"방금도 그랬잖아요. 당신 말은 한참 생각해 보면 그렇게 나쁜 말이 아닌데, 처음엔 왠지 모르게 기분이 나빠져요."

"기분이 나빴으면 개새끼구나, 해야지. 한참 생각씩이나 하는 당신이 이상한 거야. 뭐 하러 용서할 구석을 자꾸 만들어 줘?"

윈터가 투덜거리더니 들고 있던 펜을 휙 테이블 위로 던져 놓고 몸을 일으켰다.

"가자."

"……바보."

"뭐?"

"됐어요."

바이올렛이 휙 고개를 돌려 턱을 치켜들고 걸음을 옮겼다. 윈터는 얼떨떨한 표정을 지으며 그녀를 따라 집을 나섰다.

마차가 있는 곳으로 걷던 바이올렛이 뒤늦게 제 무례를 떠올리며 멈춰 섰다.

"안부 묻는 걸 잊었네요. 블루밍 공작 부부 두 분께서는 어떻게 지내세요?"

"매일 전보를 보내시지. 돈 보내라고."

"매일요?"

"어, 안 보내거든."

바이올렛이 신기하다는 듯이 윈터를 보았다. 남편이 영원히 시부모의 편인 줄 알았었는데, 웬일인지 모르겠다.

"이제 곧 봄 정원 파티를 열기 시작하시면 돈이 엄청 들 텐데요."

그녀의 말에 힐끔 아내를 본 윈터가 대꾸했다.

"그게 걱정이었으면 당신한테 좀 더 잘했어야지."

그의 말에 바이올렛이 조금 웃었다.

"당신한테 그런 말을 듣게 될 줄 몰랐네요."

그러더니 마차 앞에서 우아하게 손을 내밀었다.

"에스코트를 해 주면 고맙겠군요."

"……물론."

윈터가 그녀의 손을 잡아 마차에 타는 것을 에스코트했다. 그리고 옆에 올라타 앉으며 아내의 얼굴을 힐끔 보았다. 기분이 은근히 좋아 보였다.

윈터는 그녀를 따라 슬쩍 입꼬리를 올리며 그녀의 즐거움을 위해 앞으로도 계속 가족에게 재정 지원을 중단하기로 결정했다.

❄ ❀ ❄

국경을 넘으면 나오는 코르시카의 해변은 유명한 관광지라 축제 기간이 되면 제법 사람이 몰렸다. 온 사방에서 구운 해산물 냄새가 나고 있었다. 북적거리는 사람들 틈으로 두 사람이 걸음을 옮겼다.

몇 걸음 지나지 않아 윈터는 커다란 챙이 있는 밀짚모자를 하나 골라 바이올렛에게 흔들어 보였다.

"모자 필요하지?"

"아, 귀엽네요."

바이올렛이 걸어와 모자를 쓰더니 미소를 지어 보였다.

"오늘 날씨 참 좋네요."

윈터가 코르시카의 주화를 건넸다. 상인이 잔돈을 꺼냈지만 윈터는 아예 무시하고 받지 않았다.

바이올렛이 윈터를 올려다보며 말했다.

"고마워요. 마음에 들어요."

"다행이네."

이 정도 선물은 괜찮구나, 하고 윈터는 마음이 놓였다.

3개월 후면 그녀는 굉장한 재벌이 될 테니, 그때까지 어느 정도는 재력에 익숙해져야 했다.

몇 걸음 걷다가 바이올렛이 멈춰 섰다. 윈터가 힐끔 그녀가 보는 쪽을 바라보니, 종이에 그려진 인형 그림과 그 인형에게 입힐 수 있는 다양한 종이 옷이 있었다. 윈터가 의아해하며 물었다.

"옆집 꼬마?"

"네? 아……."

"……당신이 가지고 싶어?"

크게 당황하는 모습에 윈터가 재차 묻자 바이올렛의 얼굴이 순식간에 새빨갛게 달아올랐다.

"어, 어릴 때 큰오빠랑 같이 가지고 놀던 게 생각이 나서요. 그냥 본 거예요."

바이올렛의 말을 들은 윈터가 걸어가 가판대를 턱짓하며 말했다.

"종류별로 다 넣어."

"저, 전부 다요?"

"몇 개 되지도 않네. 더 없어?"

"어, 없습니다……"

"우리 한 바퀴 돌고 올 동안 더 그려. 장당 돈을 짭짤하게 쳐주지."

직접 옷을 그려 팔던 상인의 눈이 동그래졌다. 그러더니 옷과 인형을 챙겨 건네고 돈을 받은 후 3단 색연필 케이스를 전부 펼쳐 다시 옷을 그리기 시작했다.

그 모습을 보던 윈터가 문득 바이올렛의 반응이 살짝 걱정스러웠는지 재빨리 말했다.

"내 거야."

"이게요?"

"응. 내가 가지고 놀 거야."

윈터가 그리 말하며 종이 인형 하나와 종이 옷을 꺼냈다. 그리고 도저히 어떻게 가지고 노는지 몰라 뚫어지게 보고만 있으니 바이올렛이 종이 옷을 받아 어깨와 허리의 접는 부분을 반듯하게 접었다.

그리고 종이 인형에 입히고는 추억에 잠겨 말했다.

"어릴 때 친구랑 친구 오빠랑 셋이 소꿉놀이를 많이 했어요. 큰오빠는 몸이 안 좋아서 같이 놀지는 못하니까 항상 이런 걸 구해다 주고 옆에서 보고만 있었는데."

"……"

"큰오빠 생각이 나네요."

바이올렛이 종이 인형을 만지작거렸다.

"웨인은 참 좋은 사람이었어요. 항상 내 편이고, 다정하고, 잘 웃고…… 그런데 몸이 약했어요. 그런 오빠를 보고 자라서인지 나는 속에 단단한 뼈대를 가진 사람이 좋았어요. 그래서 당신의 청혼이 싫지 않았나 봐요."

"나를 이상적으로 여겼나?"

"네. 정확한 표현이네요."

바이올렛이 웃으며 말했다.

윈터가 무덤덤한 목소리를 냈다.

"실망했겠군. 알고 보니 심지가 약해 빠진 놈이라."

"그렇게 생각한 건 아니에요."

"당신은 그런 편이야."

"네?"

"당신은 뿌리가 깊은 수초 같아. 물이 세차게 흘러도 뽑히지 않는."

"왜 하필 수초죠?"

"당신 식물 좋아하잖아."

"나무도 있고."

"나무라기엔 작잖아."

윈터가 놀리고는 어깨를 들썩이며 웃었다.

바이올렛은 축제 마지막 날을 맞아 사방에서 벌어지는 불꽃놀이와 재고 처리를 위한 가격 인하와 춤과 노래와 술판이 뒤섞인 소란스러움을 무척 즐거워했다. 윈터가 물었다.

"남부 축제는 간 적이 있나?"

"아뇨."

"축제가 재미있으면 그런 것도 가 보지 그랬어."

"나중에요."

바이올렛이 별로 이야기하고 싶지 않은 듯 화제를 전환했다. 윈터가 그녀의 팔을 움켜쥐어 제 쪽으로 끌어당기며 말했다.

"하고 싶은 말이 있으면 해. 답답하게 굴지 말고."

"축제를 갈 분위기가 아니었어요. 3년 내내."

"나에게 말했어야지."

"또 그거예요? 말했잖아요. 난 항상 필요한 게 있으면 당신에게 말했어요. 당신에게 해 주고 싶은 것이 있으면 해 줬어요. 나는 그래서 미련이 없어요. 당신이 집에 오지 않아도 식탁에 앉아 기다렸고, 필요 없을지 몰라도 손수건에 자수도 놓아 봤어요. 식사 준비에, 가진 모든 장신구를 걸치고 당신의 배웅을 나간 적도 있어요."

"……."

"다시는 그따위 말 하지 말아요. 당신에게 말했어야 했다고. 나는 최선을 다했어요. 그 이상 할 수 없었어요."

바이올렛이 선명하게 느껴지는 목소리로 말하고 제 팔을 붙잡은 윈터의 손을 뿌리쳤다. 그러더니 검지를 펴 그의 손을 가리키며 말했다.

"그리고 그렇게 힘줘서 날 당기지 말아요. 당신 마음대로 나를 움직이려 하지 말아요. 다시는."

윈터가 자신을 무섭게 보고 있는 바이올렛을 마주 보았다.

아내를 허리도 펼 수 없는 작은 상자에 한참 가둬 놓았던 것이다. 그녀는 그곳에서 도망친 후, 한참이 지나서야 허리를 펴는 방법을 다시 떠올리고 있었다.

그녀는 더 이상 그가 3년에 걸쳐 차근차근 망가뜨렸던 바이올렛 로렌스가 아니었다.

윈터는 이전에도 자신이 아내를 썩 마음에 들어 한다고 생각했었다. 그리고 1년이 지난 후, 그는 그가 아내에게 가진 마음이 고작 내키고 말고의 문제가 아니라는 것을 알았다.

그는 첫날, 바이올렛을 마주치던 그날 아내가 싫어서 도망치고 싶은 기분이 들었던 게 아니었다. 그녀의 강직함, 보수적임, 정의 같은 것들을 동경했다. 그가 가장 되고 싶은 어른의 모습을, 저보다 한참 어린 제 신부가 하고 있었던 것이다.

그것을 이제야 알았다. 그는 아직도 다 자라지 못한 어른이었다.

"앞으로 주의하지. 매번. 매 순간."

그가 의외로 순순히 대답했다. 해야 한다면 좀 더 언성을 높여 싸울 생각이었던 바이올렛은 그가 곧바로 수긍해 버리자 다소 김빠진 표정을 지었다.

"그렇게 나올 줄 몰랐네요. 고마워요."

"불꽃놀이 보러 가자."

말을 마친 윈터가 바이올렛의 손가락 끝을 간당간당 잡았다. 어울리지 않게 애교가 섞인 듯한 행동에 바이올렛은 별말 없이 그대로 걸음을 옮겼다.

윈터는 호텔이 지어지고 있는 언덕으로 바이올렛을 데려갔다.

다른 사람들은 풀밭 위에 풀썩 앉거나 누워 있었지만 바이올렛은 그런 행동을 무척 당혹스러워했다.

윈터는 그런 바이올렛을 알았기 때문에 대수롭지 않게 여기며 한 손으로 손수건을 옆에 툭 던졌다. 그리고 자신은 풀밭 위에 대뜸 드러누워 버렸다.

바이올렛이 그런 그를 가만히 보다가 몸을 숙여 손수건을 집어 풀밭 위에 펼치고 그 위에 앉았다.

날씨가 적당한 날을 골라 왕성 정원에서 크고 좋은 천을 깔고 피크닉을 즐긴 적은 있었지만 이렇게 아무 곳에나 대충 앉아 본 것은 태어나 처음이었다.

생각보다 불꽃이 화려했다. 넋을 잃고 불꽃을 바라보던 바이올렛이 눈이 동그래져서 말했다.

"이렇게 작은 축제인데 폭죽을 저렇게 많이 써도 되나……."

말하다 보니 이상했다. 저 정도 불꽃을 터트리려면 이 축제 수익을 다 더해도 모자랄 것 같았다.

바이올렛이 휙 윈터를 보자 그가 태연히 이실직고했다.

"예쁘니까 됐잖아. 다들 즐거워하고."

"정말이지."

"모처럼 데이트하는데 사내놈이 어떻게 빈손으로 와. 비싼 거 사 주면 또 다 팔아 버릴 거 아냐. 못 팔게 다 터트려 버릴 거야."

윈터가 손으로 폭죽을 가리키며 고집스럽게 말했다. 바이올렛은 기가 찼지만 선물을 사 주면 팔아 버릴까 봐 폭죽으로 대신한다는 그의 마음이 어쩐지 가엽고 귀여워 저도 모르게 웃고 말았다.

그녀가 웃자 윈터가 만족한 듯 저도 따라서 입꼬리를 늘였다.

불꽃놀이가 끝날 즈음, 두 손으로 뒤통수를 받친 윈터가 그녀를 불렀다.

"바이올렛."

그녀가 돌아보자 윈터가 말했다.

"호텔 오픈하면 라크라운드로 돌아가자."

윈터는 수도의 제집에 언젠가 바이올렛이 오면 보여 줄 온갖 좋은 것들을 채워 놓았다. 정원에는 진귀한 식물들이 가득하고 수십 종의 동물이 뛰어놀았다.

바이올렛이 대답이 없으니 윈터가 짓궂게 말했다.

"집에 공작도 있어."

"공작이 있다고요?"

"어, 엄청 화려한 놈들로."

"농담이죠?"

"왜 농담이야?"

윈터가 어깨를 으쓱이더니 불꽃 따위는 관심 없다는 듯 눈을 감고 중얼거렸다.

"라크라운드가 당신의 고향이잖아. 라크라운드 사람치고 자기 고향 떠나는 걸 좋아하는 사람은 본 적이 없어. 물론 다른 나라의 사람들도 고향이 멀어지면 그리워하겠지만."

"……."

"어차피 이혼하면 당신은 라크라운드에서 살게 될 거잖아. 그러니 돌아가자."

바이올렛은 선뜻 대답을 하지 못했다.

키론은 좋은 곳이었지만 평생 살 수는 없을 것을 알았다. 바이올렛은 가끔 라크라운드의 싸늘한 눅눅함이 그리웠다.

바이올렛이 망설이는 표정을 지으며 불꽃놀이를 보았다.

마지막 불꽃이 터지고 조용해졌을 때, 멀리서 그녀를 부르는 소리가 들렸다.

"바이올렛."

바이올렛이 익숙한 목소리를 듣고 돌아보자 그녀를 부른 청년이 가까이로 다가왔다.

도스 공국의 후계자인 페런 도스였다. 그는 하얀 정복 차림이었고,

도스 공국 전통의 보석이 달린 검을 차고 있었다. 어두운 밤에도 밝은 느낌이 들게 하는 산뜻한 청년이었다.

바이올렛이 금방 몸을 일으켰다.

"페런, 무슨 일이야?"

"축제 구경."

페런이 특유의 어른스럽고 다정한 목소리로 대답하더니 윈터 쪽을 보았다. 그는 여전히 드러누워 있었고, 전혀 인사할 생각이 없어 보였다.

바이올렛이 윈터의 팔을 잡아당겼다.

"소개해 줄게요."

윈터는 못마땅한지 표정을 구겼지만 별수 없이 몸을 일으켰다.

그는 페런을 매우 불쾌하게 바라보았다. 페런은 마치 전래 동화 속에 등장하는 왕자님을 형상화한 것처럼 보였다. 그는 깊은 진실을 담은 듯한 눈빛과 달콤한 목소리를 가졌으며, 어떠한 상황에서도 흥분하거나 거친 말을 하지 않을 것처럼 안정적이고 자신감 넘치는 표정을 짓고 있었다.

바이올렛은 영역 다툼 중인 짐승처럼 날것의 경계를 표현하는 윈터를 조금 의아해하며 말했다.

"이쪽은…… 방금 전에 얘기한 그 소꿉놀이 같이해 준 친구 오빠이자 도스 공국의 후계자 페런이에요. 페런, 이쪽이 남편."

윈터가 먼저 인사할 것 같지 않자 부드러운 미소를 지으며 페런이 손을 내밀었다. 윈터가 힘주어 그의 악수를 받아들이며 입을 열었다.

"윈터 블루밍입니다."

"예, 경에 대해 익히 들었습니다. 도스섬 쪽에도 한번 방문해 주시면 좋겠습니다."

"그럴 일은 없을 겁니다."

윈터의 무례한 대꾸에 깜짝 놀란 바이올렛이 그를 돌아보았다. 그러나 페런은 별로 신경 쓰이지 않는지 담담히 대꾸했다.

"그럼 바이올렛은 별수 없이 혼자 놀러 와야겠군요."

"……."

그의 대답에 한 방 먹은 윈터가 쯧 혀를 찼다.

두 사람이 만나자마자 원래부터 알던 원수처럼 기 싸움을 하자 바이올렛이 난처한 표정을 지으며 물었다.

"페런, 샤론은?"

"마차에 있어. 불꽃놀이 보고 막 가려고 했거든."

"아, 인사해야겠다."

바이올렛이 마차로 가는 시늉을 하고 두 사람을 돌아보았다. 당연히 같이 샤론에게 인사하러 갈 줄 알았는데 두 사람 다 제자리에 서 있었다.

바이올렛이 당황하자 페런이 미소를 지으며 말했다.

"사업 얘기 좀 하려고."

바이올렛은 의아했지만 일단은 샤론을 만나기 위해 마차 쪽으로 걸음을 옮겼다.

✳ ❇ ✳

바이올렛이 마차에 올라타자 샤론이 신이 나서 오늘 축제에서 산 것들을 하나하나 뜯어 보여 주기 시작했다. 바이올렛은 인형놀이를 꺼내서 어린아이가 된 것처럼 모처럼 까르륵거리며 장난을 쳤다.

그러다 문득 두 남자가 여태 오지 않은 것이 생각나서 바이올렛이 내다보자 샤론이 물었다.

"둘이 무슨 얘기 해? 분위기 엄청 살벌하네."

"나도 모르겠어."

"뭐, 서로 너에게 접근하지 말라는 얘기겠지."

샤론이 당연한 거 아니냐는 듯 말하자 바이올렛이 희미하게 미소 지었다.

"페런이야 그럴 수 있지만 남편은 그런 말을 할 이유가 없어. 우리 세 달 뒤에 이혼하기로 했거든. 계약서도 썼어."

"정말? 다행이네."

"응."

바이올렛이 씁쓸히 대답하자 샤론이 폭소하고 물었다.

"정작 이혼 생각하니까 무섭지?"

"조금. 어릴 땐 내가 커서 이혼을 하게 될 거라고 예상하지 못하잖아."

바이올렛이 종이 옷을 두 손으로 감싸며 말을 이었다.

"솔직히 미련이 남아."

"그럼 다시 잘해 볼 생각은 없어?"

샤론이 묻자 바이올렛이 웃으며 고개를 저었다.

"지금은 라크라운드에서 멀리 떨어진 곳에 있으니까 영향을 적게 미치지만, 결혼이라는 게 둘이서만 하는 게 아니더라고. 두 가문이 만나는 거라서……. 둘이 죽고 못 살아도 힘든 게 결혼인데 우린 그런 것도 아니니까."

"으음. 어렵네."

샤론이 팔짱을 끼고 고민에 빠졌다. 그러더니 바이올렛에게 물었다.

"아직도 남편이 좋아?"

"아직은 내 마음속에 남자라곤 남편밖에 없어. 그렇다고 좋아하는 마음이 들진 않아."

1년 정도 떨어져 지내니 슬슬 그에 대한 미움과 미안함과 괴로움들이 조금은 엷어졌다.

그럼에도 남편의 곁에서 지낸 3년이 너무도 아팠기 때문에, 최근 몇 번의 만남 동안 그에게 조금만 호감이 생겨도 온몸에서 방어 기제가 발동했다.

그 방어 기제들이 그를 사랑해도 돌아오는 건 상처뿐임을 알려 주듯 제 스스로를 찔러 댔다.

"게다가……."

"게다가?"

샤론이 재촉하자 바이올렛이 웃으며 대답했다.

"비밀이야."

"뭐야, 나한테 비밀이 어디 있어?"

"다음에 술이나 진탕 마시며 말해 줄게."

"술 마시러 갈까, 지금?"

친구가 좋긴 좋았다. 샤론이 손짓으로 술 마시는 시늉을 하자 바이올렛이 두 손으로 입을 가리고 웃었다. 그러고는 하지 말라는 듯 샤론의 손을 잡아 내렸다.

바이올렛의 웃고 있는 눈빛 속에 별수 없는 쓸쓸함이 감돌았다.

남편이 저와는 아이를 가질 수 없다는 것이 아주 큰 문제로 느껴진다는 말을 샤론에게 꺼내놓을 수 없었다.

그녀가 아니면 남편은 아이를 얻을 수 있을 것이고, 그것은 그녀 자신도 마찬가지였다.

남편은 겉으론 사납고 이기적이어 보여도 가족에게 헌신하는 사람이었다. 그녀가 아이를 가졌다는 소식에 잘됐으니 낳아서 키우자고 한 것도 비꼬는 말만은 아니었다.

그는 아이를 바라고, 자신도 아이를 바란다.

애초에 이런 많은 고민들은 다 무의미했다. 어차피 3개월 동안 양가 보기 좋게 노력하는 시늉을 하다가 이혼하면 그와의 관계는 끝이었다.

지금쯤이면 윈터 역시 자신만큼이나 부부로서의 끝을 받아들였으리라, 바이올렛은 생각했다.

❊ ❈ ❊

바이올렛이 있을 때 나름 예의를 차린 건 내숭이었는지, 페런과 남게 되자마자 윈터는 곧바로 두 주머니에 손을 구겨 넣었다.

페런이 침착하게 말했다.

"저를 경계하시는 것 같아 미리 말씀드립니다. 바이올렛을 이성으로 생각한 적 없으니 안심해요."

"내가 언제 그딴 걸 물었소?"

위협하듯 말하는 윈터 덕에 페런은 황당함을 감추지 못했다.

"혹시 궁금하실까 봐 드리는 말씀입니다. 전 언제나 바이올렛의 친오빠 대신입니다. 남자라면 당연히 이해할 거라고 생각하는데요. 친구의 여동생은 절대 이성으로 여겨서는 안 된다는 걸. 바이올렛을 지켜 주는 것이 내 몫이었을 뿐입니다. 경에게서 도망쳐 나올 경우 같은 때."

그러자 윈터가 코웃음 쳤다.

"피가 섞이지 않았는데 어떻게 친오빠가 돼. 개소리하지 마시오."

페런은 '개소리'라는 말을 해군 외의 사람들에게서 들어 본 적이 없었다. 그는 윈터의 저 반말인지 존댓말인지 구분 안 가는 말도 제가 공국의 후계자쯤 되니 겨우겨우 달아 주는 것임을 느꼈다.

페런이 부드러운 목소리로 말했다.

"웨인과 상관없이, 나와 바이올렛은 서로를 이성으로 느낀 적이 없습니다."

"그딴 말 안 믿소. 상관도 없고."

페런은 자신이 무슨 말을 하건 윈터는 무조건 경계하고 내쫓을 생각이라는 것을 눈치챘다. 바이올렛은 남편이 자신을 잃어버리고도 기억 못 할 물건처럼 여긴다고 생각하지만, 페런은 잠깐 사이에도 그게 절대 아니란 걸 알았다.

그러나 그런 이유로 그의 안에서 윈터에 대한 거부감이 사라지는 것은 아니었다.

아무리 페런이 차별은 안 된다는 교육을 받았더라도, 살면서 거의 이방인을 만날 일이 없었던 그는 카닉 일족의 피가 섞인 윈터에 대한 희미한 거부감이 있었다. 그 사실에 죄책감을 느꼈지만 소용없었다.

페런은 윈터도 이 사실을 알 거라고 생각했다. 페런 이상으로 혈통 좋은 사람들에게 둘러싸여 살았던 바이올렛이 일말의 거부감 없이 그를 받아들인 것이 그녀의 인간성을 보여 준다는 것을, 누구보다 본인이 잘 알고 있을 것이다.

물론 윈터 블루밍은 남자도 넋 놓고 보게 될 외모를 가졌으니 그것도 한 역할 했을 테지만.

마차로 걸어가며 윈터가 시비 걸듯 말했다.

"도스 공국은 해군과 관광으로 먹고사는 걸로 아는데. 해군은 몰라도 관광 쪽은 나와 친해져 두면 좋소."

"전혀 그럴 생각 없어 보이십니다."

"난 원래 모든 사람을 싫어해서 그런 오해를 받소."

도스 공국이 있는 도스섬은 그리 크지 않은 섬이었고, 농사를 짓기에는 부적절한 땅이라 관광 수입이 절반 이상을 차지했다.

윈터의 말대로 그와 친해져 나쁠 건 없겠지만 친해진 후에 바이올렛의 용서를 받을 수 있게 도와 달라고 할 것이 문제였다.

그러나 페런은 도스 공국을 진심으로 사랑했고, 공국에 커다란 수익이 될 기회를 놓칠 수는 없었다. 반대로 윈터가 마음만 먹으면 도스 공국의 경제에 큰 타격을 줄 수도 있었다. 여러모로 함부로 대할 수 없는 상대였다.

페런이 별말이 없자 윈터가 빈정거렸다.

"거기 도련님 머리 굴리는 소리가 여기까지 들리는군."

"무례한 말 마십시오."

페런의 말에 윈터가 저도 모르게 픽 웃었다.

윈터는 바이올렛에게 가진 걸 전부 주고 떠날 생각이었지만, 제가 살아 있는 세 달 사이에 그녀가 다른 남자를 만나는 것을 두고 볼 생각은 눈곱만큼도 없었다. 지금 사업을 제안한 것은 정말로 사업적으로 도움이 될 것 같기도 하고, 경제적으로 묶어 페런이 바이올렛에게 접근하지 못하게 할 의도기도 했다.

페런이 윈터를 물끄러미 보며 말했다.

"조건이 있습니까?"

"내가 살아 있는 동안은 아내에게 그 망할 친오빠 행세, 안 했으면 좋겠는데."

역시 질투 중이었다. 페런이 저도 모르게 실소하며 대답했다.

"거듭 말하지만 전 사심 없습니다. 친오빠 노릇도 못 한단 말입니까?"

"이봐, 도련님. 바이올렛의 진짜 친오빠 하나도 처치 곤란이오. 애초에 그쪽이 챙겨 주지 않아도 나는 아내가 원하는 건 무엇이든 안겨 줄 수 있소. 그쪽은 그러니까 그냥 뒷짐 지고 이득만 보면 되는 거요. 뭐가 어렵소?"

원터는 비굴함과 강압적임을 함께 가진 남자였다. 올곧게만 자란 페런은 고무공처럼 이리저리 튀어 다니는 원터에게 대응하기 어려웠다. 어쩐지 사기라도 당하는 기분이라 그는 일단 한 걸음 물러났다.

"정식으로 다시 이야기하죠."

"그러지, 도련님."

"도련님이라고 하지 마십시오. 경께서 그렇게 부를 이유 없으십니다."

페런의 말에 원터는 아이가 투정 부리는 것이라도 본 듯이 픽 웃어넘겼다. 그는 더 대화할 생각이 없는지 인사도 없이 마차에서 내리는 바이올렛에게로 성큼 다가갔다.

저에게 이야기할 때와는 다른 사람이 된 것처럼 풀어진 얼굴로 아내를 바라보는 모습에 페런이 고개를 절레절레 저었다. 거친 뱃사람들을 그렇게 많이 봤는데도 이렇게 몸에 바짝 힘이 들어간 건 처음이었다.

원터는 무엇이든 자신이 원하는 쪽으로 회유하고 협박하는 것에 능숙했다. 지금까지 바이올렛을 통해 들은 원터 블루밍은 다혈질일지언정 악랄한 사내는 단 한순간도 아니었다. 바이올렛 본인은 저 풀어진 얼굴만 봐서 윈터가 그녀에게 얼마나 무른지 전혀 모르는 게 분명했다.

도스 남매가 떠난 후, 바이올렛과 윈터도 집으로 향했다.

바이올렛의 집이 있는 참나무 숲의 길이 좁아 마차가 집 바로 앞에 설 수 없었으므로 두 사람은 느린 걸음으로 천천히 숲속을 걸어 들어갔다.

두 사람은 온몸이 바다 냄새와 나무 냄새로 뒤덮인 상태로 집 근처에 다다랐다. 윈터가 나무에 드문드문 달린 등불들을 보며 말했다.

"라크라운드에서는 상상도 못 할 일이군."

"그렇죠? 라크라운드에서는 소방법에 걸리니까요."

"여긴 전부 마법석이라 괜찮군. 불이 날 일이 없으니."

윈터는 만족스러운 표정을 숨기지 못했다.

"호텔에 적용해야겠어. 마법석은 이 대륙의 특징이니까."

"좋은 생각이에요."

근사한 분위기였다. 두 사람이 흙길을 사박사박 걸어 바이올렛의 집에 도착했다. 바이올렛이 문을 열며 말했다.

"데려다줘서 고마워요."

"잠깐만."

윈터가 무슨 핑계로 그녀의 집에 들어가서 차를 얻어 마시나 고민하는데 갑자기 뭔가가 바짓단을 당겼다. 내려다보니 옆집 꼬마의 손이었다.

"아저씨."

"저리 가. 놀아 줄 시간 없다."

"그게 아니라 엄마가 갑자기 배가 아파 가지고, 아빠랑 같이 병원 갔어요. 바이올렛이랑 놀고 있으라고 했는데."

리나가 말똥말똥한 눈으로 윈터를 보며 말하다가 너무 높아 목이 아픈지 두 손으로 뒷목을 문질렀다. 그러더니 문 열린 집 안으로 고개를 들이밀고 바이올렛을 향해 말했다.

"바이올렛. 엄마가 아파서 아빠랑 병원 갔어. 바이올렛이랑 있으라고 엄마가 그랬어."

핌이 아프단 소식에 깜짝 놀란 바이올렛이 손짓하자 리나가 안으로 들어왔다.

"많이 아프대?"

"조금 아프대."

아이가 대꾸하더니 종이 인형을 발견하고 눈이 휘둥그레졌다.

"저거 아까 축제에서 봤는데!"

"아, 응. 거기서 샀어."

"엄마가 비싸다고 사면 큰일 난다고 했어. 강아지랑 집 바꿔야 된다고."

리나는 대답하는 와중에도 종이 인형을 넋이 나간 얼굴로 바라보고 있었다. 바이올렛이 윈터를 보자 그가 혀를 차며 고개를 저었다.

"안 돼. 그거 바이올렛 거야. 내려놔."

윈터가 짜증스레 말하고는 아까 산 쓸모없다고 생각했던 작은 동전 주머니를 꺼내 돈을 담아 아이에게 내밀었다.

"이거 가져가서 부모님한테 나중에 사 달라고 해."

"돈이다!"

"큰돈이다. 잃어버리지 마."

여섯 살짜리와도 돈으로 타협하는 윈터를 보니 바이올렛은 그 한결같음이 이제는 좀 신기해졌다.

바이올렛이 제 옆으로 돌아온 리나에게 인형을 들어 보였다.

"일단은 이거 가지고 놀까?"

"응! 나는 이 옷이 좋아."

"와, 예쁜 옷이네."

집에 찾아왔을 땐 겁먹어 울 것 같더니 금방 신이 났다. 윈터가 어이없어하며 멋대로 의자를 꺼내 앉았다.

능구렁이 담 넘듯이 집에 들어와 버린 윈터를 차마 아이 앞에서 쫓아내지 못한 바이올렛은 애써 그를 모른 척하며 리나와 인형 놀이를 해 주었다.

한참 놀던 리나가 다시 쪼르르 윈터에게 가더니 말했다.

"무서운 아저씨, 목말 태워 주세요!"

"내가 왜?"

"엄청 높을 것 같아서!"

"넌 이미 얼추 다 커서 안 돼. 그건 아가들만 하는 거야."

"리나 아직 아가인데?"

리나가 당당하게 반박했다. 윈터가 어이없어 코웃음을 치더니 천장을 손으로 툭툭 치며 말했다.

"천장이 낮아서 안 돼."

"내가 이렇게 허리 숙일게요!"

리나가 말로만 하면 못 알아들을까 봐 걱정이 되는지 허리를 폭 숙여 보였다.

윈터가 헛웃음 짓더니 나오라는 듯 손짓했다.

리나가 신나서 집 밖으로 뛰어나가자 윈터가 아이를 들어 목말을 태워 주었다. 리나가 신이 나서 들썩였다.

"바이올렛, 이거 봐! 엄청 크지?"

"와, 정말."

바이올렛이 신기하다는 듯이 두 사람을 보았다.

아이들이야 솔직하니 윈터의 특출한 외모에 금방 호감을 가지는 것이 당연하겠지만, 까칠하게 굴 거라고 생각했던 윈터가 아이와 잘 놀아 주는 것은 의외였다.

그들은 잠깐 집 앞을 돌아다니다가 금방 집으로 돌아왔다. 윈터가 아이를 테이블 위에 내려놓자 리나가 동그래진 눈으로 윈터에게 소곤거렸다.

"테이블에 올라가면 바이올렛한테 혼나요."

아이의 말에 윈터가 어깨를 들썩이고 웃더니 대꾸했다.

"알아, 나도 이미 여러 번 혼났어."

그러더니 둘 다 바이올렛을 이상한 사람이라는 듯이 쳐다보았다. 바이올렛은 리나를 테이블에서 내려놓으며 아이 어르듯이 말했다.

"올라가면 안 되는 곳에 올라가지 말라는데 왜 둘 다 그런 표정일까?"

"이런 꼬맹이한테도 잔소리를 하셨을 줄은 몰랐군."

"아이니까 더더욱 알려 줘야 하는 거예요."

"나와 교육관이 다르군."

두 사람은 티격태격하면서도 집을 뒤져 아이가 먹을 간식거리를 찾아 꺼냈다.

잠시 후 핌이 아이를 데리러 왔다. 다행히 축제에서 차가운 걸 너무 먹어 배탈이 난 거였다며 깔깔거리고 웃다가 고맙다는 인사를 남기고 돌아갔다.

아이가 떠나고 나니 두 사람 사이가 조용해졌다.

바이올렛이 입을 열었다.

"이제 돌아가요."

"아직도 모르나? 난 가라고 하면 더 안 가는 사람이야."

"이상한 사람이에요, 당신은."

바이올렛이 진심으로 말했다.

윈터가 손을 내밀었다.

"손 줘 봐."

"왜요?"

"주면 갈 테니까 줘 봐."

"가져가지는 말아요."

바이올렛의 소소한 농담에 윈터가 키득거리고 웃었다.

바이올렛이 손을 내밀어 윈터의 손바닥 위에 올렸다. 윈터가 그녀의 손을 잡고 가만히 바라보자 바이올렛이 물었다.

"뭐 하는 거예요?"

"당신 손 잡는 거 좋아하잖아."

"이제 안 좋아해요."

"요즘은 내가 좋아해. 물들었나."

윈터가 가만히 손을 감쌌다. 그리고 아쉬운 표정으로 손을 놓았다.

"슬슬 가요."

바이올렛이 말을 꺼내더니 배웅을 해 주겠다는 듯 먼저 문을 나섰다. 그녀를 따라 나온 윈터가 주머니에 손을 넣고 불만스럽게 말했다.

"늦었는데 자고 가라고 말이나 하지?"

"빈말인데 진짜 자고 갈까 봐요."

"내가 빈말도 구분 못 할 것 같아?"

"빈말도 자기 필요할 땐 이용하는 남자라고 생각해요."

바이올렛의 말에 윈터가 혀를 찼다. 그러자 바이올렛이 농담하듯 말을 건넸다.

"늦었는데 소파에서라도 자고 갈래요?"

"됐다."

윈터가 투덜거리며 휙 돌아서 버렸다. 그의 뒷모습을 보며 저도 모르게 웃던 바이올렛이 서둘러 집으로 들어와 문을 닫았다.

"아…… 정신 차려야겠네."

축제에서 데이트를 하고 나니 연애라도 하는 기분에 빠져 지금이 이혼을 위한 숙려 기간임을 잊을 뻔했다.

그러나 그렇게 생각하려 해도 테이블 쪽을 보니 건방진 자세로 앉아 있던 윈터가 잠깐씩 아른거렸다. 아이와 놀아 주던 모습도, 폭죽으로 다 터트려 버리겠다며 투덜거리던 모습도.

그가 수없이 제 삶의 의지를 꺾어 버렸던 과거가 그와 함께 있는 동안에는 자꾸만 잊혔다.

"……요망하기도 하지."

그녀가 혼잣말하며 고개를 휘저어 머릿속을 비웠다.

✳ ❄ ✳

신기한 일이었다. 바이올렛과 재회한 후부터 윈터의 사라졌던 모든 감각, 감정들이 돌아왔다.

윈터는 모처럼 잘 자고, 모처럼 맛있는 식사를 했다.

감각과 감정이 돌아온다는 것이 긍정적인 일만은 아니었다. 부정적인 것들도 똑같이 돌아왔던 것이다.

그는 바이올렛과 재회하기 전보다 훨씬 더 들떴다가, 훨씬 더 우울해졌다. 그 간극은 그를 더욱 고통스럽게 만들었다.

그래도 어쨌든 오늘의 식사는 훌륭했다. 키론의 식사는 라크라운드 수도의 음식보다 훨씬 윈터의 입맛에 맞았다.

그의 회사 사원들에게도 다행이었다. 그는 본래 성격이 더러웠으므로, 다정한 성격을 바라는 사람은 애초에 없었다. 다만 그저 얼마 전처럼 언제 화를 낼지 몰라 사람을 미치게 만들지 않는 것만으로도 다행이었다.

매일 만나자고 하면 바이올렛이 고통스러워할 것 같아 어느 정도 간격으로 만나자고 해야 하나 고민하며 일 처리를 하던 때였다.

집무실 문이 아주 조심스럽게 열리더니 하옐이 말로 형용할 수 없는 표정을 지으며 들어섰다.

"저, 대표님."

"뭐."

윈터가 묻자 하옐이 심호흡을 크게 하고 입을 열었다.

"대표님의 어머님께서…… 오셨습니다."

"……"

그의 호칭으로 윈터는 하옐이 누구를 말하는지 바로 알았다. 블루밍 부인, 즉 캐서린 블루밍의 호칭은 마님이었다. 그러므로 그가 말하는 '대표님의 어머님'은 분명 윈터의 생모였다.

"……그 여자가 왜?"

"저도 아직 모르겠습니다. 일단 응접실에서 기다리고 계십니다. 어떻게 할까요?"

하옐은 당장 쫓아내라는 대답을 기다리고 있었다.

✳ ❄ ✳

윈터는 도무지 납득이 가지 않는 상황에 분노하며 복도를 걸었다. 그가 문이라도 부술세라 플립이 서둘러 문을 열어 주었다.

그가 응접실로 들어서서 우뚝 멈춰 섰다.

테이블 앞에는 피곤해 보이는 회색 눈의 아름다운 중년 여자가 있었다. 20년이 넘어서 만났음에도 윈터는 단숨에 그녀가 제 생모인 리네라는 것을 알아차렸다.

고생을 해서 일찍부터 하얗게 센 머리칼을 한쪽 어깨로 넘긴 리네가 윈터를 보았다.

"세상에. 정말 많이 컸구나."

윈터는 어처구니가 없어 어깨를 들썩이며 웃었다.

다섯 살짜리를 버리고 저 혼자 살겠다고 대륙을 넘어가서는 연락 한 번 없었다. 5년 전에만 찾아와 줬어도 그는 어머니를 완벽히 용서할 자신이 있었다.

그가 잠시 눈을 감았다.

분노보다 우울함이 먼저 그를 휘감았다. 윈터가 곧 눈을 뜨고 구두 소리가 나게 걸어 리네의 맞은편에 앉았다.

"용건이 뭡니까."

그의 서늘한 말에 리네가 어색하게 웃었다.

"용건은. 그냥 어떻게 지내나……."

"이제 와서요?"

"잘 지내는 거 알고 있었단다. 오히려 내가 앞에 나오는 게 더 폐가 될 것 같았어."

"그래서. 용건이 없으십니까?"

윈터는 확신하고 있었다. 이제 와서 자신을 찾아왔을 때는 분명히 이유가 있으리라.

그에게 아주 조금의 재산이 생겼을 때부터 이런 일이 비일비재했다. 건너 건너 알았던 온갖 치가 어떻게든 빌붙어 보려고 찾아왔었다. 그 이후부터 누군가 자신을 찾아오면 윈터는 불신부터 하고 보는 습관이 생겼다.

윈터는 아무 말을 못 하는 리네를 무심히 보다가 담배를 꺼내 불을 붙였다.

그가 한 모금을 피우고 물었다.

"돈 빌리러 왔습니까?"

리네는 대답도, 행동도 없었지만 그 무언이 긍정임을 윈터는 알 수 있었다.

한참 후 리네가 입을 열었다.

"나 혼자 살아남기는 너무 힘들었어. 알잖니. 이방인인 여자가 살아가기 얼마나 힘든지."

"결론부터 말해도 됩니다."

"알리카에서 만난…… 남자와 결혼을 했어. 사내아이 쌍둥이를 낳았는데 둘 다 심장이 많이 안 좋다더구나. 올해 열여덟 살이 되었는데, 두 아이 약값이 도무지……."

"아."

"염치없는 거 알아. 나는 용서 못 하겠지만, 그 애들은 네 동생이기도 하잖니."

윈터는 웃음이 나와서 도무지 견딜 수가 없었다.

신이 나를 증오하는 건가. 그래서 나를 괴롭히고, 내 아내마저 괴롭게 한 건가.

윈터가 다시 담배 한 모금을 깊게 피우고 말했다.

"버린 자식한테 돈을 달라니요. 제가 돈이 남아도는 건 사실이지만 어머니께 드릴 돈은 없습니다."

그의 말에 리네가 다급하게 말했다.

"네 친부에게는 주고 있지 않니?"

리네 역시 이러고 싶지는 않았지만, 제 아이가 죽어 가니 눈이 뒤집혀 무엇이든 할 수 있는 상태가 되었다.

윈터가 유쾌한 표정으로 대답했다.

"그걸 어떻게 아셨는지 모르겠지만, 지난달부턴 드리지 않고 있습니다. 스물아홉 생일을 맞아서 부모님을 독립시켜 드리려고요."

"윈터……."

"어쩌나. 조금만 빨리 찾아오시지."

신이시여, 나를 죽여 주소서. 신이시여, 나에게 벼락을 내리소서.

윈터는 일생 찾지 않던 신을 지금 이 순간 간절히 찾고 있었다. 제발 나를 죽여 달라고, 신이 있다면 바짓가랑이라도 붙잡고 늘어지고 싶었다.

리네의 호흡이 거칠어지기 시작했다.

"내가 무슨 짓이든 하마. 내가 뭘 하면 용서해 줄 수 있겠니?"

"어머니. 그 쌍둥이는 그냥 그럴 운명인 겁니다. 나는 다섯 살에 버려질 운명이었고. 그냥 자식 운이 없었구나, 하세요."

윈터가 낸들 어쩌란 거냐는 듯 말하고 어깨를 으쓱였다.

그 순간 못 견딘 리네가 손을 들어 윈터의 뺨을 세게 때렸다. 고개가 돌아간 윈터가 그대로 짜증을 냈다.

"아, 젠장. 망할 인생."

리네는 자기가 때려 놓고 눈이 커져서 다급하게 윈터의 얼굴을 더듬었다.

"위, 윈터. 내가 미안하다. 내가 제정신이 아니야, 지금……."

"하옐! 하녀들보고 어머니 모셔 가시라고 해."

윈터가 큰 소리로 부르자 문 앞에 있던 하옐이 하녀들과 들어왔다.

"위, 윈터! 제발!"

리네가 비명을 지르며 반항했으나 하녀들이 안절부절못하면서도 그녀를 데리고 나갔다.

친모가 사라진 후, 테이블을 거칠게 걷어찬 윈터가 하옐을 다시 불렀다. 그가 달려오자 윈터가 음울한 목소리를 냈다.

"어머니에게 적당히 돈을 쥐어 줘."

"네에? 친어머님께요?"

"뭐 그 집 쌍둥이가 어쩌고저쩌고 하잖아. 그냥 달라는 거 줘서 보내. 귀찮으니까."

"……예."

하옐이 살짝 억울한 표정을 지었다.

"저 같으면 안 줍니다."

그 역시 부모에게 버려져 빈민굴에서 구걸을 하며 지냈다. 윈터가 머리가 좋아 보인다며 데려와 주지 않았다면 좀도둑이나 되었을 게 뻔했다. 평소 같으면 꺼지라고 당장 소리를 쳤을 테지만, 하옐과는 부모에게 버려진 공감대가 있어서, 윈터는 부모 이야기를 할 때만큼은 하옐을 봐주는 경향이 있었다.

"너희 부모는 도박 빚 갚아 달라고 온 거였잖아. 상황이 다르지."

"아무리 그래도 그렇죠. 염치가 없잖아요."

"아버지한테는 돈 드렸잖아. 형평성 때문에 주는 거야."

하옐이 여전히 불만스러운 표정으로 달려 나간 후, 윈터는 발코니로 걸음을 옮겼다. 아래를 내려다보니 하옐이 리네에게 돈을 쥐여 주는 것이 보였다. 리네는 돈을 받자마자 거듭 허리 숙여 인사를 한 후 정신없이 달려갔다.

"……돌아보지도 않는군."

윈터가 허탈하게 중얼거렸다. 그럴 줄 몰랐던 건 아닌데, 왜 이렇게 우울해지는지 모를 일이었다.

그리고 정말로 미치겠는 건, 친어머니에 대한 실망감과 동시에 바이올렛이 그녀의 방에서 창문 밖을 내다보던 모습이 떠오른다는 것이었다.

결혼 초기에 바이올렛은 상냥한 미소를 지으며, 그런 부탁을 했었다.

"외출할 때 미리 말해 줄래요? 배웅해 주고 싶어요."

윈터는 스물넷, 결혼을 하기 전까지 누구에게 말하고 외출을 한다는 개념을 단 한 번도 가져 본 적이 없었다.

낯선 개념을 주장하는 바이올렛이 번거로워서 대답도 하지 않았는데, 그녀는 윈터가 출발한다는 걸 눈치채기만 하면 서둘러 와서 공주님스러운 놀림으로 손을 흔들곤 했다.

그러나 남편이 배웅을 싫어하는 기색이 역력하니, 얼마 뒤부턴 침실 창가에서 가만히 그가 떠나는 모습을 바라보는 것으로 인사를 대신했다.

친어머니 때문인지 바이올렛 때문인지, 윈터는 가슴이 찢어지는 듯한 슬픔을 느꼈다.

✳ ❄ ✳

윈터는 호텔을 무작정 나와 걷기 시작했다. 참나무 숲을 지나 바이올렛의 집에 가까워지니, 때마침 밖에 나와 있는 바이올렛이 보였다.

괴로우면 그녀에게 달려오게 되는, 어느 날 생겨 버린 이 망할 습관에 자괴감이 들었다. 염치없는 것도 유전인 모양이었다.

그녀는 막 집 밖에 있는 화분이 걱정되어 옮기던 참이었다. 아직 어린 싹이 자라는 화분을 안아 든 바이올렛은 불쑥 나타난 윈터를 발견하고 눈이 동그래졌다.

"위, 윈터? 뭐 하는 거예요? 비가 이렇게 오는데."

그녀가 다급하게 화분을 집 안에 내려놓는 사이에도 윈터는 따라오기는커녕 집 앞에서 그대로 비를 맞고 서 있었다.

기둥처럼 그렇게 서 있으려니 바이올렛이 그의 팔을 붙잡아 집 안으로 끌고 들어갔다.

겨우 집에 들어선 후, 윈터는 닫힌 문에 기대 스르륵 미끄러져 앉았다. 바이올렛이 걱정스러운 표정으로 그의 앞에 무릎을 끌어안고 앉았다.

"무슨 일이에요?"

그녀가 묻자 다행히 영 입을 안 열 것 같던 윈터가 중얼거렸다.

"어머니가 왔었어."

"캐서린 부인께서요?"

"아니. 친어머니."

윈터의 말에 바이올렛이 눈이 동그래져서 물었다.

"찾았어요?"

"자기 발로 왔더군. 자식들이 아프니 도와 달라고."

"설마……."

"돈 달라고, 나한테. 그래서, 기분이 거지 같아서 왔어."

그의 머리칼이며 목덜미로 빗물이 흘러내렸다. 그가 꺼낸 지갑 역시 비에 푹 젖어 있었다. 그 안을 확인하던 윈터는 돈이 젖어 꺼내다 찢어질 것 같았는지 지갑을 통째로 바이올렛에게 내밀었다.

"이거 다 줄게. 내 기분 좀 풀어 줘."

"……."

윈터의 광택 없는 잿빛 눈동자 속에 죽음에 대한 갈망이 일렁거렸다. 그러나 당장 목숨을 끊어 봤자 바이올렛과 몸이 바뀔 테니 의미가 없었다.

몸이 너무 무거웠다. 차라리 자신이 종이처럼 납작한 물질이라면 좋겠다고 생각했다. 그럼 세상이 덜 무겁게 느껴질까.

윈터의 얼굴을 살피던 바이올렛이 두 손을 내밀어 지갑을 받아 들었다.

"받을게요, 돈."

그러더니 지갑을 옆에 두고 윈터를 당겨 쓰러뜨렸다.

그의 머리를 제 무릎에 둔 바이올렛이 조심스럽게 어깨를 토닥였다. 윈터가 눈을 감으며 중얼거렸다.

"무슨 짓인지 모르겠군."

"당신은 필요한 건 전부 돈으로 얻으려 하잖아요. 그래서…… 돈은 일단 받기로 했고."

"……"

"이건 내가 제일 힘들 때 받고 싶었던 거. 외로워서, 누가 이렇게 만져 줬으면 좋겠다고 생각했었어요."

"……"

"마음이 아픈 건데, 물리적인 접촉이 필요하더군요. 이상하다고 생각했어요."

그녀의 말대로, 그것은 정말로 이상한 일이었다. 바이올렛의 손이 머리칼이며 어깨를 토닥이자 코앞까지 다가왔던 죽음이 한 걸음 물러났다.

그리고 태어나서 처음, 온전한 만족감을 느꼈다.

수도 없이 많은 땅을 사들이고, 그 땅 위에 하늘 높은 줄 모르는 건물들을 끊임없이 지어 올렸다. 그것이 제 행복을 위한 유일한 길이라고 여겼다. 그런데도 그는 불만족했고, 오히려 더 큰 욕망에 휩싸였었다.

그런데 지금, 비를 흠뻑 맞은 데다 카펫도 없는 바닥에 드러누워서는 제 덩치로도 감당하지 못해 흘러넘치는 만족감에 잠겨 있었다.

그러나 얼마 지나지도 않아, 윈터는 제게 그런 만족을 느끼게 한 여자가 제 곁을 떠나리라는 현실 속으로 되돌아왔다.

다정히 윈터를 토닥이던 바이올렛이 그의 부드러운 머리칼을 손가락으로 감으며 말했다.

"당신 머리가 이렇게 헝클어진 거 별로 못 본 것 같아요."

그녀의 손길에 윈터가 멈칫하고 인상을 썼다. 표정으론 싫은 것 같았는데 행동으로는 그녀의 손 쪽으로 이마를 조금 더 들이밀었다.

잠시 후 그가 움직이지 않아 바이올렛이 손을 떼자 윈터가 인상을 썼다.

"아까 내 지갑을 제대로 확인하지 않은 모양이군. 난 이것보다 훨씬 많은 노동의 대가를 지불했어."

"당신은 여전히 같은 말도 못되게 하는군요."

"협상 불가야. 이것만큼은."

윈터가 처음 이 집에 들어올 때는 없던 열망이 엉긴 눈으로 그녀를 보았다. 바이올렛은 비 오는 날 유독 상대를 매혹하는 말간 눈으로 그를 걱정스레 바라보고 있었다.

바이올렛은 윈터를 젖은 상태로 오래 둘 수 없어서 제 팔을 당겨 빼내고는 먼저 몸을 일으켜 그의 팔을 당기며 말했다.

"감기 걸리겠어요. 샤워해요, 어서."

"내 몸은 내가 챙겨. 아내에게 보살핌받는 멍청이는 되고 싶지 않아."

"그걸 왜 멍청이라고 생각해요? 똑같이 서로 챙기는 거죠."

"당신이 나보다 훨씬 약한데 똑같이 서로 챙기는 건 당신에게 불공평해."

그가 일어나자 바이올렛이 등을 떠밀며 말했다.

"알았어요, 그런 줄 알 테니까 어서 씻어요. 날 걱정시키면서 고집

부리는 것도 그리 똑똑한 행동은 아니니까."

그 말에는 동의하는지, 윈터는 더 고집부리지 않고 욕실로 들어갔다.

❄ ❅ ❄

그를 떠밀어 놓고 바이올렛은 화로에 불을 붙였다.

기분이 영 이상했다. 지금은 그에 대한 미움보다도 어떻게 달래 줘야 하나, 하는 안타까움으로 가득했다.

처음엔 세 달 내내 침대로 끌고 가려 갖은 수작을 부릴 줄 알았다. 그래서 여러 가지 경우의 수를 생각하며 잠자리를 거부할 방법을 고려했었다.

그런데 예상과 전혀 달랐다. 오히려 문뜩문뜩 몸이 달아오르는 것은 그녀 쪽이었고, 윈터는 손잡는 일이 제일 즐거워 보였다.

세 달 후에 이혼해 주겠다는 사람이, 덫에 걸렸다 도망친 동물처럼 상처투성이로 불쑥 나타나서 손길을 요구한다.

이렇게 크게 다친 남자를 어떻게 저 빗속으로 다시 쫓아낼까. 결국 오늘 밤은 여기서 재울 수밖에 없을 것 같았다.

어수선한 기분에 자리에 앉지 못하고 돌아다니는데 밖에서 하엘의 목소리가 들렸다.

"작은 마님, 계십니까?"

바이올렛이 문을 열어 보니 우산을 쓴 그가 커다란 짐을 들고 있었다.

안으로 들어온 하엘이 부지런히 가방 안 짐들을 정리하며 구시렁거렸다.

"겉보기엔 멀쩡하게 나가셨는데 말입니다. 비가 오는 걸 모르시더라고요. 그러니까 너무 마음 약해지시면 안 됩니다, 작은 마님."

그의 말에 바이올렛이 흐릿한 미소를 지었다.

"반대 아닌가?"

"안 되죠. 너무 마음 약해지셔서 잘해 주셨다가 대표님이 이혼 안 한다고 달려드시면 어떡합니까? 전 두 분 이혼 찬성이거든요."

"자네도 참."

바이올렛이 웃더니 이 빗속에 바로 보내기 미안했는지 나가려는 그에게 괜히 더 말을 걸었다.

"비가 이렇게 오는데 어떻게 돌아가려고. 어차피 남편도 자고 갈 것 같으니 오늘은 여기서……."

"그건 진짜 아닙니다, 작은 마님. 저 평생 욕먹어요."

하옐이 웃으며 대꾸하고 꾸벅 인사한 후 집을 나갔다.

밖에서 들어온 비바람이 차가워 바이올렛이 옷깃을 여몄다. 이 세찬 비를 뚫고는 어쩌자고 여기까지 온 건지, 남편의 마음을 알 수가 없었다.

얼마 지나지 않아 윈터가 목욕을 마치고 하옐이 갖다준 옷으로 갈아입고 나오자 바이올렛이 따끈한 레몬차를 한 잔 내밀었다.

"자고 가요."

"내가 그렇게 불쌍해?"

기분이 나아졌는지 윈터가 차를 받으며 씨익 웃었다. 그 모습에 안도한 바이올렛이 그를 흘겼다.

"사람을 그렇게 걱정시켜 놓고 웃음이 나와요?"

"당신은 내가 그렇게 개새끼처럼 굴었는데 달래 줄 마음이 드나?"

"어쩔 수 없잖아요. 당신이 이 비에 우산도 안 쓰고 찾아왔으니까."

바이올렛이 여전히 염려되는 표정으로 말했다. 윈터가 차를 한 모금 마시고 다시 물었다.

"정말 자고 가?"

그의 목소리는 이상하게, 어딘가 간절해한다는 느낌을 주었다. 덜 말라 물기가 뚝뚝 떨어지는 머리칼이 젖은 채 헝클어져 있었다.

어머니가 이제야 나타나 한 게 돈을 달라는 것이었으니, 윈터가 제정신일 리가 없었다. 그 사실이 바이올렛의 마음의 벽을 얇아지게 했다. 그녀가 고개를 끄덕였다.

"하지만 특별히 어디 아픈 것도 아니니까 바닥에서 자요."

"알았는데, 하옐이 술은 안 가져왔어?"

"가져오긴 했지만…… 그냥 따뜻한 차를 한 잔 마시는 게 어때요?"

"일반적인 남자는 우울할 때 차 같은 거 안 마셔."

바이올렛은 우울한 상태의 윈터가 술을 마시는 것을 원하지 않았다. 그러나 더 막을 수가 없어 유리잔을 꺼내 얼음을 넣고 하옐이 가져온 보드카를 따라 내밀었다.

윈터가 잔과 함께 병까지 뺏어 들고 바이올렛의 침대 아래 기대앉았다. 술을 들이켜는 그의 모습을 가만히 바라보던 바이올렛은 윈터가 잠시라도 다른 생각을 하게 해 주고 싶은 마음에, 우유 한 잔을 따라 들었다. 그러고는 우산을 침실에 펼친 뒤 우유를 그 아래 두었다.

윈터가 그 모습을 바라보며 물었다.

"집요정 주려고?"

그러자 바이올렛이 고개를 끄덕였다.

"네, 라크라운드의 집요정은 우산 아래 있는 걸 좋아한다잖아요."

"그랬지."

"어릴 때 비만 오면 우산 아래에 쿠키와 우유를 가져다 놓았어요."

그 말에 윈터가 술을 벌컥벌컥 들이켜고는 별 악의 없이 말했다.

"우리 공주님 참 부유하게 자랐네. 난 내가 먹을 것도 없었는데."

"……."

즐거우려고 시작한 이야기였는데 슬픈 이야기로 끝나 버리자 바이올렛의 표정이 어딘가 시무룩해졌다. 뒤늦게 그녀의 표정을 읽은 윈터가 바로 말을 이었다.

"그래도 손님들이 식당에 잊어버리고 놓고 간 우산은 많았지. 쿠키와 우유 대신 내 몫으로 받은 빵을 잘라서 놔뒀고."

"그랬군요."

"다음 날 눈떠 보면 빵이 사라져 있더군. 어릴 땐 집요정이 가져간 줄 알고 좋아했는데, 생각해 보면 뭐, 남부에 흔한 주머니쥐가 물어갔겠지."

"자기 몫을 잘라서 집요정에게 주다니, 착하네요."

"외로워서 집요정을 잡으면 키우려고. 미끼였어."

윈터가 농담인지 진담인지 모를 말을 중얼거리고 술을 한 모금 마셔 목을 축였다. 그리고 말이 없었다.

바이올렛이 다시 문을 넘어 윈터의 앞에 무릎을 끌어안고 앉았다. 그러자 윈터가 그녀 쪽으로 몸을 조금 숙이며 말했다.

"그만 불쌍해하고 잠이나 자."

"불쌍하다고 안 했어요."

"그런데 왜 거기서 그러고 봐."

"외로워 보여서."

여느 때처럼 담담한 그녀의 말에 윈터는 잠시 아내를 바라보다가 말없이 잔을 비우고 새 술을 부었다.

그러자 바이올렛이 손을 내밀며 물었다.

"나도 한 모금 마셔도 돼요?"

다행히 윈터가 그녀에게 잔을 건넸다. 바이올렛이 보드카를 한 모금 마시고 다시 그에게 돌려주었다.

그것을 몇 번 번갈아 반복하자 술이 약한 바이올렛은 금방 취해서 무릎 위로 얼굴을 묻었다. 곧 윈터가 잔을 내려놓고 두 팔로 바이올렛을 안아 들어 침대에 눕혔다.

그녀는 금방이라도 잠들 듯 반쯤 눈이 감겨 있었다. 그런 주제에 혹시 흐트러졌을까 옷매무새를 만지고 있으니, 그녀를 내려다보던 윈터가 중얼거렸다.

"취해서도 우아하네."

"별로 안 취했어요."

"취했어. 눈도 못 뜨는 주제에."

"그건 잠이 와서……."

"애초에 왜 이렇게 많이 마셨어?"

윈터가 어르듯이 묻자 바이올렛이 애써 눈을 뜨고 그를 올려다보았다.

"당신이 술을 너무 빨리 마시잖아요."

"……."

"천천히 마시게 하려구……."

바이올렛이 이야기하다가 못 견디고 하품을 했다. 그러고는 그대로 스르륵 잠이 들었다.

원터는 일렁이는 눈동자로 새근새근 숨소리를 내는 바이올렛을 한참 더 내려다보았다. 오늘 밤 저 심한 비를 뚫고라도 이곳에 와서 다행이라고 생각했다.

❅ ❅ ❅

늦은 아침 바이올렛이 몸을 일으켰을 때, 원터는 침대 아래 쓰러지 듯 잠들어 있고, 그의 손 앞에는 텅 빈 술병이 있었다. 바이올렛이 병을 집어 들고 기겁을 해서 원터를 흔들었다.

"원터, 설마 이걸 다 마신 거예요?"

몸이 흔들리자 원터가 괴로운 신음을 내며 그녀를 등지고 몸을 돌렸다. 바이올렛은 포기하지 않고 반대쪽으로 가서 다시 원터의 앞에 앉았다.

"이걸 다 마시면 어떡해요, 독하던데."

"원래 그만큼 마셔."

"그럼 더욱 심각한 문제군요."

그녀의 잔소리에 겨우 몸을 일으킨 원터는 햇살이 눈부신지 미간을 좁히며 시간을 확인하고 물었다.

"혹시 나한테 약 먹였어?"

"아뇨, 그건 인생에 한 번으로 충분해요."

"이상한 일이군. 이렇게 잘 자다니."

"술을 이만큼 마셨으면 잠든 게 아니라 기절한 거예요."

"당신은 비난도 아주 성실하게 하는군."

원터가 잔소리를 한 귀로 듣고 한 귀로 흘리며 몸을 일으키고 침실을 나섰다. 그의 말대로 바이올렛이 성실하게 그를 따라 걸으며 잔소리를 이어 갔다.

"도망치지 말고 제대로 들어요. 저렇게 큰 병에 든 술을 다 마시면 어쩌자는……."

바이올렛의 눈이 커졌다.

갑자기 돌아선 윈터가 허리를 숙이더니 그녀에게 입을 맞추는 것이 아닌가. 그것도 이 아침에, 이 밝은 햇살 아래에서라고는 상상도 할 수 없을 만큼 농염한 입맞춤이었다. 바이올렛이 당황하며 윈터의 팔을 움켜쥐었다.

그녀의 몸에 힘이 풀리도록 입을 맞춘 윈터가 곧바로 변명했다.

"화내지 마. 다섯 살 이후 처음 친어머니를 만났더니 슬퍼서 그래."

무슨 짓이냐는 말과 함께 뺨이라도 맞을까 봐 아무렇게나 한 말이 잘 먹혔는지, 바이올렛의 맑은 눈망울에 순식간에 온갖 감정이 들어찼다.

그런 그녀의 표정에 윈터가 입꼬리를 늘였다. 이렇게 따라다니며 걱정하는 게 귀여워서, 못되게도 자꾸만 더 걱정을 끼치고 싶어진다.

바이올렛이 입술을 우물거리더니 말했다.

"괜찮아요. 어차피 세 번은 입을 맞추기로 약속했으니까. 대신 이제 한 번 남은 거예요."

"명심하지."

계속 보고만 있고 싶은 마음을 참고 간신히 몸을 돌려 문을 열어 보니 예상한 대로 문 앞에 크루아상과 모닝 롤, 그리고 비스킷이 담긴 바구니가 있었다. 윈터가 그것을 들고 들어오자 바이올렛이 물었다.

"설마 여기로 룸서비스를 받은 거예요?"

이 상황에선 무슨 말을 해도 잔소리만 더 들을 것 같아, 윈터는 대답도 안 하고 크림색 레이스로 장식된 실크 테이블보를 바구니에서 꺼내 바이올렛의 테이블보와 교체했다.

능숙하게 각을 잡아가며 세팅하는 모습에 바이올렛이 신기하다는 듯 말했다.

"잘하네요."

"호텔을 운영하는 놈이 테이블 세팅을 못 하면 어떡해."

브런치를 위해 가져온, 아침에 갓 구워 폭신하고 버터 향이 물씬 풍기는 크루아상과 모닝 롤에 바이올렛의 목으로 군침이 넘어갔다. 테이블 한가운데는 바이올렛이 언제나 올려 두는, 들풀로 만든 센터피스가 다시 놓였다.

윈터가 아치형의 손잡이가 달린 코르시카풍의 네 가지 잼 플레이트를 내려놓으며 말했다.

"여기부터 버터, 꿀, 살구와 사과 잼."

마지막으로 최근 1년간 바이올렛은 보지 못했던 완벽한 형태의 하얀 반숙 달걀이 테이블 위에 놓였다.

윈터는 여느 때처럼 팔팔 끓인 커피에 설탕을 듬뿍 넣어 마셨고, 바이올렛은 아침용 홍차를 마셨다.

윈터가 일부러 끓는 온도보다 낮게 홍차를 우린 바이올렛의 잔을 턱짓했다.

"미지근한 걸 무슨 맛으로 마셔?"

"그러는 당신은 감각이 둔한 건가요? 늘 너무 차거나, 너무 뜨겁게 마시잖아요."

"그러니까. 미지근한 걸 무슨 맛으로 마시냐고."

둘의 확연히 다른 취향은 도저히 합의점을 찾을 수가 없었으므로, 둘 다 이해할 수는 없어도 그냥 받아들이기로 결정했다.

게다가 바이올렛은 오랜만에 보는 갓 구운 훌륭한 빵에 마음이 관대해져 있었다.

그녀는 우선 자그마한 크루아상을 절반으로 잘라 한쪽을 한입에 넣었다. 차를 한 모금 마시고 나머지 반쪽도 먹고 나니 흐뭇한 웃음이 나왔다.

반면에 윈터는 도저히 못 먹겠는지 빵을 내려놓았다. 그러더니 곧바로 일어나 핌의 집에서 식재료를 얻어 왔다. 보나마나 옆집 가족이 한 달은 쓸 수 있는 돈을 챙겨 줬을 걸 바이올렛도 이제는 알았기 때문에 별다른 말을 하지 않았다. 다만 그가 뭘 만들지 궁금하기는 했다.

"뭐 할 거예요?"

"남부식 해물찜. 남부에서 해장할 때 주로 먹거든."

"안 먹어 봤어요."

"당신한테 매워."

"궁금해요."

바이올렛은 매운 음식을 전혀 먹지 못했다. 혀가 톡 쏘는 정도기만 해도 아파하며 접시를 밀어내 버렸다. 그런 그녀에게 매콤한 고추를 넣고 만든 남부식 해물찜은 매울 것이 틀림없었다.

남부식 해물찜은 윈터가 착취당하던 식당의 메인 요리였기 때문에 금방 만들 수 있었다. 그때 하도 먹어 한동안 먹지 않다가 나이가 드니 슬슬 어릴 때 먹던 것을 다시 찾게 되었다. 특히 남부 사람들은 술을 마시면 칼칼한 남부식 해물찜으로 해장을 했다.

윈터가 능숙하게 해산물을 손질하자, 바이올렛이 호기심 가득한 얼굴로 그 모습을 구경했다.

장갑을 낀 상태로 새우 껍질을 미리 손질하는 윈터의 모습을 바라보던 바이올렛이 말했다.

"손이 많이 가는 음식이네요."

"당신이 혼자 못 하니까 내가 손이 많이 가는 거야."

"알려 주면 할 수 있어요."

그녀가 찔려 하며 대답하자 윈터가 눈을 가늘게 뜨고 핀잔했다.

"자랑이다. 이러고도 공주님이라고 부르지 말라니."

바이올렛은 처음으로 공주님 소리에 할 말이 없어졌다.

잠시 후, 손질된 해산물들이 솥 가득 담겼다. 눈이 동그래진 바이올렛이 솥 안을 살피며 감탄했다.

"당신은 정말 요리를 잘하네요."

"당신은 1년을 혼자 살아도 여전히 집안일에 관심이 없군."

윈터는 이 공주님을 반드시 라크라운드로 끌고 가기로 마음을 먹었다. 1년 정도 혼자 살았으니 뭐라도 할 줄 알 거라고 생각했는데, 제 옷을 꼼꼼하게 다리는 것이 은밀한 취미인 윈터만큼도 살림을 안 하고 지냈다.

윈터가 혀를 차며 웬일로 두 개가 있는 파스타 볼을 가져다 해물찜을 담았다. 세트로만 팔아서 두 개를 샀다는 건 미리부터 확인했다.

바이올렛은 어느 정도 배가 찬 상태였지만 왠지 구미가 당겨 스푼으로 빨간 국물을 조금 먹어 보곤 화들짝 놀라 혼잣말했다.

"세상에나, 매워라."

그러더니 눈을 깜빡거리며 윈터가 먹기 좋게 손질한 새우를 집어 입에 넣었다.

"와, 굉장히 맛있네요."

"알아."

윈터는 하나하나 놀라는 바이올렛의 반응이 귀여워 웃음이 나왔지만 애써 굳은 표정을 지으려 노력했다.

바이올렛은 평소처럼 조용하고 예의 바른 자세였으나 입술은 새빨갛고 눈에는 눈물이 그렁거렸다. 자극적인 것이라고는 한 번도 삼켜본 적이 없어 금방 온몸으로 반응하는 건 야하고, 사랑스러웠다.

결국 너무 매웠는지 우유를 가져다 마시고 겨우 가라앉은 바이올렛이 입을 열었다.

"울어야 하는 건 당신인데 내가 눈물이 나네요."

"대신 울어 줘서 고맙게 됐군."

"당신도 울어요."

"나는 다 울었어. 충분히."

윈터가 스스로에게 말하듯 중얼거렸다.

그는 지난 1년간 깊은 바다 위에 얇은 판자를 깔고 살아가는 기분이었다. 언제든지 그 판자는 쪼개질 준비가 되어 있고, 죽음이 담긴 바다는 연신 그의 발목을 휘감았다.

어제 다시 그 판자가 완전히 부서져 몸이 가라앉고 있을 때, 바이올렛이 그의 손을 붙잡았다. 그녀는 언제나 저보다 높은 곳에 있었고, 손잡는 것을 좋아했고, 물에 빠진 사람을 두고 볼 성격도 아니었으니까. 물리적으로나 이론적으로나 그녀가 제 손을 잡아 줄 논거는 충분했다.

잠시 두 사람 사이에 침묵이 흐르는데 집 안으로 리나가 달려 들어왔다. 아이가 두 사람을 발견하고 당연하다는 듯 제 전용 의자를 끌고 와 앉더니 물었다.

"무서운 아저씨가 뭐 만들었는지 궁금해서 왔어. 이거야?"

"응. 아, 리나한테는 매울 테니까 빵을 먹을래?"

"아니! 나 먹을 수 있어!"

리나가 호기롭게 말하고는 숟가락으로 해물찜을 한 숟갈 호로록 먹었다. 그러더니 고개를 갸우뚱하고 말했다.

"조금밖에 안 매운데? 맛있어."

"그래? 많이 맵던데⋯⋯."

"바이올렛 매운 거 못 먹는구나?"

아이가 묻자 윈터가 놀리듯이 말했다.

"매운 것만 못 먹나, 새우도 못 까지."

"어른인데도?"

리나가 어떻게 그럴 수 있냐는 듯이 바이올렛을 쳐다보았다. 그에 바이올렛은 민망한 표정으로 리나에게 빵과 우유를 내주며 화제를 돌렸다.

"리나, 빵도 좋아하지?"

"좋아하지."

리나가 어른처럼 대답하더니 빵을 우물우물 먹기 시작했다. 맛있는지 폭 빠져서 먹던 리나가 문득 생각났다는 듯 윈터에게 물었다.

"그런데 무서운 아저씨는 직업이 뭐예요? 동네 어른들이 다 궁금해하는데. 코론 아저씨가 그러는데, 아저씨는 아마 직업이 부자인 것 같대."

"정확하군."

"내 생각에는 왕자님인 것 같아."

리나의 진지한 분석에 턱을 괴고 아이를 보던 윈터가 픽 웃었다.

"그건 심하게 틀렸네."

그의 냉정한 대답에 리나가 눈이 동그래져서 바이올렛을 보았다.

"아니야? 무섭고 멋있는데도?"

"음……."

대답을 잠시 생각한 바이올렛이 알았다는 듯이 탄성을 터뜨리고는
말했다.

"혹시 정체가 비밀인 게 아닐까?"

"아! 그런가 봐!"

리나가 확신하고 고개를 끄덕였다. 그러자 바이올렛이 종종 리나가
하듯이 두 손으로 턱을 받치고 윈터를 보며 말했다.

"참고로 부자는 직업의 종류가 아니에요."

그 와중에 틀린 부분을 지적하는 게 하도 아내다워서, 윈터는 턱을
괸 채로 웃음을 터트리고 말았다.

리나가 돌아가고 정리까지 마치니 바이올렛의 집 근처로 짐마차 한
대가 도착했다. 윈터가 물이 들어 묵직한 꽃 항아리가 가득한 상자들
을 들고 잠옷 차림으로 느긋하게 마차로 향하며 물었다.

"에이든 가문까지 가? 너무 멀잖아."

"그렇게 멀리서 일이 들어오니까 오히려 반가운걸요. 그보다 잠옷
차림으로 어디까지 갈 생각이에요?"

"마차 있는 곳까지."

"잠옷 입고 그래도 되는 거예요?"

"내가 그러고 싶다는데 뭐."

"나도 시도해 볼까 봐요."

"이게 시도씩이나 해야 하는 일인가?"

두 사람은 여전히 서로를 신기해하며 짐마차가 있는 곳에 도착했다. 바이올렛이 집 열쇠를 윈터에게 쥐여 주며 말했다.

"문 잠그고 열쇠는 두 번째 화분 아래에 두면 돼요."

열쇠를 쥔 윈터가 대답 대신 출발하라며 손을 흔들었다.

마차가 떠나고도 윈터는 제 손에 들린 열쇠를 한참 바라보았다. 보고 있으니 기분이 이상한데, 정확히 어떤 기분인지 정리할 수가 없었다.

그때 멀찍이 마차를 대고 걸어온 하엘이 물었다.

"대표님, 여기서 뭐 하세요?"

그러자 윈터가 바이올렛의 집 방향을 턱짓하며 말했다.

"아내의 집을 라크라운드로 옮기는 게 좋겠어."

"예?"

"어차피 아내도 곧 라크라운드로 돌아갈 것 아냐. 저 집도 옮길까 하고."

"도대체 왜요?"

"잠이 잘 와. 해체해서 우리 배에 실을 수 있나 확인해야 하니 목수를 불러와."

하엘은 하고 싶은 말이 엄청나게 많았지만 어차피 제 돈 나가는 것이 아닌지라 그냥 대꾸했다.

"예, 그러시죠. 작은 마님 댁이니까 작은 마님께서 허락하시면요."

"아내도 좋아할 거야."

윈터는 확신했고, 하엘은 작은 마님께서 반대하실 거라 확신했다. 이내 그가 충격적인 윈터의 계획에 잠깐 잊었던 편지 한 통을 내밀었다.

"아, 참. 이글린에게서 편지가 왔습니다."

윈터가 기다렸던 편지를 휙 낚아채 바로 펼쳤다.

베릴이란 의사 놈이 하도 꼭꼭 숨어 있어서 찾느라 좀 걸렸습니다.
붙잡아 물어보니 전부 사실이래요. 실제로 임신 증상이 유발되는 약
을 작은 마님께 먹였고, 대표님의 부모님께 임신이라고 거짓말하라는
명령도 받았답니다.
경관에게 넘기진 않았습니다만 법적으로 처리하실 계획이시면 답신
주십쇼.

윈터가 편지를 받고 굳어 있자 하옐이 물었다.
"작은 마님께 바로 말씀드리는 게 낫지 않습니까? 작은 마님께서는
아직 작은 마님께서 임신을 너무 간절히 바라서 생긴 일로 알고 계실
텐데요."
윈터는 바이올렛의 반응을 예상할 수 없었다. 어머니가 여는 티 파
티에 한 번을 가 주지 않아서 그녀가 막다른 골목에 주저앉아 있는
것을 몰랐고, 그가 아이를 낳을 수 없는 것을 숨겨서 이 상황이 벌어
졌다. 어쩌면 말을 꺼내는 순간 자신을 보지 않게 될지도 모른다.
윈터가 물러나라며 하옐을 향해 손을 휘젓고는 바이올렛의 집으로
걸음을 옮기며 말했다.
"이혼하고 말할 거야."
이기적이라는 걸 알아도, 겨우 얻은 이 찰나의 행복마저 잃고 싶지
는 않았다.

✳ ❋ ✳

윈터에게는 이 일을 구한 것이 좋은 일처럼 말했지만, 사실 바이올 렛은 오늘 단단하게 마음을 먹고 에이든 가문에 들어서는 중이었다.

리지야의 정원에서 새끼손가락을 올리면 안 된다는 지적을 받은 이후, 엘자 에이든은 몇 번 바이올렛에게 일을 맡겼다. 그리고 마치 그 목적이 괴롭힘이었다는 듯 엘자는 끊임없이 그녀를 못살게 굴었다.

이 악순환을 불러일으키는 가장 큰 문제는 엘자가 그녀의 꽃 장식을 좋아한다는 데 있었다. 덕분에 엘자는 바이올렛을 고용하는 것을 한 번으로 그치지 않고, 연신 그녀를 불러냈다.

코르시카 사교계 전체가 카닉 호텔의 오픈 파티로 술렁이고 있었고, 그것은 에이든 가문도 마찬가지였다.

엘자는 파티에서 입을 드레스를 가봉하여 입고 있었다. 그녀가 거만하게 바이올렛을 보며 손가락을 까딱였다.

"카닉 호텔 초대장에 코르사주를 권장한다고 적혀 있어. 이 파티가 얼마나 중요한지는 알고 있는 거지?"

"그랬군요."

담담히 답한 바이올렛이 상자를 내려놓은 뒤 코르사주 하나를 꺼내며 물었다.

"일단 이것부터 해 보시겠어요?"

"아니, 마음에 안 들어."

엘자는 보지도 않고 마음에 안 든다고 하곤 거울 속 제 얼굴을 살폈다. 바이올렛이 다시 한번 엘자가 가진 레이스를 겹쳐서 들어 보였다.

"이렇게 겹쳐서 하면……."

"마음에 안 든다니까?"

예상대로 엘자는 무조건 트집을 잡기로 마음먹은 것 같았다. 그래도 급여는 받아야 하니 바이올렛이 침착하게 다른 코르사주를 꺼냈다.

"화려한 것이 싫으시면 이렇게 아예 흰색으로 하시는 건 어떤가요? 진주와 잘 어울릴 것 같은데."

"호텔 로비가 흰색이라는데 흰색을 어떻게 써? 보이지도 않을 것 아냐."

엘자가 짜증을 내며 그제야 바이올렛 쪽을 보았다.

블루밍 가문에서 3년간 타인의 짜증과 비난에 익숙해진 바이올렛이 담담히 하얀색의 여러 꽃으로 만든 코르사주를 내밀며 말했다.

"한번 달아 보기라도 하는 건 어때요?"

"싫다고 하잖아."

"어떤 분위기를 원하세요? 꽃을 몇 종류 더 가져왔으니 이것저것 조합해 보겠습니다."

"그걸 내가 어떻게 알아? 네 일이니까 네가 알아서 내가 좋아하는 걸 만들어야 할 것 아냐?"

엘자는 당장 머리채라도 잡을 듯한 표정을 짓고 있었다. 이번에도 역시 뭘 가져오든 트집을 잡을 모양이었다. 바이올렛이 한숨을 삼키며 대답했다.

"어떤 걸 원하시는지 조금만 구체적으로 말씀해 주시면 좋겠습니다."

"알아서 해 오라는 말 못 알아들어? 부모에게 교육을 못 받은 거야? 내 태도는 예의 없다고 하더니?"

엘자가 결국은 제가 바이올렛을 끔찍하게 싫어하는 이유를 내뱉었다. 바이올렛이 조용히 대답했다.

"그건 미안했어요. 하지만 예의가 없다고 말한 건 아닙니다. 다만 아직 어리니 앞으로를 생각해서 알아 두시는 게 좋지 않을까……."

그 순간 엘자의 드레스를 입혀 주던 하녀들이 질끈 눈을 감았다. 엘자가 앞에 있던 유리잔을 바이올렛에게 집어 던졌기 때문이었다. 유리잔은 그녀의 어깨를 맞고 발등에 떨어져 깨졌다.

엘자가 문을 가리키며 말했다.

"나가. 좀 더 잘하는 자를 불러야겠어."

"그럼 꽃값은⋯⋯."

"이런 쓰레기들만 가져와 놓고 무슨 돈을 달래!"

바이올렛의 속에서 여간해선 뭉치지 않는 화가 끈끈하게 뭉치기 시작했다. 그녀가 상자를 들고 나가려 하자 엘자가 말했다.

"하긴, 자존심도 없이 남 밑에서 일할 정도로 돈이 없지? 거기 놓고 저거 치워. 다시 봐 줄 테니까."

엘자가 우아하게 손가락으로 깨진 유리잔을 가리키며 상자가 놓인 쪽으로 걸어갔다.

상자에 반듯하게 놓인 코르사주는 솔직히 엘자의 마음에 쏙 들었다. 가난뱅이라 별것 아닌 것을 가져올 줄 알았는데, 파티에 많이 가보기라도 한 것처럼 이 근처에서는 구할 수도 없을 높은 수준의 드레스용 코르사주를 만들어 왔다.

그 옆에는 파티 당일 새로 코르사주를 만들 수 있도록 스케치한 것이 놓여 있었다. 엘자가 스케치 중 마음에 드는 것 하나를 빼돌리고 모른 척했다.

그사이 바이올렛은 깨진 유리잔을 치우기 시작했다.

혼자 살게 된 이후에도 행동이 얌전한 덕에 잔을 깨 본 적이 없었던 바이올렛이다. 태어나서 깨진 것을 치워 본 적이 없다 보니 그녀는 겁도 없이 맨손으로 덥석 커다란 유리 조각을 집었다.

에이든 가문의 하녀들이 그 모습에 움찔거렸다. 서툴기 짝이 없어 보는 사람이 더 불안했다.

결국 날카로운 유리 조각에 긁혀 손에서 피가 흐르기 시작했다. 그제야 유리 조각이 이렇게 날카로운 줄 몰랐던 바이올렛이 뒤늦게 손을 뗐다.

그러자 하녀 하나가 달려와 빗자루로 유리 조각을 쓸어 담으며 핀잔했다.

"아주 천년만년 하시겠네."

"도와주다 혼나겠소. 내가 할 테니……."

"빨리 하고 치워 버리는 게 나아요. 이러다 우리 아가씨 다치시면 무슨 사달이에요."

하녀가 재빨리 물걸레질을 하고 양동이를 집어 들려는데 엘자가 다가왔다.

"누가 도와주래? 너한테 시켰어?"

"아, 아뇨, 꽃 일 하는 아가씨가 일이 서툴러 보여서 유리 조각이 남으면 우리 아가씨께서 다칠까 봐요."

"그러니까 내가 너한테 시켰어? 왜 시키지도 않은 일에 말대꾸까지 해?"

"죄, 죄송해요, 아가씨!"

"필요 없으니까 둘 다 내 집에서 나가. 당장."

그녀의 매몰찬 말에 하녀의 얼굴이 하얗게 질렸다. 엘자가 비웃음이 담긴 목소리로 말했다.

"그러니까 그렇게 오지랖 넓게 참견하면 안 되는 거야. 주제도 모르고."

엘자의 비꼬는 말에 바이올렛은 제가 리지야 예핌추크를 통해 찻잔을 들 때 새끼손가락을 들면 안 된다는 것을 전했던 일이, 다른 사람에게까지 피해를 주는 큰일이 되었다는 것을 알았다.

그럼에도 바이올렛은 왠지 그러려니 하게 되었다. 3년 동안 겪은 따돌림과 사기꾼, 사기 결혼이라는 비난을 들어 온 날들은 그녀를 이런 상황에 무감각해지게 만들었다.

잠시 후, 돌아갈 짐마차도 없이 바이올렛과 하녀는 에이든 가문 밖으로 내쫓겼다.

정문 앞에서 짐을 챙겨 울며 나오는 하녀를 기다리던 바이올렛이 자신을 보고 멈춰 선 그녀에게 물었다.

"이름이 어떻게 되시오?"

"힐라…… 예요."

"힐라, 달리 머물 곳은 있소?"

"이제 구해 봐야죠. 무슨 일로 이렇게 화가 나셨는지 모르지만 기분 나아지시면 다시 받아 주실 거예요. 전에도 몇 번 이러셨거든요."

힐라가 훌쩍이며 말을 이었다.

"난 그렇다고 해도 그쪽 아가씨가 더 걱정 아닌가요? 여기서 꽃 일 못 구하면 굶어 죽기 딱 좋아 보이는데. 이 근처에선 일 구하기 힘들어요. 에이든 가문에서 해고된 사람은 다른 데서도 가문 눈치 보느라 웬만하면 안 써 주니까요. 기다렸다가 나랑 같이 싹싹 빌어요."

그녀의 말에 바이올렛이 고개를 조금 끄덕이고 입을 열었다.

"해고된 데는 내 탓도 있으니 변변치는 않지만 우리 집에서 지내도 괜찮소. 그리고 가까이에 카닉 호텔이 있는데, 그곳에 가 보는 것이 어떻소? 그곳은 외지인의 회사라 에이든 가문도 어쩌지 못할 거요."

"그, 그게 될까요? 가능만 하면 다른 곳에 일을 구하고 싶긴 해요. 엘자 아가씨가 워낙 불같으셔서 고용이 불안했거든요……."

두 사람은 때마침 키론 방향으로 가는 사설 마차를 만나 잡아탔다. 힐라는 고민스러운 얼굴이었지만 어차피 막막한 참이라 별수 없이 바이올렛을 따라나섰다.

❄ ❋ ❄

바이올렛의 집은 나름 깔끔하고 괜찮아 보였으나, 일을 안 하면 그녀 역시 당장 끼니 걱정을 해야 할 것 같은 빈곤함이 느껴졌다.

바이올렛과 동그란 테이블에 마주 보고 앉아 카닉 호텔의 구인 공고들을 확인하던 힐라가 물었다.

"도와주는 건 고마운데, 바이올렛은 정말 어떻게 할 거예요?"

"음, 정 안 되면 고향으로 돌아갈까……."

바이올렛이 웃으며 대답했다. 어차피 차차 돌아가야겠다고 생각하던 차였는데, 등까지 떠밀리니 돌아가는 것으로 마음이 기울었다.

그때, 문 두드리는 소리가 들렸다.

"작은 마님."

플립의 목소리에 바이올렛이 고개를 갸우뚱했다. 힐라가 의아한 얼굴로 물었다.

"누구예요? 웬 작은 마님?"

"남편 회사 사람이라오."

바이올렛이 문을 열어 주자 플립이 꾸벅 인사를 했다.

"작은 마님, 오늘…… 아, 손님이 계시는군요."

"고맙게도 날 도와주다가 에이든 가문에서 해고를 당해 초대를 했네. 안 그래도 카닉 호텔의 구인 공고를 보는 중이었는데 같이 봐 주겠나?"

"그러셨군요."

플립이 반색하며 힐라에게 허리 숙여 인사했다.

"저 역시 감사드립니다. 대표님께서 반드시 사례하실 겁니다."

힐라는 작은 마님이라고 부른 바이올렛보다 훨씬 좋아 보이는 옷을 입은 플립을 멍하니 보다가 바이올렛에게 물었다.

"나, 남편분이 무슨 회사를 운영해요?"

"아, 호텔업을……."

"자, 작게?"

바이올렛이 변변치 않은 귀족 가문 출신이리라 생각하고 천년만년 하겠다며 구박까지 했던 힐라가 제발 작게 사업한다고 대답해 달라는 듯한 표정을 짓는데, 플립이 카닉 호텔 있는 방향을 손으로 가리키며 정중히 대답했다.

"매우 크게 하십니다."

힐라가 혼란스러운 표정을 지었다. 설마 저 손짓하는 방향에 있는, 방금 바이올렛과 구인 공고를 찾아보던 그 거대한 호텔은 아니겠지. 그 호텔 마나님이 이런 쥐구멍만 한 집에 살 리가 없지, 저기 큰 숙박업소가 있나 보다, 필사적으로 생각했다.

바이올렛이 그런 힐라의 속도 모르고 반가운 미소를 지으며 플립에게 물었다.

"그나저나 우리 집에는 무슨 일인가?"

"보여 드릴 사람이 있습니다."

"사람?"

바이올렛이 고개를 갸웃거리는데 문 뒤에 숨어 있던, 블루밍 저택에 있을 때부터 그녀의 곁에 있던 하녀, 젠이 폴짝 뛰어 나타났다.

"작은 마님!"

"세상에, 젠!"

1년도 넘어 만나는 반가운 얼굴에 바이올렛이 체면 불구하고 젠을 와락 끌어안았다. 너무 반가웠는지 눈물까지 고인 바이올렛이 물었다.

"여긴 무슨 일로 왔어?"

"그게요, 작은 마님 떠나시고 대표님이 하도 직원들을 달달 볶으셔서 저도 그만뒀었거든요. 그런데 솔직히 대표님보다 돈을 더 주시는 분이 어디 있어야 말이죠. 게다가 작은 마님을 모셔 보니까, 다른 저택에선 도저히 일을 못 하겠는 거예요. 그러다가 작은 마님 뵈러 키론에 다녀오겠냐는 연락을 받고 잽싸게 왔죠."

돈 되는 선물은 팔아 버릴 테니까, 윈터는 이제 도저히 거절할 수 없는 일에 돈을 쓰고 있었다.

대륙을 건너온 젠을 돌려보내는 것은 바이올렛에게 불가능했다. 약은 수를 쓰는 일에 있어서만큼은 바이올렛이 윈터에게 도저히 이길 수 없었다.

바이올렛이 반가움이 뚝뚝 묻어나는 눈으로 물었다.

"어디서 묵기로 했어?"

"호텔에 따로 직원 기숙사가 있어요. 라크라운드에서 살던 제집보다 더 좋더라고요. 듣자 하니 거기 작은 마님 도와주신 언니도 이제 카닉 호텔에서 일하겠네요? 안 그래도 경력 있는 직원 구하기 어렵다던데 잘됐네요."

젠이 재잘재잘하는 말에 힐라는 머리가 핑핑 도는 기분이었다. 가져온 젠의 짐들을 집 안으로 옮겨다 준 플립이 고개를 숙여 인사하고 힐라에게 말했다.

"일단 카닉 호텔로 가시지 않겠습니까? 대표님이 작은 마님 댁에 불시에 찾아오실 때가 있으니 불편하실 겁니다. 기숙사 내드리겠습니다."

"그, 그래도 돼요?"

"예. 저는 직원 인사를 담당하고 있어서 기숙사 정도는 제 재량으로 내드릴 수 있습니다. 대표님도 바라실 거고요."

그러자 바이올렛이 아쉬운 듯 인사했다.

"같이 지내면 좋을 것 같았는데……. 생각해 보니 플립의 말대로 남편이 종잡을 수 없는 사람이라 갑자기 나타나면 힐라가 불편하긴 할 것 같소."

"아…… 그, 그럼 가 볼게요, 일단."

힐라는 상황을 거의 이해하지 못하고 있었지만, 얼떨결에 플립과 집을 나섰다. 플립이 힐라의 짐을 들고 카닉 호텔 전용 마차로 향하며, 호텔의 모든 직원이 좋아하는 부드러운 표정으로 물었다.

"에이든 가문에서 정확히 무슨 일이 있으셨던 건지 여쭤도 될까요?"

그러자 힐라가 멍한 표정으로 대답했다.

"그게 글쎄…… 에이든 가문 아가씨께서 꽃 일 하는 아가씨한테 유리잔을 던졌거든요. 도와주지 말라고 했는데 하도 유리 조각 치우는 데 오래 걸리고 못 미더워서 도와줬다가 해고당했지 뭐예요."

"그러셨군요. 다시 한번 감사드립니다. 대표님께 보고드려야겠군요."

플립이 이제야 이해했다는 듯 고개를 끄덕였다.

이 일로 평생 바라지도 못했던 연봉을 받으며 카닉 호텔에 뼈를 묻

게 될 것을 모르는 힐라는 그저 영문 모를 두려움에 떨고 있을 뿐이
었다.

❄ ❄ ❄

젠은 바이올렛의 집에 오자마자 온갖 잔소리를 하며 집을 휘젓고
다녔다. 뭐가 없다면서 시장만 세 번을 다녀와서는 마무리로 식사를
마련했다. 순식간에 모든 빨래가 밖에 내걸리고 집 안이 금세 반짝반
짝해졌다.

도와주려 했다가 방해된다고 핀잔만 들은 바이올렛이 구두를 벗
고 슬리퍼로 갈아 신었을 때, 잠깐 일에서 관심을 뗀 젠이 미간을 좁
혔다.

"그런데 작은 마님 발등이 좀 이상…… 으앗! 이거 왜 이래요! 손은
또 왜 이러고!"

젠이 버럭 고함을 질렀다. 그러더니 응급조치만 해 놓은 손을 살펴
며 기겁을 해서 물었다.

"서, 설마 그 망할 에이든 가문이 이랬어요?"

"으, 으응……."

젠의 박력에 밀려 바이올렛이 얼떨결에 고개를 끄덕였다. 그러자 젠
이 열이 받아 뛰쳐나가며 소리쳤다.

"약 가져올게요, 식사하세요!"

그녀까지 떠나자 폭풍이라도 지나간 듯 집이 고요해졌다.

바이올렛은 참 정신없는 하루라고 생각하며 식탁 앞에 앉았다. 안
그래도 귀찮고 배고팠던 터라 식사를 차려 준 젠이 그렇게 고마울 수

가 없었다. 그것도 입 안에서 사르르 녹아 버리는 부드러운 미트볼이라 열심히 씹을 필요도 없었다.

여유롭게 식사를 마친 후 욕조에 찰랑찰랑 물을 받고 오랫동안 누워 있었다.

다른 건 몰라도 욕조 목욕은 꼭 하고 싶었기에 나무로 된 자그마한 목욕통을 샀다. 좋은 나무 향이 물씬 나는 목욕통에서 여유를 부리며 목욕을 하다 보니 잠옷을 가지고 들어오지 않은 것이 떠올랐다.

"내가 오늘 정신이 없긴 없구나."

바이올렛이 혼잣말하며 욕조에서 나와 수건으로 몸을 둘렀다. 하녀들이 무엇이든 챙겨 주던 버릇을 못 버려 종종 이래 왔으므로 그리 난처한 기분은 들지 않았다.

물기가 떨어지는 맨발로 욕실을 나서던 바이올렛은 정면에 놓인 의자에 앉아 있다 자신을 발견한 윈터와 눈이 마주쳤다.

바이올렛이 깜짝 놀라서 제자리에 멈춰 섰다. 그리고 느슨한 시간의 흐름과 함께 콧잔등부터 양 뺨이 붉게 달아올랐다.

"이, 이 밤중에 여긴 무슨 일이에요?"

의자에 앉아 있던 윈터는 바이올렛을 보고 잠시 말문이 막혀 꼼짝을 못 했다. 그러나 다행히 그녀의 심각하게 부어오른 발등이 눈에 들어와 곤란함에서 벗어났다. 그가 들고 온 약재를 들어 보였다.

"다쳤다고 들어서."

그러더니 난처함에 수건 이음새를 두 손으로 꼭 쥔 바이올렛을 턱짓하며 물었다.

"평소에도 집에서 그러고 다녀?"

"아뇨! 잠옷을 안 들고 들어온 것뿐이에요. 보통은 갈아입고 나와요. 거기 그렇게 사람이 있을 줄 알았겠어요?"

"문도 안 잠갔던데."

"젠이 목욕 중간에 돌아올까 봐 그런 거예요."

당혹스러운 마음에 말이 빨라졌다.

윈터가 몸을 일으키며 말했다.

"거기 있어. 가져올 테니까."

"자, 잠옷은 두 번째 선반에 있어요."

윈터가 몸을 돌려 드레스 룸으로 들어갔다.

잠시 후 잠옷을 꺼내 든 그가 바이올렛 쪽으로 걸어왔다. 남편이 가까워지자 바이올렛의 곧은 어깨가 조금 움찔거렸다. 머리칼에서 떨어진 물방울이 우유 같은 살결을 타고 미끄러졌다.

바이올렛은 윈터의 시선을 피하고 싶은 마음에 그의 손에서 옷을 낚아채 욕실 안으로 들어가 문을 닫아 버렸다.

무표정을 유지하려 애쓰던 윈터는 문이 닫히자마자 한숨을 쉬며 얼굴을 손으로 쓸어내렸다.

바이올렛이 다쳤다는 소리에 미쳐서 달려왔는데 그 분노마저 방향성을 잃고 갈팡질팡하고 있었다.

윈터는 욕실 문을 열고 들어가 아내를 붙잡아 눕히고 싶은 충동을 짓누르며, 담배라도 피우기 위해 집 밖으로 나갔다. 그가 가지고 있던, 매우 가늘지만 강철 같은 도덕적 신념이 끊어지기 직전이었다. 케이스에서 담배를 꺼내는 그의 손이 다급했다.

욕실에서 막 나왔을 때 본 의외로 탄탄한 허벅지가 신경을 완전히 마비시켰다. 살면서 이성의 신체에 이렇게 아득해진 적은 없었다.

"……돌아 버리겠네."

윈터가 앓는 소리를 내며 벽에 기대 담배를 입에 물었다. 불을 붙일 정신도 없어 그대로 굳어 열을 식히는데 그의 바로 옆 창문이 드르륵 열렸다.

바이올렛이 밖으로 상체를 조금 내밀었다.

"입었어요."

윈터가 바이올렛 쪽으로 고개를 조금 돌렸다. 약간 분홍빛이 도는 잠옷을 입고 창밖에 몸을 내밀어 윈터 쪽으로 고개를 돌린 바이올렛은 이 해프닝이 좀 민망했을 뿐이지 윈터가 어떤 상태인지는 잘 모르는 듯했다.

창문에 두 팔을 겹쳐 올리고 순진한 눈으로 자신을 보는 그녀와 마주하니 윈터는 제 이성을 모난 돌 위에 갈아 버리는 듯하던 음란한 잔상에 죄책감마저 들었다.

윈터가 제 마음을 감추려 인위적으로 입꼬리를 늘이고 짓궂게 말했다.

"예쁜 옷 입었다고 자랑이라도 하는 건가?"

"그냥 잠옷…… 또 놀리는 거죠?"

바이올렛이 살며시 그를 흘겼다.

윈터는 피우지도 않은 담배를 그냥 땅에 버리고, 잔불을 끄던 습관대로 괜히 구둣발로 짓이겼다.

"일일이 허락받으려니 번거롭군."

"뭐를…… 아."

바이올렛이 알아들었다는 듯 눈을 감았다. 윈터가 바이올렛의 턱을 잡아 그대로 입을 맞췄다.

바이올렛에게서는 비누 냄새와 향긋한 풀 냄새가 섞여서 났고, 윈터에게서는 불을 붙이지 않은 담배 냄새와 도시적인 향수 냄새가 났다.

부부는 서로 상대방의 향이 달콤하다고 생각했다. 두 사람 다, 약속한 입맞춤은 세 번뿐이라 이 키스가 마지막이 될 것을 아쉬워했다.

입을 맞추던 도중에 윈터의 손이 귀로 올라오자 바이올렛이 휙 몸을 바로 하며 손으로 제 귀를 감쌌다.

"왜 귀를 만져요?"

"하다 하다 이젠 귀도 못 만지게 해?"

"기분이 이상해요."

"이상하라고 만지는 거잖아."

"일부러 그런단 말인가요?"

바이올렛이 영문을 모르겠다는 표정을 지었다. 그녀가 자꾸 뒤로 물러서자 윈터가 이번엔 창문 안쪽으로 몸을 들이밀며 말했다.

"도망쳤으니까 이 키스는 무효야."

"그게 무슨……."

바이올렛은 말끝을 흐렸고, 윈터는 한마디 더 하려다 입을 다물었다. 귀를 만진 게 그렇게 부끄러웠는지 그녀의 귀부터 목덜미까지가 연한 분홍빛으로 달아올라 있었다.

윈터는 곧 현관을 통해 다시 집 안으로 들어갔다. 위험하게 느껴질 정도로 심장 박동이 거세, 윈터는 차가운 물을 여러 번 벌컥벌컥 들이켜야 했다.

어느 정도 정욕을 식힌 윈터가 말했다.

"무효로 해. 중간에 도망치는 건 예의가 아니지."

"정말……."

"아직 한 번 남은 거야."

윈터가 억지를 부렸다.

바이올렛은 입맞춤으로 더 실랑이하면 마음이 더 복잡해질 것 같아 그냥 고개를 끄덕였다. 그제야 안도한 윈터가 입꼬리를 늘이며 말했다.

"당신이 데려온 여자는 호텔에 숙소 마련했어. 일도 줬고."

"아…… 고마워요."

"이런 일이 있으면 앞으로 나한테 바로 좀 말해. 나중에 남의 입으로 듣게 하지 말고. 난 아직은 당신 남편이야. 당신은 날 이용하는 법을 배워야 해. 내가 당신 옆에서 사라진 후에도."

이혼을 하면 서로가 멀어지는 게 당연하니 사라진다는 게 틀린 말은 아니었지만, 바이올렛은 그의 말이 조금 불안하게 느껴졌다.

윈터가 슬리퍼를 신기 어려울 정도로 부어 있는 바이올렛의 발등을 내려다보며 말했다.

"그나저나 발등이 이렇게 돼서 당분간 일은 못 하겠군."

"당신 파티의 꽃은 그래도……."

"내 파티는 지금까지 당신이 맡은 이 지역 한미한 가문들의 티 파티와는 격이 달라. 한창 튼튼할 때도 맡길까 말까인데, 똑바로 걷지도 못하면서 하긴 뭘 해?"

"그건 그렇군요. 그럼…… 정말 무직자가 됐네요."

바이올렛이 섭섭한 표정을 지었다. 확실히 지금 상태로 그런 거대한 호텔 파티를 담당할 자신이 없는 것은 사실이었다.

바이올렛이 절뚝거리며 의자로 걸어가 앉자 윈터가 가져온 약재를 집어 들었다.

"붕대 감아 줄게."

"내가 해도 돼요."

"당신한테 불안해서 어떻게 맡겨."

윈터가 지적하고는 붕대를 들고 와 그녀의 발아래 무릎을 꿇었다. 그리고 그녀의 발을 제 허벅지 위에 올려 상처를 살폈다.

그의 행동에 바이올렛은 시선 둘 곳이 없어 당혹스러운 표정을 지었다. 그녀의 맨발과 닿는 옷 너머로 느껴지는 윈터의 돌 같은 허벅지가 이상한 기분을 느끼게 했다.

바이올렛은 저도 모르게 입술을 힘주어 오므렸다. 윈터는 다친 것만 신경 쓰는데, 저만 이렇게 안절부절못하는 것 같았다.

시퍼렇게 부어오른 발등을 보고 표정이 저절로 일그러진 윈터가 짓이겨 가져온 약을 발등 위에 올렸다. 그러고는 풀리지 않게 붕대로 발목을 한 바퀴 감아서 단단히 묶은 다음 몸을 일으켰다.

바이올렛이 저도 일어서려고 두 발을 디디다가 한쪽으로 무너지자 윈터가 한 팔로 그녀의 몸을 감아 가볍게 안아 들었다.

그녀를 침대에 내려 둔 윈터가 허리를 숙여 바이올렛의 얼굴을 보고는 물었다.

"에이든 가문에서 다쳤다고 들었는데. 그 가문 여자가 던진 잔에 맞았다며?"

"네. 그래서 오는 길에 경관에게 물건에 맞았고 돈도 못 받았다고 신고를 했어요."

"······그게 다야?"

"달리 해야 할 것이 있었나요?"

윈터는 모든 사람이 자기 맡은 바에 최선을 다하리라 믿는 바이올렛의 고지식함이 우스우면서도 부러웠다. 그는 경관에게 말해 봤자 소용없으리란 걸 알았다. 그게 소용이 있었다면 그가 어린 시절 그렇게 두들겨 맞고 지내진 않았을 것이다.

그가 바이올렛의 머리 옆에 손을 두고 말했다.

"오픈 파티 못 오게 할 거야. 에이든 가문 어느 누구도."

"이미 초대장 보냈잖아요."

바이올렛의 대답에 윈터가 픽 웃더니 아내의 뺨을 톡 건드리며 말했다.

"그래서 뭐. 내가 아무리 호구여도 아내를 다치게 한 사람과 파티에서 웃고 떠들 정도는 아니지."

바이올렛이 당황한 표정을 지은 채 제 뺨을 손으로 감쌌다. 그녀의 행동에 윈터가 어깨를 들썩이며 웃더니 몸을 일으켰다.

"다쳤으니까 나오지 마."

"아, 고마워요. 잘 가요."

윈터가 돌아간 뒤, 한참을 멍하게 있던 바이올렛이 뒤늦게 몸을 일으켜 붕대가 감긴 발을 보았다.

"……확실히 나보다 잘 묶네."

바이올렛이 중얼거리고는 왠지 얼굴이 화끈거려 손부채질로 열을 식혔다.

＊ ❄ ＊

며칠 뒤 에이든 가문에서는 저녁 만찬이 열렸다.

새로 왔다는 카닉 호텔 오픈 파티 초대장에 대한 이야기가 주를 이뤘다. 엘자가 두 번째 초대장을 받지 못했다는 소식에 사람들이 걱정스레 물었다.

"아직도 초대장이 안 왔다고요? 며칠 전에 카닉 호텔에서 직접 사람을 보내 가문마다 방문했는걸요?"

"누락된 거 아닐까요? 찾아가 봐야 하는 거 아니에요?"

엘자는 아무렇지도 않은 척하고 있었으나 초조함을 감출 수 없었다. 그녀의 부모 역시 마찬가지였다.

이 근처 가문들은 홍보 목적이라고는 해도 거의 다 파티 초대를 받았으니 정말로 누락된 것이 분명했다. 그러나 누락이라는 것도 가문 입장에서는 굴욕적이기 짝이 없는 일이었다. 주의 깊게 볼 만한 가문이 아니라는 의미였기 때문이다.

가문의 세력을 가늠할 때, 재산 규모도 물론 중요하지만 인맥이 오고 가는 사교계 권력 역시 매우 중요했다. 엘자의 표정에 점점 초조함이 드러났다.

내일이라도 당장 호텔에 찾아가 봐야겠다고 고민하고 있을 때, 집사가 다가와 귓속말을 했다.

"아가씨, 손님이 오셨습니다."

"손님? 무슨 손님?"

"카닉 호텔의 대표이신 윈터 블루밍 경이십니다."

그 말에 엘자가 벌떡 일어났다.

"들어오라고 해."

잠시 후, 집사의 안내로 윈터 블루밍이 들어서자 사람들의 입이 저절로 열렸다.

그는 머리를 반듯하게 갈라 넘겼고, 완벽한 정장 차림을 하고 있었다. 큰 키에 긴 팔다리는 입은 옷에서 빛이 나게 했다.

엘자는 순간 그 남자에게 이성으로서 걷잡을 수 없는 호감을 느끼는 동시에, 소문으로 듣던 카닉 일족의 눈을 발견하고는 깔아보는 표정을 지었다.

카닉 일족은 그들이 살던 이 대륙에서 정치적으로 궁지에 몰려 라크라운드로 이주한 것이었으므로, 이 지역에서는 오히려 라크라운드에서보다 더한 차별을 받았다.

엘자가 그런 차별이 여실히 담긴 눈으로 윈터를 살피며 물었다.

"여긴 무슨 일로 오셨죠?"

"새 초대장을 드리러 왔습니다."

윈터의 말에 사람들이 수군거리기 시작했다. 엘자가 입꼬리를 씰룩거리며 손을 내밀었다.

"왜 직접 오신 거죠?"

"드릴 말씀이 있어서."

윈터의 무덤덤한 표정에 엘자는 상당한 압박감을 느꼈다. 이 근방에서는 맹세코 본 적 없는 근사한 사내였다. 다혈질을 억누른 서늘한 분위기가 야릇하게 느껴져 심장이 터져 나올 것 같았다.

그때, 윈터가 고개를 삐딱하게 기울이고 초대장을 건네며 말했다.

"두 번째 초대장을 드리긴 했지만 꼭 오실 필요는 없습니다. 아주 불편해질 테니까."

"……네?"

엘자가 그제야 정신을 차리고 묻자 윈터가 말을 이었다.

"내 아내에게 무례하셨다고 들었습니다."

"그게 무슨 소리죠? 아내분이 누구신데요?"

"내 아내를 모르나? 웬만한 귀족들은 다 안다고 생각했는데. 아, 그러기에는 너무 한미한 가문인 게로군."

윈터의 입가에 비웃음이 걸렸다. 이딴 가문에 아내가 모욕당했다는 게 어이없었다.

한편 엘자는 아무리 생각해도 자신이 누구에게 무례했는지 떠오르지 않아 짜증을 내며 말했다.

"난 그런 기억 없어요. 다른 사람과 착각한 거 아닌가요?"

"내 아내가 다쳤는데 어떻게 기억을 못 해?"

윈터가 결국 욱해서 말했다.

엘자는 순간 떠오르는 얼굴이 있었지만 애써 부정했다. 그녀의 얼굴이 점점 하얗게 질렸다.

"말도 안 되는 소리 말아요. 그런 적 없다니까?"

"어느 부분이 말이 안 되지? 애초에 일을 했는데 대금도 안 치르다니, 동네 양아치도 이딴 식으로는 장사 안 해."

역시 바이올렛의 이야기였다. 엘자가 억울해 눈물까지 글썽이며 소리쳤다.

"몰랐어요! 알았으면 안 그랬을 거예요!"

그러자 윈터가 불쾌감 가득한 눈으로 엘자를 내려다보았다.

"나야 뭐, 원래 태생이 천한 놈이라 그쪽이 뭘 하셨든 상관없지만, 우리 아내분은 무례한 걸 정말 싫어하셔서. 내 호텔 근처에 얼씬도 하지 말아 줬으면 좋겠군."

윈터는 그렇게 제 할 말만 끝내고 그곳을 떠나 버렸다. 엘자는 분노와 두려움을 느껴 두 손을 부들부들 떨었다.

* ❄ *

"아이 참, 작은 마님! 걷지 마시라고요!"

"그래도 그렇지, 어떻게 걷지도 못하게 하니?"

"덧난단 말이에요!"

바이올렛은 젠에게 있는 대로 혼나고 별수 없이 테이블 앞에 앉았다.

바이올렛을 유난히 따르는 플립은 휴일에 굳이 젠을 따라와서 묵묵히 청소 중이었고, 젠은 침대 시트를 깔끔하게 정리하고 있었다. 거기에 테이블 맞은편에는 하엘까지 와서 앉아 있어, 좁은 집이 북적북적거렸다.

하엘은 너무 지친 얼굴로 여기에 도망쳐 와 있었다. 술을 거의 못 마시는 하엘이 맥주를 한 모금 마시고 중얼거렸다.

"작은 마님을 찾기 전까진 그렇게 일을 벌이더니 이제는 아예 일을 손에서 놔 버리셨어요. 아, 이제 정말 그만둘 때가 됐나 봐요. 대표님 성격은 점점 더 더러워지고 속도 얼마 썩이시는지 몰라요."

평소 능청맞다 뿐이지 말이 많지는 않던 하엘이 맥주 한 모금에 취해 구시렁거렸다.

바이올렛을 상대할 때의 원터는 늘 어느 정도의 내숭을 깔고 있었기 때문에, 바이올렛으로서는 그 남자가 이렇게까지 욕을 먹을 정도인가 싶었다.

어쨌든 하엘이 너무 힘들어 보여 하소연을 들어 주던 바이올렛이 자리에서 일어서려 하자 플립이 달려왔다.

"뭐가 필요하십니까?"

"하엘이 취한 것 같아 물이라도 한 잔 줄까 하고."

"제가 가져다 드리겠습니다."

플립이 물을 가지러 간 사이 바이올렛이 하엘의 손에서 맥주를 뺏었다.

"취했으니 그만 마시게. 일해야 하는 거 아닌가?"

"몰라요, 대표님 혼자 알아서 하시라고 해요."

플립이 하엘에게 물을 가져다주자 그가 물을 벌컥벌컥 들이켰다. 그래도 술이 깨지 않는지 테이블에 엎드려 투덜거렸다.

"저도 지쳤다고요. 이직할 거예요. 직장인의 꿈과 희망, 이직……."

"자네가 고생이 많네."

바이올렛은 하엘의 주정이 다소 피곤하면서도 귀엽게 느껴져 저도 모르게 웃었다.

"그래도 세상에 남편을 자네만큼 챙겨 주는 사람이 어디 있나. 남편이 자네를 만난 건 큰 축복이지."

"그거 꼭 대표님께도 말씀해 주세요! 제가 구걸하고 다닐 때 구해 주시지만 않았어도 옛날에 그만뒀다고요……."

하엘이 그렇게 웅얼거리는데 순간 바이올렛이 현기증을 느끼는지 손으로 관자놀이를 짚었다. 그러고는 곧 세상에 뭐 이런 시장 바닥이 다 있냐는 듯한 표정으로 주변을 둘러보고 혀를 찼다.

그 미묘한 변화를 알아차린 것은 하엘의 말에 아무 관심이 없고 오로지 작은 마님의 안위만 걱정하던 플립뿐이었다.

그가 걱정하며 바이올렛의 불만 가득한 얼굴을 바라보는데, 순간 하엘이 고개를 번쩍 들고 바이올렛에게 물었다.

"두 분이 다시 만나시는 건…… 역시 어렵겠죠?"

그러자 젠이 나서서 눈을 부릅뜨고 물었다.

"비서님은 대표님이 작은 마님께 뭐라고 하셨는지는 알아요?"

"뭐라고 했는데요?"

"작은 마님이 왜 이혼하기 싫으시냐고 했더니, 대표님이 자긴 이 결혼을 흑자로 전환할 자신이 있다고 하셨대요."

"······진짜요?"

"그렇다니까요? 세상에 그런 말을 듣고 결혼을 유지하고 싶은 사람이 세상천지에 어디 있겠냐고요?"

그 말에 바이올렛의 표정이 굳었다. 한참 후, 바이올렛이 입을 열었다.

"뭐, 꽤 시간이 지나서 하는 말인데. 그게 그렇게까지 나쁜 말도 아니지 않나? 어쨌든 가치가 있다는 말이잖아. 장기적으로 봤을 때."

그 말에 세 사람이 동시에 얼굴이 창백해져서 바이올렛을 보았다.

"마음 약한 소리 마세요, 작은 마님."

"맞아요, 저도 젠의 말을 듣고 마음 바뀌었습니다. 재결합 반대입니다, 작은 마님."

젠과 하옐이 심각한 표정으로 말하고 옆에서 플립도 고개를 끄덕였다.

그들의 반응에 확 짜증이 솟구쳤는지 바이올렛이 테이블 다리를 퍽 걷어찼다. 그 순간 젠과 플립은 기겁해서 바이올렛의 발을 살폈지만, 하옐은 벌떡 일어나며 소리쳤다.

"대표님!"

"대표님?"

젠이 고개를 갸우뚱하자 하옐이 눈을 데굴데굴 굴리더니 몸이 바뀐 것이 분명한 작은 마님을 보았다. 성질난다고 걷어차기부터 하는 이 행동을 보니 윈터가 틀림없었다.

예상대로 아내의 몸을 차지한 윈터가 잠시 생각하더니 생긋 웃으며 하옐에게 말했다.

"어머나, 실내에서 큰 소리를 내다니. 무례해라."

"우리 작은 마님은 그렇게 남에게 책임 전가 안 하십니다."

"누가 '우리' 작은 마님이지?"

그때, 젠이 걱정스레 물었다.

"아휴, 그보다 작은 마님 지금 세게 부딪치셨죠?"

바이올렛이 스스로 뭔가를 걷어찰 리 없으니 분명 일어나다 충돌한 거라고 젠은 확신했다.

플립이 안절부절못하며 물었다.

"확인해 드려도 괜찮겠습니까?"

윈터는 꺼지란 말이 목까지 치밀었지만 억지로 웃으며 말했다.

"안 돼."

"아…… 예."

플립이 의아해하면서도 물러났다.

윈터는 제 발에서 눈을 못 떼는 플립의 태도에 혀를 찼다. 원래도 플립은 성실하고 다정다감한 편이라 많은 직원들의 사랑을 받았다. 그러나 지금 바이올렛에게 대하는 건 윈터에게 할 때와 완전히 달랐다. 윈터가 빈정거렸다.

"그보다 난 너같이 생긴 얼굴 싫어해. 가까이 오지 마."

그러자 플립은 기분 나빠 하기보다 바이올렛의 입에서 나올 리 없는 말에 고개를 갸우뚱했다.

"……이렇게 생겨서 죄송합니다?"

행동은 바이올렛처럼 하려고 애쓰지만 속이 전혀 다른 사람이었다. 이거 들키는 거 아닌가, 하옐이 불안한 표정을 지으며 눈치를 주자 윈터가 멈칫하다가 나름 우아한 자세로 일어나며 말했다.

"일단 난 좀 자야겠네. 너흰 일해."

그리고 침실로 걸어가는데 하늘에 큼지막한 날벌레가 날았다. 윈터가 아무렇지도 않게 손으로 휙 벌레를 잡아채서 툭툭 버리자 뒤에 있던 젠이 비명을 질렀다.

"자, 작은 마님이 귀신 들린 것 같아요!"

그 말에 플립 역시 고개를 끄덕였다. 윈터가 무슨 개소리인가 싶어 돌아보자 젠이 소리쳤다.

"우리 작은 마님은 절대 맨손으로 벌레를 못 잡으신다고요! 넌 누구냐, 이 악마야!"

그사이 플립이 재빨리 소금을 가져다가 젠에게 쥐여 주었다. 그들이 정말로 소금을 뿌리려 하자 하옐이 다급하게 막아서며 말했다.

"대, 대표님이세요! 소금 뿌리지 말아요, 젠!"

그러자 젠이 소금을 한 움큼 쥔 채로 멈춰 섰다. 하옐이 말을 이었다.

"두, 두 분이 종종 몸이 바뀌거든요. 꽤 됐어요."

윈터가 혀를 차며 하옐에게 핀잔했다.

"그걸 말하면 어떡해."

"작은 마님께 악마가 씌었다는 누명이 생기잖습니까."

하옐이 반발했다.

윈터는 상황을 믿지 못하는 두 사람을 하옐에게 맡기고 바이올렛의 침대로 가서 드러누웠다. 아내의 침대에 누우니 몸과 마음이 스르륵 풀리는 기분이었다.

그대로 바이올렛이 돌아올 때까지 늘어지게 잠이나 자 두려는데 침실로 옆집 꼬마가 포르르 들어왔다.

"바이올렛, 자고 있어?"

윈터가 눈도 안 뜨고 대꾸했다.

"보면 몰라?"

"엄마도 낮잠 자거든. 엄마가 바이올렛한테 놀아 달라고 하래."

아내를 돌봐 주라고 핌에게 돈까지 쥐어 줬는데 반대로 육아를 분담시키고 있다. 윈터가 혀를 찼다.

"싫다. 졸려."

평소와 달리 단칼에 거절당하자 리나가 결심했다는 듯 신발을 하나씩 벗어 던지고 침대 위에 올라와 비장하게 말했다.

"나 여기서 뛸 거다? 안 놀아 주면 폴짝폴짝 뛰고 놀 거야?"

바이올렛의 가장 큰 약점을 잡다니, 저 녀석 영악하군. 10년 뒤에 고용해야겠어. 미리 고용 계약서를⋯⋯.

무심코 악랄한 계획을 세우며 윈터가 몸을 일으켰다. 어차피 밖에 저 귀신이라도 본 듯 홀려 있는 두 사람이 번거로우니 시장을 다녀오는 것도 괜찮을 것 같았다. 바이올렛에게는 모든 물건이 부족했으니까.

윈터가 상체를 일으켰다.

"시장 가자. 맛있는 거 사 줄게."

"진짜? 바이올렛 가난하잖아."

"누가 가난해, 이 사람아."

그의 핀잔에 아이가 까르륵 웃었다.

"바이올렛 오늘 이상해!"

아내가 저와 얼마나 행동이 다르기에 여섯 살짜리까지 위화감을 느끼는지 모를 일이다.

윈터는 제가 돈을 숨겨 둔 침대 아래로 기어 들어갔다. 그러고는 바닥을 똑똑 두들겨 보더니 중간 정도를 손으로 툭 밀었다. 그러자 나무 판 하나가 대각선으로 기울어지며 안에서 숙려 기간 계약서 위에 윈터가 대충 던져 두었던 돈주머니가 나왔다. 아직 그대로 있는 걸 보니 바이올렛은 안 열어 봐서 모르는 모양이었다.

윈터가 자랑하듯 리나에게 돈주머니를 흔들어 보이자 아이의 입이 절로 열렸다.

"보물이야?"

"비상금."

윈터가 하품을 하며 걸음을 옮기자 리나도 신이 나서 그 뒤를 따라 걸었다.

❄ ❄ ❄

몸이 바뀌기 직전. 윈터의 성질을 못 견딘 하옐이 나가 버리고, 윈터는 집무실 창가에 걸터앉아 있던 참이었다.

그는 오픈 파티를 위해 라크라운드에서 출발할 손님 목록을 넘겼다. 제 손으로 부모의 이름을 목록에서 제외했으므로, 블루밍 공작 부부의 이름은 찾을 수 없었다.

윈터는 문득 견딜 수 없는 패배감에 잠겼다. 제 부모가 아내에게 그런 짓을 저지르는 걸 전혀 모르고 있었다는 사실이 걷잡을 수 없이 그를 흔들었다.

아내가 이 사실을 알게 되면 어떻게 될까.

신경이 쇠약해져 바이올렛이 보일 최악의 반응만 상상하고 있을 때, 다행히 키론 지점의 총지배인 니사가 들어섰다.

"대표님."

올해로 쉰을 넘긴 그녀는 오랜 시간 호텔 일에 잔뼈가 굵었고, 사람을 가려 쓰지 않는 윈터가 룸 메이드에서 총지배인까지 단계적으로 승진시킨, 회사에서는 전설적인 인물이었다.

정작 생모는 내쫓았어도 윈터는 어머니 또래의 카닉 일족 여자들을 보면 저도 모르게 숙이고 들어가는 면이 있었다. 그걸 아는 하엘이 도망치기 전에 니사에게 서류를 맡겨 놓았다. 그녀가 그 서류를 내려놓으며 말했다.

"재확인 부탁드립니다."

"나중에."

"지금 하시죠."

니사가 단호히 말하고는 팔짱을 끼고 섰다. 그녀가 콧방귀를 뀌며 노려보고 있으니 곤란해졌다.

윈터가 자리에서 몸을 일으켰다.

"놓고 가. 나중에 볼 테니까."

"안 돼요. 지금 당장…… 어딜 가는 거예요?"

윈터는 그 말을 못 들은 척하며 집무실에 딸린 욕실로 들어섰다.

한번 불안증이 오니 아무것도 할 수 없었다. 지금 당장 아내와 닿아 있어야지만 이 끔찍한 패닉이 멈출 것 같았다.

지금 몸이 바뀌면 그녀가 화를 내며 몸을 찾으러 오리라. 그렇게 생각하니 기다릴 수가 없었다.

그는 펌프질을 해 세면대를 미지근한 물로 채운 후, 면도칼로 팔을 긋고 거기 담갔다.

"오늘만 봐줘, 바이올렛."

아내와 무엇이라도 닿아 있지 않으면 정신이 이상해질 것 같았다.

피가 단숨에 빠져나가며 힘이 빠진 윈터가 자리에 주저앉았다. 그제야 바이올렛이 왜 몸을 바꾸는 일이 쉽다고 했는지 확실히 이해가 갔다.

이대로 죽어도 별로 상관이 없었다.

세상이 희어지더니 어느 순간 장막이 닫히듯 모든 것이 사라졌다.

* * *

제집에서 젠과 플립, 하옐에게 둘러싸여 과보호를 받고 있던 바이올렛이 심호흡과 함께 정신을 차렸을 때는 윈터의 집무실에 딸린 욕실 안이었다.

바로 앞에 거울이 있어 곧장 윈터와 몸이 바뀐 것을 알았다. 게다가 다친 손과 발에서 느껴지던 욱신거림이 사라져 순간 천국에라도 온 것 같았다.

바이올렛은 무슨 수로 몸을 바꾼 건가 주변을 둘러봤지만 보이는 것이 없었다. 바이올렛이 의아함과 황당함을 동시에 느끼며 욕실 밖으로 나가자 니사가 인상을 쓰고 말했다.

"내가 이런다고 포기할 줄 알아요? 그만하고 일 좀 하세요!"

"······일이라니?"

바이올렛은 니사가 가리키는 어마어마한 양의 서류에 입이 저절로 벌어졌다.

원터가 제게 일을 던져 놓고 놀러 나간 모양이었다. 하옐의 하소연으로 요즘 빈둥거린다는 것은 알았지만, 제게 일을 떠맡기는 야비한 짓까지 할 줄은 몰랐다.

"월급이라도 주든지……."

바이올렛의 혼잣말에 니사가 눈썹을 꿈틀거렸다.

"지금 무슨 소릴 하는 거예요?"

"아니네."

바이올렛이 희미한 미소를 지어 보이고는 얼떨결에 보고서를 확인했다. 잠결에 날림으로 한 것 같은 원터의 서명이 있었다. 그녀는 미간을 좁히며 곧바로 보고서에 집중하기 시작했다.

다행히 원터가 떠맡긴 건 대부분 이해가 가능한 부분이었다. 오픈 파티와 정원 관련된 내용들이었기 때문이었다.

한편 니사는 웬일로 다리를 꼬거나 의자 뒤로 기대 발을 데스크에 올리지 않는 대표의 모습에 놀라움을 느꼈다. 욕실에서 마음을 가다듬고 나온 게라 생각하니 기특해졌다.

그때, 바이올렛이 보고서 일부를 수렴하며 자리에서 일어섰다. 니사가 눈을 부릅뜨고 물었다.

"어디 가요?"

"정원을 확인해야겠네. 가격이 안 맞는 게 있어서."

바이올렛이 의아하다는 듯이 정원 관련 서류를 흔들어 보이자 니사가 신기한 것을 보듯 보며 앞장섰다.

잠시 뒤, 바이올렛이 정원을 보고 저도 모르게 미소를 지었다. 넓은 공간에 근사한 관상목들이 자라고 있었다.

"와……."

대표가 의욕 넘치는 표정으로 정원을 가로지르자 니사가 호탕하게 웃었다.

"아니, 비서님은 대표님 꼼짝도 안 하신다고 호들갑을 떨던데 엄살이었잖아요? 아, 말투가 갑자기 정중해지신 건 어색하네요. 마음가짐이에요?"

바이올렛이 미소로 대답을 대신하며 정원을 걸었다. 그리고 보고서의 내용을 확인하다가 어느 나무 아래 멈춰 섰다.

그리고 바닥에 떨어진 노란 잎을 들어 보며 말했다.

"흰개미가 집을 지었네."

"흰개미가 왜요?"

"정원에 키론 흰개미가 돌아다닌다는 건 전체 방역을 다 다시 해야 한다는 뜻이라서. 여기 벤치들까지 전부 다 확인해 봐야 할 것 같아."

"방역은 충분히 하고 있는데요. 어, 어머. 혹시 정원사가 중간에 해 먹고 있는 걸까요?"

"알아보는 게 좋을 것 같네."

바이올렛이 다시 서류들을 뒤적거리며 말했다.

"아무래도 구매한 것 중에 가격이 너무 비싼 것들이 많아서."

"알아볼게요. 거봐요, 일 시작하면 이렇게 잘하시는걸!"

바이올렛이 떠나는 니사의 뒷모습과 서류를 번갈아 보았다.

숫자만 봐도 정원사가 횡령하고 있다는 건 알 수 있을 텐데. 윈터처럼 절대 손해 보지 않고 사는 사람이 놓쳤을 리 없었다.

윈터가 일을 손에서 놓아 버렸다는 하옐의 말이 증명되고 있었다.

그것도 심각한 수준으로.

잠도 잘 못 잔다고 하고, 술도 너무 많이 마신다고 하고.

"걱정이네……."

바이올렛은 혼잣말을 하며 집무실로 돌아갔다.

이래저래 남편의 상태가 우려되긴 하지만 쉬다 말고 여기 끌려와 일을 하고 있는 건 억울했다. 파티 당일 인근 해변의 사용 허가를 위해 편지를 적던 바이올렛이 도저히 억울함을 못 참고 펜을 탁 내려놓았다.

"내가 이걸 왜 하고 있어야 하는 거야?"

당장 집으로 돌아가고 싶은 마음이 들었지만 동시에 일을 끝마치지 않으면 안 될 것 같은, 성격에서 나오는 불편함이 그녀를 붙잡았다.

결국 다시 펜을 잡고 편지를 쓰고 있는데 문이 벌컥 열리고 커다란 짐 가방을 든 여자 하나가 들어왔다. 다듬지 않은 긴 은발에 회색 눈을 가진 여자였다.

바이올렛은 그녀가 아마도 하옐에게 이야기 들은 공동 부대표, 이글린이리라 생각했다.

"무슨 일인가?"

"다들 여기로 몰려와서 저 혼자 수도 일을 떠맡고 있다고요. 열 받아 죽겠네. 다들 바다 보고 신난 거죠?"

"그래도 최소한 노크는 하고……."

"연락하고 오겠다고 하면 못 오게 하실 거였잖아요. 저도 구경 좀 하다 갈게요."

다행히 이글린은 자기 하고 싶은 말부터 하는 사람이라 어긋나는 이음새들을 알아서 채워 주었다. 그녀가 두리번거리며 물었다.

"하옐은요?"

"도망갔네. 내 집…… 아니, 아내의 집으로."

"그 녀석도 참 참을성이 있네요. 내가 사표 열 번 쓸 동안 한 번도 사표를 안 내다니."

한마디 할 때마다 제 입으로 정보를 술술 풀어 주는 덕에 바이올렛은 이 낯선 사람의 등장이 어색하지 않게 느껴졌다. 마음이 편안해진 바이올렛이 장난을 치듯 말했다.

"온 김에 일해야지?"

"으, 그런 소리 마십쇼. 저 한동안은 이 근처 카닉 일족들이 자주 가는 비밀 술집마다 다니면서 술 마실 거예요. 대표님도 일할 기분 아니잖아요. 술 많이 드실 거면 저랑 안 겹치게 동선 짜시죠."

이글린 역시 술을 무척 좋아하는지 가방에서 종이와 펜을 꺼내 인근의 비밀 술집 위치들을 적기 시작했다. 그녀의 표정은 내내 시큰둥했지만 행동에는 열정이 넘쳐 보였다. 그런 그녀를 웃음기 고인 얼굴로 보고 있으니 이글린이 인상을 썼다.

"왜 그런 흐뭇한 표정이십니까? 저 어디 극지방 보낼 거죠? 그렇죠?"

"그런 거 아니니 걱정 말게."

"근데 왜 이러시지……? 게다가 지금 제 술집 리스트 알려 드리는데 기뻐하지도 않으시잖아요. 평소에는 알려 달라고 그렇게 윽박지르셨으면서. 아, 하긴, 베릴 그놈이 한 짓을 생각하면 이상하실 만하죠."

묻지도 않은 말을 줄줄 늘어놓는 이글린 덕에 바이올렛은 한동안 생각한 적 없던 이름을 들었다.

바이올렛이 입을 다물고 있으니 예상대로 이글린이 의자에 털썩 앉으며 말을 이었다.

"도대체 대표님 부모님 두 분은 왜 그러신 겁니까? 임신으로 속이는 약을 먹이다뇨. 상식적으로 그게 말이 됩니까? 며느리에게?"

"……"

"베릴 그놈을 두들겨 패 놓고 싶더라고요. 그놈의 양심 고백이 아니었으면 아직도 모르셨을 테니 감안해 주신 마음은 이해합니다만."

그녀의 말에 바이올렛의 표정이 차게 얼었다.

바이올렛이 평생을 지켜 주리라 마음먹었던 배내옷 속에는 애초에 아무것도 없었다.

다시 그 순간이 떠오르자 심장이 녹아 그대로 줄줄 흘러내리는 기분이었다.

바이올렛은 그 이후 무슨 말을 들어도 대답을 하지 못했다. 이글린은 자기가 또 눈치 없이 너무 떠들었다고 생각하며 슬그머니 집무실을 떠났다.

이글린이 떠난 후에도 바이올렛은 한참을 멍한 얼굴로 자리에 앉아 있었다.

몸에서 힘이 쭉 풀려 반응할 방법을 완전히 잊어버렸다.

블루밍 부부에 있어서는 견딜 수 없는 분노가 치밀었다. 그러나 남편에게는 화를 내야 하나, 아니면 그 역시 이 상황에 휘말린 피해자였으니 오히려 연민해야 하나 정할 수가 없었다.

그리고 조금 더 지나자, 그날 느꼈던 지옥 같은 아픔이 다시 떠올랐다.

바이올렛은 한동안 집무실 벽만 바라보며 꼼짝을 하지 못했다.

아내에게 일을 시켜 놓고 윈터는 뻔뻔하게도 사고 싶은 것을 실컷 사서 집으로 돌아오는 중이었다. 아예 손수레까지 사서 그 안에 필요한 것들을 듬뿍 담았다.

밀짚모자와 예쁜 원피스를 얻은 리나는 손수레를 타고 앉아서 과즙을 넣고 얼려서 간 슬러시를 마시며 행복을 만끽하고 있었다. 리나가 손수레를 끄는 윈터를 보며 물었다.

"거봐, 나랑 노니까 재미있지?"

"네가 재미있는 거겠지, 꼬맹아."

"그것도 맞아."

리나가 헤헤 웃었다.

한껏 행복한 상태의 리나를 핌에게 돌려보내고 집으로 돌아와 보니 알아서 꺼지라는 윈터의 마음을 알아차렸는지 집이 비어 있었다.

그는 손수레를 집 앞에 두며 투덜거렸다.

"어떻게 손수레 하나가 없냐, 이 여자는."

제 혼잣말을 곰곰이 생각하던 윈터가 미간을 좁혔다.

"손수레의 존재는 아나?"

모를 확률이 커 보였다. 그러니 매일 마차까지 그 짐을 들어 나르지.

윈터는 손수레에 들어 있는 짐들을 가져다 집으로 옮겼다. 아직 완벽히 낫지 않은 몸으로 돌아다니고, 성질을 낸 데다가, 일까지 하고 나니 손가락 하나 까딱할 힘도 없었다.

그래도 마음은 한결 편안해졌다. 비록 제가 내는 것이긴 하지만 아내의 목소리가 계속 귀에 들리는 것이 좋았다.

시장에서 산, 고기와 치즈를 넣고 말아서 만든 두툼한 빵을 뜯어 먹으며 얼마나 지났을까.

드디어 문이 열리고 바이올렛이 들어섰다. 일을 떠맡겨 제 발이 저린 윈터가 리나가 양 갈래로 묶어 준 머리를 흔들어 보이며 능청을 떨었다.

"옆집 꼬마가 해 주더군. 귀엽지?"

"……."

바이올렛은 반응이 없었다.

윈터는 자신이 무표정일 때 저렇게 재수 없게 생겼다는 걸 이제야 알았다. 그는 바이올렛에게 걸어가며 평소보다 훨씬 유쾌하게 말을 이었다.

"일 떠맡긴 건 미안했어. 오늘따라 유난히 일을 하기 싫더군. 게다가 당신이 맡아 주면 좋을 것 같은 일이 많아서……."

"언제 말할 생각이었죠?"

"뭐를?"

"당신 부모님이 나에게 약을 먹인걸요."

그 말을 듣자마자 사색이 된 윈터가 서둘러 제 팔을 잡으며 몸을 다시 바꾸었다. 그 즉시 윈터는 바이올렛이 사라지지 못하게 두 팔로 강하게 끌어안았다.

"어떻게 알았어?"

"그건 중요하지 않아요."

"이혼하면 그 이후에 말할 생각이었어. 당신이 약속한 세 달을 채우지 않고 도망쳐 버릴까 봐 걱정돼서."

"아, 윈터……."

"내 탓 하지 마. 당신은 이 일로 1년을 사라졌었어. 충분히 벌줬잖아. 이혼도 해 준다잖아. 그러니까…… 더 이상 내 탓 하지 마."

바이올렛은 남편에게 어떤 반응을 보일지 전혀 계획하지 못하고 집에 돌아왔다. 윈터는 제 탓을 하지 말라는 말만 반복했는데, 이것이야말로 바이올렛이 예상한 반응은 아니었다.

윈터가 바이올렛을 조금 느슨하게 풀어 주며 말했다.

"내 옆에 있으면 죽을 것 같다고 했지?"

그의 표정을 마주한 바이올렛의 눈동자가 조금 흔들렸다. 윈터는 감당할 수 없는 파도를 코앞에서 마주친 사람 같았다. 대응할 생각 없이, 그저 체념 상태였다.

바이올렛이 윈터를 말없이 바라보는데, 그가 말을 이었다.

"그래서 날 떠났잖아. 알아. 아니까 이혼해 준다는 거야."

바이올렛은 이곳이 행복하다고 말했고, 그의 곁이 지옥이라고 말했으며, 그 사실에는 여전히 변함이 없다.

윈터는 아직도 지나치게 자주, 바이올렛이 스스로에게 총을 쏘던 날의 꿈을 꿨다. 비명을 지르며 꿈에서 깨어나면 무슨 일이 있어도 그녀의 곁에 있을 수 없을 거라는 침통함에 잠겼다.

당신은 내가 밉잖아.

나를 1년 동안 떠나고도 아무렇지도 않았잖아. 내가 이곳에 온 것을 안 후에도 만나기 싫어했잖아. 내가 그날 죽지 않았다면, 당신은 영영 날 만나 주지 않았을 거잖아.

순간 모든 게 미워진 어린아이처럼, 윈터는 속에서부터 복잡하게 들끓어 버린 괴로움을 가라앉힐 수가 없었다.

그때, 바이올렛이 테이블 위에 놓인 그의 손등을 두 손으로 꾹 눌렀다. 윈터가 바이올렛을 보자 그녀가 입을 열었다.

"아직 나는 화도 안 냈는데 혼자 무슨 생각이 그렇게 많아요, 당신은."

"……"

"물론 당신에게도 화가 나요. 하지만 그보다, 내가 화를 내야 하는 첫 번째 대상은 당신 부모님이라고 생각해요. 당신은 그 다음의 일이죠. 일단은 잠시 동안, 내가 생각을 정리할 시간을 줘요."

무슨 의미인가, 생각하던 윈터가 입을 열었다.

"당분간 당신을 찾아오지 말라는 말로 들리는군."

"네, 맞아요. 시간이 필요해요."

그녀는 무섭도록 침착했으므로, 저와 정반대 형식의 분노는 윈터로 하여금 도무지 아내의 분노의 양을 종잡을 수 없게 했다.

"오픈 파티 전까지는 어떻게든 결정해."

"명령하지 말아요."

"강요하는 거야. 빨리 결정하지 않으면 내가 여기로 쳐들어올 거니까."

"빨리 결정할게요."

그녀가 대답하자 그제야 윈터가 별수 없이 그녀의 집을 떠났다.

바이올렛은 문을 잠근 후, 지쳐서 테이블 앞에 앉았다. 윈터가 무슨 짓을 했는지 몸은 이전보다 아픈 곳이 늘어 있었다.

그녀는 자리에 앉아서 생각에 잠겼다. 덴 듯이 아프던 마음은 그 상태로 날이 밝고 나서야 조금이나마 가라앉았다. 그녀는 그 시간 동안 블루밍 공작 부부에게 큰 타격을 입히는 동시에 자신이 남편에게 주지 못했던 것을 줄 수 있는 방법을 계획했다.

다음 날 오후가 되어서야 그녀는 집을 나섰다. 옆집의 핌이 그녀를 발견하고 따라나섰다.

"바이올렛, 어디 가요?"

"키론 우체국에 다녀올까 하오."

"잘됐네! 같이 가요. 대륙 간 우편 보내는 법을 잘 모를 테니 도와줄게요. 바이올렛이 어제 우리 리나한테 사 준 원피스 있잖아요. 애가 얼마나 좋아하는지 잘 때도 잠옷 대신 그걸 입고 자겠다고 우겨서 결국은 옷도 안 갈아입고 잤다니까?"

윈터가 리나를 데리고 시장을 다녀온 모양이었다.

바이올렛의 허락 여부와 상관없이 핌이 그녀를 따라 걸었다.

"편지는 어디로 보내게요?"

"시부모님께 보낼 생각이라오."

라크라운드에서 키론으로 편지를 보내는 방법은 배편뿐이라, 운 좋으면 일찍 도착할 때도 있지만 배를 잘못 타면 항로에 따라서 1년이 넘게 걸리기도 했다.

반대로 강한 마력으로 감싸여 있는 이 대륙에서는 우체국에서 눈 깜짝할 사이에 편지를 목적지로 도착하게 할 수 있었다. 가격은 비쌌지만 감당하지 못할 정도도 아니었다.

바이올렛은 핌과 함께 우체국으로 가 블루밍 공작 부부에게로 편지 한 통을 보냈다.

조만간 그들이 직접 이곳으로 올 테니 답은 곧 들을 수 있을 것이었다.

블루밍 가문의 분위기는 아주 좋지 않았다.

겨울이 끝나고 봄이 시작되며 캐서린 블루밍 공작 부인은 티 파티를 열었다. 그녀는 거의 주말마다 열던 이 티 파티가 얼마나 막대한 돈을 필요로 했는지를 차츰 알아 가고 있었다.

화수분 같던 원터의 재산이 끊긴 데다 디에브에게 넘겨주었던 바이올렛의 롱 리우드 땅의 소작료 절반도 사라졌다.

이제 더 이상 이전처럼 매주 화려한 파티를 열어서는 재산을 유지할 수 없게 되었다.

그런 사정을 모르는 티 파티 손님들은 키론 지점의 오픈 파티가 다가오자 더욱 캐서린의 환심을 사려 애썼다.

"카닉 호텔 소셜 클럽 회원들은 전부 초대장이 왔다더군요? 오픈 파티로 이동하는 기차도 배도 직접 운행하고 심지어는 체류비까지 전부 카닉 호텔에서 내 준다고 들었어요."

"이번 호텔에서도 가장 좋은 객실에서 가장 처음 묵는 건 캐서린 부인이시겠네요. 부러워라……."

캐서린은 물론이고 티 파티에 참여한 제임스 블루밍도 애써 아무렇지 않은 척하고는 있지만 불안하고 초조한 마음에 손끝이 조금 떨렸다.

아들이 주는 중요한 선물 중에는 카닉 호텔 VIP이며 사교계의 중요한 조건 중 하나인 카닉 호텔 소셜 클럽 회원권이 있었다. 카닉 호텔의 어마어마한 혜택을 누릴 수 있으나 1년 단위로 갱신해야 하고, 상당한 돈이 필요한 검은색 명함 크기의 회원권이 부부에게는 매년 열 장이 도착했다.

이 회원권이 남부 귀족들이 그들에게 잘 보이려 애쓰게 만드는 힘 중에 하나였는데, 올해는 그것이 올 거라 장담할 수 없게 되고 말았다. 공으로 얻던 것이라, 이제야 그 소중함을 알았다.

티 파티가 끝나고 제임스가 초조하게 입을 열었다.

"이번에 오픈 파티 초대장도 보내지 않았소. 보통 화가 난 것이 아니지 않소."

"그래도 우리 아들은 우릴 사랑하니까 정작 만나면 화를 풀 거예요."

"꼭 그래야 할 텐데……."

두 사람이 염려하고 있을 때, 그들에게로 집사가 달려왔다.

"주, 주인어른! 마님! 자, 작은 마님으로부터 편지가 도착했습니다!"

"뭐?"

제임스가 인상을 쓰며 집사를 따라나섰다.

집사가 내민 편지를 받아 그 자리에서 확인한 제임스의 손이 떨리기 시작했다.

"이런 악마 같은 계집……."

"무, 무슨 일이에요?"

"이것 좀 봐요, 부인. 우리 가문을 망가뜨리려고 작정을 한 것 아니오!"

제임스에게서 편지를 받아 든 캐서린의 표정 역시 분노로 얼룩졌다.

블루밍 공작 부부 귀하.

의사를 통해 저에게 질 나쁜 약을 먹이셨다는 이야기를 전해 들었습니다.

처음에는 매우 화가 나고, 두 분이 왜 그런 짓을 하셨는지 이해를 하지 못했습니다.

두 분께서는 아마 저희 부부가 이혼을 하길 바라신 게 아닌가 생각이 듭니다.

남편이 이 사실에 분노하여 두 분께 보내는 재정 지원을 중단했다고 들었습니다. 저는 지금 남편에게 화를 낼지, 아니면 연민하며 용서할지를 고민하는 중입니다.

제 선택은 남편에게 큰 영향을 미치리라 확신합니다. 제가 용서하고 부탁한다면 남편은 재정 지원을 다시 이어 갈 겁니다. 선택은 두 분에게 달렸습니다.

저에게 용서받지 못할 일을 하신 것을 용서하겠습니다. 그를 위한 대가는 하나입니다.

두 분께서 결혼식 당일, 제가 남편에게 줄 수 없었던 한 가지를 대신 주시기를 바랍니다.

윈터 블루밍 경을 블루밍 공작 작위의 제1 후계자로 삼아 주세요. 그는 두 분의 장남이며, 뛰어난 인재이고, 가문을 번성시킬 후계자입니다. 또한 두 분의 사교 생활을 유지해 줄 힘을 가진 유일한 아들이기도 하지요.

협상은 없습니다. 확답을 기다리겠습니다.

바이올렛 블루밍

며칠째 바이올렛에게서 연락이 없었다.

윈터는 하루하루 바짝 말라 가는 기분을 느꼈다. 그날 이후 그는 거의 말을 하지 않았고, 표정도 변하지 않았다.

집무실 발코니에서 담배를 꺼내 문 윈터가 물끄러미 문 아래를 내려다보았다. 그곳에 보자기를 두른 어머니, 리네가 서 있었다.

잠시 후, 예상대로 하옐이 집무실로 들어서서 조심스럽게 물었다.

"대표님, 어머님께서 찾아오셨는데 어떻게 할까요?"

"……."

하옐은 재촉하지 않고 그의 대답을 기다렸다. 한참이 지나 윈터가 입을 열었다.

"그냥 가라고 해."

"예, 대표님."

하옐이 대답하고 나가려는데 그가 돌아섰다.

"아니다. 내가 가야겠군."

"기분 안 좋으실 텐데 그냥 저 시키시죠?"

"됐어."

다른 스트레스라도 받아야 바이올렛이 좀 잊힐 것 같았다. 윈터가 불쾌함을 느끼는 짐승처럼 슬렁슬렁 걸어 밖으로 나갔다.

윈터가 나오는 것을 발견한 리네가 서둘러 달려왔다.

"윈터!"

"왜 또 온 겁니까?"

윈터의 짜증 섞인 목소리에 리네가 우물쭈물거리다 입을 열었다.

"네가 준 돈으로 쌍둥이가 많이 좋아졌단다. 고맙단 인사를 하려고……."

"전보나 보내시지. 시간 아깝게."

윈터의 냉정한 말에 리네가 눈을 꾹 감았다.

"어머니, 이해는 하는데."

"……."

"그래도 그날은 너무하셨습니다."

리네가 고개를 못 들고 어깨만 떨었다. 윈터가 혀를 한 번 차고 물었다.

"뭐, 지나간 일은 됐고, 돈이 더 필요한 거면 일단 이것 좀 답해 주고 받아 가세요. 혹시 몸 바뀌는 거에 대해서 좀 아십니까?"

"그, 글쎄. 바뀌는 경우가 몇 가지 있는 걸로 듣긴 했는데……."

"그럼 몸이 바뀌는 건 됐고, 정말로 궁금한 선."

그가 그다지 심각해 보이지 않는 표정으로 물었다.

"도대체 뭘 어떻게 해야 죽을 수가 있습니까?"

"어, 어? 왜…… 그런 걸 물어보니? 죽다니?"

"석 달 뒤에 죽을 생각입니다. 그런데 죽으면 자꾸 몸이 바뀌니까 죽을 수가 없어요."

"위, 윈터!"

"가진 게 너무 많으니 그것도 나름 지겨워서요. 아, 당연히 전부 아내에게 주고 갈 거니까 한 푼 건드릴 생각 마시고요."

"네, 네 아내도 알고 있는 거니?"

"그럴 리가요. 어디 가서 말씀은 마세요. 아이들한테 가는 돈 끊기고 싶지 않으면."

"왜, 왜 그런 생각을 해. 이, 이 건물 다 네 거 아니니? 이렇게 많은 걸 가졌는데 왜 죽고 싶은 생각이 들어?"

리네는 윈터가 잘 지낸다고 생각했다. 식당에 있을 때도 아이가 얻어맞고 마구간에 갇히는 걸 보면서도 살아 있으니 됐다, 나와 사는 것보단 저기가 낫다 믿었었다. 금방금방 자라서 제 몸은 거뜬히 지키고 남겠다, 싶을 때 알리카로 떠났다.

아이를 낳고서도 윈터의 소식을 궁금해하다가 그 애 결혼 소식과 작위가 날아갔다는 소식을 들었다. 그런데도 결혼은 유지가 되었다. 그렇다고 생각했었는데.

윈터가 말했다.

"그냥 죽는 방법이나 말해 주고 가시죠."

"모든 사람이 몸이 바뀌는 건 아니라서…… 그래도 사고사나 병사라면 바뀌지 않는 걸로 알고 있단다."

"……그러니까 내 마음대로는 안 된다?"

어쩐지 그럴 것 같더라니.

윈터가 혀를 찼다.

그럼 어쨌든 제 의지가 없어야 죽을 거라는 것이었다. 뭐 지금까지 원한을 산 사람이 너무 많아서 경비만 허술해지면 충분히 살해당하고도 남을 것 같긴 했다.

우연을 노려봐야 하나. 세 달 뒤에 죽어 줘야 하는데 어쩌나.

윈터가 고민하고 있을 때, 리네가 주머니 하나를 내밀었다.

"그런 말 말고 이거 받으렴. 네가 어릴 때 좋아하던 거……."

윈터가 주머니를 받아 열어 보니 남부에서 자라는 하얀 콩이 들어 있었다. 그는 허탈한 표정으로 주머니 속의 콩을 바라보았다.

모자는 한곳에 오래 있지 못했다. 호의를 베푸는 자 중에는 리네 자체를 대가로 얻으려는 사내가 수두룩했다.

떠돌이 생활을 하는 중에 얻을 수 있는 그나마 좋은 간식이 하얀 콩이었다. 늘 한 주먹씩 삶아서 주머니에 넣고 다니며 한 알씩 집어 먹었다. 좋아해서 먹은 게 아니라 그것밖에 없었다.

윈터는 필사적으로 부정하려 했던 어린 시절을 갓 쪄낸 하얀 콩 냄새로 다시 떠올렸다.

그는 이끌리듯 콩 한 줌을 쥐어 입에 털어 넣었다. 따듯하고 고소한 맛에 어린 시절 기억이 났다. 좋은 기억도 없는데 이상하게 그리웠다. 윈터가 주머니를 닫았다.

"오셨으니 식사라도 하고 가시죠."

"아, 아니다. 밥은…… 괜찮아."

"아."

윈터가 안주머니에서 미리 챙겨 온 돈 봉투를 꺼내 내밀었다. 리네가 봉투를 챙기고도 주춤거리자 그가 허탈하게 웃으며 말했다.

"됐으니 그런 표정 하지 마세요. 어차피 세상에 나한테 바라는 것 없이 사랑해 줄 사람은 없……."

"손을 잡고 싶어요."

순간 윈터는 바이올렛의 목소리를 떠올렸다.

필요한 건 없고, 대신에 하고 싶은 게 있다면서. 아내는 윈터의 손을 잡고 미소를 지었었다. 세상에 단 한 명뿐이었다. 자신에게 바라는 게 손잡는 일인 사람은.

윈터는 제 손아귀에서 사라져 버린 바이올렛의 하얀 손을 떠올리며 거칠고 커다란 손바닥을 보았다.

리네가 조심스럽게 그 손을 잡으려는데 윈터가 짜증을 내며 그대로 몸을 돌려 버렸다.

늦은 밤, 윈터가 호위도 없이 호텔을 나서자 하옐이 따라와 물었다.

"이 밤에 어디 가시는데 경호도 없이 나서십니까? 그래도 타지인데 데려가시죠?"

"참견하지 마."

윈터가 말하며 걸음을 옮겼다.

그의 걸음은 외곽의 어두워 보이는 거리로 향했다. 길 입구부터 우범 지대이니 혼자 돌아다니지 말라는 표지판이 있었고, 불빛도 드물었다.

윈터는 태평하게 안으로 걸어 들어갔다. 중간쯤에 술집이 있어 바에 앉아 싸구려 맥주를 주야장천 들이켰다. 그리고 껄렁거리며 몰려서 술을 마시고 있는 청년들에게 걸어가더니 다짜고짜 주먹을 날렸다.

"이, 이 새끼 뭐야!"

술병을 든 청년이 바닥에 술병을 던졌다. 주먹을 날리려 했지만 체격 차이가 커서 때려도 타격이 약할 거라고 예상했는지 바로 반격하지 않고 씩씩거릴 뿐이었다.

일단 멱살을 잡기에 윈터가 만족스러운 얼굴로 몸까지 숙여 가며 잡혀 주자 뒤에서 무리 중 하나가 일행의 어깨를 당겼다.

"야, 그냥 가자. 이상해."

"뭐 이런 놈이 다 있어?"

다들 황당해하면서도 뭔가 꿍꿍이가 있나 싶어 오히려 슬금슬금 물러났다. 윈터가 이럴 때를 대비해 챙겨 온 접이용 칼을 꺼내 내밀었다.

"자. 찔러."

칼을 건네주면서도 혹시 제가 칼을 건네주면 이것도 자살인가, 망설여지긴 했다.

안 그래도 미친놈인가 싶던 윈터가 칼까지 내밀자 청년들이 경계하는 얼굴로 욕설을 퍼부으며 우르르 일어났다.

무리 중 많이 취한 사내 하나가 칼을 뺏더니 재빨리 윈터의 목에 들이댔다. 날카로운 칼에 베이자 피가 투두둑 떨어졌다. 그러자 윈터가 청년의 팔을 움켜쥐며 말했다.

"용감하군."

그는 진심으로 칭찬했으나, 다른 이에게는 전부 위협으로 들렸다.

붙잡힌 팔에서 느껴지는 완력 차이에 청년의 얼굴이 하얗게 질렸다. 그래서 더 찌르기는커녕 그대로 칼을 떨어뜨리고 필사적으로 빠져나와 무리에 섞였다.

"뭐, 뭐야. 이거 완전 미친 새끼 아니야?"

"그러게 그냥 나가자니까! 저런 또라이랑 얽혀서 좋을 거 없어."

무리가 욕설을 하며 테이블이며 의자를 뒤집어 엉망으로 만들더니 그대로 술집을 나가 버렸다.

첫 시도를 실패하자 윈터가 눈썹을 슥슥 문지르며 욕설을 퍼붓고 자리로 돌아왔다. 그가 손수건으로 상처를 틀어막고 말했다.

"맥주 가져와."

술집 주인도 한 덩치 했지만 방금 칼이 오가는 상황을 봐서인지 목소리가 조금 떨렸다.

"소, 손님. 술집에서 칼은 좀……."

윈터가 돈을 내던지며 말했다.

"술 가져오란 말 안 들려?"

큰돈에 눈이 휘둥그레진 술집 주인이 서둘러 달려가 술집에 있는 것 중 나름 가장 좋은 술을 가져왔다.

윈터는 술을 연거푸 들이켰다. 저와 사선으로 앉아 술을 한 모금씩 같이 마셔 주던 바이올렛이 아른거렸다.

그 악랄한 공주님은 복수를 하고 있는 게 분명했다. 그녀를 떠올리지 않으려 술을 마시는데, 그 순간마저도 멋대로 점령해 버렸다.

❋ ❋ ❋

죽음에도 여러 종류가 있지만, 그중에서 가장 쉬운 게 객사는 아님이 분명했다.

다음 날 윈터는 멀쩡한 상태로 호텔 침대 위에서 눈을 떴다. 손에 잡히는 푹신한 감각에 윈터가 표정을 구겼다.

"젠장, 호텔 짓는 것보다 뒈지는 게 더 어렵네."

한 박자 늦게 숙취가 올라와 상체를 일으켰을 때, 벌컥 열린 문으로 미간에 주름이 잡힌 하옐이 들어왔다.

"대표님, 어제 어떻게 돌아왔는지 기억 안 나시죠?"

"날 리가 있나."

"술집에서 완전히 뻗으셔서 술집 주인이 거기다 재웠더라고요. 그리고 지갑에서 명함을 찾았다고 해 아침에 와서 데려가라고 해서 모셔 왔죠. 몸값은 정확히 5,000라크네였습니다. 싸게 끝냈죠."

"더럽게 비싼 술을 마셨군."

"원하시는 게 뭡니까? 뭘 해 드리면 이딴 사춘기 반항 같은 짓을 그만하실 거냐고요. 수습에도 한계가 있습니다."

하옐이 죽일 듯이 윈터를 보며 말했다. 원래도 쌀쌀한 인상이긴 했지만 지금은 윈터가 좀 더 속을 긁으면 그를 죽일 수도 있을 것 같은 표정이었다.

윈터가 대꾸했다.

"죽으러 갔어. 다음부터는 몸값 주지 마."

"……그게 무슨 말입니까?"

"그냥 죽게 놔두라고."

윈터가 인상을 쓰고 말하자 하옐이 입술을 꾹 물었다가 한 자 한 자 또박또박 말했다.

"다시 이러셔도 똑같이 몸값 내서 모셔 올 거고, 그 다음에 바로 그만둘 겁니다. 그런 줄 아십쇼."

하옐이 꼴도 보기 싫다는 듯 그대로 쿵쿵거리며 침실을 나가 버렸다.

윈터가 뒤늦게 떠올랐는지 그의 뒤통수에 대고 소리쳤다.

"바이올렛에게 절대 말하지 마!"

그 소리에 화를 못 참고 다시 들어온 하옐이 눈을 질끈 감고 소리쳤다.

"그리고 그렇게 돌아가시면 저 바로 작은 마님께 자살이었다고 이를 겁니다! 그럼 작은 마님은 아마 대표님 장례식장에도 안 오실 거라고요!"

그렇게 냅다 질러 놓고, 후환이 두려워진 하옐이 재빨리 침실에서 도망쳐 버렸다.

윈터는 성질을 내고 싶었으나 죽고 싶을 정도의 숙취를 견디지 못하고 객실에 설치된 벨을 부서져라 눌러 사람을 불렀다.

이리 치이고 저리 치이며 스트레스가 있는 대로 폭발한 하옐은 그대로 호텔을 나왔다.

수도에는 제집이 있는데 여기 출장을 와서는 호텔이 집이니 갈 곳이 한 군데뿐이었다. 어차피 그 말고 젠과 플립도 멋대로 살다시피 하는 데다 집주인도 손님을 껄끄러워하지 않는 곳.

그는 바이올렛에게 뭐라도 하소연하기 위해 재량껏 햄과 과일 바구니를 사서 그녀의 집으로 향했다.

잠시 후, 문을 연 바이올렛이 놀라서 물었다.

"하옐? 무슨 일인가?"

"일단 이것 좀 드세요."

"또 뭘 이렇게 많이…… 게다가 안색은 또 왜 이렇게 안 좋아?"

바이올렛이 걱정하는데 안에 있던 리나가 톡 튀어나와 그녀의 다리에 매달려 하옐을 보았다.

"하옐이다!"

리나가 이름을 아는 게 신기한지 바이올렛이 물었다.

"무서운 아저씨 이름은 모르는데 하옐의 이름은 알아?"

"응. 우리 집 와서 맛있는 거 사 줬거든."

맹랑하게 대꾸한 리나가 다시 테이블에 있던 엄마에게로 쪼르르 달려갔다.

오늘 새벽, 치안 나쁜 뒷골목 술집에서 만취한 데다 체격도 큰 윈터를 돈을 주고 데려와야 했던 하옐은 이곳의 화목한 분위기에 벌써부터 위로를 받는 기분이 들었다. 그가 집 안에 과일 바구니와 햄을 내려놓으며 우는소리를 했다.

"작은 마님, 저 진짜 그만둘까 봐요."

"남편이 또 테이블이라도 뒤집었나?"

"네. 그것도 엄청 큰 테이블을요."

"저런."

바이올렛이 가여워하며 토닥거리자 하엘은 정말로 울먹울먹거리기 시작했다. 놀러 와 차를 마시던 핌이 의자를 당겨 주었다.

"하엘 씨, 이리 와서 앉아요. 직장이 많이 힘든가 보네."

"상사가 너무 힘듭니다……."

"에그, 불쌍해라. 그 성질머리를 여태 버틴 게 대단하지."

핌의 말에 바이올렛이 고개를 갸웃거렸다. 꼭 핌도 같은 상사 밑에서 일한 것처럼 대화하고 있다고 잠시 생각했다. 아마도 핌이 좋은 사람이라 깊이 공감해 주는 것이려니. 바이올렛이 생각을 밀어내고 일단 시원한 음료를 내주었다.

하엘이 음료를 벌컥벌컥 들이마시고 푹 한숨을 쉬었다.

"작은 마님, 잠깐만 대표님 좀 봐 주시면 안 됩니까? 두들겨 패도 좋으니까……. 아닙니다. 작은 마님께서 희생하실 필요 없죠. 대표님도 지금쯤이면 아마 숙취 때문에 어제 그렇게 술을 드신 걸 후회하고 계실 거예요. 분명히."

"술을 얼마나 마셨는데 자네에게 이렇게 걱정을 끼쳐?"

"그러니까요! 혼내 주세요. 꼭. 말로 아주 두들겨 패 주세요."

훌쩍거리며 말한 하엘이 보살핌을 받으며 차차 안정을 되찾았다.

❄ ❄ ❄

윈터는 심한 숙취 때문에 정신을 차리지 못하고 있었다. 그의 주량이 아무리 끝이 없어도 죽자고 마시는 술에는 버티지 못했다.

해가 눈부셔서 팔로 눈을 가리고 누워 있는데 침실 문 열리는 소리가 들렸다.

"왔어?"

그의 말에 바이올렛이 물었다.

"나인 줄 알았어요?"

"당신은 움직일 때 들리는 소리가 다른 사람과 달라."

"그래요? 어떤데요?"

"거만하지."

윈터가 두 손으로 머리를 감쌌다.

"젠장, 머리가 쪼개지는 것 같네."

"자업자득이에요."

"화내러 왔어?"

"화내러 왔어요. 무슨 술을 그렇게 마셨어요?"

바이올렛은 나름 훈계하려 했으나, 윈터 입장에서는 보고 싶었던 아내가 나타나 주었으니 앞으로 바이올렛이 저를 안 만나 줄 땐 진탕 술을 마셔야겠다는 나쁜 버릇만 들게 만들었다.

윈터가 상체를 일으키자 바이올렛이 그의 목을 보며 놀라서 물었다.

"목에는 무슨 상처예요?"

그러자 윈터가 목을 손으로 만지며 태연히 거짓말을 했다.

"무슨 상처? 술을 너무 많이 마셔서 기억이 안 나는데."

"뭐라고요? 당신 정말!"

"아, 따가워."

제가 다쳐 놓고 짜증을 내던 윈터가 손을 뻗어 바이올렛의 팔을 움커줘었다.

"당신이 옆에 누우면 왜 다쳤는지 기억이 날 것도 같군."

"그게 말이 돼요?"

"되지, 왜 안 돼. 아, 그나저나 일주일 뒤에 오픈 파티인데 참 일찍 도 오시는군."

"내일 오려고 했어요."

"그러시겠지."

바이올렛이 윈터의 옆에 걸터앉았다. 그리고 그의 목덜미에 손을 가 져가자 윈터가 뒤로 물러났다.

"다친 곳을 왜 만져. 당신 남 괴롭히는 취미 있어?"

"좀 자세히 보려고 그래요."

바이올렛이 포기하지 않아서 윈터가 결국 그녀의 팔을 붙잡아 침대 로 끌어 내렸다.

"당신이 봐서 뭐 하게. 치료는 의사가 하잖아."

그러자 바이올렛이 침대 아래 제 발을 내려다보며 말했다.

"나도 발등이 덧났는지 걷는 게 힘들어요."

"뭐? 어디 봐."

"당신이 의사예요?"

"……."

바이올렛은 윈터가 일반적인 성숙한 어른들과 달리, 달래기만 해서 는 컨트롤할 수 없는 남자라는 걸 알아차렸다. 역지사지의 방법으로 윈터가 드물게 얌전해지자 바이올렛이 그제야 채찍을 넣고 당근을 꺼 냈다.

"상황을 알았으니, 당신이 내 부정을 의심했던 일은 용서할게요. 당신도 피해자니까."

"……그래?"

"네. 물론 그렇다고 당신이 잘못하지 않은 건 아니지만, 당신에게 충분히 화를 낸 것 같으니까."

순식간에 입꼬리가 늘어난 윈터는 밖을 향해 소리쳤다.

"내 아내가 왔는데 다과도 안 가져오고 뭐 하고 있어!"

"예, 예! 대표님!"

밖에서 누군가 화들짝 놀라 대답했다. 윈터가 제 성질머리에 같이 움찔거리는 바이올렛의 팔을 잡아 일으키며 말했다.

"안 그래도 당신 오픈 파티에 입을 드레스 골라야 하는데 마침 잘 왔군."

"네에? 오픈 파티 가야 한다고 나에게 말도 안 했잖아요."

"지금 말했네."

윈터는 어쩐지 숙취까지 싹 가시는 기분을 느끼며 바이올렛을 끌고 침실을 나서면서 말했다.

"청색으로 하자."

"흰색이 좋겠어요. 파티가 열리는 1층은 흰색이 많으니까."

"청색."

"흰색으로 해요."

"청색이 좋다니까. 주인공 같잖아. 주목받기 싫어서 보호색이라도 띠겠다는 거야, 뭐야."

보호색이라는 말이 좀 충격이었는지 바이올렛이 입을 꾹 다물었다. 그녀의 할 말 많은 눈빛에 윈터가 눈썹을 삐뚜름하게 찡그렸다.

"뭐 어떡하라고. 내 돈으로 사는데 의견도 못 내?"

"의견을 내는 게 아니라 고집부리는 거잖아요."

"공주님께서는 하나도 고집 없는 줄 알아? 당신도 아주 고집불통이야. 세상에 당신만큼 나에게 못되게 구는 사람이 있는 줄 알아?"

"내, 내가 못됐다고요?"

바이올렛이 너무 어이가 없어 눈을 동그랗게 떴다.

나행히 두 사람이 싸우기 선에, 식원 하나가 트롤리를 가져와 테이블에 차와 디저트를 내려 주었다.

테이블 앞에 앉아 한 모금 마셔 보니 적당히 우러나 즐기기 딱 좋은 상태였다.

"맛있네요."

바이올렛의 감상에 윈터가 뻐딱하게 뒤로 기대앉아 말했다.

"당신 하녀가 당신이 좋아하는 차 온도를 알려 줬거든. 그 외에도 머리를 묶을 때 잔머리 없이 깔끔한 걸 좋아한다든지, 옷은 색은 상관없지만 형태는 단정한 걸 좋아한다든지. 그런 걸 알려 주더군."

바이올렛이 물끄러미 윈터를 보다가 차를 한 모금 더 마셨다. 고개를 거의 움직이지 않고 우아하게 차를 마시는 그녀의 모습에 느낀 바가 있었는지 윈터 역시 나름 반듯한 자세를 찾아 앉았다.

바이올렛은 그런 윈터의 모습에 묘한 기분이 들었다.

결혼 3년 동안 그렇게 간절히 원하던 것들이었다. 서로를 배웅해 주는 것을 당연히 여기고 시간이 나면 마주 보고 차를 마시는 소소한 일상.

바이올렛이 언제나 바라고, 이루지 못해 가슴이 아파 밤잠을 설쳤던 일들이 지금에 와서 이루어지고 있었다.

이게 연애인가, 바이올렛은 생각했다. 그녀는 지금 처음으로 윈터 블루밍과 연애를 하는 중이었다.

다 사라지지 않은 숙취에 비스킷에는 손도 대지 않은 윈터가 지나가는 말처럼 입을 열었다.

"슬슬 재산 분배를 시작하지."

"괜찮아요. 필요하지 않아요."

"어차피 많이 줄 생각도 없어."

"난 이대로도……."

"이봐, 공주님."

윈터가 신경질적인 표정으로 말을 이었다.

"당신이 왜 받아야 하는지 알아? 나와 3년을 산 유명인이기 때문이야."

"무슨 의미죠?"

"당신과 똑같은 상황의 다른 여자가 있다고 생각해 봐. 그럼 그 여자들도 당신 이야기 들먹이면서 재산 분배를 못 받게 되고 만다고. 내 말이 틀려?"

"……."

윈터는 바이올렛이 성격상 제 유산을 쉽게 받아들이지 않으리란 걸 알았다. 그래서 그가 골머리 썩으며 찾아낸 이유였다. 바이올렛이 재산을 받아들일 수 있게 만들 이유.

"그래, 당신은 선택권이 있을 수 있지. 당신을 도와줄 사람들이 있을 수 있고. 그런데 이런 상황의 다른 여자들을 생각해 봐. 당신처럼 이름이 알려진 사람은 선례가 된다고."

바이올렛의 창백해진 얼굴에 윈터는 제 말이 확실히 먹혔음을 알았다.

"거기까진…… 생각 못 했어요."

윈터는 입꼬리가 절로 씰룩거렸지만 필사적으로 심각한 표정을 유지했다.

"이제부터 알면 돼."

"나는 지금까지 당신이 자기 잇속만 챙기는 사업가라고 생각했어요. 내 신입견이었네요. 미안해요."

아니, 나 내 잇속만 챙기는 사업가 맞는데, 공주님…….

윈터는 뒷걸음질로 쥐 잡은 기분이 되었지만 감탄하는 바이올렛의 눈빛에 우쭐해져 당연하다는 듯이 말했다.

"물론이지. 난 굉장히 사회적인 공헌에……."

힘쓰는 사람이라는 건 너무 거짓말이라 양심이 찔렸다. 윈터가 시선을 피하며 말을 이었다.

"아무튼 여전히 나에 대해 전혀 모르는군."

바이올렛이 신중하게 고개를 끄덕였다.

"정말 몰랐네요. 좋아요. 그럼 적극적으로 재산 분배에 응하겠어요."

"그거 무섭군."

"무서워할 정도는 아닐 거예요."

그녀의 대답은 늘 그렇듯 진지했고, 윈터는 저도 모르게 미소를 지으며 말했다.

"귀족들의 이혼은 상당히 복잡하더군. 서류에 도장을 찍어서 제출한 후에도 어마어마하게 긴 절차가 있다고."

"네. 알아봤어요."

"그럼 우선 이혼을 해야 하는 이유가 확실해야겠지. 나와 반드시 이혼해야 하는 이유."

"이유라면……."

"하옐에게 얘기한 거 들었어. 내 옆에 오고 싶지 않아 했다며. 여기가 행복하다고, 내 옆으로 오면 불행해질 것 같다고 했다며. 그런 거적당히 써."

윈터는 대수롭지 않다는 듯이 말했으나, 실은 바이올렛의 입으로 이 이야기를 들으면 미쳐 버릴 것 같아 제 입으로 먼저 말한 것뿐이었다.

그러자 바이올렛이 가만히 입을 열었다.

"당신 곁은 당신 하나만 얘기한 게 아니잖아요. 상황을 말한 거예요. 내 가족과 당신 가족과 돈, 사교계 이런 온갖 복잡한 것들이 얽혀 있는 상황으로 돌아가고 싶지 않았던 거예요."

"……."

"나는 여전히, 내가 그 상황으로 돌아가면 똑같은 상황이 반복될 거라고 생각해요. 나는 다시 우울해질 거라고 생각해요. 그래서 당신과 이혼하고자 하는 거지만. 그런데도."

바이올렛은 여전히 윈터의 손에 끼워진 저와의 결혼반지를 무심코 바라보며 쓸쓸히 중얼거렸다.

"우리가 다시 만나기 직전에, 시장에서 당신 목소리를 들었어요. 당신은 그날 내가 거기 있는 걸 몰랐겠지만."

"……."

"자신이 없는데. 당신이 미운데. 그런데도 당신 목소리가 어찌나 반가웠는지."

그녀의 말에 체념과 설움과 분노로 복잡하던 윈터의 표정이 조금씩 풀어졌다.

"……그랬어?"

"네. 반가웠어요."

"얼마나?"

"그게…… 중요한가요?"

"당연히 중요하지. 내가 얼마나 반가웠는데? 자세히 설명해."

윈터는 울던 어린애에게 가장 좋아하는 사탕을 쥐어 준들 이렇게 휙 기분이 바뀌진 않을 것이라 생각했다.

손바닥 뒤집는 것도 이보단 어려우리라. 그는 바이올렛의 말 한마디, 한마디에 기분이 급변하고 천국과 지옥을 오갔다. 원래도 다혈질인데 그녀가 더욱 부채질하는 기분이었다.

윈터가 계속 추궁하려는데 문을 다급히 두들기는 소리가 들렸다.

"작은 마님! 작은 마님!"

윈터가 혀를 차며 걸어가 문을 열자 하도 뛰어 호흡이 거칠어진 하옐이 호외 한 장을 들고 서 있었다. 그가 두 사람에게 수도에서 사흘 전 발행된 호외를 내밀었다.

"바, 방금 우리 회사 크루즈가 도착했는데요! 거기 함께 온 라크라운드 신문에 이런 발표가!"

하옐이 드물게 흥분해서 소리치자 윈터가 먼저 받아서 읽고 혀를 차며 바이올렛에게 종이를 넘겼다.

신문에는 라크라운드에서 가장 힘 있는 가문인 헤스턴 변경백 가문의 가주가 바뀌었다는 내용이 실려 있었다.

헤스턴 변경백 가문의 가주가 바뀌는 것은 예정된 일이었으므로 놀라운 일이 아니었다. 문제는 북부 변경을 지키는 위대한 가문으로서 라크라운드 시민들의 사랑을 듬뿍 받고 있는 이 헤스턴 가문의 발표였다.

본디 헤스턴 가문은 왕실을 지키는 가문이오. 새로운 가주가 왕의 가호 없이 어찌 제대로 된 가주라 불릴 수 있을까. 나 카르잔 헤스턴은 라크라운드 왕의 가호를 요청하는 바요.

그 발표에 바이올렛이 기가 차서 저도 모르게 소리 내어 웃었다.

윈터가 한쪽 눈썹을 치켜 올리며 하옐을 보았다.

"그러니까, 왕실을 다시 복구하라고 요구하는 건가? 에쉬더러 왕좌에 앉으라고?"

"네! 그런 목적인가 봐요……."

"심각한 거지?"

"저한테 물어보시면 제가 압니까?"

상황을 제대로 이해하지 못한 두 남자가 동시에 이 상황을 세상에서 가장 잘 이해했을 여자 쪽으로 고개를 돌렸다.

그러자 그녀가 신문을 다시 접으며 말했다.

"왕실을 복구하자는 주장까지는 아니지만 에쉬가 새로운 헤스턴 변경백으로 인정하는 예식을 치러야 한다는 건 확실해요. 그렇다면 왕실로서의 의전을 행하게 될 거고, 그걸 보게 되면 아무리 왕실이 해산되었다고 해도 라크라운드 사람들의 머릿속에는 왕으로서의 에쉬 로렌스가 자리 잡겠죠. 나라의 이런 큰 행사가 생길 때마다 담당하는 입헌 군주로. 점점 더 나라의 수장으로 자리매김하게 될 거예요."

윈터가 혀를 차며 욕을 내뱉었다.

"아, 이 쓰레기 새끼."

"그러게 말입니다."

하옐이 옆에서 맞장구치다가 그 쓰레기 새끼가 바이올렛의 가족임을 떠올리고 서둘러 손으로 입을 막았다.

그러자 바이올렛이 담담히 말했다.

"이런 것도 욕하지 못하는 세상이라면 답답해서 어떻게 살겠나."

"그, 그렇지만요⋯⋯."

하옐이 민망한 표정을 지었다. 얄밉게도 윈터는 이미 딴청하며 제가 그런 말 한 적 없다는 듯한 표정을 짓고 있었다.

바이올렛은 실망한 표정이었다. 그 대단하던, 고고한 헤스턴 가문조차 자본과 권력의 유지를 위해 틀린 행동을 하고 있었다. 아무리 그것이 세상의 흐름이라지만.

그녀의 표정을 읽은 두 남자가 제 발이 저려 소곤거렸다.

"⋯⋯바이올렛이 저렇게 실망한 표정 짓는 거 오랜만에 보는데. 내가 뭐 잘못했나?"

"그래도 오빠인데 욕해서 그런 걸까요?"

"말실수이긴 하지만 바이올렛은 쓰레기한테 쓰레기라고 욕하는 걸로 화내는 사람 아니야. 물론 내가 신사답지 못했다고 잔소리를 듣긴 하겠지."

이제 바이올렛의 행동을 어느 정도 짐작할 수 있게 된 윈터의 말에 하옐이 고개를 갸우뚱했다.

"그럼 왜 저런 표정이신 걸까요?"

"내가 아내 속을 다 알면 이혼 얘기가 왜 나와."

도대체 왜 그럴까, 두 남자가 의문에 빠져 있는데 바이올렛이 이내 아무 일도 없었다는 듯 부드러운 표정으로 하옐에게 말했다.

"전해 줘서 고맙네."

"예, 작은 마님."

분위기가 어떻든 윈터가 마침 잘됐다는 듯이 하옐에게 말했다.

"가서 디자이너들 끌고 와. 최고급 푸른색 실크로 드레스를 만들어야 하니까. 보석 예산도 한도가 없으니까 마음대로 하고, 레이스에 자수 놓을 사람들도 있는 대로 데려와. 일주일밖에 안 남았으니 못해도 열 명은 고용해야겠군."

그의 말에 바이올렛이 깜짝 놀라 윈터의 팔을 붙잡아 당겼다.

"아까는 레이스 자수 같은 말 없었잖아요?"

"내가 입으려고 하는 거니까 참견하지 마."

윈터가 말도 안 되는 주장을 펼쳤다.

어찌 되었든 그는 매우 기분이 좋아 보였으므로 하옐도 안심하는 눈치였고, 바이올렛 역시 헤스턴 가문에 대한 불안함을 감추고 일단은 미소를 지어 보였다.

❄ ❄ ❄

윈터도 하옐도 에쉬와 헤스턴 가문의 일에 대해서 그렇게 큰 관심이 있는 것은 아니었다. 혹시 에쉬가 왕실 행사를 진행하면 자기가 작위를 받을 수도 있냐고 하기에 그건 아니라고 하니, 윈터는 그럼 관심없다고 대놓고 말하기까지 했다.

그러나 바이올렛이 궁금해할 것은 알았는지 이번에 배편으로 온 신문을 전부 가져다주었다.

집으로 돌아온 바이올렛은 신문을 확인하며 깊은 생각에 잠겼다.

에쉬는 국민들의 지지를 받는 영웅, 헤스턴 가문을 위해 어쩔 수 없이 왕실의 이름으로 새로운 헤스턴 변경백을 인정하는 자리를 만들 계획이었다.

롱 리우드 땅을 바이올렛에게 돌려주게 된 이상 에쉬가 그 대단한 헤스턴 가문을 움직일 정도의 돈이 있을 리는 없었다. 바이올렛은 혹시 이 협의에서 오간 대가가 자신이 아닌가, 하는 합리적 의심을 시작할 수밖에 없었다.

이번에 자리에서 물러나는 선 헤스턴 변경백은 올해로 예순여덟, 이번에 새로 헤스턴 변경백이 되는 그 아들이 마흔일곱이었고 얼마 전 아내가 먼저 세상을 떠났다.

바이올렛이 골치가 아파 손으로 이마를 감쌌다.

"설마 아니겠지."

저와 이야기를 나눈 적도 없는데 제멋대로 저를 결혼시킬 생각은 아니리라. 제 오빠는 그럴 수 있을지 몰라도 헤스턴 가문은 그럴 사람들이 아니라고 믿었다.

바이올렛은 침착하게 다시 신문을 덮었다. 그리고 단호한 눈으로 중얼거렸다.

"절대 안 되지."

그럼 저도 가만히 있지 않을 것이다. 잠자코 끼워다 맞추는 결혼식장에 서느니 더 먼 곳으로 도망치고 말 것이다. 그보다 더 쉽게 이길 수 있는 방법이 있다면 그 방법을 선택할 것이다.

바이올렛은 반복해서 읽는다고 답이 나오지 않는 기사들을 서랍장에 집어넣었다.

지난 1년, 그녀는 이 낯선 곳에서 살아남았다. 그녀는 원래도 버티는 일을 잘했고, 이 1년이 지나고 나니 자신감까지 얻었다.

그녀는 크게 심호흡을 한 번 했다.

어느 누구도 저를 힘으로 끌어다가 원하지 않는 결혼식장에 밀어 넣을 수 없을 것이다.

그녀가 자리에서 일어섰다. 창문 너머로 동네 아이들이 윈터가 사다 놓은 손수레를 끌고 다니며 노는 것이 보였다.

그녀가 웃으며 창밖을 바라보는데, 저 멀리서 젠이 드레스 한 벌을 안고 오는 것이 보였다. 윈터가 말한 청색이 아니라 새까맣고 반짝거리는 드레스였다.

젠이 집 안으로 들어서며 호들갑을 떨었다.

"짜잔!"

"……."

"작은 마님, 짜잔!"

젠이 거듭 말하자 바이올렛이 겨우 경악에서 벗어나 물었다.

"뭐, 뭐니, 이 야한 드레스는?"

"대표님 선물이요!"

"내가 이런 거 보내지 말라고……."

"이거 엄청 싼 거라던데요? 보세요, 딱 봐도 마감이 얼렁뚱땅이잖아요. 장식도 하나도 없고."

젠이 드레스를 들어 보였다. 그러나 그녀의 말대로 얼렁뚱땅으로 보이는 부분은 어디에도 없었다. 오히려 만듦새가 완벽했다.

게다가 바이올렛은 이렇게 화려하고, 팔다리며 어깨와 가슴이 드러나는 드레스를 입어 본 적이 없었다.

"이거 입고 카닉 일족들의 술집에 가자고 하셨어요. 왜 싸우셨는지는 모르겠지만, 화해의 데이트라면서."

"갑자기 데이트라니……."

"가실 거예요? 물론 대표님이 혼혈이시긴 하지만, 우리 작은 마님께서 어떻게 그런 곳에……."

젠은 제 눈엔 세상에서 제일 귀한 작은 마님이 밖으로 드러나지도 않는 은밀한 술집에 가는 것이 못마땅했고, 바이올렛은 저 드레스가 못마땅했다.

일단 어떤지 입어 보기는 해야 하니 젠이 바이올렛에게 드레스를 입히기 시작했다.

바이올렛은 그녀가 어두운 드레스에 질린 걸 알면서 윈터가 왜 굳이 이런 색을 골랐는지 신경 쓰였지만 실제로 입어 보니 기분이 바뀌었다.

최고급 원단으로 만든 드레스는 모양새에 비해 가벼웠고, 움직일 때마다 윤기가 흐르며 미묘하게 다른 색으로 보였다.

거기에 블루밍 저택에서는 늘 가리고 다니던 하얗고 보드라워 보이는 팔다리가 드러나 답답하거나 어둡다는 느낌 대신 우아하고 모던한 느낌이 들었다.

바이올렛이 머뭇거리며 물었다.

"괜찮니?"

"괜찮은 정도겠어요? 지나가던 남자가 보다가 자빠질지도 몰라요."

젠이 함께 가져온 상자를 열었다.

"이건 빌려주는 거니까 절대 팔지 말라고 하셨어요."

안에서 보석이 여러 개 달린 다이아몬드 목걸이와 진주 귀걸이 한 쌍이 나왔다.

바이올렛이 보석들을 걸친 후 젠이 바이올렛의 머리칼을 풀었다.
검은 드레스 위로 결 좋은 금발이 쏟아져 내렸다.

젠이 고민 가득한 얼굴로 물었다.

"머리를 어떻게 할까요?"

"올릴까?"

"묶어서 안으로 말아 넣죠? 단발처럼. 그 위에 화려한 헤어밴드를
해요. 요즘 수도에서 유행하는 가수들처럼요."

"그렇게 할 수 있니?"

"저만 믿으세요."

젠이 자신만만하게 말했다.

그때 제집처럼 뛰어 들어온 리나가 멈춰 섰다. 아이가 차려입은 바
이올렛을 보고 눈이 휘둥그레져서 물었다.

"바이올렛, 공주님이었구나?"

그러자 젠이 고개를 갸우뚱하며 물었다.

"응? 어떻게 알았니? 비밀인데."

그 말에 리나가 깜짝 놀라서 두 손으로 입을 막았다. 그리고 그 상
태로 웅얼거렸다.

"꼭 비밀로 할게요!"

"아유, 착하다."

리나가 초롱초롱한 눈으로 바이올렛을 보며 말했다.

"사실 조금 의심하긴 했어. 역시 공주님이었구나."

이어서 리나가 바이올렛에게 진지하게 말했다.

"그런데 바이올렛. 공주님은 꼭 하얀 말이 끄는 마차를 타야 해."

"그러니?"

“응. 꼭이야.”

요즘 애들은 무슨 재미있는 이야기를 들으며 지내는 것일까. 바이올렛은 그리 생각하며 즐거운 표정을 지었고, 리나는 여기서 구경했다가 저기서 구경했다가 하며 바이올렛에게서 눈을 떼지 못했다.

❋ ❋ ❋

젠은 계획했던 대로 바이올렛의 길고 구불거리는 머리칼을 기가 막히게 묶고 안으로 말아 넣어 단발머리로 만들었다.

거울을 본 바이올렛이 놀란 표정을 지었다.

“세상에, 신기해라. 재주도 좋구나.”

“이거거든요, 제가 원한 머리.”

단발에 알록달록한 보석이 박힌 헤어밴드를 하니 당장에라도 음악회를 보러 가야 할 것 같은 분위기가 되었다. 바이올렛이 무척 만족하며 기다리는데 윈터가 문을 두들겼다.

바이올렛이 걸어가 문을 열자 윈터가 잠시 그녀를 바라보다 물었다.

“······머리 잘랐어?”

그의 굳은 표정에 바이올렛은 조금 놀려 주고 싶어져 태연하게 말했다.

“네, 슬슬 더워서요.”

“나한테 좀 물어보지.”

“왜요. 자르지 말라고 하려고?”

“아니.”

윈터가 고개를 저으며 중얼거렸다.

"관심 가지려고."

"네?"

"당신이 처음…… 죽기 전에 머리를 잘랐잖아. 그 전에 나한테 물어봤었잖아, 머리 자를까, 하고."

"그랬죠."

"그때 마음대로 하라고 말한 게, 나는 정말 당신이 결정할 일이라고 생각해서 알아서 하라고 한 거였는데, 사람들한테 물어보니까 다들 욕을 하더라고. 그게 관심 없다는 뜻이지, 무슨 뜻이겠냐고."

"……."

"그런 거 아니야. 그냥 난 당신이 단발이든 긴 머리든 원하는 거면 뭘 해도 상관없다는 뜻이었어. 그래도 이번에 혹시 내 의견을 물어봐준다면 성의껏 대답할 생각이었지."

그의 말에 바이올렛이 묘한 표정을 지으며 물었다.

"뭐라고 할 생각이었는데요?"

그러자 윈터가 제 키보다 조금 낮은 문틀에 삐딱하게 기대서서 꽤 거만한 표정을 지으며 말했다.

"내가 여자와의 대화의 기술을 좀 배웠어. 말해 봐."

"음, 슬슬 더워지는데 머리를 좀 자를까 봐요."

"그렇군. 더워지니 자르는 게 시원하겠지."

그의 천연덕스러운 대구에 바이올렛이 두 손으로 입을 가리고 웃었다. 그러더니 다시 입을 열었다.

"아, 하지만 난 긴 머리가 좋은데."

"그래? 나도 그런데. 하지만 더운 건 큰 문제지."

"높이 묶으면 되잖아요."

"그거 시원하고 귀엽겠군."

윈터가 고개까지 끄덕이며 대꾸하는 통에 결국 바이올렛이 명랑하게 소리 내어 웃었다.

"그게 뭐예요, 결국 당신 의견은 없군요?"

"난 정말로 다 괜찮은데 그렇게 말하면 관심 없어 한다고 할 거잖아."

"그래도 긴 머리가 더 좋죠?"

"아니. 자르고 나니까 단발이 더 좋아."

"이거 자른 거 아니고 안쪽으로 밀어 넣은 거예요."

"진작 말하지. 그럼 긴 머리."

윈터가 재빨리 말을 바꿨다.

그의 능청에 작게 웃음이 터진 바이올렛의 눈꼬리가 휘어졌다. 윈터는 젠의 솜씨가 신기한지 단발로 만든 머리를 살피며 중얼거렸다.

"그나저나 이런 것도 되는군. 신기하네."

"젠이 재주가 좋아요."

실컷 관찰하던 윈터가 팔짱을 끼라는 듯 팔을 내밀었다. 바이올렛이 부드럽게 감싸 잡자 윈터가 걸음을 옮기며 말했다.

"어울리네."

"왜 하필 검은색 드레스예요?"

"보석 비싼 거니까 돋보이라고."

"당신이 비싸다고 할 정도의 가격이군요. 잃어버릴까 봐 무섭네요."

"보험 들었어. 누가 훔쳐 가면 보험사에서 산탄총을 들고 쫓아갈 테니 염려 마. 그보다 드레스가 마음에 안 들면 갈아입어. 호텔에 많으니까."

"많다니요?"

"내가 많다고 했나? 무심코 과장했군. 한두 벌 있어."

윈터가 태연히 수습했다.

바이올렛이 목걸이를 손으로 쓰다듬었다. 여러 색의 작은 다이아몬드 쉰여섯 개와 그 두 배 크기의 다이아몬드 일곱 개, 그리고 중간을 은으로 장식한 목걸이였다. 많은 보석이 들어 있음에도 심플해 보였다.

또한 그녀의 어깨에 걸친 숄을 고정하는 브로치는 로렌스 가문의 위대한 업적을 세운 여성의 모습을 조각해 새긴 것으로, 바탕이 옥으로 되어 있었다.

잠시 후, 두 사람은 술집이 있는 창고 같은 곳 앞에 멈춰 섰다.

바이올렛이 작게 물었다.

"이런 곳에 술집이 있어요?"

"응."

윈터가 걸어가더니 검게 칠한 나무 문을 두들겼다. 다섯 번, 세 번, 두 번. 윈터가 두들기며 말했다.

"이 숫자는 초대장에 적혀 있지."

"그렇군요?"

바이올렛은 숨바꼭질이라도 하는 기분이 들어 조금 들떴다.

잠시 후, 검은 문이 열리자 바이올렛의 입이 저절로 벌어졌다.

문 안쪽은 밝고 흥겨웠으며, 카닉 일족의 특징인 회색 눈, 혹은 은발, 혹은 두 가지 특징을 다 가진 사람들로 가득했다.

윈터가 바이올렛과 안으로 들어서자 다시 문이 닫혔다.

윈터가 바이올렛을 향해 손을 내밀자 그녀가 숄을 벗어 주었다. 그는 숄을 팔에 걸치고 안으로 들어서서 옷을 관리하는 직원에게 맡겼다.

한편 안으로 들어선 바이올렛은 지금까지 봐 온 파티와는 무척 느낌이 다른 파티를 호기심 어린 눈으로 살폈다. 사람들은 춤을 추고 싶은 곳에서 춤을 추었고, 앉고 싶은 곳에 앉았다.

두 사람이 들어서자 몇몇이 퉁명스러운 얼굴로 다가왔다.

"무슨 일로 왔소? 여기 뭐 뜯어먹을 게 있다고."

그들은 라크라운드의 말을 사용했는데, 바이올렛은 처음 들어본 억양이었다. 윈터가 하찮다는 듯이 바라보며 비꼬았다.

"뜯어먹힐 것도 없잖아. 알거지들이 노는 것만 좋아해선."

윈터가 그리 말하고는 확 사람들을 밀쳐 버렸다. 바이올렛이 대신 미안하다고 사과하고 그를 흘기며 말했다.

"어떻게 이렇게 밉게 말할 수가 있는지 몰라요, 당신도."

"그럼 시비를 거는데 듣고만 있어? 불쾌하게."

"그보다 당신은 왜 저 사람들과 같은 억양으로 말해요? 당신은 라크라운드 남부 억양을 쓰잖아요."

그러자 윈터가 표정을 찡그리며 대꾸했다.

"이렇게 안 하면 이상한 놈으로 봐. 차별받는 사람들이 남을 차별하지 않을 거라고 생각하면 오산이지."

윈터가 미리 잡아 둔 자리로 가 털썩 앉았다. 바이올렛은 보통의 신사들은 숙녀가 먼저 앉는 것을 확인하고 앉는다고 머릿속으로만 지적하며 곁에 앉았다.

윈터가 테이블에 놓인 메뉴판을 턱짓하며 물었다.

"아는 음식 있어?"

"음…… 아뇨. 처음 보는 이름들이네요. 카이온테…… 라고 읽나요?"

"키온테."

"그렇군요."

바이올렛이 난처하게 고개를 끄덕이자 윈터가 픽 웃으며 말했다.

"나도 종종 그래."

"네?"

"전에 내가 양장점에서 저 파란색 격자를 달라고 했더니 나에게 라티카라고 교정해 주더군. 라티카란 놈이 개발한 거라나. 내가 알 게 뭐야. 당신은 구분할 수 있어?"

"……."

바이올렛이 대답 없이 윈터를 보고만 있자 그가 어처구니없다는 듯 투덜거렸다.

"하긴, 우리 공주님이 그런 걸 모르실 리가."

"파란색 격자를 라티카라고 불러요. 게니스 가문의 라티카란 사람이 유행시킨 거라. 그리고 주문은 도저히 모르겠으니까 당신이 자주 먹는 걸로 해 줘요."

바이올렛이 빠르게 설명한 후 곧바로 말을 돌리며 메뉴판을 윈터 쪽으로 밀었다.

윈터는 우선 전통술부터 두 잔 주문했다. 카닉 일족 전통술은 하얗고 불투명했다. 바이올렛이 한 모금을 홀짝 마시고 감탄했다.

"달아요."

"그거 엄청 독하니까 다 마시지 마."

"전혀 독하지 않은 것 같은데."

"독하다니까. 속지 마. 카닉 일족 전통술은 다 독해."

"그렇군요."

바이올렛이 잔을 내려놓았다. 메뉴판을 들고 심각하게 고민하던 윈터가 물었다.

"이국적인 걸로 시키자."

"이국적인 거요?"

"응. 귀족들은 이국적인 거 좋아하잖아. 정작 이방인은 싫어하지만."

"맞는 말이네요."

바이올렛이 특별히 부정하지 않고 고개를 끄덕였다.

잠시 고민하던 윈터가 웨이터에게 말했다.

"이봐, 이싱을 하나 가져와."

"지, 진짜요? 우리한테 돈 한 푼 안 쓰시더니 무슨 일이십니까?"

"네놈들에게 내 돈을 왜 써? 염치없는 건 일족 특성인가?"

윈터가 금방 멱살이라도 잡을 듯이 굴자 웨이터가 겁을 먹어 후다닥 도망쳐 달려갔다. 그러고는 걸려 있는 종을 두들기며 말했다.

"윈터 씨께서 이싱을 사신답니다!"

"이야, 진짜?"

"잘 먹을게요, 윈터 씨!"

다들 즐거워하며 몸을 일으키자 바이올렛도 당황하며 얼떨결에 같이 몸을 일으켰다.

직원들이 닫아 두었던 문을 열더니 앞에 있는 공터에 장작을 던져 놓기 시작했다.

바이올렛이 의아해하는 사이 그 위에 장정 다섯 명이 달라붙어 거대한 솥을 가져다 올렸다. 그리고 그 안에 엄청난 양의 재료를 쏟아 붓기 시작했다.

바이올렛은 처음 보는 광경에 입을 다물지 못했다.

"저런 건 처음 봐요……."

"난 카닉 일족과 어울려 살아 본 적이 없어 모르지만, 좋은 일이 있으면 저렇게 있는 재료들을 다 꺼내다가 들이붓고 전통 소스를 넣어 끓여서 먹는 문화가 있다더군. 아주 한심하기 짝이 없는 문화지."

"신기해라."

다 같이 우르르 몰려 먹는 걸 무례하게 여길 거라는 윈터의 예상과 달리 바이올렛의 보석 같은 눈은 호기심으로 평소보다도 반짝거리고 있었다.

이미 육수가 팔팔 끓고 있던 덕에 음식들이 순식간에 익었다. 직원들은 주변에 모여든 사람들에게 모두 접시를 나눠 주었고, 사람들은 빙 둘러앉아 걸어 놓은 국자들로 각자 음식을 떠다 먹었다.

바이올렛 역시 음식을 떠 온 후, 카닉 일족의 전통 조미료를 위에 뿌렸다. 그리고 음식을 먹어 보더니 금방 웃음을 지었다.

"정말 맛있네요."

"카닉 일족 요리 중에 가장 고기가 많이 들어간 요리니까. 당신은 편식이 심하고."

윈터가 놀리자 바이올렛이 그릇을 들고 그를 흘겼다. 윈터는 그런 그녀를 보고 낄낄거리더니 저도 식사를 시작했다.

저녁이 되니 조금 쌀쌀했는데 팔팔 끓고 있는 솥 앞에 앉으니 온도가 딱 적당했다.

솥을 중심에 두고 사람들은 춤을 추고 술을 마셨다. 즐거운 분위기에서 식사를 마칠 즈음, 사각형의 물감 범벅인 나무통을 든 청년이 다가왔다.

"얻어먹었으니 문양이라도 그려 드릴까요?"

그러자 윈터가 욱해서 멱살을 잡았다.

"어디에 더러운 손을 대."

"저, 전 그저 카닉 일족 전통 문양을……."

"지금 라크라운드 공주님께 이방인 문양을 그려 넣겠단 건가?"

"하, 한 달이면 지워지는 물감입니다!"

청년이 울려 하자 바이올렛이 윈터의 팔을 잡아 내렸다. 그리고 그에게 물었다.

"어디다 하면 좋을까요?"

"당신은 거절 좀 해. 오늘따라 무례하단 말은 왜 안 해?"

"내가 아무거나 무례하다고 트집 잡는 줄 알아요? 게다가 당신도 있잖아요? 왼쪽 어깨 뒤쪽에."

바이올렛의 말에 윈터가 혀를 찼다. 바이올렛이 제 왼쪽 어깨를 가리켰다.

"그럼 나도 여기에 해 주게."

"예, 금방 해 드리겠습니다."

청년이 얼른 나무 상자를 내려놓고 검푸른 잉크가 들어 있는 펜을 꺼냈다.

그는 의자에 앉은 바이올렛의 어깨에 조심스럽게 문양을 그려 넣었다. 카닉 일족의 꽃과 뱀이 섞인 독특한 문양이 그녀의 양쪽 어깨에 이어졌다. 윈터가 몸을 숙여 청년에게 위협적으로 말했다.

"누가 이렇게 길게 그리라고 했지? 죽고 싶어?"

"아, 아뇨! 그, 그냥 잠깐 예술혼이 불타서……."

"시답지 않은 소리 마."

그의 성격이 터져 나와 청년은 겁에 질렸지만 예술혼으로 이겨 내고 문양을 이어 갔다.

잠시 후, 그녀의 어깨에 문양이 다 새겨졌다. 바이올렛이 윈터를 돌아보며 물었다.

"어때요?"

"재주는 좋은 놈이군. 그런데 당신이 그걸 왜 해."

"당신이 했으니까요."

"나랑 무슨 상관이야? 당신이 왜 이런 아무것도 아닌 놈들 전통을 따르느냐고."

윈터가 인상을 쓰고 묻자 바이올렛이 더욱 무서운 표정으로 말했다.

"다시 말하지만, 당신도 했잖아요. 당신 호텔 이름도 일족의 이름이고, 전통도 따르잖아요. 그런데 왜 자꾸 당신 혈통을 나쁘게만 말하는 거죠?"

그녀가 침착하게 화를 내자 윈터가 순간 말문이 막혀 입을 다물었다가, 고개를 돌리며 화제도 돌려 버렸다.

"며칠 뒤가 오픈 파티인데 안 지워지겠군."

그가 물러나듯 말하자 바이올렛도 순간 너무 화를 낸 것이 미안한지 농담하듯 말했다.

"그러고 보니 당신, 나에게 오픈 파티 초대도 건성으로 했죠?"

"합의를 본 거지."

"여기 오자고 할 때 나한테 어떻게 물어봤죠?"

"드레스를 사 주고 당신 하녀에게 일정을 알려 줬어."

"데이트 신청할 때 그러면 돼요, 안 돼요?"

그녀의 말에 윈터가 온 얼굴로 웃으며 놀리듯 대꾸했다.

"안 됩니다, 바이올렛 선생님."

"놀리지 말아요."

그녀가 부루퉁한 표정으로 말하자 윈터가 손을 내밀며 물었다.

"나와 함께 호텔 오픈 파티에 가 주겠소?"

그러자 바이올렛이 고개를 조금 옆으로 기울이고 윈터의 손을 내려다보았다. 그러더니 그의 손 위에 손을 놓고 당겼다.

"그러죠."

＊ ❋ ＊

바이올렛을 집에 데려다주던 윈터가 혀를 찼다.

"내가 말했지? 당신 주변은 늘 시장통이 된다고."

"다 당신이 사 온 거잖아요."

바이올렛의 집 앞은 손수레와 함께 자기가 쓸 거라며 윈터가 걸어둔 그물 침대 덕에 아이들의 놀이터가 되어 있었다. 윈터가 한 손을 휙휙 저으며 말했다.

"9시가 넘었는데 어딜 돌아다녀. 가서 자."

"무, 무서운 아저씨다!"

아이들이 화들짝 놀라 얼어붙었다. 그러자 바이올렛이 다가가며 말했다.

"아저씨 더 화내기 전에 들어가서 자고 내일 와서 놀아."

"응, 바이올렛! 잘 자!"

아이들이 얼른 그물 침대에서 내려와 바이올렛에게 인사하고 각자의 집으로 흩어졌다.

그 후에야 윈터가 손을 흔들었다.

"당신도 잘 자고, 늦었는데 재워주지 그래?"

"안 돼요."

"알았어, 호텔 가서 자면 되잖아."

윈터가 투덜거리더니 바이올렛의 이마에 입을 맞추고 말했다.

"이건 키스로 치지 말고."

놀라서 동작을 멈췄던 바이올렛은 그의 능청에 살짝 고개를 끄덕였다.

"알았으니 이제 가요."

"잘 자."

윈터가 인사하고 떠났다.

얼마 뒤 바이올렛이 씻고 잠들려는데 옆집의 핌이 문을 두들겼다. 바이올렛이 문을 열어 주자 그녀가 무언가를 내밀었다.

"아까 하옐 씨가 줬어요. 바이올렛 전해 주라고."

"아, 고맙소."

바이올렛이 라크라운드 신문을 받아 들었다. 바이올렛은 그 사이에 끼어 있는 손 글씨를 연습한 종이를 발견하고 고개를 갸우뚱했다. 그러자 핌이 짝 박수를 쳤다.

"전에 얘기하지 않았어요? 내가 전신 부호 쓰는 데서 일했다고."

"들었으면 기억이 있을 텐데, 들은 기억이 없소."

"그래요? 하긴, 뭐 중요한 거라고. 아니, 호텔 타이프라이터가 망가졌다고 하옐 씨가 울상이라서 내가 오늘 좀 도와줬어요. 오랜만에 손 글씨를 써서 아까 연습하던 게 끼어 들어갔네요."

"아."

바이올렛이 고개를 끄덕였다. 그녀가 신기해하며 핌을 보고 물었다.

"하옐과는 언제 친해졌소?"

"네? 아, 툭하면 안절부절못하고 돌아다니더라고. 전에 차 한잔 주면서 얘기했지."

"그 이야기를 들으니 하옐에게 미안해지네……."

바이올렛이 흐리게 웃고는 핌이 잽싸게 챙겨 간 종이를 손짓하며 말했다.

"서체가 참 좋소."

"내가 처음 일할 때만 해도 다 손으로 적었거든요."

"어디서 일했었소? 이 대륙에는 전신국이 별로 없던데."

바이올렛이 무심코 묻는 질문에 스파이가 움찔했다. 그러나 핌은 금방 넌더리를 치며 말했다.

"내가 얘기했죠? 열다섯 살부터 가장이었다고. 전신국 일을 안 해 본 곳이 없어요."

"어디가 제일 좋았소?"

"……라, 라크라운드에서 잠깐 일했는데 괜찮았어요."

핌은 카닉 호텔에서 근무했던 것이 들통날까 봐 조마조마한 상태였다. 윈터에게 돈을 받고 바이올렛을 계속 돌봐 주고 있긴 하지만, 바이올렛을 실망시키고 싶지도 않았다.

리나는 바이올렛을 무척 좋아해 틈만 나면 옆집으로 놀러 갔고, 그건 다른 동네 아이들도 마찬가지였다.

바이올렛은 언제나 다정하고 온화했으나 끊어 낼 것에 있어서 망설임이 없었다. 좋은 것을 보면 좋다 말하고 나쁜 것을 보면 나쁘다 말했기 때문에 어려우면서도 당황스럽지 않았다.

그녀가 언젠가 떠날 사람이라는 걸 알면서도 이미 정을 너무 많이 줘 버렸기 때문에, 바이올렛이 알고 저를 외면하게 되면 쓸쓸할 것 같았다.

핌이 별로 이야기하고 싶어 하지 않는 걸 눈치챈 바이올렛이 미소를 지으며 말을 돌렸다.

"종종 나에게 전신 부호를 알려 줄 수 있소?"

"네에? 이걸 배워서 뭐 하게요?"

"살다 보면 쓸 곳이 있을 수도 있지 않소. 조난을 당한다든지."

"아, 그럼 조난당했을 때 쓸 것들 일단 알려 줄게요. 구조 신청 같은 거."

"그럼 대신……."

"혹시 남편분이 이 앞에 길 좀 못 깔아 주나?"

핌이 비만 오면 진창이 되어 버리는 길을 손짓했다. 바이올렛이 웃으며 말했다.

"남편 돈이지 내 돈은 아니라서."

"괜찮아요. 나중에 내가 말하면 돼요. 바이올렛도 비 오면 진창 지나느라 애를 먹잖아요. 그것만 말하지 뭐."

바이올렛이 그녀의 이야기를 웃어넘겼다.

✼ ❄ ✼

아무리 이혼을 준비 중이라지만 파티 호스트의 아내로서 바이올렛은 신경 써야 할 것들이 많았다.

호텔에 도착해 보니 바닥은 새하얀 대리석이었고, 벽은 아낌없이 금을 사용해 마감을 마친 후였다. 마치 거대한 신전 같아 보였다.

입구에 선 바이올렛에게 손가락을 까딱인 윈터가 앞장서며 말했다.

"호텔의 객실이 생명이라면 입구는 첫인상이지. 무조건 완벽해야 해. 우아하지만 불편해선 안 되지."

"그렇군요. 그런데 윈터, 조금 천천히⋯⋯."

"알려 줄 것이 많으니까 더 빨리 걸어."

바이올렛은 마치 신입 사원이라도 된 기분으로 윈터를 따라 걸었다.

키론의 호텔은 바이올렛이 본 수도의 호텔과는 격이 달랐다. 두 개의 층을 터서 만든 로비의 천장에 거대한 샹들리에들이 달려 있었고, 한가운데 계단으로 올라갈 수 있는 2층에는 벽을 타고 빙 둘러 테이블들이 놓여 있었다. 그곳은 호텔 안 세 개의 레스토랑 중 하나로 어느 곳에서나 바다가 보였다. 정문에서 들어서면 왼쪽에 리셉션 데스크, 맞은편에 연주자들이 연주할 수 있는 무대가 있었다. 그리고 계단 바로 옆으로 인공 폭포가 있었으며 폭포 안에서는 색유리들이 반짝거렸다.

바이올렛이 제 허름한 차림새를 내려다보더니 윈터의 팔을 붙잡았다.

"옷을 갈아입어야겠어요. 이곳과 맞지 않아요."

"알고 있다니 다행이군."

"돌아가서⋯⋯."

"객실에 있어."

그가 따라오려는 직원에게 물러나라고 손짓했다. 그러곤 승강기에 아내를 먼저 태운 후 자신도 탄 뒤에 문을 닫았다.

잠시 후, 그들이 가장 높은 층에 도착하자 윈터가 입을 열었다.

"최고 층 전체가 한 객실이지. 돈이 아무리 많아도, 심지어 왕족이

어도 우리 호텔의 소셜 클럽 회원이 아니면 들어갈 수 없어."

"그렇군요."

"좀 놀라지 그래. 맥 빠지네."

윈터가 투덜거리는 사이 승강기가 11층에 도착했다.

승강기 문이 열리자 그 앞에 있는 화려한 금색의 두꺼운 문 앞에 서 있던 직원이 문을 열어 주었다.

바이올렛이 자리에 멈춰 섰다.

"……와."

정면으로 트여 있는 거대한 공간 뒤, 한 벽 전체가 발코니로 이루어져 있었다. 그 너머로 바다와 호텔 소유의 해수욕장이 보였다.

복층 구조의 객실은 첫눈에도 완벽함이 느껴졌다. 조약돌 모양 장식이 있는 바의 디자인도 독특했고, 발코니 가까이에 놓인 미팅 테이블이며 소파들도 평범한 느낌이 들지 않았다.

바이올렛이 걸음을 옮겨 발코니로 향하는데 윈터가 멈춰 세웠다.

"옷 갈아입는다며."

"여기 옷이 있어요?"

"오늘 쓰려고 가져다 놨지."

윈터가 태연히 말하더니 드레스 룸으로 향했다. 바이올렛이 따라 들어가자 윈터가 드레스 한 벌을 꺼내 내밀었다.

"어때."

"치수가……."

"다 당신한테 맞는 거야. 이거 당신 거 아니라 내 거니까 잔소리하거나 팔 생각 하지 마."

주지 말라니까 무엇이든 자기 거라고 우기기 시작했다.

바이올렛은 이 남자가 이렇게 자신한테 돈을 쏟으며 바라는 게 무엇일까, 생각했다. 답은 명확했다. 애정의 갈구였다.

제 부모에게 끊임없이 돈을 쏟아부었던 것처럼, 제 직원들에게 유난히 높은 연봉을 주는 것처럼.

그에게 특별하기 때문이 아니라고 생각하면서도 흔들거리는 제 마음이 바이올렛은 가장 미웠다.

바이올렛이 드레스를 받아 들자 윈터가 물었다.

"웬일이지? 평소엔 차림새와 장소 조합 같은 거 신경 안 썼잖아."

"여긴 당신 일터잖아요. 배우자의 일터에서 아무 옷이나 입고 사람들을 마주치고 싶어 하는 사람은 없어요."

"아, 내 탓이다?"

"왜 그렇게 비꽈서 들어요? 당신을 위해서 갈아입어 주는 거잖아요."

"그 말 듣고 싶어서 비꼰 거야."

윈터가 짓궂은 투로 말했다. 그러고는 작게 한숨 쉬는 바이올렛의 허리를 확 끌어안아 그녀의 등허리에 묶인 치마의 리본을 풀었다.

바이올렛이 멈칫하며 물었다.

"뭐 하는 거예요?"

"도와주잖아."

"안았잖아요."

"그러니까. 도와주는 거잖아?"

객실 넓이에 비해 드레스 룸은 현저하게 작았다. 바이올렛이 그를 밀어냈지만 두 사람의 거리는 여전히 손 뻗으면 닿을 정도였다.

윈터가 바이올렛이 치마 안으로 넣어 입은 흰색의 블라우스를 잡아 빼며 말했다.

"입 맞추고 싶은데."

"맘대로 해요. 대신 이번엔 정말로 마지막이에요. 내가 중간에 피하더라도, 당신이 이상한 짓을 해서 피한 거니까, 당신 탓이에요."

"꼼꼼하시긴."

"빈정거리지 말아요. 난 진지해요. 게다가 왜 당신은 꼭 이럴 때만 입을 맞추려 하죠?"

"이럴 때가 뭔데?"

"내가 싫어할 때요."

"아닌데. 당신이 좋아할 때를 고른 거지."

"무슨……."

윈터가 한 걸음 성큼 다가오니 두 사람의 몸이 닿았다. 윈터는 바이올렛의 턱을 검지로 들어 자신을 보게 하며 중얼거렸다.

"당신은 내가 이렇게 보고만 있으면 빨리 입 맞춰 달라고 조르잖아?"

"그건 좋아서가 아니라 그렇게 쳐다보는 게 불편해서예요."

"아, 까다로운 공주님."

윈터가 능청을 떨고 금방이라도 닿을 듯한 곳에서 놔주지 않았다. 윈터의 말처럼 유독 그가 가까이에서 뜸 들이는 걸 못 견뎌 하는 바이올렛이 입술을 물었다가 저도 모르게 애원조로 말했다.

"……정말 마지막이에요. 알겠죠? 또 이상한 트집 잡으면 안 돼요."

"내가 약속은 진짜 잘 지켜."

"거짓말 말아요. 난 세상에서 당신처럼 쉽게 말 바꾸는 사람은 본 적이 없어요."

바이올렛의 비난을 유쾌하게 듣던 윈터가 곧 그녀의 허리를 강하게 끌어안으며 다른 손으로 목을 감싸고 입을 맞추기 시작했다. 바이올렛의 어깨가 바르르 떨렸다. 그녀를 붙잡은 윈터의 손에서 강한 힘이 느껴졌다.

열정적으로 쏟아지는 키스에 바이올렛의 몸에서 힘이 풀렸다. 윈터는 미끄러지려는 그녀를 완전히 벽으로 몰아넣고 입술이며 입 속을 수색하듯 샅샅이 뒤져 댔다. 입 안 곳곳이 건드려지자 바이올렛의 숨이 디워지며 두 손이 점차 윈터의 셔츠를 구겨 쥐었다. 윈터는 그런 그녀의 손이 사랑스럽다는 듯 감싸 잡아 눌렀다.

드레스 룸 안에 더운 열이 번지도록 입을 맞춘 후에야 바이올렛이 뒤늦게 정신을 차리고 그를 밀어냈다. 그제야 윈터 역시 어느 정도 정신을 차리고 물러섰다.

떨어져도 열은 사라지지 않았다. 오히려 두 사람의 몸을 불태울 듯 더욱 커지기만 했다. 윈터가 앓는 소리를 내며 손으로 눈을 감쌌다.

"……미치겠네."

윈터의 손에 바이올렛의 블라우스 단추가 죄다 풀려 있었고, 한 갈래로 묶고 왔던 머리 리본은 거의 다 끌려 내려가 끝에 아슬아슬하게 매달려 있었다. 가장 견디기 힘든 것은 바이올렛의 눈동자에서 그녀 본인은 절대로 인정하지 않을 성욕이 뚝뚝 흘러넘치고 있었다는 점이다.

새빨개진 입술로 약한 신음이 섞인 숨을 쉬던 바이올렛이 천천히 윈터 가까이로 걸어왔다.

"왜 눈을 가려요?"

"아, 몰라."

윈터가 짜증을 내며 등 뒤 문에 머리를 기대고 고개를 젖혔다. 바이올렛의 시선이 거친 호흡과 욕망으로 들썩거리는 윈터의 목울대에 닿았다.

바이올렛이 그의 넥타이를 잡더니 저를 보라는 듯 천천히 끌어당겼다. 그리고 손으로 목울대 위를 감싸며 말했다.

"왜 이렇게 숨이 가빠요?"

"당신도 똑같잖아."

"그러니까요."

바이올렛이 여전히 자신과 눈을 마주치지 않으려 고개를 이리저리 돌려 버리는 윈터를 보며 물었다.

"묻잖아요. 왜 이렇게 숨이 가빠져요?"

"……."

"기분이 이상해요."

"……왜 이상해. 그리고 왜 끌어당겨. 날 어쩌고 싶은데."

바이올렛이 윈터의 괴로운 표정을 가만히 바라보다가 입을 열었다.

"그냥 왜 날 안 보는지 알고 싶어요."

"바이올렛, 지금부터 내가 설득을 할 테니까 긍정적으로 생각해."

윈터가 사활이라도 걸린 표정으로 진지하게 말을 이었다.

"아직은 우리가 부부잖아."

"그렇죠."

"그리고 지금 당신은 매우 나를 침대로 데려가고 싶은 표정이야."

"거짓말 말아요."

"진짜야. 여자들이 날 보고 그런 표정 많이 짓거든."

그 말에 바이올렛이 질색하며 윈터를 흘겼다. 세상 최고 이상 성욕자도 저렇게 모멸하는 표정을 보진 못했으리라. 윈터는 그렇게 생각했지만 나름의 유혹을 이어 갔다.

"그냥 데려가서 눕혀. 책임지라고 안 할게."

"당신이 틀렸어요."

"상대가 나라서 그러는 게 아니야. 이건 그냥 본능이야. 누구에게나 있는 본능이 당신에게도 있는 것뿐이야. 지금 문뜩 나타난 것뿐이라고."

"……"

"날 이용해. 난 언제나 목말라 있는 이상 성욕자니까."

윈터의 짓궂은 농담에도 바이올렛은 대답이 없었다. 가슴이 들썩이고, 윈터의 옷을 뜯어 벗기고 싶고, 온몸을 만지고 싶은 이 기분이 정말 성욕인가에 대해 고민할 뿐이었다.

그녀가 체념한 듯 눈을 감고 고개를 끄덕이는 순간, 윈터가 그대로 바이올렛을 들어 어깨에 메고 드레스 룸을 나섰다.

곧 그녀의 몸이 침대에 풀썩 쓰러지고, 윈터가 위를 덮쳤다. 바이올렛이 마지막까지 인정하지 않고 고집을 부렸다.

"내가 아니라, 당신이 문제예요."

"나는 항상 문제야. 그리고 당신이 그렇게 생각하는 게 편하면 그렇게 해."

"불 꺼 줘요."

"아까부터 꺼져 있어. 채광이 좋은 걸 어떡해."

"그, 그럼…… 저녁까지 기다리죠."

"이미 늦었어. 당신이 허락했잖아."

"사람 말 무시하지 말…… 잠깐만요, 뭐 하는 거예요? 이건 로렌스 가문에서 절대로 허용되지 않는……."

"공주님 소리 싫어하면서 이럴 때만 공주님인 척하지 마."

"잠깐, 잠……."

바이올렛의 목소리가 빠르게 끊어지고, 눈동자는 경악으로 가득

찼다가 곧 아찔함으로 물들었다.

✻ ❄ ✻

두 사람이 이성을 되찾은 건 그로부터 다섯 시간이 지난 후였다.

바이올렛은 아무 일도 없었던 척하기 위해 샤워 후 옷을 단정히 입고는 울음소리를 내며 침대에 주저앉았다. 반면에 윈터는 뭐가 그렇게 신났는지 콧노래까지 부르며 침대로 돌아왔다.

허리에 배스 타월을 두른 그가 옷을 다 차려입은 바이올렛의 모습에 순식간에 불만스러운 표정을 지었다.

"어디 가려고?"

"알려 줄 게 많다면서요? 당신 때문에 일정이 뒤죽박죽이에요."

바이올렛이 혼란스러워 보이는 얼굴로 화를 내며 일어서다 신음하며 비틀거렸다. 윈터가 혀를 차며 그녀를 안아다 침대에 눕혔다.

"헛짓하지 말고 누워. 내일 해."

"어떻게 나한테 그런 짓을 할 수가 있죠?"

"싫어하지 않았잖아?"

"말이 안 나온 거예요."

"그러니까. 왜 말이 안 나왔겠어? 싫지 않으니까 그렇지."

"……당신은 악당이에요."

"그것보다 더 험한 말은 못 하지?"

"오만 방자하고 무례하고 성욕에 눈이 멀었어요."

충격에서 빠져나오지 못한 그녀가 퍼붓는 최선의 악담이 귀여워 윈터의 정신이 혼미해졌다.

그가 바이올렛의 옆에 풀썩 누웠다. 그러더니 바이올렛을 팔로 꽉 끌어안고 중얼거렸다.

"이런 거였어."

"뭐가요?"

"내가 생각하는 부부."

"이런 게 어떤 건데요?"

바이올렛이 그의 가슴팍에 얼굴이 닿는 것을 무안해하며 묻자 윈터가 눈을 감고 말을 이었다.

"이렇게 다 벗고, 조금도 우아하지 않게 짐승들처럼 뒹굴다가 살 맞대고 자는 거."

"……"

"그런 거."

윈터의 말에 바이올렛은 가슴이 철렁 내려앉는 기분이었다.

그녀가 테이블 앞에서 차를 마시며 별것 아닌 이야기를 나누는 부부를 꿈꾸었듯이, 윈터에게도 꿈꾸는 것이 있었다는 것이 충격이었다.

빗질 안 하면 마주 앉아서 대화도 못 하는 게 무슨 부부냐고, 윈터가 말했었다.

남편 역시 자신에게 원하는 것을 말했고, 자신은 그것을 이해하지 못했었다. 그녀는 문득 밀려오는 안타까움에 자리에 일어나 앉았다.

그녀가 품에서 벗어나자 윈터가 그녀를 올려다보며 물었다.

"싫어?"

그는 어쩌면 늘, 그녀가 하는 행동에 신경을 써 왔던 건지도 모른다. 함께하던 3년. 윈터가 차가운 벽처럼 느껴지기만 하던 그 3년 동안, 그는 자신에 대하여 어떻게 느꼈을까.

늘 등을 돌리고 서 있는 것 같았을까. 자신이 느꼈던 것처럼. 원하는 것을 조금도 들어주지 않는다고 생각했을까?

"뭐야, 울어?"

윈터가 화들짝 놀라 상체를 일으키고 앉았다. 바이올렛이 손바닥으로 눈을 부드럽게 눌러 눈물을 닦아 내며 미소를 지었다.

"갑자기 미안해졌어요."

"뭐가?"

"가끔 당신이 이해가 가지 않아서 괴로웠는데, 당신도 그랬을 거라고 생각하니까……. 미안해요. 내가 당신을 너무 몰랐어요. 이번엔 정말로, 정말로 이해했어요."

윈터는 그대로 얼어서 눈물을 닦아 주지도 못하고 바이올렛의 미소가 고인 입꼬리만 보고 있었다. 그러다가, 뒤늦게 자리에서 일어나 손수건을 가져왔다.

바이올렛이 눈물을 닦아 내더니 몸을 일으켜 드레스 룸으로 가 잠옷으로 갈아입고 돌아왔다. 그리고 침대에 올라가 앉으며 윈터에게 말했다.

"점심시간이 한참 지났네요. 뭐라도 먹어요."

"나도 배가 고파서 죽을 지경이야. 간단히 먹고 낮잠 자자."

"간단히 어떻게 먹어요?"

"무슨 의미야, 어떻게 먹냐니."

"조금도 우아하지 않게 짐승들처럼 뒹구는 부부들은 보통…… 이럴 때 뭘 먹어요?"

그녀의 말에 윈터가 얼빠진 표정을 짓더니 곧 어깨를 들썩이며 웃었다.

"감자튀김."

"감자튀김?"

"응. 지금은 무조건 감자튀김."

바이올렛이 믿지 않는다는 듯 윈터를 보고 몇 번을 되묻더니 손으로 입을 가리고는 즐겁게 웃었다.

잠시 후, 객실을 담당하는 집사가 윈터가 요구한 감자튀김과 밀크셰이크를 가져다주고 떠났다.

바이올렛이 의아해하며 물었다.

"디저트를 같이 받아요?"

"같이 먹을 거니까."

윈터가 대꾸하더니 김이 올라오는 따끈한 감자튀김을 밀크셰이크에 찍어 입에 넣었다. 바이올렛은 그 모습을 질색하고 보다가 마음을 넓게 가지기로 했는지 그를 따라서 한입에 넣었다.

"음?"

바이올렛이 의외의 맛에 눈을 동그랗게 떴다.

"왜 맛있는 거죠?"

"왜 맛있으면 안 된다는 말투야?"

"맛있으면 안 되니까요. 이건 식사고 이건 디저트인데……."

"감자 케이크 같은 건 기겁하시겠군."

"그건 이름만 케이크지, 식사예요."

"당신은 꼭 뭐든지 그렇게 이분법으로 나눠야 직성이 풀리지?"

"그런 편이죠."

"그래도 입맛은 안 까다롭단 말이야, 신기하게."

"의외로 당신이 가리는 게 많고요. 어린애도 아니고."

"편식은 당신이 심하지. 브로콜리는 항상 그대로 남기잖아."

"항상은 아니에요. 가끔."

"뭐라는 거야, 난 당신이 브로콜리를 먹는 걸 본 적이 없어."

두 사람은 티격태격하면서도 이야기를 이어 갔다.

✻ ❄ ✻

두 사람은 두 개의 침실에서 각자 낮잠을 자고, 중간에 일어나 가볍게 산책을 했다.

윈터는 주변 모든 사람이 느낄 만큼, 바이올렛이 떠난 이후 처음으로 썩 행복해 보이는 표정을 짓고 있었다.

휴양지라 호텔은 어디를 가도 탄성을 자아내는 사랑스러운 곳들로 가득했다. 특히 해변에 설치한 그네 의자가 바이올렛의 마음을 사로잡았다.

바이올렛은 그곳에 잠시 앉아 바다를 바라보았다. 그사이 윈터는 옆에 앉아 꾸벅꾸벅 졸았다. 아마 가만히 말도 않고 앉아서 바다를 바라보는 건 취향이 아닌 듯했다. 그래도 특별히 불만은 없는 고양이처럼 그녀의 옆에 내내 앉아 있었다.

점심 식사를 감자튀김 약간으로 때우고 잠들었기 때문에 저녁 식사 시간쯤이 되자 둘 다 무척 허기가 졌다. 두 사람은 곧 1층 로비가 내려다보이는 2층 테이블에 앉았다. 번거롭긴 했지만 근사한 분위기에 바이올렛은 저도 모르게 조금 들뜨는 기분이 들었다.

그녀도 윈터도 격식에 맞게 차려입고 있었고, 창밖으로 보이는 바다는 오늘따라 유난히 파도가 잔잔했으며, 가까이에 보이는 샹들리에

들이 묘한 분위기를 더했다.

테이블 위에는 여신이 유리로 된 항아리를 높이 들어 올리는 섬세하고 아름다운 조각상이 있었었는데, 그 항아리 안에서 초가 일렁거리고 있었다.

호텔 전체를 이용한 데이트였다. 이 호텔의 소유자니 할 수 있는 특권이었디.

근사한 분위기에 푹 빠져 있던 바이올렛이 말했다.

"이건 부정을 못 하겠네요. 근사해요."

"당연하지. 전부 당신 취향대로 만든 거니까."

"네?"

"여기 호텔은 하나하나 전부, 당신 취향으로 만든 거라고. 몰랐나?"

"왜 그랬어요?"

"내 아이디어가 고갈돼서. 공주님 취향에 맞추면 실패는 안 하잖아."

윈터의 물 흐르듯 자연스러운 거짓말에 바이올렛이 납득하고 고개를 끄덕였다. 윈터가 말을 이었다.

"메뉴를 다 먹어 보고 의견을 내줘."

"그럴게요."

잠시 후 누군가 다가오자 바이올렛의 입이 저절로 열렸다.

"루, 룰루!"

"오랜만에 뵙네요!"

수도 호텔에서 일하던 룰루였다. 바이올렛이 얼른 자리에서 일어나 인사하며 물었다.

"세상에, 여기는 무슨 일인가?"

"남편이 파티 때문에 잠깐 출장을 왔거든요. 대표님이 작은 마님께 인사하고 싶으면 같이 오라고 해서요."

"남편…… 아, 혹시 주방장과?"

"어떻게 아셨어요?"

룰루의 눈이 동그래졌다. 바이올렛이 반가워 어쩔 줄 몰라 하며 웃었다.

"몇 번 둘이 티격태격하는 걸 봤는데…… 주방장이 룰루를 좋아하는 걸로 보였어서."

주방장 투린은 툭하면 오래전 남편과 사별한 룰루의 주변을 얼쩡거리며 자긴 요리와 결혼해서 법적으론 미혼인데 당신은 어떻소, 하고 서툴게 관심을 보여 댔다.

그때 투린이 트롤리를 끌고 오며 말했다.

"작은 마님, 제가 언제 또 그렇게 아내의 뒤꽁무니만 쫓아다녔습니까……."

"그래 보였네."

"나름 감췄다고 생각했는데도 말입니까?"

"그게 감춘 거였나?"

바이올렛이 놀리듯이 묻고는 룰루와 함께 즐거운 웃음을 터트렸다.

그때, 윈터가 테이블을 손가락으로 툭툭 때리며 말했다.

"또 시작이군. 회포는 나중에 풀고 식사나 내려놔. 식어."

"죄, 죄송합니다, 대표님!"

투린이 얼른 사과하고 음식들을 내려놓았다. 작게 큐브로 자른 가지 요리를 시작으로 온갖 식재료가 테이블 위로 올라왔다.

작은 유리 우산을 뒤집어 놓은 형태의 접시에 들어 있는 소르베를 떠먹고 난 바이올렛이 두 손을 가슴에 모으고 투린을 보았다.

그녀의 감동한 표정에 투린이 흥분감을 감추지 못했다.

"역시 눈치채 주실 줄 알았습니다! 코르시카를 대표하는 다섯 가지 식재료의 맛을 한 번에 느낄 수 있는 이 소르베야말로 이곳 호텔의 모든 것을 담은 정수!"

"정말로 훌륭하네."

"수, 숯에 구운 메추라기는 어떠십니까?"

"생강이 들어가서 아주 독특하군. 계속 먹고 싶어지는 맛이네."

"딱 제가 듣고 싶었던 말입니다."

투린이 신이 나서 음식 소개는 때려치우고 바이올렛이 알아주기만 기다리자 윈터가 혀를 한 번 차고 말했다.

"주방장 태도가 형편없군."

그제야 흠칫 놀란 투린이 이성을 찾고 식사를 설명하기 시작했다.

투린은 더 많은 칭찬과 평가를 원했으나 중간에 룰루에게 눈치 좀 있으라고 등짝을 얻어맞으며 끌려갔다. 덕분에 디저트를 먹을 때부터는 데이트 분위기를 낼 수 있었다.

두 사람은 편안한 분위기에서 식사를 마무리했다. 바이올렛이 차를 한 모금 마시고 물었다.

"라크라운드 사람들은 여기에 오기 힘들겠네요. 배를 한참 타야 하는데."

"일단은 여기 대륙 사람들이 타깃이긴 하지만, 라크라운드 사람들도 오게 해야지."

"어떻게요?"

"크루즈를 샀으니 대륙 양쪽을 오갈 거야. 그리고 중간에 도스 공국에도 거점을 만들면 좋겠더군. 그래서 당신 그 친오빠 비슷한 남자한테 얘기는 꺼내 놨어."

"페런 도스예요."

"내가 이름을 몰라서 이렇게 부르겠어?"

"아는데 왜 그렇게 불러요?"

"이름도 부르기 싫을 정도로 꼴 보기 싫으니까."

"페런은 좋은 사람이에요."

"나에겐 아내와 친한 외간 남자지."

"친오빠 같은 사람이에요."

"'같은' 사람이지. 친오빠가 있는데 친오빠 같은 사람이 왜 필요해?
정 필요하면 내가 남편도 하고 친오빠 같은 사람도 해 줄게. 그 자식
은 그냥 외간 남자로 해."

윈터가 불만스럽게 말하자 바이올렛이 웃으며 대답했다.

"다른 사람은 몰라도 당신은 절대로 친오빠 같은 사람이 될 수 없
어요."

"왜?"

"당신은 내 첫사랑이잖아요."

그녀의 담담한 말에 윈터의 손이 멈췄다. 바이올렛이 부드럽게 말
을 이었다.

"두 번째 사랑을 하고, 세 번째 사랑을 한다고 해서 첫사랑이 다른
사람으로 바뀌는 건 아니니까."

"……지금은?"

"지금?"

"지금은 날 보면 어떻지?"

윈터가 어쩐지 무심해 보이는 표정으로 물었다. 그러자 바이올렛은

언뜻, 상처가 떠오른 얼굴로 대답했다.

"당신에게 설렐 때면 위에서 누군가가 바위로 나를 누르는 것 같은 기분이 들어요. 설레면 안 된다고. 다시 당신을 사랑하게 되면 이 짐이 다시 나를 누를 거라고."

그 마음은 윈터도 알았다. 차라리 납작한 물질이 되었으면 하는 마음. 그 우울함의 무게는 숨 쉬지 못할 정도였다.

윈터는 저와의 관계가 그녀에게는 그런 우울이라는 사실을 다시 한 번 실감했다. 그녀를 다시 짓눌리게 하고 싶지는 않았다.

"윈터, 어차피 우리가 이혼을 하면 얼마 안 가 당신은 나를 잊고 진심으로 사랑하는 사람을 만나 결혼하게 될 거예요. 당신은 나를 사랑해서 고른 게 아니었잖아요. 다음번엔 꼭 당신이 사랑할 수 있는 분을 만나요. 돈보다 사랑이 주고 싶은 사람이요. 아이도 같이 낳아서 기를 수 있는 사람이면 좋겠죠. 운명처럼 만나게 될 거예요."

"……."

"당신이 행복했으면 좋겠어요."

윈터는 말없이 티스푼으로 케이크를 눌러 으깼다. 집중해서 듣지 않으려 했다.

가슴팍에 총이라도 맞은 것 같았다. 고통을 억지로 짓눌러 견디느라 이 자리에서 정신을 잃을 것 같았다.

그녀는 그가 돈으로 애정을 갈구하고 있음을 눈치챈 것이다. 그러지 말라는 말을 당신이 행복하길 바란다는 말로 우회한 것이다.

"윈터?"

"옆집 사람들을 부르지 그래. 당신 친구들."

"핌이랑 리나요?"

"응. 오늘 밤에 여자들끼리 놀아. 방 비워 줄 테니까. 난 할 일이 많아서."

"잠깐만요, 윈터."

"먼저 일어나지."

윈터는 곧바로 자리에서 일어났다. 이렇게 먼저 일어나는 것이 무례란 걸 모르는 건 아니었지만, 그러지 않으면 바이올렛 앞에서 쓰러져 버릴 것 같았다.

* ** *

잠시 후, 윈터가 보낸 마차를 타고 호텔에 도착한 핌과 리나가 호텔을 경계하며 속닥거렸다.

"엄마, 우리 오늘 왜 여기서 자?"

"응, 그 무서운 아저씨가 그래."

"왜? 집이 좋은데……."

두 사람이 속닥거리며 호텔을 경계하는데 플립이 다가와 핌에게 물었다.

"객실까지 짐을 들어 드릴까요?"

"아, 플라이트 씨. 뭘 그러세요……."

핌이 얼떨결에 짐을 맡겼다. 플립이 여느 때처럼 정중한 목소리로 말했다.

"대표님께서 세 분 원하시는 휴식을 취하게 해 드리라고 하셔서 여러 가지 메뉴를 준비했습니다."

잠시 후, 플립이 안내한 방에 들어선 핌과 리나의 입이 절로 열렸다. 바이올렛이 한숨을 쉬며 말했다.

"나도 이 방을 보고 그런 표정이었소."

플립이 간단한 간식거리를 두고 떠나자마자 핌과 리나가 질문을 쏟아부었다.

"바이올렛, 우리 오늘 정말 돈 안 내도 되는 거예요?"

"전혀. 남편이 갑자기 초대한 건데 와 준 것만도 고맙소."

"바이올렛! 나 이거 먹어도 돼? 아, 침대에서 뛰어도 돼? 침대가 엄청 커!"

바이올렛이 일단 간식으로 놓인 쿠키를 리나에게 쥐어 주며 말했다.

"쿠키는 먹어도 되는데 침대는 안 돼. 침대는 뛰는 곳 아니라고 했지?"

"에이⋯⋯. 그럼 굴러다니는 건?"

"그건 괜찮을 것 같구나."

허락해 주자마자 리나가 꺄악 소리를 지르며 침대로 달려가 굴러다니기 시작했다. 핌 역시 폭신폭신한 침대에 감탄하며 드러누웠다.

바이올렛은 잠시 문을 열고 윈터의 집무실 방향을 보았다. 중간에 먼저 일어나 떠나 버린 그가 영 신경 쓰였다.

일하랴 딸 돌보랴 쉴 틈이 없었던 핌은 천국 같은 하루를 보내고 있었다. 여기 들어올 때 들었던 부담감은 싹 사라진 지 오래였다.

얼굴에 꿀이 듬뿍 들어간 마사지 크림을 바른 핌이 물었다.

"아니, 근데 이런 건물이 있고 맨날 이렇게 살 수 있게 해 줄 남자랑 왜 이혼을 하려 그래요?"

그러자 두 사람 사이에 누워서 자기도 하겠다고 우겨 똑같은 팩을 이마와 뺨에 한 방울씩만 바른 리나가 말했다.

"맞아, 바이올렛은 무서운 아저씨 왜 싫어해? 세상에서 제일 멋있는데."

아이의 말에 핌이 눈이 동그래져서 물었다.

"리나, 그럼 아빠는?"

"아빠는 두 번째!"

"미, 밀렸구나……. 리나, 그래도 이건 아빠한텐 비밀이야. 알겠지?"

"으음. 응. 아빠가 울지도 모르니까."

리나가 대꾸했다.

보고만 있어도 기분이 좋아지는 모녀 덕에 웃음이 그치지 않던 바이올렛이 입을 열었다.

"나에게 좋아한다는 말을 하지 않아서."

그 말에 모녀가 바이올렛을 보았다. 그러자 그녀가 말을 이었다.

"나를 좋아하질 않아서 이혼하는 것도 있을까."

그 말에 리나가 제법 인상을 쓰고 물었다.

"사랑한다는 말 안 해?"

"응."

"바이올렛은 했어?"

"응. 했지. 그래서 속상해."

"아빠가 다시 첫 번째로 멋있어. 무서운 아저씨는 백 번째 정도야."

리나가 씩씩거리며 말했다. 핌이 옆에서 의아한 표정을 지었다.

"친하다고 우리까지 불러서 이렇게 대우를 해 주는데 안 좋아한단 말이에요?"

"이건 그냥 그 사람의 방식이라오. 가족을 유지하는 방식. 인간관계를 유지하는 방식."

"돈 쓰는 게요?"

"돈을 써야 주변 사람들이 옆에 머물러 줄 거라고 생각하는 사람이라. 주변 사람들이…… 정말로 자길 좋아해서 곁에 있어 준다는 건 상상도 못 하는 남자니까……."

어리서고 가여운 남자. 그토록 외로움을 타면서, 그걸 전부 돈으로 해결하려 드는 것이 윈터 블루밍이었다.

잠시 후 크림을 닦아 낸 핌이 보들보들한 뺨을 감싸며 감격해서 말했다.

"세상에, 다시 열여덟 살이 된 것 같네!"

그러자 옆에서 리나가 엄마를 따라 뺨을 감싸며 말했다.

"리나도 다시 열여덟 살이 된 것 같네!"

아이의 해맑은 말에 두 어른이 까르륵 웃었다.

시간이 늦어 리나는 곧 잠들고, 두 사람은 바다가 보이는 발코니 테이블 앞에 앉아 느긋하게 티타임을 가졌다.

바이올렛은 경계가 흐려져 밤하늘인지 바다의 끝인지 알 수 없는 곳을 바라보며 호박색으로 우려진 차를 한 모금씩 마셨다.

남편에게 언젠가는 사랑하는 연인이 생기길 바라면서도, 그가 돈보다 사람을 더 좋아하게 되는 날이 올까, 하는 회의감도 들었다.

그 남자가 사랑에 빠지면 어떨까. 어떤 모습일까.

그가 누군가를 사랑하게 되길 바라면서도, 그 누군가가 자신이 아닐 거라는 생각을 하고 나면 마음이 덴 것처럼 따끔거렸다.

* *** *

다음 날 정오에 카닉사의 크루즈가 키론 항구에 들어섰다.

원터는 도착한 손님들의 명단을 확인하고 열쇠를 하나씩 나눠 주며 환영했다.

초대장 인원들을 확인하고 전부 자리를 잡았다고 생각했을 때였다. 뒤늦게 블루밍 부부가 들어서자 윈터가 미간을 좁혔다.

"두 분은 제가 초대한 적이 없습니다만."

그의 무정한 말에 캐서린이 씁쓸한 표정을 짓고는 윈터의 손을 두 손으로 꼭 잡았다.

"네가 우리 때문에 화가 난 건 알아. 하지만 우린 정말 그런 적이 없어. 그 의사가 도대체 왜 그런 거짓말을 했는지 우리도 이해가 안 간단다."

"의사에게 다 확인했습니다. 전부 사실이었고."

"우린 그게 임신을 촉진하는 약인 줄 알았어! 그 의사가 자기가 오진을 해 놓고 왜 우리에게 뒤집어씌우는지 모르겠구나……."

캐서린이 쓰러질 듯이 말하자 옆에서 제임스가 맞장구쳤다.

"우리가 도대체 그런 이상한 약을 먹일 이유가 뭐가 있단 말이냐. 너는 아직도 우리를 부모로 받아들이지 못한 게냐?"

"애초에 아내에게 약을 먹이고 있었으면 그게 뭐였든지 저에게 말하셨어야죠."

그러자 캐서린이 말했다.

"너는 그때까지 바이올렛에게 조금도 관심이 없었잖니."

"저는……."

"그 애가 기다려도 넌 본 척도 하지 않았지. 그래 놓고 바이올렛에게 준 약을 다 미리 말해 줬어야 한다는 거니? 말해 봤자 넌 관심도 없었을 거였잖니."

"……."

"너는 정말…… 아직도 가족의 사랑을 믿지 못하는구나. 사랑을 주지도 않고 받지도 않으려고 들지. 윈터, 이제 좀 우리를 믿어 줄 수 없겠니?"

윈터가 두 사람을 묵끄러미 바라보았다. 그러다 곧 남은 열쇠를 들고 직접 걸음을 옮겼다.

그는 여분으로 남겨 둔 방의 문을 열고 두 사람을 안내했다. 부부는 이제껏 묵었던 방에 비해 현저히 약소한 방에 실망했지만 아들이 지금까지 그래 왔던 것처럼 부모와 아들 간의 사랑을 이런 속물적인 방식으로 표현하는 것에 대해 놀라워하지는 않았다.

부부는 같이 크루즈를 타고 온 사교계 인맥들에게 이런 작은 방에 묵는다는 것을 어떻게든 숨겨야 한다는 생각에 한숨이 나왔다.

그들은 언제나 아들 덕에 이런 중요한 사교계 행사에서 가장 좋은 자리에 위치할 수 있었다.

블루밍 부부는 윈터와 달리 날 때부터 부유하게 태어났으므로 별다른 노력을 하지 않고 사는 것을 당연하게 여겼다.

그들의 부모님이 하던 것처럼 사용인이나 영지민들에게 욕설을 퍼붓고 매질을 하며 군림하는 시대는 아니게 되었으나, 이제는 돈으로 귀족도 부릴 수 있고 어려서는 상상 못 한 자본주의의 산물을 즐길 수 있었다.

그러나 얼마 전 아들의 마음이 돌아선 이후부터 그 모든 것이 공으로 받을 수 있는 것이 아니란 것을 알게 되었다. 그들은 윈터가 쌓은 금탑 위에서 지내고 있었고, 그가 나가라고 하면 언제든지 나가야 하는 처지였던 것이다.

그들은 지금껏 가족의 애정에 목말라 있던 윈터의 쓸쓸함을 쉽게 이용했었다. 그러나 그는 빠르게 변화하고 있었으므로, 그들에게도 변화가 필요했다.

방을 안내하고 난 윈터가 열쇠 꽂이에 열쇠를 걸었다.

"쉬시죠."

그가 나가려는데 제임스가 붙잡았다.

"윈터."

"예."

"바이올렛과 다시 잘해 보려고 이곳으로 온 게냐?"

"아뇨. 잠깐 즐기다 이혼할 겁니다."

윈터가 대수롭지 않다는 듯이 말하고 방을 나갔다.

그가 나가고 잠시 후, 제임스가 단호하게 말했다.

"바이올렛의 말대로 작위 후계자를 윈터로 정합시다."

그의 말에 캐서린의 눈에 힘이 들어갔다.

"안 된다고 했잖아요."

"어차피 윈터의 도움 없이 디에브 혼자 가문을 유지할 수는 없잖소."

"아무리 그래도 어떻게 우리 아들을…… 디에브는 내 배로 낳은 내 아들이에요. 어떻게 내가 낳지도 않은 윈터에게 후계자 자리를 줄 생각을 할 수가 있죠?"

"윈터는 작위 때문에 전 재산도 쏟아 버린 녀석이잖소. 그 애 마음을 돌리려면 후계자로 인정해 주는 것이 제일일 거요."

"그럼 우리 디에브는 어떻게 해요?"

"후계자로 삼는다고 꼭 저 애가 물려받는 건 아니지 않소? 후계자가 작위를 받지 못할 이유는 얼마든지 있소."

용서할 수 없는 죄를 짓는 경우, 혹은 앞으로 가문을 이끌 수 없을 거라는 정당한 이의가 제기되었을 때 가문 내의 원로 회의를 통하여 후계자를 교체할 수 있었다. 그들이 디에브를 후계자로 결정하더라도 반대의 상황이 올 수도 있다는 의미기도 했다.

"이대로 가다가는 당신 그 사교계 생활도 다 끝이오."

제임스의 말에 캐서린이 털썩 소파에 앉았다.

"어쩌다 이런 상황이 되었을까⋯⋯."

응석받이로 자란 부부에게 살면서 이보다 큰 시련은 없었다.

✳ ❄ ✳

기분이 바닥까지 가라앉은 윈터는 결국 일을 때려치우고 자리에서 일어났다. 사우나라도 한 번 더 하고 올까, 생각하며 집무실을 나서는데 때마침 하옐이 두 팔 가득 상자를 들고 가는 것이 보였다. 윈터가 하옐의 앞을 막아서며 물었다.

"신문?"

"아, 네. 라크라운드 신문들이에요. 작은 마님께서 읽고 싶어 하실 것 같아서 이번에 크루즈 오는 김에 직원에게 지난 한 달 사이에 라크라운드에서 나온 모든 신문사 신문 전부 다 운반해 달라고 했어요."

그 말에 상자 안 신문을 확인한 윈터가 말했다.

"내가 먼저 좀 읽지."

"예에? 대표님 신문 잘 안 읽으시잖아요?"

"오랜만에 읽고 싶어졌어. 내가 읽고 바이올렛에게 가져다주지."

"뭐, 그렇게 하세요."

하옐이 그에게 신문을 넘겨주었다.

윈터는 신문이 든 상자를 집무실 데스크에 둔 뒤 앉을 정신도 없이 의자 맞은편에 그대로 서서 신문 한 장을 꺼내 펼쳤다.

그의 시선은 신문 광고에 꽂혀 있었다.

유인 비행선에 도전할 파일럿을 찾습니다!

테이블을 짚은 그의 손에 바짝 힘이 들어갔다.

그간 무인 비행선은 여러 차례 성공했으나 유인 비행선은 전부 실패로 돌아갔다. 아직까지 하늘을 이동할 수단은 그 느려 터진 열기구뿐이었다.

무인 비행선의 속도는 이미 배의 속도를 뛰어넘었다. 그러나 무인 비행선조차 고장 날 확률이 90%를 넘었고, 유인 비행선은 사람의 무게를 견디지 못해 전부 추락했다.

그리고 그 유인 비행선에 탄 실험자는 대부분 목숨을 잃었다. 그걸 알면서도 최초라는 타이틀과 그 실험자들에게 보상하는 막대한 보험료 때문에 도전하는 자들이 드문드문 있었다.

윈터는 한참 동안 그것을 보다가 광고를 찢어 서랍장에 넣었다. 그리고 남은 신문들은 바이올렛에게 가져다주기 위해 걸음을 옮겼다.

바이올렛에게 내준 객실은 문 바로 정면에 돔 형태의 거대한 유리문이 있는 거실이 있었고, 오른쪽으로 넓은 침실이 있었다.

윈터가 객실 책상에 신문을 내려놓고 침실로 들어가 보니 모녀를 태운 마차가 떠난 후, 드레스로 갈아입은 바이올렛이 보였다.

거울 앞에 앉아 하녀들에게 머리 손질을 받던 바이올렛이 거울에 비친 윈터를 보며 물었다.

"왜 벌써 왔어요? 아직 준비가 끝나지 않았는데."

"예쁘네."

그가 태연히 하는 말에 하녀들이 '어머' 하고 어린아이들처럼 좋아했다. 당사자인 바이올렛이 무안한 표정으로 말했다.

"끝나면 다시 들어와요."

"왜. 뭐가 남았는데. 내가 할게."

그러자 가장 옆에 붙어 있던 젠이 얼른 구두와 장갑 상자를 꺼냈다.

"장갑은 레이스라 조심해서 끼우셔야 하고 구두는 리본을 신경 써 주시면 됩니다, 대표님."

"장갑과 구두. 좋아. 알아 두지."

윈터가 말한 후 젠이 하녀들의 등을 떠밀었다. 그 모습에 젠은 제 편인 줄 알았던 바이올렛이 다소 충격받은 표정을 지었다.

그러자 윈터가 태연히 대답했다.

"내가 돈 주잖아."

윈터가 바이올렛의 팔을 잡아 자리에서 일으켰다. 화장대에 상자를 놓고 열자 그 안에 아주 얇은 레이스의 흰색 장갑과 보석이 들어 있었다.

윈터가 바이올렛의 손을 들어 천천히 장갑을 끼우기 시작했다. 정교한 눈꽃 모양의 자수를 연결, 연결하여 만든 터라 조금만 힘을 줘도 뜯어질 수 있어 장갑 한쪽 끼우는 것만도 오랜 시간이 걸렸다.

양쪽 장갑을 끼운 후 각각의 상자에 들어 있던, 사파이어가 자잘하게 박힌 밴드로 고정했다. 그리고 바닥에 한쪽 무릎을 꿇고 구두를 손에 들었다.

양쪽에 푸른색 구두를 신기고 발등 리본까지 묶고 나니 바이올렛의 준비가 끝났다. 윈터가 자리에 서서 바이올렛을 물끄러미 바라보았다.

아내는 섬세한 아름다움을 지녔고 가만히 서 있어도, 아무 말 하지 않아도 기품이 넘쳐흘렀다.

그녀를 보고 있으면 제가 가진 고민들은 하찮은 쓰레기나 다름없게 보였다. 그저 그녀를 위한 선택만을 하면 된다고 생각하게 된다.

아내의 손에 쥐여 잡힌 장난감이라도 된 기분이었다.

바이올렛은 저도 모르게 윈터를 훑어보았다.

그는 세련되고 유행을 잘 따르는 평소의 스타일과 달리, 매우 고전적인 디자인의 정장을 입고 있었다. 그럼에도 근육질의 육체와 반항적인 눈빛 때문인지 어디로 튈지 모르는 야성적인 매력이 물씬 풍겼다.

안 그래도 근사한 남자가 저를 더 돋보이게 하는 법을 누구보다 잘 알았다. 바이올렛은 저건 좀 불공평한 일이라고 생각했다.

바이올렛이 저를 빤히 바라보고 있으니 윈터가 인상을 쓰고 물었다.

"왜 또. 뭐가 마음에 안 들어?"

"아뇨. 마음에 들어서 보는 거예요."

"……뭐가 마음에 드는데?"

"이브닝 정장이요. 잘 어울려요."

"어, 당신이 좋아할 것 같더군. 클래식한 스타일."

"그러고 보니 그렇군요."

그녀가 대답하며 산뜻한 소리를 내고 웃었다. 윈터 역시 습관적으로 찌푸리던 표정을 풀고 장난기 어린 미소를 지었다.

바이올렛이 직접 만든 코르사주를 내밀었다.

"달아 줄래요?"

"잘 만들었네. 역시 꽃에 관한 건 당신에게 맡기는 게 좋겠어."

"다행이네요."

바이올렛의 취향이 반영된 코르사주 역시 고전적인 디자인을 따르고 있었고, 그래시인가 윈터의 정장과 일부러 조화를 맞춘 것만 같아 보였다.

윈터가 그것을 받아 드레스에 달아 주고 괜히 만지작거리는데, 때마침 객실 밖에서 하옐이 부르는 소리가 들렸다.

"이제 곧 8시입니다."

7시부터 파티가 시작되었으나, 호스트이며 주인공인 두 사람은 한 시간이 지난 후 파티에 들어설 예정이었다. 윈터 역시 장갑을 낀 후 손을 내밀었다.

"갈까?"

그러자 바이올렛이 살며시 그의 옆에 서서 팔을 손으로 감싸 팔짱을 꼈다.

"가죠."

윈터는 별말 하지 않았지만 기분이 좋아 보이는 얼굴로 걸음을 옮겼다.

부부가 파티가 있는 로비에 들어서자 단숨에 모두의 시선이 꽂혔다. 그리고 곧장 바이올렛의 드레스에 관하여 수군거리기 시작했다. 가장 아름다운 드레스인지는 주관적인 것이라 확언할 수 없지만, 객관적으로 가장 돈이 많이 들어간 드레스인 것은 확실했다. 수도 없이 많은 사람이 오랜 시간 달라붙어 만든 드레스였다.

바이올렛은 이렇게 사람이 많은 파티는 오랜만인 데다가 남부에서 그녀를 눈에 띄게 따돌리거나 괴롭히던 귀족들까지 몇몇 보여 긴장을 해 윈터의 팔을 꼭 잡았다.

그러자 윈터가 고개를 조금 숙이며 물었다.

"누구한테 인사할래?"

"네?"

"주인공께서 먼저 인사해 줘야지. 다들 기다릴 텐데."

"그러니까, 당신이 호스트인데 왜 내가 주인공이 돼요?"

"요즘 세상이 전쟁 영웅 승전 파티라도 열어 주는 시대야? 남자가 주인공인 파티는 사라졌어. 우린 보이지 않는 벽 같은 거라고. 부딪치지만 않게 잘 피해 다니기만 하면 돼."

윈터는 그렇게 농담을 했지만 아마 이 파티에는 그와 어떻게든 친해져 보려고 안간힘 쓰는 사람들로 가득하리라고 바이올렛은 생각했다.

파티에는 에쉬와 블루밍 부부가 있었으므로 두 방향 중 한 곳을 가는 것이 일반적이었다. 그러나 그녀는 바로 제가 갈 곳을 알고 걸음을 옮겼다.

"샤론!"

바이올렛이 반가움에 빠르게 걸음을 옮겼다. 그러자 샤론이 잔망스럽게 손을 흔들었다.

그녀에게 다가간 바이올렛이 샤론과 함께 온 청년을 한 번 보고 소개해 달라는 듯 샤론을 보았다. 그러자 샤론이 못마땅해하며 소개했다.

"이쪽은 페런의 친구인 아우스 경."

"아, 반갑습니다, 아우스 경. 샤론에게 말씀 많이 들었어요."

바이올렛은 그에게 손을 내밀었고, 아우스는 정중히 해군식 경례를 한 후 그녀의 손등에 입을 가까이 가져가는 인사를 했다. 그는 한눈에 보기에도 매우 말수가 적고 사교성도 없어 보였다. 샤론과는 정반대였다.

샤론이 말을 이었다.

"페런은 배를 다야 해서 이우스를 데려왔어. 보통 한가하거든."

"그래?"

바이올렛이 대답하고 아우스를 보았다.

그의 눈동자가 흔들렸다가 그 안에 실망감이 퍼지는 것을 본 바이올렛이 난처한 표정을 지었다. 아우스의 표정을 보아하니 바쁜 일이 있었음에도 취소하고 샤론을 에스코트하러 따라온 것 같았다. 그런데도 한가해서 데려왔다고 하니 좀 실망한 것이었다.

샤론이 뒤따라온 윈터에게 손을 흔들었다.

"그보다 윈터 경! 바이올렛 드레스에 신경 많이 쓰셨나 봐요. 이렇게 딱 봐도 돈을 쏟아부은 것 같은 드레스를 얘가 찾아 입었을 리는 없으니까요."

"역시 친구는 친구시군요."

윈터가 어깨를 으쓱이더니 아우스를 슬쩍 보며 말을 이었다.

"그보다 에스코트의 표정을 보니 한가하지 않았던 것 같은데?"

윈터가 툭 내뱉자 아우스가 당황한 표정을 지었다. 바이올렛은 윈터가 말을 가려 하지 않는 사람이라는 사실에 처음으로 반가움을 느끼며 맞장구를 쳤다.

"나도 그래 보여서 혹시나 했어요."

"응? 아닌데? 한가했을 텐데? 내가 파티 같이 갈까, 물어보니까 바로 온다고 했잖아?”

말이 빠른 편인 샤론이 다다다 하고 쏟아붓듯이 말하자 아우스의 입이 한 번 열렸다가 다시 닫혔다.

그가 말주변이 없는 타입이란 걸 안 바이올렛이 부드럽게 물었다.

“페런과 같은 배를 탔어야 했던 것 아닌가요? 같은 해군이시고, 친구시라 하니.”

“……맞습니다.”

그 말에 샤론의 미간이 팍 좁아졌다.

“그게 무슨 소리야? 그런데 여기 있으면 어떡해?”

“전역했다.”

“뭐어? 미쳤어? 왜?”

“미치진 않았어. 다만…….”

아우스가 다시 입을 다물자 윈터가 대신 대꾸했다.

“이렇게 먼 곳까지 다른 남자와 보낼 수는 없으니 전역을 해서라도 같이 가겠다, 뭐 이런 거였겠지.”

그가 대신 정리해 주자 아우스가 고개를 끄덕끄덕거렸다.

잠시 경악으로 굳어 있던 샤론이 주변을 보았다. 아무도 안 보면 때릴 생각이었는데 모두가 그들을 보고 있었다. 샤론이 두 손을 부들부들 떨며 협박하듯 물었다.

“미쳤어? 돌았어? 인생 포기했어? 어쩌려고 파티 때문에 전역을 해? 오빠네 부모님 아시면 난리 날 것 아냐?”

“여기 오기 전에 말씀드렸다.”

“뭐라시는데?”

“거기까진 듣지 못했어.”

"보나마나 '전역했습니다', 한마디 하고 왔겠지. 파티 온다고 말씀도 안 드리고 나왔지?"

잠깐 기억을 더듬던 아우스가 고개를 끄덕였다. 너무 정확해서 살짝 놀라는 중이었다.

샤론이 말할 때는 그냥 '말이 너무 없는 게 웃기는 오빠 친구' 정도였는데 여기서 보니 온 마음으로 샤론을 사랑하는 것이 보였다.

아우스가 일방적으로 샤론에게 혼나는 게 불쌍했는지, 윈터가 끼어들었다.

"객실은 어떠신지? 특별히 신경 썼는데."

"아, 객실! 너무 마음에 들어요. 환상적이에요! 내가 우물 안 개구리였구나, 싶더라니까요?"

"두 개 객실 말고 한 객실에 두 개 침실로 해 달라고 하셔서 남매가 오는 줄 알았더니……."

윈터가 의도적으로 말끝을 흐렸다. 그에 아우스는 땅이 꺼져라 한숨을 쉬었고, 샤론은 태연히 대답했다.

"괜찮아요. 욕실도 다 따로 있고 객실이 너무 넓어서 방 찾아가다가 길 잃을 정도던데요, 뭐."

아우스가 옆에서 풀 죽은 것은 전혀 눈치채지 못해 놓고, 샤론은 슬쩍 바이올렛의 눈치를 보았다.

"잔소리할 거지?"

"결혼할 거니?"

바이올렛이 대뜸 묻자 샤론이 흠칫 놀라 부정했다.

"객실 따로 쓰면 부르기 불편하잖아. 게다가 요즘 객실 한 번 같이 썼다고 결혼하고 그런 시대 아니야. 애초에 우린 친구라니까?"

"아우스 경 의견은 물어본 거니? 경께서도 그렇게 생각하신대?"

"아니. 아우스랑 그런 거 상의하면 답답해서 죽어."

그 말을 끝으로 샤론이 아우스를 휙 돌아보며 물었다.

"불만 있어?"

그러자 화들짝 놀란 아우스가 고개를 도리도리 저었다.

윈터는 도와주기는커녕 오히려 약 올리고 싶은 걸 참고 옆에서 구경 중이었으므로 아우스의 편을 들어 줄 사람은 바이올렛뿐이었다. 그녀가 냉정하게 물었다.

"아무리 친해도 이성 간인데 객실을 같이 써도 되는지 정도는 물어 봤어야지, 실례잖아."

"우리 어머니처럼 말하지 말아 줄래? 실례라니?"

"계속 네가 신경이 쓰이실 거 아니야."

"뭐가 신경 쓰여? 내가 설마 저 숙맥을 덮치기라도 할까 봐?"

"샤론!"

바이올렛이 화들짝 놀라 언성을 높였다. 아우스는 얼굴이 시뻘게져 있었지만 말문이 막혀 아무 말도 내뱉지 못하고 있었다. 옆에서 놀리고 싶어 미쳐 버릴 지경이던 윈터가 결국 아우스의 어깨를 꽉 쥐며 말했다.

"문 잘 잠그고 주무셔야겠군."

그가 말하고 웃음을 참느라 입술을 씰룩거리자 울상이 된 아우스가 겨우 입을 열었다.

"샤론, 네가 그럴 리 없다는 것 정도는 안다."

그 말에 윈터가 못 참고 한마디를 더 했다.

"그렇게 말하면 바라는 것처럼 보이잖아."

그의 말에 아우스의 어깨가 눈에 띄게 들썩였다.

바이올렛이 놀리기 좋은 사람을 발견하자마자 폭주하듯 아무 말이나 하는 친구와 남편에 정신을 차리지 못하다가 두 사람의 팔을 아플 정도로 꼭 잡았다.

"둘 다 공적인 자리에서 그렇게…… 그런 말은 삼가 주세요."

"그런 말이 뭔데."

"맞아, 그런 말이 뭔데, 바이올렛?"

두 사람이 이번엔 바이올렛을 놀리려 들었지만, 그녀가 미간을 좁히며 엄한 표정을 짓자 금방 헛기침하며 입을 다물었다.

네 사람 사이가 너무 즐거워 보이기도 했고, 어떻게든 윈터와 한마디 해 보고 싶어 하던 사람들이 그들 주변에 모여들기 시작했다.

파티의 주최자인 윈터는 다른 손님과도 인사를 해야 했기 때문에 곧 자리를 옮겼다. 덕분에 세 사람이 자리에 남아 이야기를 하고 있을 때, 뒤에서 걸어온 귀부인이 레이스로 감싸인 바이올렛의 어깨를 보며 물었다.

"부인, 어깨에 그건 뭔가요?"

그러자 바이올렛이 차분히 귀부인을 돌아보며 말했다.

"아, 카닉 일족과 결혼한 다른 일족의 배우자에게 안녕을 기원하는 문양이라고 들었습니다."

"어머나, 그러셨구나……."

남부에서 몇 번 본 적이 있는 귀부인이라, 바이올렛도 그녀의 얼굴이 눈에 익었다.

그녀는 귀부인이 남부에서처럼 트집을 잡기 위해 자신에게 말을 걸었으리라 미리 긴장을 했다.

3년간 많은 파티에서 없는 사람 취급을 당하거나, 누가 관심을 보여도 이내 괴롭힘으로 바뀌고 말았었다.

체념 상태인 바이올렛은 두 손을 모으고 가만히 귀부인의 대답이 이어지기를 기다렸다. 그러자 옆에서 함께 온 워호슨 무리가 감탄하며 말했다.

"세상에, 별거에 관한 건 다 낭설이었군요? 남편을 정말 사랑하시나 봐요. 그래도 명색이 공주님이시던 분이 이런 표식을 다 하시고."

그것을 들은 바이올렛의 표정이 찌푸려졌다.

그들은 바이올렛을 비꼬고 있었지만, 그 비꼬는 말이 결국은 윈터의 피를 모욕하는 일이 되고 있었다. 그러나 눈앞의 이 귀족들은 그들이 카닉 일족을 무시하는 걸 기반으로 바이올렛을 비꼬고 있음을 인식조차 못 하고 있었다.

바이올렛에게 남부는 제 지역이 아니었으나, 키론은 집이고 제 지역이었다.

그녀가 어딘지 싸늘하게 느껴지는 목소리로 말했다.

"제가 설명을 제대로 못 했나요? 이 표식은 카닉 일족과 결혼한 배우자에게 그리는 문양이라고 방금 말씀드린 것 같은데."

"네?"

"무슨 용기라도 필요한 일인 것처럼 말씀하셔서 드리는 말입니다."

바이올렛이 종종 윈터가 신경질 낼 기미를 보일 때처럼 눈을 가늘게 뜨더니 이제야 알았다는 듯이 고개를 끄덕였다.

"주술과 함께 물들이는 것이라 한 달이면 사라진다고 합니다. 영구적일까 염려하신 것이었다면 사과드립니다."

"아니, 저는……."

"아니면 달리 의도가 있는 말이었습니까?"

윈터는 조금 멀리에 있다가 웨이터 하나에게서 바이올렛이 위호슨에게 둘러싸여 있다는 보고를 듣고 빠르게 되돌아오던 중이었다.

"아니면 달리 의도가 있는 말이었습니까?"

바이올렛이 그렇게 묻는 말을 엿들은 윈터의 입꼬리가 슬쩍 올라갔다. 제 앞에서는 아무 말도 못 하면서 뒤로 가면 서로 그의 혈통에 대해 헐뜯는 걸 모를 리 없었다. 알면서도 뒷말을 하면서 돈을 뿌리니 놔둔 것뿐이다.

바이올렛은 대답이 없는 귀부인을 물끄러미 보다가 가볍게 인사를 건넸다.

"질문에 답이 되었다면 이만."

그녀가 돌아섰다가 때마침 다가오던 윈터를 발견하고 미세하게 안심한 마음을 드러냈다.

윈터는 그녀의 일직선으로 반듯하게 곧은 어깨를 빤히 바라보았다. 어쩌면 자세가 저렇게 바른가, 윈터는 늘 신기했다. 곧은 자세 때문인지 평균보다 조금 작은 편인 그녀는 언제나 자기 키보다 큰 인상을 주었다.

바이올렛과 있어줄 윈터가 돌아오니 샤론이 재빨리 아우스의 팔을 움켜쥐고 말했다.

"난 아우스와 할 말이 있어서 잠깐 객실에 갔다 올게."

"그렇게 해."

아우스가 살려 달라는 듯이 바이올렛을 보았지만 두 사람이 해결할 일에 끼어들 생각은 없었다.

두 사람이 사라지자 윈터가 말했다.

"당신 친구도 전혀 마음이 없어 보이지는 않는군."

"저도 그렇게 생각해요. 아우스 경에 대한 이야기를 아주 많이 했거든요."

"저 두 사람 객실에 특별히 신경을 썼으니 도움이 됐으면 좋겠군. 없던 로맨스도 생길 방이거든."

"고마워요. 신경 써 줘서. 샤론이 영 철부지라 늘 걱정이에요. 가출을 하질 않나."

바이올렛이 걱정하며 폭 한숨을 쉬자 윈터가 핀잔했다.

"동갑인 친구를 자식 보듯 말하지 마."

"내가 그랬어요?"

"그랬어. 심지어는 나에게도 종종 그러지. 내가 연상인데도 말이야."

바이올렛이 그건 인정한다고 생각하는지 고개를 끄덕였다.

그녀는 이제 천천히 파티를 둘러보았다. 어느 무리든 그들을 힐끔거리고 있었다.

이전에 받았던 따돌림 때문에 바이올렛은 선뜻 어느 쪽으로도 걸음을 떼지 못했다. 게다가 사교계에서 오래 동떨어져 있었던지라 누가 사교계 명사인지도 알 수 없었다.

윈터가 그런 그녀의 마음을 알았는지 슬쩍 속삭였다.

"잠깐 같이 다니지."

"어차피 일 이야기 할 거잖아요. 괜찮아요, 난 2층에서 좀 쉴게요."

"오자마자 쉬게 할 거면 드레스에 돈 이만큼 안 들였어."

그가 퉁명스럽게 말하더니 아까 바이올렛이 한 것처럼 그녀의 팔을 잡아 제 팔에 멋대로 둘렀다. 바이올렛은 그런 그를 힐끔 보고는 별말 없이 따라서 걸음을 옮겼다.

윈터가 사업가들이 모여 있는 곳에 나타나자 그들이 반갑게 인사했다.

"오셨습니까."

"초대해 주신 덕분에 모처럼 가족들에게 생색 좀 냅니다."

바이올렛은 그들 중 몇을 남부에서도 몇 번 본 적이 있었다. 그들과 있을 때, 윈터는 떠들썩했고 편안해 보였다. 일적인 관계 이상의 친구로 보였다.

모여 있는 여덟 명 중 다섯 명이 귀족이었고, 세 명은 아니었다. 말투와 행동, 차림새와 커프스 버튼이나 귀걸이의 색깔 등으로 바이올렛은 그것을 구분할 수 있었다.

가장 확실한 차이는 손목시계의 유무였다. 귀족들은 손목시계를 하지 않았다. 윈터가 공작가의 장남임에도 손목시계를 하고 있는 것은 매우 이례적인 경우였다.

바이올렛은 윈터 왼 손목의 시계를 보았다. 그녀가 준 백금 시계였다. 평소 그는 착장에 맞는 시계를 찼는데, 오늘은 그가 가지고 있는 어떤 시계보다 값쌀 저 시계였다.

그는 물욕이 강했지만, 싫증도 잘 냈다. 한 물건을 여러 번 사용하는 것을 바이올렛은 거의 보지 못했다.

처음부터 그는 저 시계를 정말로 마음에 들어 했었다. 백금을 좋아하는 걸까. 아니면 예상하지 못한, 갑작스러운 선물이라 기뻤던 걸까.

그것도 아니면, 어쩌면.

그는 아닌 척해도 외로운 사람이니까. 길 가다 문득 저를 떠올렸다는 사실 자체에 기뻐했던 것 같았다. 그때는 솔직히 돈밖에 모르는 속물로만 생각했었는데, 지금 생각해 보니 그랬다.

그렇게 생각하니 조금 씁쓸해져서, 바이올렛은 윈터의 손목시계 위를 살며시 손으로 감싸 쥐었다.

그녀의 행동에 윈터가 대뜸 물었다.

"피곤해? 들어갈까?"

그 행동이 무슨 신호라고 생각한 모양이었다. 바이올렛이 미소를 지으며 고개를 저었다.

"아니에요."

그러나 윈터는 곧장 그 자리에서 벗어나 바이올렛과 함께 1층 로비와 연결된 테라스로 걸어 나가며 말했다.

"할 말 있으면 바로 해."

"그냥 내가 준 시계구나, 싶어서 만진 거예요. 과민 반응이네요."

"마지막으로 당신이 이렇게 날 불렀을 때 당신이 곧장 무슨 짓을 했는데."

"무슨 짓을 했는데요?"

"죽었잖아."

"……아."

바이올렛이 그제야 난처한 표정을 지었다. 순간 심장이 철렁했었는지 윈터가 사색이 되어 한숨을 푹 쉬었다.

"당신 떠나고 내가 그 상황을, 그날 일을 몇 번이나 되새겼는지 당신은 상상도 못 하겠지."

"……."

"당신이 죽었다고, 그날. 내가 당신 이야기를 듣지 않아서…… 아, 젠장."

그의 트라우마를 심하게 건드렸는지 윈터는 말을 잇기는커녕 숨 쉬는 것조차도 가빠하기 시작했다. 그는 바이올렛에게 의지해 두 팔을 감싸 쥐었다.

말문이 막혀 아무 말도 못 하던 바이올렛이 조심스레 입을 뗐다.

"죽었…… 군요. 내가."

윈터가 고개를 끄덕이고 중얼거렸다.

"그래. 심지어 나에게 보여 주기까지 했지. 당신 머리에 총을 쐈잖아."

"……세상에. 내가 그랬었죠."

바이올렛은 이혼이 예정된 5월 20일까지 그에 대한 마음을 완벽히 비우는 것에 집중할 계획이었다.

1년간의 이별로 거의 다 비웠다고 생각했는데, 정작 그가 다시 나타난 이후부터 바이올렛의 마음은 경직된 겉과 달리 이리 튀었다가 저리 튀었다가 난리도 아니었다.

지금만 해도 그랬다. 당장에라도 무너져 버릴 것 같은 윈터를 마주 보고 있으니 마음이 아려 왔다.

바이올렛은 이제야 윈터 앞에서 스스로에게 총을 쏜 일이 그에게 커다란 트라우마가 되었음을 알았다.

"미안해요. 정말 미안해요, 윈터. 나는 이제 안 죽어요. 그때는 슬펐고, 지금은 슬프지 않으니까."

"그걸 내가 어떻게 믿지? 그때도 나는 당신이…… 엄살을 부린다고 했잖아. 나는 그렇게 멍청해. 당신이 어떤 마음인지 몰라. 그런데 내가, 내가 어떻게 당신이 죽지 않을 걸 확신해."

"윈터."

윈터 블루밍은 여자를 헷갈리게 만드는 남자였다. 얻어듣기로 그런

229

남자들은 보통 아주 질이 나쁘다고 했다.

간혹 저를 좋아하기라도 하는 것처럼 굴면서, 정작 좋아한다는 말은 하지 않는다. 그가 첫사랑이었다고, 아직도 종종 당신 때문에 설렌다고 고백했음에도 그는 꿈쩍도 하지 않았다.

자신을 좋아하지 않을 것 같은 상대에게 마음을 고백하는 것은 아프고 수치스러운 일이었다.

그런데도, 윈터의 핏발이 선 회색 눈동자는 이상하게도 바이올렛의 마음을 자꾸만 아프게 했다.

그는 참 이상했다. 불쌍할 것이라고는 하나 없는 남자가 툭하면 가여워졌다. 그건 아마도 저이의 눈빛 때문이리라. 바이올렛은 그리 생각하고 있었다.

사납고도 쓸쓸해 보이는 그의 눈동자가 늘 바이올렛을 부르는 것처럼 느껴졌다. 제 곁으로 와 달라고 하는 것만 같았다.

그 눈동자에 첫날부터 속았던 것이다. 첫날부터 바보처럼, 그가 자신이 곁에 있어 주길 바랄 것이라 착각했었다. 그날 처음 본 남자의 눈빛에 반해 버린 자신은 정말, 세상에 다시없는 바보였다.

바이올렛이 윈터의 팔을 쓰다듬으며 말했다.

"들어가요. 당신 부모님께 인사해야죠."

"필요 없어. 하지 마."

윈터가 고개를 저었다. 그리고 아무 일도 없었던 것처럼 이내 쓸쓸함을 지우고 무덤덤하게 말했다.

"난 요즘 부모님과 아주 관계가 나빠. 그러니 말을 걸 필요도 없어."

그가 앞장서자 바이올렛이 따라 걸으며 말했다.

"그 의사가 보낸…… 편지 이후부터죠?"

"나도 부모님을 용서할 수 없는 건 마찬가지야. 당신만큼은 아니겠지만 나도 고통스러웠으니까."

그가 대꾸한 뒤 두 사람은 다시 파티장으로 들어섰다.

사람들은 모두 그들과 대화를 하려 애썼고, 언제 블루밍 공작 부부와 대화를 하는지도 굉장히 많은 관심을 보였다. 그러나 윈터도, 바이올렛도 그들에게 관심조차 보이지 않으니 점점 웅성거리는 소리가 들려왔다.

그때, 별수 없었는지 블루밍 공작 부부가 먼저 두 사람에게 다가섰다. 캐서린이 바이올렛의 앞에 서더니 쌀쌀한 목소리로 말했다.

"어떻게 그럴 수가 있니? 어떻게 그렇게 연락도 없이 떠나? 우리가 널 얼마나 걱정했는지 알기나 하는 거니?"

그러자 옆에서 제임스가 맞장구쳤다.

"어디로 간 건지 한마디 해 줄 수는 없더라도, 잘 지내고 있다 기별은 줄 수 있는 것 아니냐? 로렌스 가문의 예를 배운 네가 어떻게 그럴 수가 있지?"

그러더니 캐서린이 바이올렛이 대답도 하기 전에 와락 그녀를 끌어안았다. 사람들이 보는 한가운데서 벌어진 포옹이라 바이올렛은 그녀를 바로 밀어낼 수 없었다.

윈터의 표정이 구겨졌다. 제가 받아 주지 않으니 곧장 바이올렛에게 달라붙는 모양새였다.

캐서린이 저를 놓아주자 바이올렛이 부드럽게 인사를 건넸다.

"모처럼 뵙습니다."

"그래. 모처럼이구나."

"오늘은 차림새에 대하여 말씀하지 않으시는군요. 어떠세요?"

"아…… 예쁘구나."

"블루밍 가문의 며느리들은 3년간 화려한 옷을 입어서는 안 된다고 하셨는데, 이제 괜찮으신가요?"

그녀가 담담히 묻자 블루밍 부부의 몸이 흠칫 떨렸다.

그들의 대화를 듣던 윈터가 물었다.

"그게 무슨 소리지? 화려한 옷을 입어서는 안 된다니."

윈터가 영문 모를 소리라는 듯한 표정이라 바이올렛이 의아한 얼굴로 말을 이었다.

"당신은 아예 몰랐어요?"

"옆에서 뭐라고 해서 어두운 옷을 입는단 건 알았어."

"가문의 전통이라고 들었어요."

"나는 그런 말 들은 적 없어. 그딴 전통이 세상에 어디 있어. 당신은 그딴 걸 전통이라고 따랐단 말이야?"

"그럼 내가 달리 어떻게 했어야 하죠?"

고립되어 있었는데.

바이올렛이 말하지 않아도 뒷말을 알 수 있었다. 윈터가 이제야 알았다는 듯이 중얼거렸다.

"어쩐지, 그래서 내가 보낸 옷을 그대로……."

"윈터."

캐서린이 서둘러 윈터를 불렀다. 그러나 그는 무시하고 말을 이었다.

"다시 돌려보낸 건가?"

그의 말에 바이올렛이 고개를 갸웃거렸다.

"당신이 준 옷들은 항상 받았는데요."

"우리 결혼하고 2년 정도 뒤에, 내가 그럭저럭 돈을 벌어서 당신에게 보낸 드레스 말이야."

"네에?"

"왜 당신이 왕족이라 그런 드레스는……"

차근하게 설명하던 윈터의 표정이 차차 서늘해졌다. 바이올렛은 그가 하는 말을 처음부터 끝까지 단 하나도 알아듣지 못하고 있었다.

윈터가 허탈하게 중얼거렸다.

"못 받았구나, 당신."

거절한 것이 아니라 애초에 그녀에게 도착한 적이 없었다.

그가 제 부모 쪽을 보았다. 캐서린의 얼굴에 당혹스러움이 번져 있었다. 바이올렛이 이런 드레스는 좋아하지 않는다며 편지와 함께 돌려보냈던 것은 그의 어머니, 캐서린 블루밍이었다.

"어떻게 된 겁니까, 어머니?"

윈터가 묻자 캐서린이 늘 아들을 달래던 처연한 얼굴로 걸어와 그의 팔을 쓰다듬었다.

"그 드레스들, 네가 어떻게 벌어서 산 건지 알고 있었어. 그런데 어미가 돼서 그 드레스들을 보면 마음이 어떻겠니? 네가 잠도 못 자고, 제대로 먹지도 못하면서 샀다는 걸 아는데."

캐서린은 분명 잘못했지만, 그녀의 말은 틀리지 않았다. 그 드레스들은 결코 쉽게 얻은 것들이 아니었다.

* ❄ *

결혼 2년 차에, 윈터는 하루 두 시간을 자고 버틸 정도로 일에 파묻혀 지냈다.

긴축 재정으로 사무실을 줄여 윈터는 시장 한가운데 건물의 작은 사무실에서 먹고 자고를 반복했다.

하옐이 서류를 그의 책상에 쌓아 올리며 참다못해 버럭 소리를 쳤다.

"식사는 좀 제대로 하시라니까요!"

"닥치고 꺼져."

"하루에 두 시간 자고 식사도 매일 똑같이 때우시잖아요. 그러다 진짜 과로사해요."

하옐이 접시에 놓인 샌드위치를 확인했다. 딱 피넛 버터만 바른 샌드위치였다.

"하다못해 햄이라도 넣어 드시든가요."

"씹는 데 오래 걸려."

"그럼 부드러운 햄으로…… 아니, 햄의 문제가 아니잖아요."

하옐이 푹 한숨을 쉬더니 그가 보고 있던 서류 위에 탁, 편지를 올렸다.

"작은 마님 편지 한 번만 더 읽어 보세요."

"읽었잖아."

"다시 읽어 보세요."

윈터가 혀를 차며 편지 봉투를 열었다.

윈터, 당신 생일이 일주일밖에 남지 않았어요.

이번 생일에는 직접 요리를 해 볼까 해요.

그러니 생일 저녁에 꼭 집에 와 줘요. 기다릴게요.

윈터가 뺨을 긁적이며 물었다.

"내 생일이 언제지?"

"두 달 전이죠. 심지어 작은 마님 생신도 지났어요, 그사이에."

하옐이 비꼬는 말에 드디어 약간의 죄책감을 느낀 윈터가 자리에서 일어났다.

"드레스 좀 몇 벌 사 와. 요즘 제일 잘나가는 걸로."

"뭐, 뭐라고요? 지금 일주일째 모든 끼니를 피넛 버터 샌드위치로 때우시면서 무슨 드레스를 삽니까!"

"이 공주님이 진짜 내 생일에 요리라도 했으면 어떡해?"

"설마요. 작은 마님은 살면서 칼질 한 번 안 해 보셨을 텐데."

"혹시 모르잖아. 그냥 사. 그 정도 살 여유는 있어."

"여유야 있죠. 근데 대표님은 이 모양으로 사시면서……"

하옐은 불만으로 가득했지만 윈터의 고집을 꺾을 기운이 없어 그냥 돌아서 버렸다.

＊❄＊

윈터는 그날 일을 떠올리며 쓸쓸함을 장난기 어린 얼굴로 감췄다.

"그래서. 내 생일에 음식 뭐 했어?"

"……놀릴 거죠?"

"아니. 안 놀릴게."

"소시지가 들어간 토마토 파스타요."

라크라운드에서 가장 만들기 쉬운 메뉴가 그녀의 입에서 나오자 원터가 큭 하고 소리를 내더니 이내 폭소를 터트렸다. 그러자 바이올렛이 발끈해서 그를 흘겼다.

"안 놀린다면서!"

"소시지는 샀지?"

"당연하죠. 그럼 내가 만들어요?"

"토마토소스는?"

"도움을 받긴 했지만 토마토는 내가 삶았어요. 파스타도."

"이제 와 생각하니 섭섭해지는군."

"……당신 생일에 고작 그런 음식을 내려고 한 거요?"

"아니, 그날 내가 집에 안 간 거."

그 3년의 모든 부분이 후회가 되었다. 그는 그 3년간 사업에서 모든 고통을 잊게 하는 온갖 희열을 맛봤다. 바이올렛은 그 3년간의 모든 기억이 불행했다. 그것을 되새길 때마다 그는 쥐구멍으로라도 숨고 싶어졌다.

바이올렛이 크게 심호흡하고 미소를 지었다.

"그래서, 당신은 드레스를 보냈군요."

"보냈어."

바이올렛이 오히려 미안해하며 윈터의 손등을 쓰다듬었다.

"미안해요. 당신은 생각보다 나에게 많은 것을 줬군요. 내가 모르고 있었던 거네요. 조금 더 주변을 둘러봤어야 했어요. 정말 미안해요."

"……."

그녀가 화내기는커녕 사과를 하자 윈터의 가슴이 철렁했다.

이혼이 예정되어 있으니 바이올렛은 지금 빨리 윈터를 마음에서 정리하려 애쓰고 있는 것이리라.

쓸데없이 미련을 두거나, 그때 이랬다면 하고 가정하기보다 본인이 사과하고 지나가 버리려 하는 것이었다.

윈터는 더 말을 하지 못하고 입을 다물었다. 그러자 바이올렛이 조용히 물었다.

"당신에게 미안하지만 부모님께 한 말씀 드려도 될까요?"

"……왜 내 허락을 받아."

"당신은 가족을 사랑하는 남자니까."

"돈으로 때운 거지."

윈터가 욕을 하듯 말을 내뱉자 바이올렛이 조금 웃었다. 하여튼 꼭 이렇게 미운 말만 골라 하는 남자다. 이혼을 하고도 이런 남자가 그리울 거라 생각하니 제 꼴이 우스웠다.

이미 파티의 모든 사람들은 술을 마시면서도 그들 사이에서 벌어지는 스캔들이 재미있어 귀를 쫑긋 세우는 중이었다. 환상적인 분위기와 차차 흐려지는 날씨, 아름다운 음악과 화려함의 절정인 공간. 이 모든 것이 타인의 흥미를 돋우고 있었다.

"잠시 나가시죠."

그녀가 블루밍 부부를 바라보며 통보하고 걸음을 옮겼다. 사람들의 시선 탓이었다. 블루밍 부부도 별수 없이 그녀를 따라 밖으로 나섰다.

바이올렛은 조금 먼 곳까지 걸어갔다. 캐서린이 그녀의 뒤를 따르며 말했다.

"바이올렛. 나는 그저…… 그래, 솔직히 말하마. 내 아들의 모든 것을 빼앗아 간 너에게 그렇게 좋은 옷을 보내 주는 게 싫었다. 우리 가여운 아들이……."

"남편에게 작위를 넘기실 거죠?"

바이올렛이 말을 끊고 돌아서며 물었다. 그러자 캐서린은 대답을 거부하며 입을 다물었고, 제임스가 입을 열었다.

"윈터도 내 아들이니 늘 고려의 대상이란다."

"디에브 혼자 힘으로는 가문이 유지되지 않을 겁니다. 윈터는 동생을 좋아하지 않으니 디에브가 작위를 넘겨받은 후에는 그에게 도움을 기대하기 어렵겠지요."

마치 윈터처럼 돈 이야기를 자연스럽게 내뱉는 바이올렛을 보며, 부부는 못 본 사이 그녀에게 많은 변화가 있었음을 눈치챘다.

바이올렛이 캐서린을 보며 말했다.

"하지만 어머님께서는 반대하시겠지요."

"나는 두 아이를 똑같이 사랑한단다. 하지만 블루밍 가문에서 지금껏 서자가 가문을 이은 경우는 없어."

"남편은 블루밍 가문이 상징하는 색조차 모르더군요. 그 외에도 당연히 가문에서 가르쳤어야 할 것들을 배우지 못했어요."

"……."

"두 분은 남편의 외로움을 이용하기만 하셨지요. 저는 그것에 대해서만은 절대로 두 분을 용서할 수 없습니다. 사람들에게 이 모든 사실을 알릴 거고, 남편에게도 마찬가지예요."

"바이올렛……."

"하지만 말씀드렸듯이, 용서를 해 드릴 수도 있겠지요. 저에게 약을 먹이신 것까지."

바이올렛이 침착하게 말하자 부부가 그녀를 보았다. 바이올렛이 담담히 말을 이었다.

"남편을 블루밍 가문의 승계 1순위로 올려 주세요."

"안 돼. 절대로."

캐서린이 본심을 드러내자 바이올렛이 눈을 부릅뜨고 말했다.

"말씀드렸는데요. 이건 협상의 여지가 없습니다. 지금까지 남편에게 준 것 없이 받기만 하지 않으셨습니까. 대가를 치르셔야지요."

"왜 준 것이 없니? 내 배로 낳지도 않고, 이방인의 더러운 피까지 섞인 아이를 거둬 주지 않았니."

그녀의 눈이 이런 적이 있었나 싶을 정도의 서늘함으로 번뜩였다. 바이올렛이 종종 디에브에게 느끼던 섬뜩함이 캐서린에게서 느껴졌다. 상대가 우스워 보이면 반드시 제 발아래 두고 밟아 놔야 직성이 풀리는 듯했다.

캐서린이 말을 이었다.

"내가 이런 말을 하면 내 아들 마음이 어떻겠니."

"……."

"우리는 서로 이런 관계에 만족하고 지내야 하는 거란다. 사람에게는 다, 자기에게 맞는 위치가 있지 않니."

바이올렛은 잠시 말이 없었다. 윈터의 친어머니는 돈을 필요로 할 때 처음 그의 앞에 나타났다. 그런 그가 제 어머니라고 믿고 있는 사람이 지금껏 저를 어떻게 여겨 왔는지 알게 할 수는 없는 일이다.

캐서린이 말을 이었다.

"바이올렛, 너는 곧 떠날 사람이지만 나는 그 애 엄마잖니. 그것만으로도 윈터에겐 충분해."

제임스는 옆에서 안절부절못하고 있었으나 꿀 먹은 벙어리처럼 말을 못 했다. 그도 그럴 것이, 귀족들에게 혼외 자식은 언제나 커다란 스캔들이었고, 돈 때문이었다고는 해도 아내가 그의 스캔들을 지금껏 참아 준 것은 사실이었기 때문이다. 그는 여기서 목소리를 크게 낼 수가 없었다.

바이올렛이 조용히 입을 열었다.

"이혼을 한다고 완전히 남이 되는 건 아니에요. 이혼한 후에, 남편이 외로움에 지치면 곁에 있어 줄 거예요. 그는 나에게 소중한 사람이에요."

그녀가 씁쓸히 말을 이었다.

"남편이…… 좀 더 사랑을 받고 자랐다면, 돈보다 더 사랑하는 것들이 생겼을 거예요. 그런 의미에서 두 분은 정말로 너무하셨어요."

부부가 입을 다물었다. 바이올렛이 조용히 중얼거렸다.

"후계는 두 분과 블루밍 가문의 원로들이 결정할 일이겠지요. 하지만 남편이 가문을 잇는 것이 가문 모든 이에게 더 낫다는 것은 누구도 부정하지 못할 겁니다. 그러니 만약 두 분이 제 말을 거절하더라도 저는 가문의 원로들을 설득할 겁니다."

"바이올렛!"

"말씀드렸잖아요. 이건 제가 두 분을 용서할 유일한 해결책이라고."

그녀가 윈터에게 배운 거친 투로 말하고 그대로 돌아섰다. 그녀는 곧바로 파티로 돌아왔다.

음악이 바뀌고, 사람들은 춤을 추고 있었으나 윈터는 생각에 잠긴 상태로 한가운데 서 있었다.

바이올렛이 사람들을 피해 그에게 걸어가 손을 이끌었다. 윈터가 표정 없는 얼굴로 그녀를 보더니 팔로 허리를 끌어안고 천천히 사람들을 따라 춤을 추기 시작하며 물었다.

"무슨 얘기 했어?"

"별 얘기 아니었어요."

"그래."

윈터가 더 묻지 않겠다는 듯 고개를 끄덕였다. 그러고는 허리를 조금 숙이며 물었다.

"그나저나 우리 춤춘 적 있나?"

바이올렛이 입꼬리를 조금 올리고 고개를 저었다. 그러자 윈터가 혀를 찼다.

"이런 개새끼도 없지."

"처음이네요, 우리."

온갖 파티에 초대받아 다니느라 강제로 춤이 몸에 익은 윈터와 어려서부터 사교계에 대비한 모든 교육을 받아 온 바이올렛은 처음이라는 것을 아무도 믿지 못할 정도로 잘 맞는 파트너였다. 중간에 사람들이 멈춰서 두 사람이 춤추는 것을 넋 놓고 감상할 정도였다.

그러나 누구보다 온몸으로 이 조화로움을 느끼는 것은 본인들이었다. 윈터도, 바이올렛도 태어나서 이토록 자신과 잘 맞는 춤 상대를 만나 본 적이 없었다.

표정이 굳어 있던 윈터가 슬쩍 웃으며 말했다.

"춤추는 게 재밌을 때도 있군."

"재밌어요?"

"응. 처음이야."

재미있다는 말이 마음에 들었는지 바이올렛도 눈꼬리를 휘어 웃었다.

"그러고 보니 그러네요. 재미있어요."

"웃는 거 예쁘네."

"요즘 당신은 예쁘단 말을 달고 사네요."

"요즘 들어 당신이 예쁜 모양이군."

그의 능청에 바이올렛이 이번엔 조금 소리 내어 웃었다.

* *** *

파티의 주인공은 처음부터 끝까지 바이올렛이었다. 그녀는 중간부터 연신 사람들에게 둘러싸였으므로 윈터가 번번이 구해 줘야 했다.

윈터는 원래도 오래 있을 생각이 아니었고, 바이올렛이 사람들의 관심을 부담스러워하기도 했으므로 두 사람은 일찌감치 파티에서 벗어났다.

일찍이라고 해도 12시에 가까운 시간이었지만 파티는 지금부터 본격적으로 시작이었다.

문이 닫히자마자 바이올렛이 한숨을 쉬었다.

"파티가 이렇게 힘든 거였죠. 잠깐 잊어버렸었네요……."

그녀의 말에 윈터가 어깨를 들썩이며 웃었다.

소파로 향하던 바이올렛은 윈터가 가져다준 라크라운드 신문을 무심코 뒤적거리다가 찢어져 있는 부분을 발견하고 물었다.

"여긴 왜 찢어져 있을까요?"

"내가 가져갔어. 비행선 얘기가 있어서."

"비행선?"

"응. 비행선 엄청 좋아하거든."

"아……."

비행선 좋아하는 사람이야 워낙 많았기 때문에 바이올렛은 대수롭지 않게 여기며 소파에 앉았다. 그러자 윈터도 그녀 옆에 풀썩 앉더니 바이올렛의 다리를 당겨 제 다리 위에 올리고 구두를 한 짝씩 벗겨 멀리 집어 던졌다.

그의 행동 중 이해 안 가는 것이 한두 가지가 아니라, 바이올렛은 이제 일일이 물어보기도 지쳤다. 도대체 왜 남의 다리를 제 다리 위에 올리고, 왜 남의 구두를 던지는지 이제 알고 싶지도 않아졌다. 그냥 하고 싶어서 하는 것이다. 자신과 정반대로 자라 온 저 남자는.

비행선을 좋아한다는 질문 때문인지 바이올렛이 물었다.

"무인 비행선이 성공하던 해 우리가 몇 살이었죠?"

"난 열네 살이었지. 당신은 여덟 살이었겠군."

"그때 기억이 나네요."

"신문으로 봤어? 무인 비행선 시연장에는 안 왔잖아?"

"갔었어요."

"공주님이 왔으면 내가 기억하지. 의전이 전혀 없었어."

"오빠들이 몰래 간다고 해서 저도 따라갔어요. 너무 보고 싶어서."

"아, 그랬군. 그날 엄청 추웠지."

"정말 너무 추웠어요. 스산한 추위였어요."

바이올렛이 기억을 떠올렸다.

북적거리는 사람들 틈에서 들판 한가운데에서 출발하는 무인 비행선을 보았었다. 수많은 사람들 사이에서 비행선이 위로 떠올랐다. 모든 사람이 경악을 금치 못했다.

비록 비행선이 날아오른 것은 38초뿐이었지만, 그 38초는 바이올렛의 인생에서 손꼽히게 황홀한 순간이었다.

"빨간색이었죠."

"989호라는 숫자는 은색이었지."

"980호부터 전부 성공했다고 들었어요. 사람들에게 공개한 건 989호였지만."

"나도 그렇게 들었어."

두 사람은 추억에 푹 빠져 서로가 다리를 겹치고 있다는 것도 잊어버렸다.

윈터는 무심코 구두를 신고 고생했을 바이올렛의 다리를 마사지했다. 바이올렛은 조금 당혹스러워하면서도 오늘은 가급적 윈터가 하는 일을 막지 않기로 했다.

바이올렛이 물었다.

"찢어 간 건 무슨 내용이었어요?"

"유인 비행선 실험 중이라는 내용."

"그래요?"

"언젠가는 배가 아니라 비행선으로 대륙을 오가게 될지도 몰라. 그때가 되면 더 이상 가장 빠른 이동 수단은 기차가 아니게 될걸?"

"와."

바이올렛의 눈이 호기심으로 반짝거렸다. 그게 신기해서, 윈터가 웃으며 물었다.

"그게 그렇게 재미있어?"

"아뇨. 당신이 돈 말고 그렇게 관심 있는 게 있다는 게 좋아서요."

"무슨 소리야. 나 좋아하는 거 많아. 스포츠도 좋아하고."

"하지만 이건 왠지…… 당신 같지 않아요."

"무슨 소린지 모르겠군."

"그냥요. 좀…… 귀엽다고 해야 하나."

바이올렛의 말에 윈터가 멈칫했다.

"……그래?"

"그래요."

일단 비행선 사업 전체를 사기로 했다. 지금이야 돈 파쇄기나 다름없지만 어쨌든 바이올렛이 보기에 귀여울 수 있고, 심지어는 마음민먹으면 유인 비행선에 타서 사고를 당할 수도 있다.

이 두 가지 이유로 윈터는 비행선 사업을 시작하기로 마음먹었다.

* *** *

바이올렛은 그리 오래 잠들어 있을 수 없었다. 에쉬와 브런치 시간을 가질 예정이었기 때문이다.

이 행사는 이 파티에 참여한 모두에게 중요한 행사였다. 그리고 무엇보다 에쉬와 이야기할 것이 많았다.

바이올렛이 침실을 나서자 하엘과 이야기하던 젠이 얼른 다가왔다.

"작은 마님, 벌써 일어나셨어요?"

"두 사람은 무슨 얘기 중이었니?"

요즘 들어 젠과 하엘이 붙어 있을 때가 부쩍 많아졌다. 젠이 고개를 휙휙 저었다.

"별거 아니에요. 얼른 가요, 하엘 씨."

젠이 눈치를 줬지만 하엘은 가지 않고 뒷짐을 지고 서서 바이올렛에게 말했다.

"대표님이 비행선에 투자하신답니다, 작은 마님. 대표님이 알거지가 될 수도 있으니 이혼하실 거면 빨리 재산 챙기시는 걸 추천드립니다."

"비행선 사업에 투자를 한다니?"

바이올렛이 고개를 갸우뚱하자 하옐이 퉁명스레 말했다.

"어제 밤새 고심해 보니 비행선이 너무 좋아서 잠이 안 오더라면서요. 바로 그 망할 비행선 기술을 사들이러 이글린을 보냈습니다. 협상 전문가거든요."

"기술이 그렇게 비싼가?"

"아뇨, 솔직히 지금 비행선 연구원들은 죄다 후손의 후손까지 빚을 물려줘도 못 갚을 적자를 보고 있어서 빚 갚아 주고 생활비 정도 대주면 기술을 전부 넘길 겁니다. 그까짓 건 우리 직원들 라크라운드에서 여기 오는 데 든 돈 정도 될 겁니다. 얼마 안 된다는 뜻이죠."

"그럼?"

"앞으로 기술 개발에 투자하고 이걸 상업용으로 발전시키는 데까지 천문학적인 돈이 든다는 게 문제입니다. 비행선이 개발이 안 되는 것도 다 그 돈 때문이고요. 돈을 들여도 비행선이 성공할 확률은 극히 희박한데요. 대표님이 그 천문학적인 돈이 들어가는 투자를 달랑 하룻밤 고민하고 결정하셨다는 것 아닙니까. 솔직히 미친…… 정신이 이상하신 거죠."

인생 끝난 것처럼 말하는 것과 달리 하옐의 표정은 술 진탕 먹고 숙취 때문에 일 못 한다고 드러눕는 윈터를 볼 때와 큰 차이가 없었다. 그 표정에 바이올렛이 넌지시 물었다.

"하옐은 거기 큰 불만이 없는 것 같아 보이네만."

"솔직히 호텔 사업 아주 조금 질렸습니다. 있는 거 유지만 하면 된다는 게 의욕 떨어진다고 할까요."

바이올렛이 이야기를 들으며 미소를 짓자 하옐도 같이 씨익 웃으며 말을 이었다.

"솔직히 대표님이 회사 처음 세우실 때 저랑 맨날 싸우셨거든요. 미치셨냐는 말을 입에 달고 살았었어요. 오랜만에 그런 기분이라 좀 들뜨는 것도 사실입니다. 저도 같이 미친 게죠."

이 이야기를 유난히 즐겁게 듣던 바이올렛이 고개를 끄덕이고 입을 열었다.

"즐거워 보이니 다행이네. 난 들어가서 준비할 테니 하던 일 마저 하게."

"아, 드레스 가져올게요, 작은 마님."

"오전용 드레스는 리본 하나 없으니 혼자 입으면 돼. 내가 준비할게, 젠."

바이올렛이 가볍게 말하고는 흐뭇한 표정으로 침실에 돌아 들어갔다. 그 모습에 젠이 인상을 쓰며 하옐에게 말했다.

"이상한 오해를 하시는 것 같죠?"

"확실히 그러네요."

하옐이 못마땅한 표정을 짓자 젠이 무서운 표정으로 말했다.

"우리 작은 마님 즐거워하시니까 환상 깰 생각 하지 마요."

"그럴 생각 없는데요."

두 사람은 바이올렛이 즐겁도록 오해를 받아들이기로 하고 다시 하던 일을 시작했다.

하옐이 서류를 넘기며 취조하듯 말했다.

"수학 성적이 엉망진창입니다. 이래서는 재산 관리가 불가능해요."

"안 배웠는데 어떡해요, 그럼?"

"어떡하긴. 처음부터 공부를 해야죠."

"지금 사격 훈련만으로도 죽겠거든요?"

"어쩔 수 없잖아요. 작은 마님의 비서 일을 하려면 그 정도는 해야지. 그래도 사격 점수는 매우 뛰어나니 다행이네요. 사람을 쏠 수 있는지가 문제가 되겠지만."

"으, 그럴 일 없으면 좋겠는데."

"당연히 없어야죠."

하옐이 심각한 표정으로 말했다.

머리가 좋은 하옐과 신체 조건이 좋은 젠은 서로를 잘 이해하지 못했고, 성격도 안 맞고, 아무튼 그냥 여러모로 그리 서로가 내키지 않았다.

그럼에도 두 사람은 바이올렛의 아이 같은 얼굴에 영원히 그럴 일 없다는 걸 밝히지 못하고 서로에게 관심이 있는 척해 주기로 암묵적인 약속을 했다.

그때, 침실 안쪽에서 노크 소리가 들렸다. 젠이 눈이 둥그레져서 하옐에게 물었다.

"작은 마님 지금 방 안에서 밖으로 노크하신 거예요?"

"……처음 봤는데. 로렌스 가문 예법인가요?"

"아니, 나도 처음 봤는데요……."

두 사람이 의아해하는데 다시 노크 소리가 들려 하옐이 서둘러 말했다.

"예, 작은 마님!"

그러자 바이올렛이 문을 열고 말했다.

"비행선 기술은 군수 사업을 하는 레위, 플릿 가문에서 관심이 있을 테니 스파이를 조심하는 게 좋네."

"아, 아! 그렇군요! 예, 염두에 두겠습니다."

하옐이 대답하자 바이올렛은 다시 흐뭇한 표정으로 두 사람을 번 갈아 보고 침실로 들어갔다.

＊ ✳ ＊

바이올렛은 혼자서 말끔히 단장을 하고 젠에게 확인을 받은 후 2층 식당으로 향했다.

그녀가 앉은 뒤로 한참이 지나서야 에쉬가 나타났다. 그가 바이올 렛의 맞은편에 앉았다. 에쉬의 뒤에는 그가 데려온 호위 두 명이 서 있었는데, 둘 다 명문가의 차남들이었다.

에쉬가 입을 열었다.

"헤스턴가에 대해서 말하려는 건가?"

"이게 무슨 짓이야?"

바이올렛이 믿기지 않는다는 듯이 되묻자 에쉬가 짜증이 섞인 목 소리로 대꾸했다.

"내가 하자는 거 아니야. 헤스턴가에서 원하는 거지."

"헤스턴 가문은 올곧은 사람들이라고 생각했는데."

"별수 없잖아. 시대가 올곧은 사람들을 떨궈 내고 자본 위주로만 굴러가는데. 네 남편 같은 쓰레기들이 떵떵거리는 세상이지."

에쉬가 비웃음 섞인 투로 말했다. 바이올렛이 힘주어 대답했다.

"혹시나 결혼을 거래 수단으로 쓰려는 거라면."

"그런 거면?"

"거절하겠어."

에쉬의 미간이 좁아졌다. 그는 바이올렛이 이렇게 단호하게 나올 것을 예상하지 못한 듯했다. 에쉬의 입장이 곤란해졌는지, 그가 모처럼 자상한 목소리로 말했다.

"왕녀였던 네가 이혼하면 온 나라에서 너를 헐뜯으려 들 거야. 그 전에 혼처를 만들어 두는 것도 나쁘지 않지. 게다가 네가 존경하던 헤스턴 가문이잖아."

이렇게 말하는 걸 보니 헤스턴 가문과 혼담이 오간 것이 분명했다. 씁쓸한 마음이 들었지만 바이올렛은 강건한 목소리로 대답했다.

"내가 존경하는 헤스턴은 자기 손으로 왕실을 해산한 자에게서 왕의 권위를 찾지 않아. 특히 자존심을 굽혀 대가를 받지도 않지."

"바로 거절하지 말고 좀 더 생각해 봐. 재혼을 헤스턴 가문과 하게 되다니, 행운이고 영광이야."

"내 행운과 영광은 내가 판단해."

에쉬가 혀를 차며 표정을 구겼다. 여동생에게 융통성이 없다는 걸 모르는 건 아니지만 이렇게 고려도 안 할 줄은 몰랐다.

그녀가 블루밍 가문에 고립되어 있을 때처럼 이 결혼도 제 마음대로 할 수 있으리라 안일하게 생각했다. 그런데 거절하겠다고 말하는 바이올렛을 보니 생각처럼 간단히 해결될 것 같지 않았다.

그러나 이미 저지른 일이다. 헤스턴 변경백의 손에 바이올렛을 넘겨줘야 끝나는 문제였다. 바이올렛이 거절했음을 알면 헤스턴 가문에서도 이 예식을 취소할 것이다.

에쉬는 이렇게 처박혀서 인생을 끝낼 생각이 조금도 없었다. 다시 권력을 쥐고 싶었다.

가장 이용하기 쉬운 것이 바이올렛이었다. 저와 같은 좋은 혈통이고, 제 동생이지만 어느 남자든 마다하기 힘들 외모란 걸 알았다. 그는 어려서부터 바이올렛을 그가 필요할 때 언제든 희생시킬 수 있는 존재로 알고 자랐다. 부모님도, 조부모님도 그를 그렇게 키웠다.

그가 뜸을 들이는 사이 바이올렛은 아무렇지 않은 척 여러 개의 작은 과일을 넣고 굳힌 투명한 젤리를 스푼으로 떠서 입에 넣었다. 과일의 산뜻함으로 겨우 정신을 차리고 났을 때 에쉬가 물었다.

"그럼 재혼은 어쩔 건데."

"내가 알아서 할게. 그렇게 결혼으로 힘을 얻고 싶으면 본인이 결혼을 하면 되잖아."

그녀의 말에는 에쉬가 대답하지 않았다. 그는 조금도 자신을 희생할 생각이 없기 때문이었다. 거기서 대화가 중단되었다.

바이올렛은 에쉬의 연애에 대해 전혀 아는 바가 없었다. 왕실이 해체되었으니 오히려 더더욱 많은 혼담이 들어왔을 것이었다. 어찌 되었든 왕족의 직계 혈통을 사위로 맞을 기회는 흔하지 않았다.

바이올렛이 의문을 가지며 브런치가 끝이 났다.

에쉬가 자리에서 일어서며 그녀에게 말했다.

"다시 생각해 봐. 로렌스 가문을 위한 거야."

"나는 그렇게 생각하지 않아."

바이올렛의 단호한 대답에 에쉬가 인상을 쓰고 그녀를 보았다. 그러자 바이올렛이 그에게 한 걸음 다가가며 말했다.

"에쉬, 내 남편은 윈터 블루밍 경이야. 그 남자가 날 미치도록 미워하는 상태로 3년을 살았어."

"그래서."

"그래서, 그렇게 노려본다고 해도, 글쎄. 남편과 비교하면 위협적으로 느껴지질 않네."

그 말을 끝으로 바이올렛은 그대로 돌아섰다. 조금 떨어진 곳에 서서 그녀를 지키고 있던 플립은 그런 그녀의 뒤를 따라 걸어가며 웃지 않도록 입술을 물었다.

바이올렛이 승강기를 타기 위해 1층 로비로 내려왔을 때, 막 승강기에서 내리는 샤론, 아우스와 마주쳤다. 바이올렛이 반가운 표정으로 물었다.

"이제 식사하려고?"

"우린 객실에서 먹고 나왔어."

샤론의 말에 아우스가 뒤에서 고개를 끄덕끄덕거렸다. 샤론이 경쾌하게 말을 이었다.

"어차피 이 근처는 워낙 자주 와서 밖으로 나갈 필요는 없을 것 같고, 윈터 경께서 이걸 주셔서 써 보려고. 후원 입장이 가능하다고 해서."

샤론이 블랙 카드를 들어 보이더니 냉큼 바이올렛에게 팔짱을 끼며 말했다.

"같이 후원 가자."

"그럴까. 나도 마무리된 이후에는 안 가봐서."

"잘됐네."

바이올렛은 함께 후원으로 가려고 방향을 틀다 아우스의 눈매가 축 처져 버린 것을 발견했다. 바이올렛이 살며시 팔짱을 빼내며 말했다.

"아, 생각해 보니까 잠깐 남편에게 가 봐야 할 것 같아. 깜빡했네."

"그래? 그럼 뭐, 할 수 없지. 이따가 봐."

샤론이 대수롭지 않게 손을 흔들며 인사했다. 바이올렛이 다시 아우스를 보니 역시나 표정이 환해져 있었다. 빨리 구경 가자는 샤론에게 설레는 표정으로 끌려가는 아우스를 보며 안심한 바이올렛이 돌아섰다.

문득 주변을 보니 사람들이 바이올렛에게 다가오려고 눈치를 살피고 있었다. 바이올렛은 이 관심이 부담스러웠고, 제집이 무척이나 그리워졌다. 제가 제 손으로 일궈 온 것들이 그리워졌다.

'슬슬 집으로 돌아갈까?'

속으로 고민하며 사람들을 피해 성벽을 걷던 그녀는 성벽 아래에서 주변을 기웃거리며 걸어가는 여자를 발견했다.

핌이었다.

핌은 주변을 두리번거리더니 잽싸게 호텔로 향하고 있었다. 그녀의 걸음은 정문이 아닌, 직원들이 드나드는 옆문으로 향했다.

바이올렛이 의아한 표정으로 그것을 보다가, 궁금증을 못 참고 호텔을 나와 크게 한 바퀴를 돌아 옆문으로 향했다.

문이 열려 있어 안으로 들어가 보니 여러 개의 방이 나왔다. 직원 숙소며 시설, 고객 관리 등의 일을 처리하는 여러 사무 공간들이 모여 있는 곳이었다. 하얗고 깨끗한 대리석으로 된 공간의 아기자기한 문들을 보니 괜히 기분이 좋아졌다.

손님들의 여유 있는 휴가가 완벽하도록, 이곳에서 모든 실무가 이루어지고 있었다.

바이올렛이 홀린 듯이 구경을 하는데 직원 하나가 막아섰다.

"손님, 이쪽으로 들어가도 객실이 나오지 않습니다. 정문으로 다시 모셔다 드리겠습니다."

누가 봐도 손님처럼 보이는 차림새에 오해한 모양이었다. 바이올렛이 미소를 지으며 말했다.

"아, 나는 윈터 블루밍 경의 아내인……."

"이, 인마! 너 지금 감히 누굴 막아선 거야!"

그때 뒤에서 다른 직원이 바이올렛을 막아선 직원의 등을 때리며 말했다. 그제야 직원이 화들짝 놀라며 인사했다.

"시, 실례했습니다!"

"무슨! 실례는 내가 했소."

"아, 안내해 드릴까요?"

"안 그래도 나가려던 참이었소. 방해가 되었다면 미안하오."

바이올렛이 저를 신경 쓰지 말라는 듯 말하고 안쪽을 시선으로 한 번 훑으며 돌아서려다가 그 자리에 멈춰 섰다.

휴가 온 손님들에게 쏟아지는 편지와 전보들이 들락거리는 우편 취급실이 있었는데, 문이 열렸을 때 그 안쪽으로 핌이 보였다.

바이올렛이 걸어가서 문을 열어젖히자 옛 동료들과 깔깔거리며 이야기하던 핌이 흠칫하며 돌아보았다. 바이올렛과 눈이 마주친 핌이 그 자리에서 얼어붙었다.

바이올렛의 굳은 표정에 핌이 얼어 있다가 얼른 둘러댔다.

"여, 여기서 직원을 뽑는다지 않겠어요? 그래서 일자리를 구해 보려고!"

"……서로 잘 아는 사이 같아 보이는데."

"아뇨! 몰라요! 전혀 모르는 사람들이에요!"

핌은 이미 망했다고 생각하면서도 일단 우기기 시작했다.

말문이 막혔는지 바이올렛이 아무 말이 없으니 점점 더 불안해진 핌이 2차 핑계를 늘어놓았다.

"하옐 씨가 일손 모자란다고 해서 몇 번 도와주느라 알게 됐어요. 그게 다예요."

"왜 그렇게 급하게 핑계를 댈까……."

바이올렛의 혼잣말에 핌이 얼른 입을 다물었다. 바이올렛이 아무 밀도 안 했는데 핌이 이렇게 핑계를 대고 있다는 것 자체가 이싱스러운 상황일 것이었다.

바이올렛이 그대로 돌아서 나가자 핌이 서둘러 그녀를 따라나섰다.

건물을 나가도록 말이 없던 바이올렛이 갑작스레 멈춰 섰다. 그리고 핌을 돌아보며 넌지시 물었다.

"언제부터 남편 사람이었소?"

"어휴, 또 무슨 말을 그렇게 섭섭하게 해요. 굳이 따지자면 난 바이올렛 사람이지."

핌은 다시 변명을 하려 했지만 바이올렛의 실망한 눈동자를 보니 더는 거짓말이 나오지 않았다. 그녀가 한숨을 푹 쉬었다.

"라크라운드 수도 카닉 호텔에서 일한 적이 있어요. 그러던 중에 고향의 부모님이 몸이 안 좋아지셨다고 해서 간호하려고 다 같이 돌아왔거든요. 남편은 그래도 뱃일을 구했는데 전 못 구해 가지고 우리 리나를 어떻게 키우나, 하고 있었는데 하옐 씨가 연락을 주더라고요. 바이올렛의 안전을 보장해 주고, 여기 잘 적응할 수 있게 신경 써 주는 일로 고용해 준다고."

"……."

"그런 표정 하지 말아요. 내가 이 일을 맡지 않았으면 바이올렛은 불안에 떨며 지냈어야 할 테니까."

"무슨 의미요?"

"바이올렛이 여기 오자마자 이장을 쫓겨나게 했잖아요. 그 망할 놈이 사람들 끌고 바이올렛 집에 오려 한 적이 있다고요. 보복하려고."

"……그랬소?"

"그때 내가 사람들 몇 고용해서 그 망할 이장 흠씬 패서 내쫓았죠. 그것만 있는 줄 알아요? 바이올렛은 틀린 걸 보면 곧바로 말해 버리잖아요. 그동안 나도 꽤 속 썩었어요."

바이올렛이 멍한 표정을 지었다.

마치 객실의 손님들이 여기 직원들의 도움으로 편안한 휴가를 보낼 수 있듯이, 자신도 핌의 도움으로 휴가 같은 생활을 보낼 수 있었던 것이다.

한번 이야기를 시작하자 핌이 하소연을 이어 갔다.

"처음에 바이올렛은 생활력이라고는 조금도 없었잖아요. 지금이라고 딱히 있는 건 아니지만."

핌이 놀리듯이 말하고는 바이올렛의 민망해하는 표정을 귀여워하며 말을 이었다.

"아무튼 손이 보통 많이 가는 게 아니었어요."

"그럼 마을 사람들이 다……."

"아니지, 그건 아니에요. 연락을 받은 건 나뿐이에요. 다들 호의로 도와준 거예요. 나도 솔직히, 바이올렛처럼 손 많이 가는 사람에게 옆에서 사사건건 참견할 필요까진 없었어요. 그냥 바이올렛이 좋아서 도와준 거예요. 물론 돈도 받았지만."

바이올렛은 크게 충격을 받았지만 한편으로는 고마운 마음도 들었다.

지금까지 핌이 그녀를 돌봐 준 것은 돈에서만 우러난 것이라고는 결코 볼 수 없는 행동들이었다. 집안일에 대하여 하나하나 알려 주었고, 그녀가 부실하게 먹는 듯하면 잔소리를 하며 식사에 초대했다.

무엇보다 이렇게 좋은 친구가 되어 주는 일은 돈을 받는다고 할 수 있는 일이 아니었다.

바이올렛이 호텔 쪽을 보았다. 그 시선의 뜻을 알았는지 핌이 말했다.

"치음부터 비이올렛이 여기 있는 기, 대표님은 당연히 알았어요. 종종 어떻게 지내는지 연락도 보냈고. 항상 궁금한 게 얼마나 많던지."

"그랬소?"

"밥은 뭘 먹었는지, 어디서 일하는지, 잘 웃는지, 아픈 곳은 없는지…… 궁금한 게 수도 없이 많더라고요."

어쩌면 윈터는 바이올렛의 생각보다 힘든 1년을 보냈을지도 모른다고, 바이올렛은 생각했다. 늘 별일 아니었던 것처럼 말하고 툴툴거리지만.

그는 시계를 만지는 것만으로도 바이올렛이 죽을까 봐 겁에 질렸다. 자신은 이미 남편에게 받은 상처 이상으로, 그에게 상처를 돌려주었을지 모른다.

그때, 성벽 쪽으로 급하게 달려온 윈터가 바이올렛을 발견했다.

핌이 멈칫하더니 외쳤다.

"어맛! 들키면 안 되는데!"

"내가 따라가서 알게 된 거니 염려 마요. 잘 말해 둘 테니."

"그, 그럼 다시 들어갈게요! 바이올렛의 남편일 뿐이라고 생각하려 해도 영 심장 떨려서……"

핌이 재빠르게 말하더니 다시 쏙 건물로 들어가 버렸다. 그 뒤 바이올렛은 천천히 성벽을 따라 걸음을 옮겼다. 얼마 지나지 않아 윈터가 달려와 그녀의 양팔을 감싸 쥐었다.

"왜 여기 있어? 한참 찾았잖아."

"비행선 사업을 산다면서요?"

"말 돌리지 마."

"당신 일 스파이를 걱정했는데 나한테 붙은 스파이부터 살폈어야 하는 거였더군요."

그녀의 말에 윈터가 그대로 얼어붙었다. 바이올렛이 윈터를 주시하며 나지막이 물었다.

"왜 그랬어요?"

"미안해."

"사과하라고 물어본 거 아니에요."

"왜 그랬냐는 게 답이 필요한 질문이라면…… 나에게는 그것밖에 선택할 게 없었어. 당신이 있는 곳을 안다고 내가 억지로 끌고 올 수 있는 것도 아니잖아. 그럼 그냥 당신이 거기 있고, 나는 당신의 안전을 책임지는 수밖에."

"……."

"다시 도망가지 마. 제발."

날이 더운데, 윈터의 손이 차가웠다.

바이올렛이 허탈한 표정을 지었다.

"나 혼자서도 살 수 있는 게 아니었네요."

"아니야. 당신은 잘 지냈어. 나는 그냥…… 내 불안감 때문에 필요했던 것뿐이야."

윈터는 초조한 얼굴이었다.

바이올렛은 무슨 말을 해야 하나, 다소 멍한 상태였다. 화를 내야 할지, 오히려 고마운 일이었던 건지. 저를 속였다는 건 화가 나고, 염려해 준 건 고맙고.

아직 그에게 어떤 감정을 드러내야 할지 바이올렛은 떠올리지 못했고, 그러므로 그녀는 말이 없었다.

그러나 한동안 시간이 지난 후에는 불안해하는 윈터를 다독이며 말했다.

"그렇게까지 화난 건 아니에요."

"……그래?"

"네. 그리고 당신 말이 맞아요. 어서 라크라운드로 돌아가야겠어요."

그제야 표정이 풀어진 윈터가 두 팔로 바이올렛을 꽉 끌어안았다.

"좋은 생각이군. 분명히 좋아할 거야. 새집."

"새집이요?"

"분가를 하려고 수도에 사놓았던 집."

그녀가 더 이상 화를 내지 않아서인지 윈터는 안도감에 미소를 지었다.

"지금 라크라운드 수도의 집은 엉망이라 정리하는 데 좀 걸릴 거야. 도착하면 4월 말일 테니 정원이 아주 아름다울 거야."

"그렇다고 내가 당신 집에서 지내는 건 조금……."

"왜 내 집이지? 우린 아직 부부야. 집 정도는 공유해야지."

"그럼…… 고마워요. 잠시 당신 집에 머물며 내가 살 집도 찾아볼게요."

"마음에 들면 위자료로 달라고 해. 난 그다지 그 집이 마음에 들진 않거든."

윈터가 바이올렛의 손을 꽉 쥐고 말을 이었다.

"외로울 것 같으면 옆집 스파이에게 같이 라크라운드로 가자고 해. 그 정도 경력이라면 전신 일로 어떻게든 일자리를 마련해 줄 수 있어. 그 꼬맹이 교육을 생각하면 당연히 찬성할 거야."

"하긴, 여긴 학교가 마차를 타고 세 시간쯤 가야 있다더군요."

"수도로 가자. 이제 슬슬 재산 분배를 시작해야지. 거기만 매달려도 한 달은 걸릴 거야."

"하긴, 당신 재산이 워낙 많으니까요."

바이올렛의 말에 윈터가 일부러 소리 내어 웃었다.

"훨씬 더 화를 낼 줄 알았어."

"화는 나요. 하지만 고맙기도 하니까. 두 가지가 뒤섞여서 지금은 그냥…… 복잡하네요."

"그렇군. 이해해. 그래도 도망가지 마."

"안 가요. 나도 이제 힘들어요. 어차피 하루 만에 들키는 것 같고."

바이올렛이 달래 봐도 윈터는 제대로 듣고 있는 것 같지 않았다. 그는 바이올렛의 손을 두 손으로 감싸 쥐고 있었다.

그가 미소를 지은 것과 달리, 혼란스러운 목소리로 말했다.

"잠깐만 기다리면 당신에게 많은 재산이 생길 거야. 평생 무슨 짓을 해도 흔적도 남지 않을 재산을 가지게 될 거야."

"그렇게 많은 재산은 필요 없어요."

"그건 가져 봐야 알지."

윈터는 조금 후련한 얼굴을 하며, 바이올렛과 함께 호텔로 걸음을 옮겼다.

✳ ❄ ✳

오후 늦은 시간 라크라운드 수도 외곽의 대저택 앞에 룰루와 투린 부부가 내려섰다.

라크라운드 수도는 이제 막 봄이 시작하려는 중이다. 온 세상이 싱그러움으로 가득했음에도 저택은 마치 버려진 것처럼 어두움으로 가득 차 있었다.

룰루가 기겁을 하며 말했다.

"이게 웬일이야…… 우리 작은 마님이 여기서 어떻게 살아?"

"그러게 말이오."

투린이 고개를 끄덕끄덕거리자 룰루가 투린의 팔을 잡아끌었다.

"당신은 주방 군기부터 잡아, 빨리. 나는 요 꾀쟁이들을 잡을 테니까."

"우리 여보 밑에서 일하게 되다니, 다들 죽었소!"

"그럼, 그럼. 내가 가만두나 봐, 아주."

투린이 짐을 챙겨 들고 룰루를 쫄래쫄래 따라서 저택 포치에 섰다. 문을 두드리자 주변을 어슬렁거리던 집사가 그녀를 발견하고 물었다.

"누구십니까?"

"아, 급하게 오느라고 기별을 못 보냈어요."

룰루가 윈터가 준 서신을 내밀자 집사가 서신을 뜯어 확인하고 눈이 커졌다. 그러더니 그가 버럭 소리쳤다.

"이, 이러는 법이 어디 있습니까! 이렇게 갑자기 해고를 하다니요!"

"안 그래도 그 이야기를 할까 봐."

룰루가 손을 내밀자 투린이 챙겨 두었던 서류를 찾아 얼른 넘겨주었다.

"여기 사용인들 급여를 떼먹었다는 증거들이 있어요."

"뭐, 뭐요?"

"빨리 가서 소송 대비해요. 안 봐줄 거예요, 대표님이."

"그, 그럴 수가……."

집사가 안절부절못하더니 정신없이 달려 나갔다.

그 모습을 바라보던 룰루는 혀를 차더니 저택 안으로 들어섰다. 이 소란에 내내 아무것도 하지 않던 사용인들이 달려 나왔다.

집 안은 아무도 돌보지 않아 엉망진창인 데다 관리를 제대로 하는 사람이 없으니 물건이 있어야 할 자리 태반이 비어 있었다. 전부 도둑 맞은 것이었다.

룰루가 심각한 표정을 지었다. 할 일이 보통 많은 것이 아닐 듯했다.

❇ ❇ ❇

배를 타기 전까지 바이올렛은 편안한 시간을 보냈다. 그녀는 리지야의 초대를 받아 1년간 일을 하던 예핌추크 가문의 정원에서 소소한 송별 파티를 했다.

바이올렛이 선물로 만들어 온 붓꽃 꽃다발을 가운데 두고 두 사람이 이야기를 나누었다. 리지야가 흥분한 목소리로 말했다.

"그래서 며칠 전부터 엘자 양이 파티에 안 오더라고요. 다들 얼마나 편안해하는지 몰라요."

"남편이…… 에이든 가문을 찾아갔단 말이에요?"

"네! 어머니도 거기 계셨는데, 진짜 무섭게 협박하고 가더래요."

소문에는 살이 붙어서 마치 윈터가 엘자에게 영원히 사교계에 발도 못 들이게 하리라 협박이라도 한 것처럼 되어 있었다. 바이올렛은 걱정 가득한 표정으로 리지야의 이야기를 들었다.

윈터의 그 참을성 없는 성격이 바이올렛을 연신 걱정시켰다.

그 표정을 읽었는지 리지야가 웃었다.

"염려 마세요. 어차피 두 분 떠나면 엘자 양도 금방 다시 큰소리칠 테니까."

"그건 또 그거대로 걱정이군요."

바이올렛이 그리 말하고는 살며시 미소를 지었다.

잠시 1년 동안 제 생활을 책임진 예핌추크가의 정원을 바라본 바이올렛이 말했다.

"누군지도 모르는 저에게 일거리를 준 덕에 즐겁게 지냈어요. 예핌 추크 가문이 아니었다면 얼마 못 가 이곳을 떠났겠죠."

"그것도 제가 하도 말썽이라 어머니가 바이올렛을 보고 배우라고 고용한 거죠."

"그러니까요. 그게 얼마나 큰 호의예요."

바이올렛이 이야기하다가 창가에서 그녀 쪽을 보고 있는 리지야의 오빠 조르디를 발견했다. 그녀가 인사하자 1년 내내 그녀에게 구애해 온 조르디가 훌쩍거리며 휙 돌아서 버렸다. 리지야가 한심하다는 듯이 말했다.

"그러게, 결혼한 사람한테 왜 얼쩡거리고 난리야."

"나중에 인사 전해 줘요."

"그럴게요."

"이제 일어나 봐야겠어요."

바이올렛이 일어나자 리지야가 꾹꾹 참던 눈물을 글썽이며 그녀를 꼭 끌어안았다.

"앞으로 휴가는 여기서 보내요. 네?"

"노력해 볼게요. 수도 놀러 와요. 언제든지."

바이올렛이 인사하고 예핌추크 가문을 나섰다.

❋ ❋ ❋

돌아가는 길에 만나는 사람마다 바이올렛을 붙잡고 눈물을 그렁거리며 물었다.

"바이올렛, 정말로 라크라운드로 돌아가요?"

"여기서 더 지내지, 왜 돌아가요!"

사람들이 울먹거리는 걸 보니 바이올렛의 마음이 아파 왔다.

소중한 사람이 늘어난다는 것은 따뜻한 감정을 느끼게 해 주기도 하지만, 한편으로는 정말로 마음이 아픈 일이었다. 바이올렛은 앞으로 다시는 이사를 하지 말아야겠다는 생각을 했다.

"종종 놀러 올 테니 너무 울지 마요."

바이올렛이 몇 번이고 사람들을 달래고 인사를 하며 집으로 돌아왔다. 집과도 이제 이별이구나, 생각하니 눈물이 날 것 같았다.

울적한 마음으로 집에 들어와 보니 윈터가 먼저 와서 짐을 챙기고 있었다. 바이올렛이 완전히 텅 비어 있는 집을 보고 놀란 표정을 지었다.

"가, 가구들까지 챙겼어요? 그걸 어떻게 가져가요?"

"무슨 소리야."

윈터가 인상을 쓰고 투덜거렸다.

"집도 가져갈 거야."

"······집을 가져가다니요?"

바이올렛이 전혀 이해할 수 없는 문장에 고개를 갸우뚱하자 윈터가 뻔뻔스레 대꾸했다.

"정원에 가져다 놔야지. 이 집이 잠이 잘 오니까."

그의 말에 기겁한 바이올렛이 집을 대륙을 건너 이동시키는 데 들어갈 막대한 예산을 생각히며 윈터의 팔을 붙잡았다.

"그대로 둬요. 정 그러고 싶으면 가서 똑같은 집을 만들면 되잖아요. 집을 어떻게 대륙을 이동해서 옮겨요?"

"어차피 내 배에 실어서 가는 거야. 집도 엄청 작잖아."

"거기 도착하면 또 기차로 운반해야 할 것 아니에요."

"내가 알아서 해."

윈터가 고집을 부렸다.

결국 윈터에게 쫓겨난 바이올렛이 한숨을 쉬며 밖으로 나서는데 눈물범벅이 된 리나가 달려왔다.

"바이올렛, 이사 가?"

"응? 으응······."

바이올렛이 난처해하는데 리나가 그녀의 손을 고사리손으로 꼭 쥐더니 고개를 도리도리 저었다. 가지 말라는 뜻인 모양이다.

바이올렛이 허리를 숙이며 물었다.

"울었니?"

리나는 말없이 바이올렛의 다리를 와락 끌어안았다. 그렇게 매달려 통곡을 하자 못 견디고 윈터가 집에서 나왔다. 그가 아내에게 달라붙은 옆집 꼬마에게 핀잔했다.

"방해되니 저리 가라."

그러자 리나가 바이올렛을 놓고 달려가 윈터를 마구 때리기 시작했다. 윈터가 어처구니없다는 듯 바이올렛에게 말했다.

"원래 이렇게 폭력적이야?"

"아뇨. 당신에게만요."

"그거 열 받네."

윈터가 말하고 아이를 내려다보자 리나가 무서웠는지 화들짝 놀라 바이올렛 뒤에 숨어 소리쳤다.

"바이올렛 데려가지 마!"

"바이올렛은 내 아내야. 나와 살아야지."

"아니야! 나랑 살 거야!"

"이 녀석 강단은 있군."

윈터가 실소하더니 끼고 있던 반지 하나를 빼서 바이올렛의 손가락에 끼우며 물었다.

"너 이런 거 사 줄 수 있어?"

윈터가 유치하게 나오자 리나가 움찔했다.

"못 사 주는데……."

"거봐, 그러니까 내가 데려가지."

바이올렛이 한숨을 쉬며 제 손가락에서 헛돌고 있는 반지를 빼서 윈터에게 돌려주었다.

"왜 이렇게 유치해요?"

"현실적인 거라고 해 줘."

그때 리나가 다시 바이올렛의 손을 꼭 잡았다.

"바이올렛, 어디로 가?"

"응, 이제 고향으로 돌아가려고."

"고향이 뭔데?"

"태어나고 자란 곳. 아, 돌아가고 싶다, 그런 생각이 들면 거기가 고향이야."

"그래? 그럼 난 라크라운드!"

"리나도 거기서 태어났지?"

"응! 그리고 거기 친구들도 있고, 눈도 내리고……."

"여기처럼 바다도 있지?"

"바이올렛도 가 봤어?"

"나도 그곳이 고향이야."

"정말? 아, 근데 라크라운드에는 공주님이 있어. 바이올렛도 공주님이지? 아, 그럼 바이올렛이 라크라운드 공주님인가?"

리나의 말에 옆에서 윈터가 웃음을 터트렸다.

"와, 이 녀석 통찰력 있네. 천재 아냐? 역시 미리 고용 계약서를 써야겠어."

"무서운 아저씨 어려운 말 하지 마."

윈터가 쏟아붓는 말들이 어려웠는지 리나가 핀잔했다. 그러다 다시 훌쩍거리더니 쪼그려 앉아 울기 시작했다.

"라크라운드 엄청 먼데……. 배도 엄청 많이 타야 되는데……. 바이올렛, 그럼 우리 이제 어떻게 만나?"

리나가 또 서럽게 울기 시작하자 바이올렛이 어쩔 줄 몰라 하며 아이 앞에 앉아 두 팔로 꼭 리나를 끌어안았다.

그때 옆에서 윈터가 말했다.

"꼬마도 와, 라크라운드로."

"라크라운드로?"

"어. 라크라운드로 오고 싶으면 와."

"그래도 돼?"

리나가 고개를 갸우뚱하자 윈터가 어깨를 으쓱였다.

"와도 돼. 가서 부모님한테 물어봐."

"진짜? 물어볼까?"

리나가 잠깐 고민하더니 주춤주춤하며 쪼르르 핌에게로 달려갔다.
바이올렛이 걱정스럽게 말했다.

"왜 그런 말을 해요?"

"왜, 지난번에 얘기했잖아. 옆집 스파이한테 같이 가자 하라고. 당
신이 말 안 할 게 뻔해서 내가 먼저 비행선 사업장 전신실로 들어가
겠냐고 찔러봤지."

"그랬어요?"

"응. 안 그래도 저 꼬마 내년에 학교 문제로 고민이 많더군. 똑똑한
꼬마라 세심한 교육이 필요한데, 카닉사는 장학금 제도가 잘 되어 있
으니 기다렸다는 듯이 수락하더군."

"아⋯⋯."

"이혼하면 당신 친구들이 근처에 있어야 할 것 아니야. 도스 공국
공녀님이 그 먼 수도에 매일 들락거릴 수도 없는 노릇이고."

"그건 그래요."

바이올렛이 안심한 표정을 짓자 윈터가 놀리듯이 말했다.

"이것 봐. 돈 무시했지? 돈으로 해결할 수 있는 일이 이렇게 많아."

"무시한 적은 없어요."

"무시했잖아. 내가 사 준 걸 다 팔아 버리고 돌려주는 게 무시지,
그럼 뭐야."

"당신이 가장 좋아하는 걸로 돌려준 것뿐이에요. 괜찮…… 지 않았어요?"

바이올렛이 조금 의문스러운 표정으로 물었다.

"전부터 왜 그렇게 싫은 반응이에요?"

그러자 윈터가 오히려 놀랍다는 듯이 되물었다.

"그럼 여태 내가 그걸 정말로 좋아할 줄 알았어? 선물 준 걸 돌려받았는데 기분 좋아할 미친놈이 세상에 어디 있어?"

"꽤 큰돈이었어요. 땅도 돌려받았잖아요. 난 최대한 당신을 생각한 거예요."

"날 생각했다고?"

윈터가 되묻더니 기가 찬다는 듯 실소했다.

"어떻게 그게 날 생각하는 게 돼? 그까짓 돈 몇 푼 돌려주는 게?"

"그런 식으로 말하지 말아요. 지금까지 언제나 돈을 우선한 건 당신이에요. 내가 달리 당신에게 뭘 줄 수 있었겠어요?"

"돈이 좋지. 난 그걸 좋아해. 그건 당신 말이 맞아. 그런데 내가 돈을 왜 좋아하는지 알아?"

바이올렛이 멈칫하자 윈터가 말을 이었다.

"돈이 내가 원하는 것들을 이뤄 줘서 그래. 내가 맞기 싫으면 맞지 않게 하고, 배고프면 먹이고, 가족이 필요하면 가족을 만들어 줬거든."

"……."

"내가 당신한테 돈을 쓴 건 당신이 내 옆에 있어야 하기 때문이야. 내가 원하는 게 이뤄지지 않으면 그 돈은 나에게 가치가 없어."

윈터의 눈동자가 서러운 분노로 아슬아슬하게 일렁거렸다.

그래서 그는 더 이상 살고 싶지 않았다.

그가 완벽하다고 믿으며 쌓아 올린 금자탑이 사실은 균열투성이였음을 뒤늦게 알았다.

3년 동안 그럭저럭 버텨 왔다고 생각하던 아내가 곁을 떠났을 때부터. 그녀가 사실은 그가 손써 볼 도리도 없는 순간 죽었었다는 것을 알게 된 순간부터.

그에게 모든 것을 연결시켜 주던 돈의 가치가 바닥으로 처박히고나니 남은 것은 공허함뿐이었다.

하루라도 빨리 이 망한 인생에서 벗어나고 싶다는 마음과 바이올렛의 곁에서 하루라도 더 살고 싶다는 생각이 전쟁을 벌였다. 그러나 이것은 승패가 정해진 전쟁이다. 그녀는 결국 제 곁을 떠날 테니, 후자는 지속되지 않을 세력이다.

그들의 대화는 이사하고 내년부터 학교에 간다는 소식을 들은 리나가 뛸 듯이 기뻐하며 달려와 중단되었다.

* ❄ *

이사가 마무리되는 동안 바이올렛은 호텔에서 지냈다. 윈터가 가구를 전부 치워 버렸으므로 선택지가 없었다.

멋대로 가구를 옮긴 것이 미안했는지 윈터는 샤론에게도 계속 방을 내주었다. 덕분에 바이올렛은 친구와 행복하게 키론 생활을 마무리했다.

윈터의 배가 대륙을 출발하는 날, 배를 타기 전에 보여 줄 게 있다는 샤론을 따라서 제집이 있던 곳으로 돌아간 바이올렛이 한숨을 쉬었다.

"정말로 어리석은 남자야. 정말로, 정말로."

바이올렛이 최대치의 욕을 하자 옆에서 샤론이 호탕하게 웃었다.

"너에게 그 정도 욕을 먹는 사람이 있을 줄 몰랐네. 심지어 그게 네 남편이라니."

"하지만 그렇잖아."

"그건 그래. 나도 저런 건 처음 본다, 진짜."

집터가 비었다.

집을 옮기겠다는 윈터의 말은 진심이었다. 그는 바이올렛이 좋아하는 그 집의 자재들을 전부 해체해 배에 실었다.

편지 한 장만 보내려 해도 10라크네였다. 이 정도 짐이면 수도의 웬만한 집 한 채 값은 줘야 할 것이다.

바이올렛이 걱정스럽다는 듯이 말했다.

"남편은 사치가 너무 심해."

"윈터 블루밍 경 정도면 좀 사치해도 괜찮지."

"이런 불필요한 곳에 돈을 쓰잖아. 이러다 파산하겠어."

바이올렛의 말에 샤론이 힐끔 그녀를 보더니 고개를 끄덕이며 말했다.

"하긴, 바이올렛은 유난히 수학에 약했지."

"무슨 의미야?"

"윈터 경께 집 한 채 값은 재산에 흠집도 안 남을 돈이란 의미지."

샤론이 핀잔했다.

그렇다고는 해도, 배편으로 대륙을 이동해 집을 옮기는 건 어리석은 생각이라는 데는 두 사람 다 이견이 없었다.

바이올렛은 곧 샤론의 마차를 타고 카닉 호텔로 돌아갔다. 옆에 앉은 바이올렛의 팔짱을 낀 샤론이 맞은편에 앉은 아우스에게 말했다.

"근데 아우스, 정말 시간 괜찮아? 나 카닉 호텔에 일주일 동안 있을 건데?"

아우스가 괜찮다는 의미로 고개를 끄덕였다. 이 일주일은 윈터가 바이올렛의 친구인 샤론에게 준 호의였다. 샤론은 혹시 바이올렛이 잔소리할까 봐 미리부터 변명했다.

"그 큰 방에 혼자 있으면 무섭잖아. 방도 두 개인데 좀 같이 쓰면 안 돼?"

"너도 정말……."

바이올렛이 걱정스레 아우스를 보니 여전히 입은 다물고 있었지만 무척 긴장한 표정이었다. 샤론에게 이리저리 끌려 다니는 게 안쓰러웠지만 제가 좋아서 그러려니 싶어 웃음이 나왔다.

샤론의 마차는 곧 항구에서 멈췄다. 바이올렛이 샤론과 아우스에게 인사했다.

모두에게 인사를 마친 바이올렛이 윈터에게로 걸음을 옮겼다. 자꾸만 1년간 지냈던 키론을 돌아보게 되었다.

그들은 배를 타고 대륙을 이동했다. 배를 타는 도중에는 라크라운드로 돌아간다는 실감이 나지 않았는데, 기차역에 서니 확실히 실감이 났다.

들어올 기차를 기다리고 있으니 대륙 이곳저곳의 신문을 파는 신문 장수가 돌아다녔다. 바이올렛은 모처럼 라크라운드의 당일 신문을 한 부 사서 기차에 탔다.

윈터와 마주 보고 앉아서 신문을 천천히 읽던 바이올렛의 입매가 조금 굳었다. 윈터가 눈치 빠르게 그것을 발견하고 물었다.

"왜, 무슨 기사를 봤어?"

"……당신 헤스턴 가문과 에쉬에게 별장을 내줬어요?"

헤스턴 가문의 작위 승계 예식이 수도와 북부 중간의 카닉 호텔의 전용 별장에서 열린다는 기사가 있었다.

윈터가 신문을 들어 확인하며 말했다.

"헤스턴 가문은 라크라운드 북부의 맹주야. 헤스턴 가문이 우리 호텔을 이용하지 않으면 북부 전체가 반기를 들겠지."

"그렇군요."

바이올렛이 고개를 끄덕이고 기사로 시선을 돌리자 윈터가 답답하다는 듯이 말했다.

"불만이 있으면 말해."

"에쉬는 일부러 당신의 별장을 요구했을 거예요. 당신 역시 제 왕권 복귀를 지지한다는 걸 보여 주고 싶을 테니까."

"난 그냥 사업가일 뿐이야."

"세상에서 당신을 가장 우습게 여기는 건 당신일 거예요."

바이올렛이 냉정하게 말을 이었다.

"당신은 이제 그냥 사업가가 아니에요. 손 위에서 사교계를 좌지우지할 수 있는 사업가지."

"사교계 따위가 뭐가 중요해, 내가 이방인인데."

"네, 당신은 이방인이죠. 그런데 당신이 사교계에서 힘을 가졌다는 건 당신이 원하는 가문에 힘을 실어 줄 수 있다는 뜻이잖아요."

"나더러 그까짓 정치 놀음 때문에 내 큰 손님을 버리기라도 하라는 건가?"

"그런 건 아니에요. 그냥 당신 힘을 우습게 여기지 말라는 거예요."

바이올렛이 미소를 지으며 신문을 덮었다.

"헤스턴 변경백이 왜 나와 결혼하려고 자존심을 버렸는지 알겠네요."

"……무슨 소리야?"

"이혼을 하게 되면 나는 상당한 재산을 받게 되겠죠. 헤스턴 가문 입장에서도 그 재산이 탐이 날 거고."

"아니, 돈 얘기 말고 결혼. 카르잔 헤스턴은 마흔일곱이야. 당신 나이 두 배가 넘는다고."

"그건 그렇죠."

바이올렛의 씁쓸한 표정에, 그녀에게 정말로 혼담이 들어온 것임을 안 윈터가 버럭 소리쳤다.

"이게 무슨 미친 소리야! 한 번이면 된 것 아냐? 강제 결혼을 또 시키겠다고? 당장 거절해!"

"에쉬에게 거절하겠다는 말은 이미 했어요. 하지만 혹시나……."

"혹시나가 어디 있어?"

바이올렛이 멈칫했다.

윈터는 애초에 에쉬가 왕권을 가지든 말든 제 돈만 벌면 그만이었다. 그러나 그 거래 조건에 바이올렛이 끼어 있다는 것을 알게 된 순간 분노를 터트렸다.

싸늘하던 회색 눈동자에 불꽃이 일어나자 바이올렛은 이상하게도 조금, 황홀한 기분이 들었다.

윈터가 몸을 일으키며 기차 칸 가장 벽 쪽에 앉은 하옐에게 소리쳤다.

"어떻게 된 거야? 로렌스 가문 관련된 건 안잘리가 알아서 보고했어야 할 것 아냐!"

"그, 그게…… 안잘리 부대표님이 사표 내신다고 한 이후에 대표님이 달래려고 휴가 주셨잖아요. 한 달씩이나."

"아, 젠장."

윈터가 짜증스레 머리칼을 헝클었다.

"취소해. 당장."

"예, 예? 헤스턴 가문과 어긋나서 좋을 게 없을 텐데요……."

"그 망할 자식이 바이올렛과 결혼하려 든다잖아!"

"……미쳤대요?"

"기사 가문 다 죽었군!"

바이올렛은 제 한마디에 발칵 뒤집힌 카닉 호텔 사람들의 모습을 난처하게 바라보았다.

요즘 들어 남편의 상태가 좋지 않다고 생각했다. 마치 빠져나갈 구멍이 없는 곳에 갇힌 동물처럼 제가 미쳐 갈 때와 비슷했다. 그런 그가 이렇게 역정을 내는 건 오랜만에 보았다.

그녀는 고민했다. 윈터는 자신과의 이혼을 왜 그렇게도 싫어하는 것인가. 재산 분배라고 해도 바이올렛이 가져갈 수 있는 것이 그리 많을 리 없었다. 그에게는 시간이 가장 소중하니 다른 여자를 만나고 새로운 가정을 꾸리는 시간 자체가 아까울 수도 있다.

도대체 그가 자신에게서 원하는 것이 무엇일까. 말해 주지 않으니 알 수가 없었다.

그저 현상 유지인가. 아니면 그가 유난히 집착하는 가족이라는 울타리 안에 제가 들어와 있어서, 다섯 살에 어머니를 잃은 공포감을 투영하는 것일까.

그것도 아니면.

혹시나, 정말 혹시나 그것도 아니면 제가 그의 마음에 조금씩 자리를 얻고 있는 것일까.

바이올렛은 과도한 생각을 하지 않으려 애썼으나 머릿속에서 자꾸만 윈터 블루밍의 마음에 대한 생각이 공회전하는 것을 막을 수가 없었다.

혹여 이 과도한 생각이 사실이라고 치자.

만에 하나라도 그렇다면 자신은 어떻게 할 것인가.

이 기차에 탄 대부분의 사람들이 카닉 호텔 키론 지점을 위해 출장을 갔던 직원들이었다. 윈터가 2등석 칸으로 가서 갑작스러운 회의를 시작하자 1등석 칸에는 바이올렛과 젠만이 남았다.

"아휴, 기차에서 이게 무슨 일이래요, 작은 마님?"

젠이 동그래진 눈으로 묻자 바이올렛 역시 당혹스러운 표정을 지었다.

"그러게 말이야."

바이올렛이 걱정을 견디다 못해 자리에서 일어났다.

오른쪽으로 복도가 있는 구성의 기차였다. 그녀가 덜컹거리는 복도를 걸어 2등석으로 향하는 문 앞에 서자 지금까지 윈터가 말할 거라고는 상상도 못 한 거친 욕설이 들렸다.

바이올렛이 깜짝 놀라 멈춰 서자 뒤에서 젠이 재빨리 바이올렛의 귀를 막으며 말했다.

"아휴, 놀라셨구나. 종종 저러시는데."

"조, 종종?"

"아, 물론 엄청 화날 때만 저러시긴 해요. 기차라 던질 게 별로 없어서 다행이죠. 좌석을 뽑아 던지시진 않을 테니까요."

젠이 별것 아니라는 듯 하는 말에 바이올렛의 얼굴이 창백해졌다.

말하지 말 걸 그랬다고 바이올렛은 뒤늦게 자책했다. 윈터가 이렇게 격렬하게 반응할지 몰랐던 탓이다.

이제 와 생각해 보니 윈터의 입장에서 헤스턴 가문과 에쉬의 제안을 거부하는 건 너무 큰 손해가 될 것이 명백했다.

바이올렛이 조심스럽게 문을 열고 들어서자 직원 하나가 살았다는 듯이 소리쳤다.

"대표님! 작은 마님 오셨습니다!"

"뭐?"

그 말에 윈터가 성질부리는 것을 멈추고 돌아보았다. 바이올렛의 충격받은 표정에 움찔한 윈터가 슬그머니 손에 든 슬리퍼를 내려놓았다.

"왜?"

윈터가 묻자 바이올렛이 평소 같지 않게 두 눈을 수시로 깜빡이며 대답했다.

"아…… 내, 내가 말실수를 했나 봐요. 괜찮아요. 알아서 잘 거절할게요."

"뭐가 말실수야. 나중에 예식 다 치르고 나서 말해 줄 생각이었어, 그럼?"

윈터가 여전히 있는 대로 구겨진 얼굴로 바이올렛을 향해 몸을 틀어 2등석을 나가며 말했다.

"알아서들 해결해."

"예, 예! 대표님!"

곧 2등석 문이 닫혔다. 난처해진 두 사람 사이에서 침묵이 감돌았다.

1등석에 들어서자마자 윈터가 입을 열었다.

"절대 안 돼. 그 망할 두 놈들은 내 별장 근처에도 못 오게 할 거고, 승계 의식에는 참여 안 해."

"그럼 당신에게 너무 손해가 크잖아요."

"난 원래 기분파야."

윈터가 멋대로 말하고 자리에 털썩 앉았다.

아마 그가 욕설을 뱉고 물건을 던진 건 다른 직원들이 호텔에 생길 심각한 손해를 생각해 반대했기 때문일 것이다. 자리에 앉아 잠시 생각하던 바이올렛이 입을 열었다.

"말했듯이 난 이 재혼을 받아들일 생각이 없어요. 이건 내 싸움이에요. 그러니 내가 알아서 다른 방법을 찾아볼게요. 신문사에 성명문도 보내보고, 헤스턴 가문도 찾아가 보고. 할 수 있는 건 다 해 볼 거예요."

"무슨 성명문?"

"로렌스 가문이 왕실 의전을 반대한다는 성명문이요. 아무리 그래도 헤스턴 가문은 체면을 중시해요. 왕녀였던 내가 반대하면 헤스턴 가문에서도 무작정 우기기는 어려울 거예요. 그리고…… 내 의견에 동의해 줄 사람들을 찾아봐야겠죠."

그녀가 달래듯 말했으나 윈터의 표정에는 여전히 분노가 가득했다. 그가 의자에 눕듯이 기대 빈정거렸다.

"기사 가문이란 놈들도 별것 없네. 자존심은 지들 조상과 같이 묻어 버렸나."

남편을 보던 바이올렛이 저도 모르게 조금 웃었다. 그에 윈터가 미간을 좁히고 물었다.

"왜 웃어?"

"나 때문에 화내줘서 고마운데, 당신이 그렇게 불같이 성질을 내는 건 처음 봐서 신기해요. 듣자 하니 종종 그런다면서요?"

"……."

"내 앞에서는 그래도 귀족 가문 도련님처럼 굴었던 거군요?"

그녀가 놀리자 윈터가 말문이 막혀 괜히 콧등을 씰룩이며 창밖으로 고개를 돌렸다.

그사이 기차는 천천히 수도로 들어서고 있었다.

* * *

기차를 타고 수도 바로 전 역에 내려 마차를 탔다.

라크라운드의 공기를 그리운 마음으로 누리며 수도 외곽, 커다란 철문 앞에 도착했을 때는 칠흑 같은 어둠이 내려앉아 있었다. 바이올렛이 걱정스럽게 윈터에게 말했다.

"문 안쪽이 너무 어두워요. 이래서 저택 방향으로 잘 걸어갈 수 있을까요?"

"전혀 걱정할 필요 없어."

화가 덜 풀린 상태였던 윈터는 바이올렛이 어둡다는 말을 하자마자 달가운 표정을 지었다. 그는 뽐낼 것을 잔뜩 가져온 소년처럼 다소 흥분해서 바이올렛을 두고 몇 걸음 물러났다.

"거기서 문 안을 봐. 보여 줄 게 있어."

"뭔데요?"

바이올렛이 궁금해하며 문 안을 보았다.

그사이 윈터가 문 안을 향해 소리쳤다.

"불을 켜!"

어둠 속에서 그의 목소리가 쩌렁쩌렁 울리자 안쪽에서 무언가가 굴러가는 듯한 드르륵드르륵 소리가 들렸다.

잠시 후, 바이올렛의 입이 저절로 열렸다.

짙은 어둠 속에서 깜빡깜빡거리며 전구에 불이 들어왔다.

거대한 저택 모든 공간에서 빈틈없이 전구의 환한, 촛불과는 결코 비교할 수 없는 강렬한 빛이 들어오며 대저택의 위용을 드러냈다.

"세상에……. 말도 안 돼……."

바이올렛의 감동한 눈에 만족한 윈터가 우쭐해서 자랑을 늘어놓았다.

"이걸 1년 만에 보여 주게 될 줄은 몰랐군. 하지만 덕분에 더욱 완벽해졌지. 요르젠 207 필라멘트 전구. 이 선명하고 깔끔한 빛을 봐."

"굉장하네요. 와……."

웬만한 것은 다 갖추고 살아온 바이올렛을 감동시키는 것은 대부분 이런 선진 문물이었다. 그녀가 눈을 떼지 못하고 걸음을 옮기자 윈터가 따라 걸으며 말했다.

"마음에 드는 게군."

"이런 건 처음 봐요……. 내가 마지막으로 본 전구는 불이 깜빡깜빡거리고, 아주 희미하고, 그리고……."

"아주 비쌌지. 아, 물론 지금도 비싼 데다 여덟 시간을 켜면 새 전구로 갈아야 하지. 금을 갈아서 없애고 있다고 보면 되는 정도인가."

그 말에 바이올렛의 눈이 둥그레져서 물었다.

"그럼 이제 충분히 놀랐으니까 필요한 곳만 켤까요?"

"집 구경은 해야지. 보여 줄 것이 아주 많아."

보여 줄 것이 많다는 말에 걸맞게, 바이올렛은 저택에 도착하기도 전에 그 앞의 말끔한 정원과 길에서 시선을 떼지 못했다. 포치에 도착하자 기다리고 있던 룰루가 환하게 인사했다.

"오셨어요, 작은 마님?"

"아, 근사하네, 룰루."

수도의 저택 집사로 승진한 룰루의 표정이 매우 밝았다.

그녀가 문을 열어 주자 화려하게 빛나는 공간이 나타났다. 호텔의 로비와는 비교가 되지 않을 정도였다. 벽지 하나하나 수입 실크였고, 조각상에도 수도 없이 많은 보석들이 박혀 있었다.

바이올렛이 매끈한 나무 계단의 난간을 손으로 만져 보며 감탄했다.

"어쩜 이렇게 예쁠까……."

"당신 방을 보여 주지."

윈터가 그녀를 데리고 계단을 마저 오르며 손을 등 뒤로 돌려 뒤에 서 있는 룰루에게 엄지를 올려 보였다. 단기간에 이 방치되어 있던 저택을 완벽하게 수리해 낸 능력에 보내는 찬사였다.

룰루가 봤다는 의미로 헛기침을 해 보였다. 윈터는 성과급으로 룰루에게 신혼여행이나 한 번 더 보내 줘야겠다는 생각을 하며 바이올렛의 방으로 향했다.

2층에는 바이올렛의 방이 있었다. 그녀의 눈동자와 어울리는 연하고 차분한 푸른색의 벽지로 꾸며져 있었고, 바이올렛의 취향 그대로 심플하며 고지식한 디자인의 가구들이 최소한으로 놓여 있었다.

방에는 반드시 필요한 몇 가지의 가구 외에도 한 벽면 전체를 차지

하는 책꽂이가 있었는데, 두 겹으로 되어 있어 앞의 책꽂이를 옆으로 밀면 그 뒤의 책들을 확인할 수 있었다.

크림색의 커튼 너머 중정 방향으로 발코니가 있었다. 바이올렛이 걸어 나가 보니 중정 한가운데 정원으로 나가는 계단이 있었다.

"세상에······."

좋아할 줄 알고 있었다.

윈터는 바이올렛이 떠난 후, 집은 어떤 꼴이 되든지 무관심했을지언정 정원만큼은 고용한 모든 사람들의 피를 말려 가며 가꾸게 했다. 지금은 밤이라 코앞밖에 보이지 않지만, 내일 아침이면 정원의 끝까지 한눈에 들어올 것이다.

바이올렛이 난간에 기대서서 밖을 넋 나간 얼굴로 바라보자 윈터가 물었다.

"어때."

"뭐가요?"

"내 돈."

윈터가 장난치듯 대꾸하며 손으로 주변을 빙 한 바퀴 가리켜 보였다. 그러자 바이올렛이 그의 손을 따라서 시선을 옮기며 물었다.

"왜 호텔을 하게 된 거예요?"

"대답을 해. 질문하지 말고. 감흥을 보이란 말이야. 난 당신이 떠나기 직전에 이 집에 서서, 당신이 이걸 보고 나면······."

"내가······ 왜요?"

그녀의 질문에 윈터는, 바이올렛이 그가 지을 거라고 상상해 본 적 없는 자괴감이 느껴지는 표정으로 툴툴거리며 대꾸했다.

"당신이 마음을 고쳐먹을 줄 알았어. 그래, 고쳐먹을 거라고. 애초에 당신이 틀렸다는 걸 전제로 둔 거지. 결국 당신이 내가 사들인 이 정원과 신문물들에 반해서 날 용서할 줄 알았어."

이게 아니면 방법이 없다고, 윈터는 바이올렛이 떠나기 전날 밤, 비 오는 이 저택 포치에 서서 생각했다. 이게 아니면 자신은 그녀를 붙잡을 방법이 없었다.

그가 아는 유일한 해결책은 아이를 안겨 주는 것뿐이었고, 그것은 그가 유일하게 할 수 없는 일이라고 생각했었다.

윈터가 물었다.

"진심인가?"

"뭐가요?"

"내가 당신을 속인 걸 용서해 주기로 한 거. 아이를 가질 수 없다는 건 비밀로 해 놓고, 당신이 다른 남자의 아이를 가졌다고 생각했던 거. 용서해 준다고 했잖아."

그의 나지막한 질문에 바이올렛이 고개를 끄덕였다.

"용서해 주기로 했잖아요. 다만⋯⋯."

"지금 여기서 '다만'이 왜 나와? 말 바꾸려는 건가?"

"그건 아니지만. 아마 확실하게 믿을 수는 없을 거예요, 당신을. 당신은 나에게 아무것도 알려 주지 않고, 내가 다른 남자를 만났다는 것부터 의심했죠. 상황은 이해해요. 하지만 만약에 내가 또 비슷한 곤경에 처하게 된다면, 나는 아마 당신을 믿지 못할 거예요. 그건 용서와 다른 문제라고 생각해요."

윈터는 속이 쓰라렸으나 그녀의 말을 이해했다. 용서와 다시 신뢰하게 되는 것은 다른 문제였다.

윈터는 지금, 바이올렛이 흔들림 없이 이혼을 원하고 있는 것도 같은 문제라는 것을 깨달았다.

그녀는 자신을 믿지 않았다. 그것은 돈으로 어찌 해결할 수 있는 문제가 아니었다.

윈터가 정원을 등지고 난간에 기대섰다.

"이혼하고 당신이 다른 남자와 아이를 낳고 살게 될 거라고 생각하면 기분이 이상해지는군."

"그건 나도 그래요."

"나를 금방 잊겠지."

그의 중얼거림에 바이올렛이 웃었다.

"첫사랑은 잊히지 않는다던데요?"

"거짓말이지. 시간이 지나면 모든 기억은 희미해지는 게 정상이야. 그래야 사람이 살지."

"하지만…… 당신보다 더 많이 사랑할 남자는 있을지 몰라도 당신보다 더 많이, 나에게 애틋할 남자는 없을 거예요."

그러자 윈터가 바이올렛을 돌아보았다.

"내가 애틋해?"

"애틋해요."

"버려 놔서 그런가."

"그럴지도 모르죠."

"그렇군."

윈터가 턱을 쓰다듬더니 어딘지 소년 같은 얼굴로 중얼거렸다.

"처음으로 당신이 없던 1년이 보람 있게 느껴지네."

이 잘난 얼굴에는 적응이 될 법도 한데, 이렇게 표정이 조금씩 변할 때마다 새로운 느낌으로 바이올렛을 연신 놀라게 했다.

그가 물었다.

"왕실이 복구되는 건 왜 싫어?"

"음. 왕실을 해체한 건 왕실의 실패를 인정하고 사과하는 의미였잖아요."

"그랬지."

"고작 그 몇 년이 사죄가 되지도 않고, 만약 왕실을 다시 복구해야 한다면 그건 라크라운드 국민들이 원하기 때문이어야만 한다고 생각해요. 그게 아니라면 왕실을 해체한 것조차 사람들 마음을 이용한 게 되잖아요."

그녀의 말에 잠시 생각하던 윈터가 투덜거렸다.

"역시 당신은 고지식해."

"답답한가요?"

"아니, 왕실에 하나는 정상인이 있어서 다행이군."

"와, 웬일로 당신이 칭찬을 다 하는군요?"

"나더러 요즘 툭하면 예쁘다고 한다더니?"

"그건 칭찬보다 감상 아닌가요?"

바이올렛이 장난치듯 말하자 윈터가 유쾌하게 웃었다.

바이올렛이 윈터의 팔을 당겼다.

"자, 이제 내 질문에도 대답해 주겠어요?"

"호텔을 하게 된 이유? 어이없을 텐데."

"괜찮아요."

윈터가 굉장히 하기 싫은 이야기인지 눈썹을 이유 없이 문지르며 누가 봐도 말하기 싫다는 분위기를 풍겼다. 그러다 바이올렛의 옆에 앉으며 말했다.

"식당에서 처음 도망쳤을 때, 잘 곳이 없잖아."

"네."

"그때 이미 내가 덩치가 커서 길에서 잔다고 뭐 큰일 나는 건 아니었지만, 계속 길에서 자니까 그…… 천장이 있는 곳에서 자고 싶더라고. 남부 하피트에 유명한 호텔이 있었는데, 내가 며칠을 길에서 자던 꼴로 갔는데도 지배인이 이상할 정도로 환영해 주는 거야. 손바닥만 한 식당만 들어가려 해도 더럽다고 쫓겨났는데. 그래서 그날 내가 가진 돈을 전부 써서 그 호텔의 가장 좋은 곳에서 잤어. 태어나서 처음으로 조용한, 내 침실에서, 두려움에 떨지 않고 잠들었지. 그날, 난 세상 모든 사람들이 나처럼 헛간에서 언제 얻어맞을지 몰라 불안에 떨며 잠들지 않는다는 걸 알았지."

제 말 한 마디, 한 마디에 시시각각으로 바뀌는 바이올렛의 표정에 윈터는 묘하게 흥이 나서 말을 이었다.

"내가 나와 어머니를 버렸다고 그렇게 원망하고, 내 주제에 멸시하던 아버지를 찾아가겠다고 마음먹은 건 그날이야. 태어나서 처음 느낀 그 안정감을 잊을 수가 없었어. 그리고……."

윈터가 잠시 생각에 잠기자 바이올렛이 채근하듯 물었다.

"그리고요?"

"이게 재밌어? 나한테는 슬픈 얘기야."

"하나도 안 슬픈 표정으로 그런 말 하지 말고요."

"……."

그래도 부부라고 몇 년을 같이 살았더니 표정도 읽는다. 윈터가 혀를 차며 뒤로 기대며 말을 이었다.

"그리고 안정을 느끼긴 했지. 처음엔 황홀했는데, 완전히 내 집은 아닌 느낌인 거야. 손님처럼. 블루밍 가문과 하피트는 별로 멀지 않으니까, 종종 거길 가서 잤어. 거기 지배인이 굉장한 사람이라 나에 대해서 줄줄 외우더군. 좋아하는 방, 이름도 모르고 예쁘다고 한 꽃, 풍경, 음식."

윈터가 다시 이야기를 멈추자 바이올렛이 물었다.

"그 지배인과는 아직 알고 지내요?"

"응. 올해 여든인데도 정정해. 아, 당신이 신난 표정을 지으니 이 얘기도 해 줘야겠군."

"무슨 얘기인데요?"

"내가 처음에 그런 거지꼴을 하고 갔는데도 지배인이 날 들여보낸 이유가 뭔지 알아?"

"뭐예요?"

"그 호텔에서 종종 블루밍 가문 사람을 보는데 어릴 때부터 봐 온 아버지와 내가 닮았더라는 거야."

"세상에."

"그래서 날 다른 손님들이 없는 곳으로 신속하게 데려가 씻기고, 잠옷으로 갈아입히고, 내가 입고 있던 그 걸레 같던 옷도 빨아서 돌려준 거였다더군. 혹시나, 알 수 없는 일이라. 귀족 가문 서자라는 게 생각보다 많잖아."

"대단한 사람이군요."

"유능한 사람이지."

"아, 니사에 대한 이야기도 해 줘요. 하옐에게 언뜻 들었는데 룸 메이드에서 키론 지점 총지배인이 되었다고 들었어요. 그러고 보니 하옐과는 어떻게 만난 거죠?"

바이올렛이 호기심 어린 얼굴로 자신을 바라보니 기분이 간질간질해서, 윈터는 괜히 목덜미를 긁적였다.

"이런 얘기가 재미있어?"

"재미있어요. 당신 생각보다 이야기꾼이네요."

이야기꾼이라는 말이 뭐가 그렇게 우스웠는지 윈터가 큰 소리로 웃음을 터트렸다.

그는 바이올렛과 영원히 불편하게 지내야만 할 줄 알았다. 공주님과 이렇게, 소파에 나란히 앉아 시간 가는 줄 모르고 지난 이야기들을 나누게 될 거라고는 상상도 하지 못했다. 이야기를 하는 내내 바이올렛은 무척이나 즐거워했고, 윈터는 즐거워하는 그녀가 재미있어 시간 가는 줄을 몰랐다. 특히 니사가 청소한 방마다 손님들에게 최고점을 받아 윈터가 그녀의 존재를 알게 되었다는 이야기에서는 영웅담이라도 들은 듯이 기뻐했다.

그러다 중간에 시계를 확인한 윈터가 말했다.

"잘 시간 지났어."

"당신은 꼭 밤만 되면 날 재우려고 하네요. 내가 취침 시간 어기면 큰일 나는 사람이라도 되는 줄 알아요?"

"당연한 것 아냐? 사람들은 공주님의 잠자리 하면 당연히, 세상에서 가장 조용하고 편안한 곳에서 딱 시간 맞춰서 완벽하게 잠드는 걸 생각한다고."

"……그래요?"

"그래."

"일어나요, 그럼."

바이올렛이 몸을 일으켰다.

"그러고 보니 당신 이제 바쁘잖아요. 비행선 사업도 시작할 거고."

"퍽도 걱정해 주는군."

"정말로 걱정하는데 왜 그래요?"

바이올렛이 핀잔했다. 그리고 피곤한 몸을 이끌고 방문 앞까지 그를 데려다주었다.

"잘 자요. 재미있는 이야기 해줘서 고마워요."

그녀가 손을 흔들고 돌아서려는데 윈터가 그 손을 붙잡으며 말했다.

"슬픈 얘기라니까."

"왜 슬픈 얘기예요? 무용담인데."

"그럼 안 슬퍼?"

"이 이야기의 끝은 해피 엔딩이잖아요. 중간에 실패도 좀 하겠지만, 당신은 곧 원하는 걸 전부 가지게 될 거고, 이런 근사한 저택의 주인이 될 테니까."

"아, 해피 엔딩. 그렇겠군."

윈터는 손을 펼쳐서 제 손에 쥐어진 바이올렛의 손을 바라보았다. 그렇게 얼마간 있다 그가 손을 놓으려는데, 바이올렛이 복도의 어두움 속에서 흐릿한 윈터의 표정이 이상해 다시 손을 잡았다.

"왜 그래요?"

그러자 윈터가 손을 놓고 한 걸음 물러서며 말했다.

"이 이야기가 여기서 끝났으면 좋겠어."

"그게…… 무슨 말이에요? 좀 더 얘기할래요?"

"그만 자."

윈터가 말을 마치고 돌아섰다.

바이올렛은 멀어지는 윈터의 뒷모습을 그가 사라지도록 바라보았다.

그가 떠나고, 바이올렛은 쉽게 잠이 들지 못했다. 아주 부드러운 침대인데도 그랬다. 윈터의 목소리가 자꾸 귀를 맴돌았기 때문일지도 몰랐다.

"잠이 안 오네……."

그녀가 한숨을 쉬며 결국 침대에 걸터앉았다. 책이나 한 권 읽을까, 생각해 책장으로 향했다. 책상 위에 작은 전구가 있고 그 아래 커다란 태엽이 있어 힘주어 돌려 보니 깜빡깜빡거리다가 곧 불이 들어왔다.

"어머나……."

바이올렛이 신기해하며 그 아래 책을 펼치고 몇 줄 정도 읽었을 때였다.

조용하던 저택에서 그녀의 이름을 부르는 윈터의 비명 소리가 들렸다. 바이올렛이 놀라 몸을 일으켰다.

윈터는 바이올렛이 떠나던 날부터 종종 같은 꿈을 꾸었다.

꿈속에서 바이올렛은 총을 들고 있었고, 윈터는 그녀를 붙잡기 위해 달렸다. 그런데 아무리 달려도 그녀에게 닿지 않았다.

무슨 설득을 해도, 위협하고 애원하고 온갖 방법을 다 써도 그녀는 결국 총을 들었고, 윈터가 보는 앞에서 제 머리를 쐈다.

윈터는 바이올렛이 그의 곁을 떠나기 위해 몸이 바뀌는 방법을 말하던 날, 그녀가 죽은 후 그 수 초 동안 벌어진 일을 선명히 기억했다.

탄알이 발사되고 바이올렛은 풀썩 의자 뒤로 기댔다. 그녀의 머리에서 피가 흐르고, 윈터는 아마도 2, 3초 동안 그 모습을 보고 있었다.

그때의 자신이 느낀 감정을, 윈터는 영원히, 아주 조금도 들여다보고 싶지 않았다. 그래서 마음속에 묻어 두었더니 그것이 꿈으로 드러나 버리는 것이 아닌가.

다시는 마주치고 싶지 않은 그 순간이 꿈속에서는 끝나지 않고 계속 흘러갔다.

그러고 나서 잠에서 깼구나, 생각할 때면 처음 바이올렛과 몸이 바뀌던 날의 아침이었다. 침대 아래로 내려서다가 약병과 샴페인병을 발견했다. 속에서는 대수롭지 않게 여기지 말라고, 자세히 좀 살펴보라고 비명을 지르는데 몸은 그것을 무시하고 지나쳐 버렸다.

그가 비명을 지르고 오열하는 소리에 놀란 하인들이 달려와 윈터를 깨울 때까지, 그의 악몽은 계속되었다.

바이올렛이 서둘러 복도로 나가 보니 플립이 윈터의 방 침실로 달려가고 있었다. 바이올렛이 정신없이 그에게 달려가 팔을 붙잡았다.

"플립, 이게 무슨 일인가?"

"대표님께서 악몽을 꾸시는 모양입니다!"

"악몽?"

"예, 대표님께서 종종 이렇게 심한 악몽에 시달리실 때가 있어서…….
그래도 요즘은 좀 괜찮았는데 다시 이러시네요……."

플립의 손에는 수면제와 술이 들려 있었다. 바이올렛이 기겁을 해서 말했다.

"술과 약을 같이 먹으면 안 되지!"

"저희도 여러 가지 시도해 봤지만, 이것 말고는 대표님을 다시 재울 방법이 없습니다."

플립이 울상이 되어 대답했다.

도대체 상태가 어떻기에 방법이 없다는 건가. 바이올렛은 황망해하며 침실로 들어섰다. 윈터는 악몽에 시달리느라 몸도 제대로 비틀지 못하고 괴로워하고 있었다. 바이올렛이 서둘러 그의 침대에 올라가 윈터를 흔들었다.

"윈터, 일어나요. 윈터!"

그녀가 흔들자 윈터가 어느 순간 확 눈을 떴다. 그는 바이올렛을 발견하자마자 다급하게 몸을 일으켜 그녀를 끌어안았다. 윈터는 물에 빠졌다가 건져진 사람처럼 숨을 몰아쉬고 있었다. 그의 거친 맥박 소리가 바이올렛의 귀에 들릴 지경이었다.

그의 잠옷은 식은땀으로 흠뻑 젖어 있었지만 찝찝하다는 생각보다 막연한 걱정이 앞섰다. 바이올렛이 윈터의 등을 손으로 쓰다듬으며 물었다.

"왜 그래요? 왜 이렇게 놀란 거예요?"

한참을 겁에 질려 숨을 헐떡거리던 윈터가 달달 떨리는 손으로 바이올렛의 옷깃을 쥐었다.

문 앞에 선 플립은 윈터가 바이올렛의 어깨에 얼굴을 묻고 진정을 찾는 모습을 당혹스럽게 바라보고 있었다.

악몽을 꿀 때, 하인들은 윈터를 깨우는 것에 버거움마저 느껴야 했다. 체격은 물론 힘도 무지막지한 그가 버둥거리기 시작하면 근처에 가는 것조차 위험했던 것이다.

게다가 잠에서 깨면 다시 잠이 들지 못하고 계속 술을 들이켜 주변 모두를 두렵게 했다. 가끔은 취해서 물건을 집어 던지고 화를 내기도 했는데, 차라리 그럴 때가 안심이 되었다. 문을 잠가 버리고 조용해지면 죽은 게 아닌가, 오히려 불안해졌다.

그러던 그가 저렇게 수월하게 안정을 찾았다는 것이 플립은 놀라웠다. 그리고 작은 마님이 사라진 후 시작된 이 악몽이, 온전히 그녀로부터 비롯되었다는 것을 플립은 지금에 와서야 확신했다.

플립이 협탁에 술과 약을 내려놓았다.

"그럼 나가 보겠습니다."

눈치껏 인사한 플립이 그곳을 나갔다. 바이올렛이 미소로 인사를 대신하고, 다시 윈터의 등을 다독이며 말했다.

"은근히 겁쟁이네요, 당신은. 그렇게 무서운 꿈이었어요?"

바이올렛의 체구에 맞게 기술적으로 몸을 구기고 있던 윈터가 고개를 끄덕였다.

그의 손에는 바이올렛의 한 손목이 꽉 붙잡혀 있었다. 아프게 쥔 것은 아니지만 오늘 밤이 지나기 전에 놔줄 생각이 없어 보였다.

잠시 후, 윈터가 협탁으로 손을 뻗자 바이올렛이 그의 팔을 붙잡았다.

"잠깐만요. 무슨 악몽을 꿨는데 이렇게…… 게다가 술과 약을 함께 먹으려 들면 어떡해요?"

"당신은 먹었잖아."

"내가요?"

"응. 한 번 그랬어."

"언제요?"

바이올렛은 언제를 말하는 건지 선뜻 이해하지 못해 고개를 갸우뚱했다. 그러나 윈터가 그것에 대해서는 더 이야기하지 않아, 바이올렛이 그의 머리칼을 살며시 쓸어 넘기며 물었다.

"무슨 꿈이었는데 그래요?"

"내 인생에서 제일 끔찍했던 장면."

윈터의 말에 바이올렛이 이해했는지 고개를 끄덕였다.

"그랬군요."

그녀가 그 이후 말이 없으니 윈터가 혀를 차고 물었다.

"내가 친어머니에게 버려지는 꿈을 꿨다고 생각하는 거지?"

"아닌가요?"

"아니야."

"그럼요?"

그것보다 더 끔찍한 순간이 있을 수 있다는 게 믿기지 않아 바이올렛의 눈이 커졌다. 그 모습을 본 윈터가 코웃음 치더니 바이올렛을 꽉 끌어안았다.

"못됐네, 생각보다."

"내가요?"

"응. 당신이. 정말 못됐어."

바이올렛은 아마 자신이 하지 말아야 할 질문을 해서 이러는 것이리라 생각하며 다시 제 품에 얼굴을 파묻은 윈터의 목덜미를 쓰다듬었다. 예상대로 맥박이 펄떡거리는 것이 느껴졌다.

윈터는 바이올렛의 허리를 끌어안고 그대로 침대에 쓰러져 누웠다. 바이올렛이 당황해 그를 밀어내려 하자, 윈터가 눈을 감고 중얼거렸다.

"같이 자."

"윈터."

"가도 상관없는데, 당신이 도망치면 허할 테니 저 술과 약을 먹어야겠어."

"안 돼요. 다시는 그러지 말아요."

바이올렛이 절대 안 된다는 듯 단호하게 말했다. 그러자 윈터가 고개를 끄덕이고, 제 팔에 감싸여 품에 폭 파묻힌 바이올렛에게 중얼거렸다.

"오늘만 내 기인 걸로 하자, 바이올렛."

"무슨……."

"곧 놓아준다잖아. 이제 5월이야."

바이올렛은 입을 다물었다. 밤, 어두움 속에서 들리는 윈터의 목소리가 서럽도록 애틋했다.

"봄은 좋은 계절이라, 정말 금방 끝나 버리잖아. 당신과 나의 시간도 그럴 거야."

"……."

"5월은 정말로 빨리 지나갈 거야."

바이올렛은 고개를 조금 들어 봤지만 그의 품에 갇혀 있어 얼굴을 볼 수 없었다. 그의 얼굴을 봐야만 할 것 같은 충동에 휩싸였으나, 윈터는 고집스럽게 바이올렛을 안고 꼼짝도 하지 못하게 만들었다.

봄이 짧다는 것은 슬픈 일이니까, 그래서 슬프게 들렸던 걸까.

바이올렛은 알 수 없이 울렁거리는 마음을 달래느라 잠을 설쳤고, 반대로 윈터는 금방 곤히 잠이 들었다.

❋ ❋ ❋

바이올렛은 사방에서 진동하는 꽃향기에 눈을 떴다.

윈터는 여전히 깊이 잠들어 있었고, 그 덕에 바이올렛이 조심스럽게 허리에 감긴 팔을 풀어내도 눈을 뜨지 않았다.

그녀가 침대에서 내려섰지만 보이는 것은 커다란 창문 앞으로 펼쳐진 근사한 들판과 잘 닦인 길뿐이었다.

침실을 나가 보니 하옐이 기다리고 있었다. 그가 눈이 둥그레져서 물었다.

"대표님 정말 잠드신 겁니까?"

"응. 아주 깊이 잘 자던걸?"

하옐이 믿기지 않는다는 듯한 표정을 지었다.

"저거 진짜 말도 안 되는 겁니다. 대표님 한번 악몽 꾸시면 일주일은 만취하고 약에 절어야 주무시거든요."

"무슨 악몽인지 들은 적은 있어?"

"아뇨, 없습니다. 비밀이신가 봐요."

바이올렛이 고개를 끄덕였다.

그때, 문이 열리고 나이트가운을 대충 걸친 윈터가 걸어 나왔다. 그가 빈손인 하옐을 보며 물었다.

"커피도 없이 왜 왔어?"

"대표님 악몽 꾸시면 못 주무시니까 잠드셨나, 확인만 하러 온 겁니다."

"그래서 커피는 왜 안 가져왔냐고."

"당장 가져오겠습니다."

"30분 후에 아내 침실로 가져와. 바로 갈 거니까."

"예."

맞춰 주기 힘든 윈터의 까칠함이 바이올렛은 신경 쓰였으나 정작 하옐은 신경 쓰지 않는 표정이었다.

그가 인사하고 떠나자 바이올렛이 의아해서 물었다.

"왜 30분이나 지나서 가져오라는 거예요? 바로 간다며."

그러자 윈터가 대답 대신 하품을 하고 바이올렛의 어깨에 턱을 올렸다.

"꽃향기는 나는네 꽃이 없어서 찾고 있지?"

그를 밀어내려다가 정곡을 찔려 바이올렛이 물었다.

"어떻게 알았어요?"

"창문 앞에서 얼쩡거리고 있어서. 어젯밤엔 어두워서 안 보였을 테니까. 여기선 공작밖에 안 보여."

"공작이 좋아요?"

"응. 멋지잖아. 귀족 같고."

"당신도 참 좋아하는 게 한결같네요."

바이올렛이 웃었다.

윈터가 그녀의 방으로 가자는 듯 턱짓했고, 바이올렛은 꽃을 보러 가는 일을 거절할 이유가 없었다.

바이올렛의 침실에 한 걸음 먼저 도착한 윈터가 문을 두 손으로 확 밀어 양쪽으로 열었다. 그리고 따라오라고 손가락을 까딱였다.

"그렇게 손가락으로……."

한 소리 하려던 바이올렛의 말문이 막혔다. 그녀가 기가 차서 멈춰 섰다가, 몇 걸음을 옮겼다가 다시 멈춰 섰다.

발코니 너머, 아침 햇살을 머금은 정원의 황홀한 모습이 거대한 풍경화처럼 걸려 있었다. 한가운데 길이 난 정원이 있었고, 그 주변은 온갖 꽃나무와 과일나무로 숲이 우거져 있었다. 맑은 물이 흐르는 수로 위로는 꽃잎들이 흐드러졌다. 마차가 없으면 절대로 다 돌아볼 수 없을 규모였다.

윈터가 난간에 두 팔을 올려 내다보며 말했다.

"내가 장담하지. 여기보다 큰 저택은 많아도 여기보다 큰 정원은 두 대륙을 통틀어 없어. 심지어 어느 왕성에도 없지."

바이올렛은 확실히, 태어나서 이런 정원을 본 적이 없었다. 그녀가 홀린 듯이 옥외계단을 걸어 내려갔다. 안전을 어지간히도 걱정했는지, 아주 좋은 돌로 넓게 만든 계단 위로 푹신한 카펫을 깔아 놓았다.

바이올렛이 길에 내려서자 윈터가 성취감을 느끼며 그녀의 뒤를 따라 걸었다. 바이올렛이 홀린 얼굴로 정원을 걸어가다가 오밀조밀 자란 산딸기를 발견하고 자리에 쪼그리고 앉았다. 한 움큼을 따서 손에 올리고 눈을 못 떼는 그녀의 모습에 윈터는 이 집을 산 스스로를 매우 칭찬했다.

"일부라도 돌아보려면 든든하게 먹어야 하니 일단 돌아가지?"

"조금만 더 보고 갈게요. 먼저 들어가요."

"본인이 잠옷 차림인 건 기억하는 건가?"

그의 말에 바이올렛이 멈칫하더니 제 차림새를 발견하고 놀라서 변명했다.

"치, 침실이랑 연결이 되어 있어서…… 그러니까 아직 침실 밖으로 나온 기분이 들지 않네요."

"그래, 그래. 알았으니까 들어가자. 밤에 못 참고 살금살금 정원 구경 나가거나 해도 못 본 척해 주지."

"그런 일은 없어요."

"장담할 수 있어?"

"들키지 않을 테니까."

바이올렛의 대꾸에 윈터가 어깨를 들썩이며 웃었다.

두 사람이 방으로 돌아와 보니 하옐이 막 커피를 들고 들어오고 있었다. 윈터가 장난기 가득한 웃음을 지으며 바이올렛에게 말했다.

"왜 30분 뒤에 오라고 했는지 대답이 됐지? 예상대로 시간 가는 줄 모르고 홀려 계시더군."

그의 놀림에도 할 말이 없어, 바이올렛의 뺨이 조금 붉게 달아올랐다.

윈터는 곧바로 헤스턴 가문에 관한 것을 논의하기 위해 회사로 떠났다.

바이올렛 역시 전략을 짜야 했다.

젠이 종이와 펜을 깔끔하게 앞에 놓아 주자 바이올렛이 약간의 이질감을 느끼며 그녀를 보았다. 그러자 젠이 헤헤 웃었다.

"어떻게 아셨어요?"

"종이와 펜과 잉크 위치가 정석이구나."

"그러니까요! 여태 제가 아무렇게나 놔 드렸는데 한마디도 안 하시고! 게다가 지금까지 제가 문진을 한 번도 안 가져다 드렸잖아요. 문진이 필요한 것도 몰랐어요!"

"그 정도는 내가 가져다 놓으면 되지 않니. 고맙구나, 중요하지도 않은 예절이었는데. 그리고 보니…… 하옐에게 배운 거구나?"

"맞아요!"

바이올렛은 두 사람의 가까워지는 관계에 대해서는 더 묻지 않고, 흐뭇한 표정만 짓고 있었다. 그러므로 젠은 바이올렛이 이혼을 하고 나면 받게 될 사업체를 운영할 때 비서가 필요할 것이기에 자신이 비서 교육을 받고 있다는 것을 변명할 필요가 없었다. 이유는 모르겠지만 윈터는 가급적 비밀로 하길 원했으니까.

바이올렛은 종이에 하나씩 현재 상황에 관해 적기 시작했고, 옆에서 힐끔힐끔 그것을 보던 젠이 신기해하며 말했다.

"글씨가 정말 예뻐요."

"로렌스 가문 전통 서체란다. 마음에 드니?"

"엄청요. 아, 자리 비켜 드릴게요!"

"고맙구나."

라크라운드의 명문가가 헤스턴 가문만 있는 것은 아니었고, 그들 중에는 분명 왕실을 멋대로 이용하는 에쉬에게 반감이 있는 자들이 있을 것이다. 아니, 있는 게 정상이다.

바이올렛은 그들에게 모두 편지를 적을 생각이었다.

편지를 보내야 하는 가문 이름들도 미리 적어 두었다. 에쉬의 편이 명백한 가문에도 일단은 편지를 보내 볼 생각이었다.

손목이 욱신거리도록 편지 쓰기를 이어 가고 있을 때, 자리를 비웠다 돌아온 젠이 울상이 되어 말했다.

"작은 마님, 저 그러니까…… 선왕후 전하께서…… 오셨습니다."

"내 어머니가 오신 거라면 엘라 필리체 부인이라고 하면 된단다."

바이올렛이 말을 마치고 몸을 일으켰다.

"발코니로 모시렴. 날이 좋으니."

"네, 작은 마님!"

젠이 서둘러 달려 나갔다. 에쉬의 부탁으로 곧 찾아올 거란 건 알고 있었지만 이렇게 빠를 줄은 몰랐다.

'내가 라크라운드로 돌아오긴 했구나.'

바이올렛은 그리 생각하며 마음을 굳게 먹고 걸음을 옮겼다.

이 저택에서 가장 완벽한 티타임 장소는 바이올렛의 방과 연결된 발코니였다. 테이블 서너 개는 너끈히 들어갈 크기의 발코니에서는 아름다운 정원이 내려다보였고, 대리석으로 된 난간에는 대륙 전설 속의 모든 신들이 조각되어 있었다.

바이올렛이 발코니로 들어서는 어머니 엘라 필리체에게 미소를 지어 보였다.

"이 집에서 처음 가지는 티타임이 어머니와 가지는 시간이군요. 의미 있네요."

바이올렛의 말에 엘라 역시 의식적으로 미소를 지어 보였다. 그녀가 자리에 앉으며 말했다.

"너도 참, 어떻게 1년을 혼자 그렇게 살았니?"

"키론은 무척 좋은 곳이었어요. 편안하고, 따뜻하고. 알고 보니 남편도 신경 써 주고 있었고요."

"그랬구나."

엘라가 앉아 있으려니 룰루가 내린 근사한 차와 투린이 만든 간단한 티 푸드가 테이블 위에 올라왔다.

예의상의 근황 이야기를 마치고 나서, 엘라가 본론을 꺼냈다.

"남편과는 어떠니? 숙려 기간 중이라고 들었는데."

바이올렛은 잠시 윈터와의 관계를 생각하다가 조용히 입을 열었다.

"조금 변했어요."

"변하다니?"

"예전보다 훨씬 저와 시간을 많이 보내요."

"의외구나."

"네. 정말."

이야기가 나오니, 전날 자다가 악몽에 발작을 일으키던 남편이 떠올랐다. 저를 끌어안고서야 그는 진정을 찾았고, 이내 잠이 들었다. 다섯 살짜리가 어머니에게 버려지는 일보다 끔찍할 일이 뭐가 있단 말인가.

"봄은 좋은 계절이라. 정말 금방 끝나 버리잖아. 당신과 나의 시간도 그럴 거야."

그녀가 윈터의 목소리를 떠올릴 때, 엘라가 말했다.

"다행히 잘 지내는 모양이네."

"네."

"위자료로는 그럼 그렇게 큰 싸움이 일어나진 않겠구나."

"그럴 거예요. 그 사람도 내가 제대로 위자료를 챙겨 가길 원하니까요."

"그러니? 그렇게 돈밖에 모르는 사람이?"

"앞으로 이혼할 많은 여자들을 위한 거라고 하더군요. 언제부터 그렇게 사회적인 걸 신경 썼는지 모르겠지만."

바이올렛은 말하다 보니 어쩐지 윈터를 자랑하는 것처럼 된 것이 이상해 자중하고 입을 가볍게 다물었다.

그러자 엘라가 안도한 얼굴로 말했다.

"잘됐구나. 헤스턴 가문에도 면목이 서겠지."

엘라의 말에 바이올렛이 조금 소리 나게 찻잔을 내려놓으며 물었다.

"에쉬가 그랬나요? 제가 헤스턴 변경백과 재혼할 거라고?"

"에쉬만 그런 게 아니라, 로렌스 가문과 헤스턴 가문, 블루밍 가문까지 모두가 동의한 거야."

"제 의견도, 남편 의견도 없이요?"

"바이올렛. 우린 의견을 가지고 결혼할 수 있는 사람들이 아니야. 나도 네 아버지를 사랑해서 결혼한 게 아니다. 왕손이라서 결혼한 거지. 네 아버지도 마찬가지였단다. 날 사랑해서가 아니라 필리체 가문의 적녀라서 결혼한 거야."

"부부는 서로에게 헌신해야 해요. 라크라운드의 결혼 서약에 언제나 들어가는 말이잖아요."

"그래. 서로에게 물론 헌신해야지. 하지만 사랑은 다른 사람과 하렴."

"……."

"너도 이제 내 말을 알아들을 정도의 어른은 되었잖니."

"아, 어머니."

바이올렛이 크게 한숨을 쉬고 말을 이었다.

"그런 결혼은 한 번이면 충분해요."

"바이올렛."

"저는 이리저리 거래 조건으로 결혼하러 다니기 위해 태어난 게 아니에요. 어머니는 그렇게 생각하실지 몰라도요."

바이올렛이 힘 있는 목소리로 말을 이었다.

"제 위자료에 손댈 생각 마세요. 특히 에쉬는 동전 하나도 못 가져가요. 단 한 개도."

어머니를 앞세워 이 결혼을 성사시키려는 에쉬는 끔찍했고, 지금 당장은 어머니도 미웠다.

로렌스, 블루밍, 헤스턴 세 가문이 이 이권 싸움에 얽혀 있다고 생각하니 머리가 깨질 것 같았다.

키론에서의 여유가 이어질 수 없다는 것은 그녀도 알고 있었다. 그러나 그 여유를 이미 겪어 봤기 때문인지, 바이올렛은 이 상황이 더더욱 숨이 막혔다.

엘라가 정원 쪽을 보며 말했다.

"넌 많은 걸 가지게 될 텐데, 에쉬에게는 아무것도 없잖니. 제발 한 번이라도 네 오빠를 불쌍하게 여기렴."

"어머니는 제가……."

울컥 소리치려던 바이올렛이 입을 다시 다물었다.

제 손으로 몇 번이나 목숨을 끊으려 시도했다는 말이 어머니 앞에서 나오지 않았다. 아무리 어머니가 아들만 바라보아도, 그 이야기만은 도무지 입 밖으로 나오지를 않는다.

엘라가 우아하게 잔을 내려놓고 몸을 일으켰다.

"가 봐야겠구나. 다음에는 헤스턴 변경백의 작위 수여식에서 보겠구나."

"제가 결혼을 거절하면 에쉬는 작위를 수여하지 못할 거예요."

"그럼 헤스턴 가문 같은 명문가가 자기들끼리 주먹구구로 작위를 물려주고 물려받아야 한다는 거니?"

"네. 그래야 한다고 생각해요. 그건 어쩔 수 없는 일이죠."

"가문 간의 일을 네 멋대로 결정할 수는 없어."

"그렇다면 다시 도망쳐야겠군요. 신부 없이 결혼할 수는 없을 테니."

"바이올렛!"

"어머니. 저를 희생해서 오빠를 위하는 일에 예의를 앞세우지 마세요. 그건 예의가 아니라 폭력이에요."

"세상에, 에쉬의 말대로구나."

"무슨 말이요?"

"네가 윈터 경을 닮아 가면서 같이 돈밖에 모르는 사람이 되었다고."

"그래요. 그러니 고상한 두 분은 앞서 말한 것처럼, 제 위자료에 관심 가지지 마세요."

바이올렛이 일어섰다.

"에쉬의 말을 대신 전하러 오셨죠? 그럼 에쉬에게도 대신 전해 주세요. 한 번 내 남편을 이용했으면 그걸로 충분해요. 로렌스 가문의 사람은 어느 누구든 내 남편에게 아무것도 요구할 자격이 없어요. 앞으로 받게 될 위자료는 온전히 가정을 지키려고 힘쓴 내 노력의 대가예요."

"믿기지가 않는구나. 네가 내가 낳은 아이라는 게."

"저도 마찬가지예요."

그녀의 말에 엘라는 딸에게 뺨이라도 맞은 듯한 표정을 지었다. 바이올렛은 신경 쓰지 않고 바로 룰루에게 말했다.

"부인을 모셔 가게."

"네, 작은 마님."

이내 블루밍 저택에서 일하는 사용인들이 우르르 몰려왔다.

이 어마어마한 정원이 딸린 저택은 막대한 노동력을 필요로 했고, 이 저택은 그 존재만으로도 수도에서 조금 비껴 나 있던 이 지역 경제 전체에 영향을 미쳤다.

엘라는 사람들이 몰려오자 고집을 부리지 못하고 그곳을 나왔다.

그녀가 떠나자 바이올렛의 얼굴에 피로가 몰려왔다. 그러나 바이올렛은 곧 아무 일도 없었다는 듯이, 다시 어머니가 오시기 전에 하던 작업을 이어 나갔다.

그때 슬그머니 들어온 젠이 물었다.

"작은 마님, 수도 오시자마자 이렇게 여기에만 계실 건가요?"

"아…… 그러게. 마음이 너무 급했구나."

"아무리 바쁜 일이 있으셔도 수도에 돌아왔으니 사교계 활동도 하셔야 한다고 비서님이 그랬어요."

"그래야겠지?"

바이올렛이 지친 얼굴로 고개를 끄덕이자, 젠이 봐줬다는 듯이 물었다.

"우선은 정원 한 바퀴 산책하실래요? 체리가 익기 시작했거든요. 체리 나무 구경하러 가요."

"그거…… 정말 좋은 제안이구나."

예상대로 바이올렛이 반색하며 젠을 따라나섰다.

두 사람이 체리를 따러 간다는 소식에 룰루 부부도 따라나섰다. 금방 북적북적해지자 바이올렛의 표정에서도 피로감이 가셨다.

정원사가 앞장서며 말했다.

"여기 남부 체리는 6월이 되면 아주 달게 잘 익고요. 여기서 100m 더 가시면 북부 체리 나무가 있는데, 그것들은 이제 슬슬 먹어도 됩니다."

"빨리 가시죠, 작은 마님!"

투린은 당장 따서 체리파이를 만들 생각에 신이 나 호들갑을 떨었다. 바이올렛이 따라가 보니 정말로 체리가 빨갛게 익어 있었다.

투린이 체리를 따며 말했다.

"남부 체리보다 당도가 떨어지니까 이건 잼으로 만들면 좋을 것 같습니다."

"좋은 생각이네."

비이올렛이 대답하고 체리를 두 손 가득 따서 행복하게 바라보자 젠이 맑은 물과 얼음이 가득 든 나무통을 들고 왔다.

"여기 한 번씩 씻어 먹어요, 시원하게!"

"아이고, 우리 아가 똑똑해라."

룰루가 손녀 보듯이 젠을 칭찬하자 젠이 신나서 우쭐한 얼굴을 했다.

바이올렛이 두 손과 함께 체리를 얼음물 속에 담갔다가 뽀득뽀득 씻어 하나를 입에 넣었다. 그러고는 조금 덜 익었는지 눈을 질끈 감았다가 뜨며 웃었다.

"조금 덜 익긴 했지만 맛이 좋네."

"그래요? 맛있어요?"

네 사람은 체리를 따서 얼음물에 담갔다가 물기를 탈탈 털어 배가 부르도록 실컷 먹었다. 사람들과 있으니 어머니와의 대화며 현실이 잠시 날아가고 홀가분한 기분이 들었다.

＊✳＊

"절대 안 됩니다. 정말, 절대로 안 됩니다."

휴가에서 돌아온 안잘리는 기계처럼 안 된다는 말만 반복하고 있었다. 윈터는 소리를 지르다 지쳤는지 그의 눈높이에 맞춰 몸을 조금 숙이고 회유를 시작했다.

"안잘리, 내 말을 좀 들어 봐."

"싫습니다."

싫다는 말에 들은 척도 없이 윈터는 룰루가 방금 보내 준 전보에 다시 힘을 얻어 전보를 들어 보였다. 방금 전 있었던 엘라의 방문 내용과 함께 바이올렛이 한 말을 고대로 적어 룰루가 보낸 것이었다.

한 번 내 남편을 이용했으면 충분해요. 로렌스 가문의 사람은 어느 누구든 내 남편에게 아무것도 요구할 자격이 없어요. 앞으로 받게 될 위자료는 온전히 가정을 지키려고 힘쓴 내 노력의 대가예요.

"이거 보여? 내 아내가 이렇게 말했다잖아. 이건 날 위한 것이기도 하다고."

윈터가 말하는 표정을 보며 안잘리는 왜 자랑하려고 저러는 것 같은 기분이 드는 건가, 약간 의아했다.

물론 안잘리도 바이올렛의 입장이 난처하다는 것은 이해했다. 그러나 그에게는 회사의 이득이 훨씬 더 중요했다.

윈터가 설득을 이어 갔다.

"헤스턴 가문이 무슨 좀생이들도 아니고, 별장 좀 안 내줬다고 그렇게까지 들고 일어나겠어?"

"네. 들고 일어납니다. 이미 헤스턴 가문과 사이가 안 좋으시잖아요."

"그건 그거고 이건 이거지. 설마 귀족들이 그렇게까지 유치할 리가 없잖아."

"이건 유치한 게 아니라 자존심 문제입니다. 귀족들은 자존심 굽히기 싫어 전쟁도 불사하는 자들이고요."

"넌 자존심 없잖아."

윈터의 말에 안잘리가 꿈틀하더니 드물게 사나운 표정으로 말했다.

"있습니다. 대표님이 밟고 계셔서 안 보이는 거지."

"그랬다면 미안했다. 그러니까 해결 좀 해 줘."

"아무리 그러셔도 이건 해결 못 합니다, 대표님."

미안하다고까지 했는데 안잘리는 단호했다. 보아하니 진짜로 해결하기 어려운 문제인 모양이었다.

수도에 와서 사흘째 본사에 틀어박혀 회의 중이었지만 답이 나오지 않았다. 회사 전원이 반대하니 윈터가 아무리 대표라 한들 계속 우길 수가 없었다. 결국 한 명씩 불러들여 회유를 시작하기로 했다.

반대하는 모든 의견을 뒷받침하는 근거는 안잘리로부터 나왔다. 그래서 안잘리부터 회유를 하려는 속셈이었지만, 한 달을 호텔에서 푹 쉬고 책만 읽어 다시 강건해진 그는 쉽게 회유되지 않았다.

윈터가 물었다.

"재혼 그거, 반대하면 안 할 수 있긴 한가?"

"없을 겁니다, 현실적으로. 부인의 의견과 다르다고 해도 가문 사이에서 이미 이야기가 끝났을 테니까요. 목에 칼을 들이밀어서라도 식장에 데려다 놓을 겁니다."

"범죄자 집단이 따로 없군."

"결국은 그 재혼을 안 하게 해 주시려고 북부 시장 전체를 버리시겠다는 겁니까?"

"내 회사잖아."

"네. 비행선 사업도 혼자서 결정하셨죠. 그러니 이번엔 안 된다는 겁니다. 거기 앞으로 들어가야 하는 돈이 막대한데 북부 시장까지 버리면 어떡하겠다는 겁니까?"

윈터가 두 손으로 얼굴을 감쌌다. 바이올렛의 인생에서 저만 사라져 주면 될 줄 알았더니 그게 다가 아니었다.

그러나 그가 지금 이 상황을 타개하지 못한다 해도 만약 제 모든 유산이 바이올렛의 것이 된다면 이야기는 분명 달라질 것이다. 그는 돈이 많은 것이 해결해 준다는 것을 체득했다.

분명 그녀가 해결할 수 있을 것이다. 그렇게 생각한 윈터가 어느 정도 체념하고 대답했다.

"됐다. 내가 알아서 하지."

그의 말을 억지를 밀어붙이겠다는 뜻으로 들은 안잘리가 눈을 부릅떴다.

"지금 알아서 하실 정신 아니시지 않습니까!"

안잘리가 저도 모르게 소리치고 멈칫했다. 윈터의 손이 날아와도 이상하지 않다고 생각하는데, 그의 걸음이 문 쪽으로 향했다. 윈터가 문을 확 열었다.

그 앞에 서 있던 바이올렛이 눈이 휘둥그레져서 물었다.

"도대체 어떻게 아는 거예요?"

"나도 모르겠어. 전혀."

윈터는 오히려 제 쪽이 이해가 안 된다는 표정이었다. 안으로 한 걸음 들어선 바이올렛이 안잘리를 발견하고 미소를 지었다.

"휴가 다녀왔다고 들었는데, 잘 다녀왔나요?"

"예. 좋은 휴가 보냈습니다."　　　.

안잘리는 이상하게 자신을 편하게 대하는 바이올렛에 약간 난감한 표정이었다. 게다가 바이올렛이 제게 인사를 건네자마자 윈터의 표정이 오한이 들 정도로 구겨지는 것이 보였다. 그러나 그는 회사의 명운을 등에 업고 있었으므로 이 기회를 놓치지 않고 빠르게 말을 이었다.

"그보다 대표님께서 억지 부리시는 것처럼 북부 시장을 포기하시면 정말로……."

말하는 순간 윈터가 입을 막으려 드는데, 그와 동시에 바이올렛이 미간을 좁히고 남편을 보았다. 윈터가 그 눈빛을 느끼고 인상을 쓰며 손을 내리자 두려움에 눈을 질끈 감았던 안잘리가 다시 말을 이었다.

"정말로 손해가 큽니다. 게다가 새로운 사업까지 시작했기 때문에 북부는 절대 포기할 수 없는 시장입니다."

안잘리가 윈터의 위협을 이겨 내고 끝까지 말해 버리자 그가 죽일 듯이 그를 노려보았다.

바이올렛은 이해했다는 듯 조금 고개를 끄덕였다.

"이해합니다."

"감사합니다. 나가 보겠습니다."

안잘리가 정중히 인사하고 그곳을 나가 버렸다. 그러자 윈터가 제 머리칼을 마구 헝클어댔다.

"이래서 사람이 쉬면 안 돼. 쉬고 오니까 저렇게 대들 힘이 생겼잖아."

"윈터, 아무래도 내가 잘못 생각했어요. 미안해요."

"뭘."

"이건 어차피 거절할 수 없는 제안이었어요. 나 하나 때문에 회사를 위험에 빠뜨려 달라는 건 정말로 이기적인 소리예요. 예정대로 진행해요."

"그럴 수 없어."

"있어요. 내 재혼이니까 내 힘으로 해결해 볼게요. 당신이 연락 없이 들어오지 않는 사흘 동안 생각해 보니……."

"……잠깐만. 화내는 거 아니지? 당신 일 해결하려고 안 들어간 건데."

"화내는 거 아니에요. 다른 사람들과 달리 당신은 사흘 정도는 집에 연락 안 해도 된다고 생각하는 사람이잖아요. 이해해요."

바이올렛의 말에 윈터는 안심하다가, 뒤늦게 말속에 뼈가 있는 것을 느끼고 인상을 썼다.

바이올렛은 윈터를 닮아 가는지 점점 비꼬는 말을 곧잘 했는데, 윈터와 달리 표정에 잘 드러나지 않아 한 박자 늦게 '비꼰 건가?' 하는 생각이 들게 했다.

두 주머니에 손을 구겨 넣은 윈터가 변명하듯 말했다.

"하옐이 나 늦는다고 했잖아."

"네. 하옐이 한 번, 집에 와서 늦을 거라고 했었죠."

"그런데 왜 그래? 그럼 나더러 집에 못 들어간다는 보고를 매일매일 하라는 건가?"

죄책감을 느끼기는커녕, 윈터는 바이올렛을 책망했다. 바이올렛이 포기했다는 듯 폭 한숨을 쉬었다.

"나는 괜찮아요. 하지만 재혼하게 되면 그렇게 하세요. 물론 매일매일 집에 들어가는 것도 괜찮은 방법이죠."

바이올렛의 말에 윈터는 어떻게 그렇게 말도 안 되는 소리를 하냐는 듯한 표정을 했다. 그가 인상을 쓰며 말을 돌렸다.

"아무튼 당신이 무슨 수로 해결하겠다는 거지?"

"일단은 시간이 별로 없으니까요. 잠시 피해 있을 생각이에요."

"도망을 치겠다고?"

"피신…… 네, 도망이죠."

"난 금방 찾을 거야."

윈터가 혼잣말하듯 말하자 바이올렛이 의아한 목소리로 답했다.

"왜 찾죠? 당신에게서 도망치는 것이 아니니까, 당신에게는 말하고 갈 생각인데요?"

"……아."

순간 가슴이 철렁했던 윈터가 그제야 안도하고 고개를 끄덕였다.

"그렇군."

"위자료가 생기면 더 멀리 도망칠 수 있을 거예요."

윈터가 말없이 고개를 끄덕였다. 그러더니 던져두었던 넥타이를 찾아 들며 말했다.

"당신이 도망쳐 지낼 곳은 내가 알아볼게. 나도 내 재산이 한 푼이라도 에쉬 로렌스에게 넘어가는 건 싫으니까."

"음, 당신이 잘 알 테니까……. 고마워요."

"이번엔 아주 호화로운 도망 생활이 될 거야."

윈터가 곧 말을 이었다.

"좋아, 그럼 지금 당장 데이트를 해 둬야겠군."

"갑자기요?"

"곧 떠날 거라며. 그 전에 해 둬야지. 우리 이혼 전까지 데이트도 충분히 하기로 했는데, 툭하면 싸워서 별로 못 했잖아."

그가 툴툴거리자 바이올렛이 손으로 입을 가리고 해사하게 웃고는 다정한 목소리로 물었다.

"그럼 우리 집 정원 구경할까요?"

"아, 그럴까."

윈터는 '우리 집'이라는 말에 입꼬리가 귀에 걸렸다. 그가 죽일 듯이 잡아 댄 안잘리가 보면 서러워서 퇴사해 버릴 함박웃음이었다. 바이올렛이 고개를 끄덕이고 말을 이었다.

"네. 얼마나 큰지 여유 생길 때마다 산책했는데 아직도 못 본 곳이 너무 많아요."

"당신은 참 모든 걸 성실하게 해."

"그런 편이죠."

바이올렛이 새침하게 대꾸하곤 곧 농담이었다는 듯 웃었다.

윈터는 아내를 만나자마자 모든 마음의 경계와 분노가 녹아내리는 것을 느끼며 걸음을 옮겼다.

"좋아하는 나무는 생겼나? 피크닉 하지, 꽃도 좋은데."

"생겼어요. 물어봐 줘서 고마워요. 정원 도착해서 알려 줄게요, 어느 나무인지."

"기대되는군."

서로에 대해 조금씩 이해하게 되니 이야깃거리가 많아졌다.

두 사람이 이야기를 하며 마차로 향하는 모습을 본 직원 하나가 정원에 피크닉 준비를 해 두라고 전달하고 나오는 하옐을 붙잡고 물었다.

"비서님, 두 분 조정 기간 중 아니세요?"

"아, 맞아요."

"대표님…… 완전 딴사람 같으신데요? 나사가 풀린 것 같고, 자꾸 웃으세요, 무섭게……."

"그야……."

하옐은 참고 있던 불안감이 터졌는지, 마침 잘됐다는 듯 직원을 붙잡고 마음속에 있던 것을 쏟아 내기 시작했다.

"다른 사람 같아지는 게 맞으니까요! 물론 전 두 분 이혼에 찬성합니다. 완전 찬성이죠. 저런 개차반이랑 어떻게 살아요, 그렇죠? 우리 작은 마님처럼 좋으신 분이 왜 굳이 그런 짐을 떠맡으시냔 말입니다. 그런데 말입니다, 작은 마님께서 떠나시면 저 개차반이 업그레이드될 거라는 것이 정설이거든요! 그래서 말이죠! 전 두 분 이혼하시면 당장 그만두려고 사표를 준비했습니다!"

"비, 비서님?"

물어봐 주기만을 기다렸다는 듯이 속에 있던 것을 쏟아 낸 하옐이 꾸벅 인사했다.

"실례했습니다."

그러고는 홀가분하게 돌아섰다.

* *** *

마차에 타서 저택으로 향하는 길에 바이올렛의 시선이 윈터의 넥타이로 향했다. 예전 같으면 저렇게 격식을 차리는 것을 당연하게 느꼈을 텐데, 지금은 윈터가 불편해할 거란 생각이 먼저 들었다.

바이올렛이 저도 모르게 손을 뻗어 넥타이를 느슨하게 당겼다. 그러자 윈터가 미간을 좁히며 물었다.

"뭐가 마음에 안 들어?"

그러자 바이올렛이 말없이 셔츠 칼라를 들어 넥타이를 올렸다. 윈터가 그것을 마저 벗으며 재차 물었다.

"왜, 피크닉용 넥타이가 따로 있나?"

"아뇨, 불편해 보여서."

그녀가 답하고는 다시 정면을 향해 몸을 돌렸다. 그러자 충격받은 표정을 짓던 윈터가 다시 물었다.

"……없어, 피크닉용?"

"없어요."

"난 또 뭐라고."

윈터가 이제 알았다는 듯 대꾸하고는 문에 팔꿈치를 대고 손으로 머리를 받쳐 기댔다.

잠시 둘 사이에 침묵이 흐르다가, 바이올렛이 입을 열었다.

"당신은 내가 무슨 트집만 잡는 사람인 줄 아나 봐요."

"그럼 아닌가?"

"당신이 늘 그렇게 삐딱하지만 않으면 나도 트집 잡을 일 없어요."

"딱히 불만이 있다는 뜻은 아니야."

"……아니에요?"

"별로 안 싫어."

그가 중얼거리듯 대답했다. 의외의 대답에 놀란 바이올렛이 창밖을 보고 있는 윈터의 뒷모습을 바라보다가 다시 앞을 보며 말했다.

"나도 뭐…… 당신이 삐딱한 게 싫기만 한 건 아니에요. 이제 적응도 했고, 가끔은 좋아 보이기도 해요."

"의외군."

바이올렛은 어쩐지 윈터가 창밖만 보는 기분을 조금 알 것 같아 자신도 창밖으로 고개를 돌렸다.

이상하게 눈을 마주치기가 조금, 부끄러운 기분이었다.

마차는 그대로 저택 안으로 들어가 정원 앞에 멈춰 섰다. 마차가 멈춘 곳에는 앞에 또 다른 마차가 세워져 있었는데, 동화에서나 본 듯한 하얀 말과 소파를 빨간 장미로 꾸며 만든 하얀색의 마차였다.

"어쩌다가 이런 마차를 구한 거예요?"

바이올렛이 당황하며 묻자 윈터가 대꾸했다.

"옆집 꼬마가 공주님은 꼭 하얀 말이 끄는 마차를 타야 한다잖아."

"여섯 살짜리의 의견을 받아들이는군요. 부대표 말도 안 들으면서."

"웬만한 어른들보다 똑똑한 여섯 살이지. 회사에도 그 녀석만도 못한 직원이 지천이야."

윈터가 천장 덮개를 열어 둔 마차에 먼저 올라타서 허리를 숙여 바이올렛에게 손을 내밀었다. 바이올렛이 웃으며 그의 손을 잡고 마차에 올라 자리에 앉았다. 그러자 윈터가 그녀 곁에 털썩 앉은 뒤 출발하라고 마부에게 턱짓했다.

그리 넓지 않은 길로 마차가 느긋하게 이동하기 시작했다.

황홀한 봄이었다. 바이올렛은 정원에 온 마음을 빼앗겼고, 손을 밖으로 내밀어 천천히 떨어지는 꽃잎을 잡으려 했다.

그러나 가만히 서 있어도 잡기 어려운 꽃잎은 흔들리는 마차에 탄 그녀의 손을 잘도 빠져나갔다. 그녀가 중얼거렸다.

"피크닉 하기 정말 좋은 날씨네요."

"그런가."

윈터가 얼핏 보면 건성이라고 생각할 법한 말투로 대꾸하며 뒤로 기대서 맞은편 의자에 두 다리를 교차해 올렸다.

솔직히 말하자면, 윈터는 비가 오더라도 그녀와 피크닉을 하는 날

이면 날씨 따윈 상관없을 것 같은 기분이었다.

❋ ❄ ❋

헤스턴 가문에서 보낸 편지를 확인한 에쉬의 표정이 구겨졌다.

바이올렛이 귀족 가문들에 이 상황에 대해 알리고 있으니, 어떻게 된 일이냐는 이야기였다. 헤스턴 가문은 체면을 많이 생각하기 때문에 더더욱, 바이올렛의 적극적인 행동이 난처한 듯했다.

에쉬는 지금까지 자신이 해 온 선택이 모두 정의롭고 합리적이었다고 믿었다. 나라의 빚도 제 힘으로 갚았고, 민심도 제 힘으로 가라앉혔다. 그런데 여동생은 제 안위를 위해 이혼을 하겠다고 들지를 않나, 이제는 그 뒷수습을 위해 마련해 놓은 재혼 자리도 거부하고 있으니 미칠 지경이었다.

머리가 복잡해진 에쉬가 친구들을 불러 사냥이라도 다녀오려 자리에서 일어서는데 그의 호위인 로번이 말했다.

"전하, 수도 왕성 앞에 북부 사람들이 찾아왔습니다."

"헤스턴?"

"아니요, 칼리본의 소금 광산에서 근무하는 자들의 아내들이랍니다."

"그자들이 왜?"

"광산 입구가 무너져 광부들이 갇혔으니 도움을 청한다더군요."

"그걸 나더러 도와 달라고? 내가 농사를 짓는다고 정말 농부라도 된 줄 아는 모양이군. 당장 꺼지라고 해."

스스로를 왕으로 여기는 에쉬 로렌스는 광부의 아내들이 감히 자신을 만나러 오겠다고 마음을 먹었다는 사실 자체가 수치스럽게 느겨졌다. 이게 다 아버지 때문이었다. 아버지가 친 사고를 수습하려고 왕실을 해체해서 제 위신이 떨어진 것 아닌가.

에쉬가 혀를 차며 사냥을 위해 벽에 걸어 두었던 산탄총을 꺼내 들었다. 옆에서 그 모습을 보던 로번이 머뭇거리다가 조심스럽게 말했다.

"그래도 만나는 보시는 게 좋지 않겠습니까? 요즘 들어 왕실에 적대적인 기자들이 종종 있습니다. 일단은 달래시는 게……."

로번의 설득이 먹혔는지 에쉬가 짜증을 내며 산탄총을 다시 걸었다. 그는 별수 없이 제가 머무는 필리체 가문 저택을 떠나 지금은 비어 있는 왕성으로 향했다.

6개월 전, 윈터 블루밍이 왕성 중 나라에 귀속된 부분을 제외한 전부를 사들였다. 그리고 아무런 조치도 취하지 않고 그대로 방치하고 있었다.

왕성이 방치되고 있다는 사실만으로도 에쉬의 이미지에는 큰 타격이었다. 아마도 윈터는 큰돈을 버려 가며 일부러 그렇게 에쉬에게 복수하고 있는 것이 분명할 터였다. 그에게 애국심 같은 건 애초에 기대하지 않는 것이 좋았다.

에쉬가 마차에서 내려서자 광부의 아내들이 달려왔다.

"저희 남편들 좀 살려 주십시오!"

"산사태가 일어나서 입구가 어딘지 찾을 수조차 없습니다! 저희 남편이 이틀째 광산에 갇혀 있습니다……."

정신없이 달려온 여자들이 서럽게 울며 앞에 무릎을 꿇었다. 에쉬는 자신이 이 자리에 있어야 한다는 사실에 짜증이 솟구쳤다.

요즘 제게 적대적인 기자들이 보이는 것이 사실이었으므로, 로번의 말처럼 이들을 완전히 무시해 버리는 것도 이미지에 좋지 않다는 것은 이해했다.

그러나 이런 사소한 일에 시간을 많이 쓸 생각도 없었다. 그는 인상을 쓰지 않으려고 노력하며 대책을 생각했다. 그리고 그는 곧 지금 자신의 문제를 동시에 해결할 만한 방법을 생각해 냈다.

"내 호위 기사에게 이야기 전해 듣고, 바로 해결 방법을 확인하고 오는 길이네."

"저, 정말이십니까?"

"나의 사랑하는 여동생인 바이올렛에게 이 일을 해결해 줄 것을 간곡히 부탁했네. 내가 뒤에서 물심양면으로 지원하도록 하지. 그 애 남편이 자네들 같은 카닉 사람이니 흔쾌히 도와줄 걸세."

"가, 감사합니다! 감사합니다, 전하!"

광부의 아내들이 혼란스러워하며 얼떨결에 인사하고는 에쉬가 알려 준 바이올렛 부부의 저택으로 달려갔다.

짐을 처리한 에쉬는 만족스러운 표정으로 로번에게 말했다.

"바이올렛이 거절하면 기자들은 바이올렛에게 따라붙을 거고, 수락하면 재혼하기 싫다고 수 쓸 시간이 없겠지."

"……그렇군요."

"바로 사냥 가야 하니 모임에 연락 돌려."

"예, 전하."

로번은 정중히 대답하고도 영 걱정스러운 얼굴로 광부의 아내들 쪽을 보았다.

✳ ❄ ✳

바이올렛 부부가 탄 마차는 바이올렛이 고른 나무 아래 멈춰 섰다. 나무 아래에는 사랑스러운 피크닉 준비가 되어 있었다.

바이올렛이 자리에 앉자 주머니에 손을 욱여넣은 윈터가 구두 앞코로 연분홍색 푹신한 천의 끝을 툭 건드렸다.

"내가 장미 장식까진 참았는데 이건 너무하잖아."

"장미 장식 당신이 하자고 한 거 아니에요?"

"당연히 아니지. 그건 룰루가 멋대로 한 거야."

툴툴대는 투로 말하던 윈터는 나무 아래에서 자신을 올려다보는 바이올렛을 한 걸음 물러나 감상했다. 하필 옷도 꽃이 수놓인 드레스여서, 아기자기한 접시들에 놓인 디저트며 홍차 찻잔이며 맞춰서 배치한 것처럼 보였다.

"이리 와서 앉아요."

"동화 속 공주님 같군."

윈터가 담담히 말하며 바이올렛 근처에 드러누웠다. 그러자 바이올렛이 투명한 화병에 윈터가 준 꽃잎을 담으며 말했다.

"여기 꽃잎이 들어가면 소원이 이뤄진대요. 당신이 제안한 데이트니까 당신이 빌게 해 줄게요."

"여기 꽃잎이 들어갈 확률이 얼마나 돼."

"그렇게 어려운 확률을 이겼으니까 대단한 거죠."

윈터는 별로 내키지 않는 표정을 지으며 병을 툭툭 건드렸다. 그러더니 고개를 들어 나무를 보며 말했다.

"나무 잘 골랐네."

"그렇죠?"

바이올렛이 같이 올려다보며 차를 한 모금 마셨다.

그 이후로 특별한 대화는 없었으나, 두 사람은 이 조용함이 썩 마음에 들었다. 나뭇잎이 바람에 흔들리는 소리가 빗소리처럼 들리고, 작은 새들이 종종 영롱한 소리를 냈다.

이것저것 디저트를 맛보던 바이올렛이 샌드위치 하나를 한 입 먹더니 눈을 조금 힘주어 감았다가 떴다.

"왜?"

그 순간을 포착한 윈터가 이유를 묻자 바이올렛이 투린이 없는 걸 확인하고 작게 소곤거렸다.

"……너무 달아요."

윈터가 그녀의 손에서 샌드위치를 받아 한입에 다 넣고 우물거렸다. 그러더니 맛있는지 상체를 일으켜 같은 샌드위치를 하나 더 집었다.

바이올렛이 이제야 알았다는 듯이 말했다.

"이 샌드위치는 당신 건가 봐요."

"그런 모양이지. 당신은 너무 단 건 또 안 먹으니까."

그가 대꾸하고 샌드위치를 한입에 다 넣자 바이올렛이 웃었다. 그러자 윈터가 샌드위치를 턱짓하며 말했다.

"봐. 이미 4분의 1로 자른 거잖아. 이걸 뭘 또 한 입씩 나눠 먹…… 혹시 입에 꽉 차게 음식을 먹으면 무례한 건가?"

"모르겠어요. 그런 사람을 많이 못 봐서."

"어쨌든 보긴 한 거잖아. 근데 왜 날 보고 웃어?"

"웃음이 나와서 웃었어요. 다른 사람은 그렇게 먹어도 웃음이 안 나는데 당신이 그렇게 먹으니까 이상하게 웃음이 났어요. 음…… 아무래도 기분 나쁜 일인가요?"

"아니, 그냥 이유가 궁금했어."

윈터가 어깨를 으쓱이고는 손으로 등 뒤쪽을 짚어 몸을 뒤로 기대고 중얼거렸다.

"그렇군. 그냥 내가 해서 웃긴 거였군."

그러더니 얼음을 한가득 넣은 커피를 벌컥벌컥 들이켰다. 그런데 그건 또 어느 부분이 웃겼는지 바이올렛이 터진 웃음을 못 참고 두 손으로 얼굴을 감쌌다.

방금 전 웃었을 때 윈터가 기분 나빠 했을 거라 생각했던 터라 고개를 숙이고 웃음을 꾹꾹 참는데 윈터가 그녀의 오른 손목을 붙잡아 얼굴에서 손을 뗐다.

"또 웃네."

"미안해요."

"웃지 마."

"그럴게요."

바이올렛이 웃지 않으려고 애쓰기 시작했다. 그러나 안 웃으려 하니 더 웃음이 터져 나왔다. 웃음을 참느라 복잡해진 표정을 물끄러미 보던 윈터의 입꼬리가 씰룩거렸다.

"웃지 말라는데 왜 자꾸 웃어."

"못 웃게 하니까 더 웃음이 나요, 자꾸. 그런데 당신은 왜 웃어요?"

"상대방이 계속 웃는데 난 안 웃으면 무례한 거잖아."

"그건 확실히 그러네요."

바이올렛이 수긍하더니 결국 소리 내어 웃음을 터트리고 말았다. 자신을 들여다보고 있는 윈터의 얼굴이 오늘따라 아이 같아서, 모든 경계가 풀어졌다.

느긋하게 티타임을 즐기고 있을 때, 저 멀리서 젠이 정신없이 달려와 바이올렛에게 말했다.

"자, 작은 마님!"

바이올렛이 걱정스레 물었다.

"젠, 무슨 일이니?"

"아, 앞에 광부의 아내들이 왔는데요, 북부에 큰일이 난 모양이에요!"

숨이 넘어가게 뛰어온 젠이 숨을 한번 돌리고 다시 말을 이었다.

"칼리본의 소금 광산이 무너져서 그 안에 광부들이 갇혀 있대요! 에쉬 도련님을 먼저 뺐는데 여기로 가라고 했답니다! 벌써 48시간째 래요!"

바이올렛은 내용을 전해 듣자마자 급한 마음으로 벗어 두었던 구두를 신으며 윈터에게 말했다.

"가 봐야겠어요. 젠, 광부의 아내들을 응접실로 데려와 주렴."

"네, 작은 마님!"

바이올렛이 바로 젠을 따라가려 하자 윈터가 그녀의 팔을 붙잡았다.

"당신이 그 여자들을 왜 봐. 보면 몰라? 딱 봐도 에쉬 그 자식이 당신한테 떠맡긴 거잖아, 얻는 건 없고 힘들기만 한 일."

"왜 얻는 게 없어요? 사람 목숨이 걸렸는데."

"당신이 아는 사람 목숨이야? 아니잖아."

"하지만 날 찾아온 사람들을 모른 척할 수는 없는 일이잖아요."

바이올렛이 다시 몸을 움직여 가려 하자 윈터가 그녀의 팔을 움켜쥐었다.

"모르는 척해. 지금까지 공주님 대우 받지도 않았으면서 왜 이제 와서 관심을 가지는 거지?"

"왜 막는 거예요?"

바이올렛이 묻자 윈터가 불쾌함이 섞인 목소리로 대꾸했다.

"이득을 따지는 것뿐이야. 당신이 지금 원하는 건 재혼을 안 하는 거잖아. 이제부터 귀족들에게 편들어 달라고 여기서 매일 사람들을 초대하고 파티를 열어도 시간이 부족해. 아니, 당장 도망칠 시간조차 빠듯하다고. 어차피 무너진 광산의 광부들은 다 숙었을 테니 시간과 돈만 날릴 테지만. 그래, 정말 운 좋게 한 명이라도 구했다고 쳐 보자. 그럼 그 한 명이 당신의 상황을 얼마나 해결해 줄 수 있을 것 같은데?"

"……"

"칼리본에서 왔다잖아. 거기 광부들은 대부분 나와 같은 카닉 일족 놈들이야. 무슨 말인지 알아?"

"아뇨."

"당신이 구해 줘 봤자 라크라운드 사람들은 왜 카닉 일족 놈을 구해 주느라 자기 세금을 날렸냐고 반감이나 가질 거라는 얘기지."

"아, 그런 얘기였군요."

바이올렛이 고개를 끄덕이더니 윈터에게서 팔을 뺐냈다.

"그렇다면 더더욱 제 일이 맞네요."

그리고 곧바로 마차에 올라탔다.

✳ ❄ ✳

저택의 사용인들이 광부의 아내들에게 차를 내주었지만 아무도 차를 마시지 않았다. 그녀들이 여기 수도의 왕에게 찾아올 마음을 먹기까지 너무나 많은 거절이 있었으므로, 눈빛에서 희망이라고는 보이지 않는 상태였다. 그래도 그중 가장 어린 광부의 아내, 낸시가 남은 힘을 끌어모아 다시 바이올렛에게 상황을 설명했다.

상황 설명을 자세히 듣고 난 바이올렛이 고개를 끄덕이고 자리에서 일어섰다.

"인력이 필요하겠군."

"이제 더 이상 부탁할 곳이…… 네?"

"수도에는 왕족에게 문제가 일어날 때 출발하는 소방대가 있소. 지금은 아무 일도 하지 않고 있다고 들었으니, 그들에게 부탁해 보겠소."

당연히 바이올렛이 거절부터 하리라 생각하고 매달릴 요량이었던 낸시가 바로 말을 알아듣지 못하고 어리둥절한 표정을 지었다. 바이올렛이 말을 이었다.

"다른 사람들은 모두 돌아가 그곳의 상황을 확인하는 게 좋겠소. 그리고 낸시, 나와 함께 소방대를 만난 후 길을 안내해 주겠소?"

"네, 네! 가, 감사합니다, 전하!"

"지금 이런 말 할 시간이 아니라는 건 알지만…… 왕실이 해체되었으니 그냥 부인이라고 불러 주시오."

바이올렛의 말에 낸시가 고개를 크게 끄덕였다. 일행을 먼저 돌려보낸 낸시가 바이올렛을 따라나서며 말했다.

"매몰된 지 48시간이 지났습니다. 열여덟 명이 광산에 매몰되어 있고, 식량은 일주일 치가 전부입니다."

"식수는?"

"아마 마찬가지로 일주일 치 양을 가져갔을 겁니다."

"의사도 데려가야겠군."

바이올렛은 곧 이 기약 없는 여정에 함께할 적당한 의사를 떠올렸다. 그녀는 베릴의 위치를 확인하기 위해 이글린에게 연락을 보낸 후 곧바로 소방대가 있는 왕성으로 가려 마차에 올랐다.

그때 마차 문 사이로 들어온 윈터의 손이 바이올렛의 팔을 붙잡았다.

"내려."

바이올렛이 윈터에게 달래듯 말했다.

"미안한데 할 말이 있으면 다음에 해요. 소방대에게 가 봐야 해요. 지금 그들은 아무 일도 하지 않고 있으니까요."

"왕성 소방대면 한미하긴 해도 다 귀족가 놈들이잖아. 그놈들이 미쳤다고 이방인을 위해서……."

언성을 높이던 윈터가 중간에 답을 알고 중얼거렸다.

"당신이 칼리본 광산까지 따라갈 계획이군."

왕실 소방대는 화재나 낙뢰 등으로 인한 왕성의 파손을 비롯한 왕실의 안전을 책임지는 일을 수행하고 있었고, 혹여나 왕성을 떠나야 한다면 그 이유는 반드시 왕족을 사고에서 구하는 일이어야만 했다. 그도 그럴 것이 그들은 온전히 왕족의 안위를 위해 존재했기 때문이다.

왕실 소속의 소방대가 움직인다는 것은, 즉 그들이 구해야 할 왕족 본인과 그들의 자산이 목적지에 있다는 뜻이었다.

바이올렛이 고개를 끄덕였다.

"물론 그래야겠죠."

"미쳤어? 당신이 거길 왜 가. 그딴 놈들을 당신이 왜 신경 써?"

마차에 낸시가 함께 타고 있었기 때문에, 바이올렛은 언사가 거친 윈터를 밀어내며 일단 마차에서 내렸다. 그러거나 말거나 윈터가 화가 머리끝까지 난 얼굴로 물었다.

"이봐, 공주님. 나랑 결혼하니까 자기도 무슨 이방인이 된 기분을 느껴? 당신이랑 상관없는 사람들이야. 물론 나와도 상관없지."

"나는 그렇다고 쳐도, 당신은 왜 상관이 없죠? 같은 일족인데."

"내가 왜 그딴 놈들이랑 같아. 같지 않으려고 죽어라 기어 올라왔는데. 이 나라 사람이라고 다 당신과 같지 않은 것처럼 같은 일족이라고 다 같지 않아. 우린 남이고, 다른 사람들이야."

"그렇게 생각하는군요."

"다른 사람이 되려고 지금까지 살았는데 당연한 것 아닌가?"

"하지만 당신 회사 이름은요? 문신은요? 그들과 함께 살았던 적도 없는데 문화에 대해서 그렇게 잘 알고 있는 이유는 뭐예요?"

"그 얘기가 지금 여기서 왜 나와?"

"당신은 항상 스스로를 천하다고 말하지만, 당신이 진짜 그렇게 여긴다고는 생각 안 해요. 일족을 싫어하기만 한다고는 더더욱 생각하지 않고요. 나는 이게 당신을 위한 일이기도 하다고 생각해요."

"아니야. 내가 그딴 놈들에게 관심이 없다잖아!"

"나는 그렇게 생각 안 한다니까!"

바이올렛이 윈터와 같이 언성을 높였다.

그다지 큰소리를 내는 법도, 무례해지는 법도 없던 바이올렛이 소리치자 윈터는 물론 주변에 있던 사용인들까지 행동을 멈췄다.

바이올렛이 윈터를 노려보며 말을 이었다.

"난 갈 거예요. 나는 칼리본의 광부들이 다섯 살의 당신이라고 생각하고, 열두 살의 당신이라고 생각해요."

"……그게 무슨 개소리야."

"이해할 필요 없어요. 어차피 우린 항상 서로를 이해하지 못하니까."

바이올렛이 말을 마치고 다시 마차에 올라타려 했다. 그러나 윈터가 힘주어 팔을 다시 붙잡았다.

"무슨 의미냐니까?"

"나라도 당신 옆에 있어 줬다면 좋았을 텐데. 그렇게 생각했던 순간이요. 그랬다면 지금의 당신이 이렇게 상처투성이는 아니었을까 싶은, 그런 순간들이요."

"……."

윈터의 손에서 힘이 빠지자 바이올렛이 마차를 타고 그대로 떠났다. 떠나는 마차를 잠시 바라보던 윈터가 투덜거렸다.

"……내가 다섯 살 땐 태어나지도 않았던 주제에 뭐라는 거야."

그러더니 손가락으로 제 귀를 툭툭 털어 댔다. 저 고집불통인 아내의 말에 모처럼 다시 그 망할 종소리가 들렸다.

❄ ❄ ❄

소방대는 왕성 안에서 지내고 있었다. 너무 오랜만에 왕성 앞에 선 바이올렛의 얼굴을 보자마자 문지기가 반가워 울먹거리기까지 하며 문을 열어 주었다. 그녀는 안으로 걸어 들어가 소방대 숙소의 문을 열었다.

할 일은 없지만 거취가 결정되지 않아 여전히 급여를 받으며 술을 마시고 시간을 죽이던 소방대가 문 앞에 단 종을 치는 소리에 들고 있던 술병을 집어 던졌다.

"누구야!"

"문 열리는 소리 났지, 지금?"

그들은 이야기하다가 다시 술을 마셨고, 결국 막내가 눈치껏 일어나 문으로 향했다. 문이 열리자마자 그는 자신을 불쾌하다는 듯 바라보는 여자를 발견했다.

"……누구십니까?"

"소방대 대장을 불러오게."

"아니, 부인께선 누구신데 대장을 그렇게 막 부르십니까?"

그리 말하던 그의 뒤통수를 뒤에서 따라온 소방대원이 부서지도록 후려쳤다.

"이, 이 덜떨어진 놈아! 어떻게 왕녀님을 못 알아봐!"

"예? 어…… 으아악!"

막내를 비롯해 그 모습을 지켜보던 소방대원들은 단숨에 술에서 깨 정신없이 왕성을 뛰쳐나갔다.

그렇게 대원 몇이 왕성 가까운 곳에 거주하는 제릭을 부르러 떠난 사이, 바이올렛은 술 냄새에 인상을 쓰면서도 말을 이었다.

"왜 소방대 대장이 낮 시간에 이곳에 없는 거지? 대장은 9시부터 6시까지 근무하는 것으로 알고 있네만."

"아, 아무래도 할 일이 명확히 없다 보니……. 죄송합니다, 부인."

"소방대의 관리는……."

에쉬 로렌스의 일이다. 왕실이 사라졌더라도 기사단도, 소방대도 에쉬가 통솔했어야 하는 것이었다. 왕실을 멋대로 없앤다고 그가 가져야 할 책무까지 전부 사라지는 것은 아니었으니.

세금이 줄줄 새고 있음에도 잠글 생각도 하지 않았던 에쉬를 생각하니 바이올렛의 눈동자에 노기가 차올랐다. 저도 다를 바 없지만, 에쉬는 더더욱 아버지를 닮아 엉망진창이었다.

얼마 지나지 않아 대장, 제릭이 나타났다. 빠르게 움직여야 하는 소방대는 젊은 청년들로 이루어져 있었고, 대장조차 올해로 서른둘이었다.

"부인께서 여긴 무슨 일이십니까?"

그는 제 잘못을 조금도 인정할 마음이 없다는 듯, 뻐딱한 표정과 자세로 바이올렛의 앞에 섰다.

그러나 바이올렛은 제릭으로서는 상상도 할 수 없을 정도로 뻐딱한 사내와 살고 있었기 때문에 저 모습이 그다지 신경 쓰이지 않았다.

"칼리본 광산 입구가 무너져 일손이 필요하니 함께 가 주게."

"저희가요?"

"지금까지 세금이 허투루 쓰인 것 같은데, 사람 목숨 구하는 데 쓰면 의미 있지 않겠나."

"그야, 뭐……."

뒷짐을 지고 서 있던 제릭이 바이올렛을 힐끔힐끔 보더니 물었다.

"윈터 경께서 돈깨나 있으시지요?"

"세금을 받고 일하는 자들에게 더 많은 돈을 얹어 줄 순 없네."

그녀의 단호한 말에 제릭 역시 딱 잘라 말했다.

"그럼 저희 일이 아니니 안 가겠습니다."

제릭의 말에 바이올렛이 고개를 끄덕였다.

"그렇게 나올 줄 알았네. 그래서 내가 함께 칼리본에 갈 생각이네."

"……예?"

"자네들의 의무는 로렌스 가문 사람들이 살고 있는 곳의 안전을 확인하는 것이 아닌가. 그러니 내가 그토록 위험한 곳에 간다면 따라오는 것이 맞지 않나?"

"따라가도 아무것도 안 할 겁니다."

제릭이 못마땅한 표정으로 말하자 바이올렛이 고개를 끄덕였다.

"그건 알아서 할 일이지."

그녀가 돌아섰다. 그리고 너무 초조해 눈물만 뚝뚝 흘리는 낸시에게 말했다.

"자, 이제 일손을 구했으니 나는 의회로 가서 재정 지원을 받아 보겠소."

"돈이…… 보통 많이 드는 것이 아닐 겁니다. 입구가 완전히 막혀 버려서……"

"그럴 때 쓰라고 세금이 있는 것 아니오."

얼떨결에 채비를 마친 제릭과 이하 대원들이 바이올렛을 뒤따라왔다. 제릭이 뒤를 따라 걸으며 계속 빈정거렸다.

"저희는 일해도 에쉬 전하의 명령이 우선이지, 왕녀님의 명령은 우선이 아닙니다."

바이올렛이 힐끔 돌아보며 물었다.

"소방대라는 게 자네같이 말 많은 자들도 할 수 있는 일인가?"

"……."

"이제야 좀 소방대원 같아졌군."

바이올렛이 빈정거리고 돌아섰다. 그러고는 속으로 남편이 자신을 완전히 망쳐 놨다고 생각했다.

＊ ✳ ＊

의회에 도착한 후, 긴급 재난 목적으로 구비되어 있던 돈을 일부 지원받아 북부로 가는 기차에 타기 위해 기차역에 도착한 것이 광산 매몰 53시간째였다.

낸시는 시간을 황금처럼 여기며 움직이는 바이올렛을 보며, 여기저기 헤매며 보낸 48시간을 후회했다. 곧바로 바이올렛을 찾아왔다면 이틀을 아끼는 건 물론이고, 그 여유 시간 동안 의회에서 더 많은 돈을 받아 낼 수도 있었을 것이다.

비록 지원받은 돈은 너무나 적었으니 없는 것보다는 나았다. 바이올렛은 그 돈으로 모두를 칼리본에 데려가야 했기 때문에 처음으로 3등석 표를 샀다.

그렇게 싫은 표정을 짓던 제릭이었으나 바이올렛이 같이 3등석에 탈 거라는 것을 알자 대표로 나서서 플랫폼에 선 그녀에게 말했다.

"부인께서는 적어도 2등석을 타십시오. 명색이 로렌스 가문의 적녀신데 어떻게 저도 처음 타 보는 3등석을 타십니까?"

"그럴 수 없소. 자네가 중간에 도망칠까 봐."

"제가 수행할 임무가 없어서 게으름을 부린 거지, 그 정도로 쓰레기는 아닙니다만."

제릭이 멋쩍게 대꾸했다. 그러다 곧 힐끔 낸시를 보며 말을 이었다.

"하지만 이방인 놈들을 위해 저희가 목숨을 걸 거란 생각은 안 하시는 게 좋습니다."

"나도 자네들이 정의감에 목숨을 걸길 바라는 건 아니오. 하지만 광부들을 구하기 위해 가장 안전하고 정확한 길을 찾는 일은 해 주겠지."

"그 정도는 해 드리죠."

얼마 지나지 않아 예약한 가장 빠른 기차가 들어왔다. 바이올렛은 3등석에 올라타며 안절부절못하고 따라다니던 젠에게 말했다.

"남편에게 칼리본에 다녀올 테니 좀 늦을 거라고 말해 주렴."

"이렇게 바로 출발하시면 크게 노하실 텐데……."

"노하면 따라오겠지."

바이올렛이 담담히 말했다.

젠은 바이올렛이 보이는 것보다 훨씬 고집불통이라, 그녀를 쉽게 막을 수 없다는 것을 알고 있었다. 저렇게 부부가 고집불통이니 서로 다툼만 일어나는 것이 분명했다.

＊ ✳ ＊

칼리본은 생각보다 아기자기한 마을이었다. 마을 한가운데 예배당이 있고, 그곳을 빙 둘러 작은 광장이 있었으며, 그 광장을 중심으로 광부들의 가족이 사는 집이 있었다.

바이올렛 일행이 도착하니 카닉 일족의 아이들이 제 어머니 뒤에 숨어 경계하고 그들을 보았다. 아이들은 카닉 일족이 아닌 사람들을 경계하도록 교육을 받은 듯했다. 그러나 검은 제복을 입은 소방대가 신기했는지 그들을 관심 있게 바라보며 물었다.

"엄마, 저 사람들은 뭐 하러 왔어?"

"광부들이야?"

아이들이 소곤소곤 물었다. 아마도 아이들에게는 광부들이 매몰되었다는 이야기를 하지 않은 듯했다.

소방대는 다소 불쾌한 표정으로 낸시를 따라 광산 입구로 들어섰다. 광산 입구는 거대한 바위로 완전히 막혀 있었다.

제릭이 상태를 살피고 은퇴한 광부들과 이야기하더니 바이올렛에게 돌아왔다.

"솔직하게 말씀드리죠. 애초에 다 죽었을 겁니다, 솔직히. 쓸데없는 짓입니다. 그런데도 굳이 구조 작업을 한다면, 식량은 둘째 치고 안에 물도 일주일 치뿐이라고 했죠? 이제 65시간이 지났고."

"그렇소."

"가장 안전하게 갱도로 들어갈 방법은 저 바위를 뚫는 것뿐이랍니다. 저희 열다섯 명이 사람 하나 통과할 크기로 뚫으려면 최소한 닷새는 걸립니다. 그리고 바위에 뚫은 구멍으로 들어가서 갱도를 돌아다니며 광부들 위치를 찾아내려면 그 기한이 무한정 걸릴 거란 얘기입니다. 예, 뭐 저자들이 그동안 살아남을 주술이라도 쓴다고 쳐 보죠. 그래 봤자."

"……그래 봤자?"

"저희 소방대원들 중 이방인 따위를 구하러 저 갱도에 들어갈 사람은 없을 겁니다."

제릭의 말에 바이올렛은 머릿속이 복잡해졌다.

그때 호기심을 보이고 있던 열 살쯤 된 소년이 물었다.

"누가 죽었어요?"

제릭이 냉정하게 대꾸했다.

"저 안의 광부들."

"아닌데. 우리 아빠 아직 저기에 있는데. 우리 아빠는 안 죽어요."

"사람은 다 죽어."

"아니에요. 예배당에서 목걸이를 주거든요."

소년이 낡은 셔츠 속에서 줄을 꼬아 만든 목걸이를 꺼내 보이며 말했다.

"이 목걸이가 광부들을 지켜 주는 거예요. 그래서 광부들은 안 죽어요."

소년의 확신에 소방대원들이 저도 모르게 욕설을 하며 고개를 돌려 버렸다. 아무리 이방인 차별이 마음속 깊이 자리한 그들이어도 아이들의 눈망울과 그 아버지들의 목숨이 겹쳐지니 버틸 수가 없었다. 결국 소방대원 몇이 가져온 장비를 착용하며 말했다.

"대장님, 일단 왔으니 시작은 하는 게 어떨까요?"

"맞습니다. 여기까지 온 시간이 아까우니까요. 깔짝거리기라도 하고 가시죠?"

부하들의 마음 약한 소리에 제릭이 인상을 쓰며 다시 바이올렛을 보았다.

"보십시오. 부인께서 마음 편하시려고 저희를 이용하시는 겁니다, 지금."

"좀 더 생각해 보겠소. 일단 여기까지 왔으니 저들 말대로 시작은 해 주시오. 부탁할 테니."

제릭이 혀를 차고는 돌아서서 말했다.

"시작해."

그의 말에 소방대가 땅을 파기 시작했다.

뒤늦게 구조가 시작된 후, 바이올렛은 생각에 잠겼다.

생각을 해야 했다. 만약 살아 있다고 가정하더라도 최소 열여덟 명이 일주일 치 식량과 물로 그 기약 없는 시간을 버틸 수 있을까? 애초에 살아 있다는 확신도 없이 노동력을 투자하는 건? 그건 맞는 판단인가. 혹시 데려온 소방대원 중에 한 명이라도 목숨을 잃는다면 그때는 어떻게 할 것인가.

그녀가 생각에 잠겨 있을 때였다. 마차 한 대가 멈춰 서더니 익숙한 얼굴이 나타났다. 바이올렛의 주치의였으며, 그녀에게 약을 먹였던 의사 베릴과 카닉사의 공동 부대표 이글린이었다.

베릴이 덜덜 떨며 달려와 바이올렛 앞에 무릎을 꿇었다.

"자, 작은 마님!"

뒤따라온 이글린이 물었다.

"이 작자 목을 쳐 버리려고 데려오신 건 아니죠?"

"사형은 신중히 해결해야 할 문제네. 모든 법관의 3분의 2의 동의가 있어야만 하지. 애초에 이런 죄로 사형을 선고하는 법관은 없을 걸세."

그녀의 대답에 이글린이 벌써부터 질린다는 듯이 말했다.

"농담이 안 통하시는 분과 은근히 꽤 사셨네요, 대표님. 농담 엄청 좋아하시는 분인데."

"안 그래도 종종 답답해하더군."

"그나저나 어떻게 아시고 저에게 연락을 하신 겁니까? 애초에 전 어떻게 알아보셨고요?"

바이올렛이 대답 없이 미소를 지었다. 이글린은 놔두면 혼자 알아서 줄줄 말하는 사람이라는 것을 알고 있었기 때문에 가만히 보고만 있으니, 예상대로 이글린이 말을 이었다.

"대표님께 들으셨어요?"

"응."

"그러셨구나. 아, 대표님은 엄청 화나신 거 아시죠?"

"그럴 만하지. 미안하다는 편지라도 보내야겠어."

바이올렛이 걱정스러워하며 말했다. 그러곤 이글린에게 물었다.

"자네는 회사 일을 해야 하지 않나?"

"그만뒀습니다."

"……뭐라고?"

"우리 일족을 위한 일에 제가 빠질 수 없죠!"

이번이 열한 번째 퇴사인 이글린이 의기양양해서 말했다. 바이올렛은 제 혈통에 대하여 말도 꺼내기 싫어하는 윈터만 봐 오다가 이글린을 보니 낯설었다.

바이올렛이 무릎 꿇은 베릴을 내려다보며 말했다.

"광부들이 구조될 때까지 이곳에 머물게. 갇힌 광부들뿐만 아니라 그 가족들도 몸을 챙기지 못하고 있으니 신경 쓸 것이 많을 걸세."

"예! 물론입니다! 저를 용서만 해 주시면 얼마든지……."

베릴이 다급하게 말하는 중에 이글린이 때리는 시늉을 하며 말했다.

"조건 달지 마, 이 새끼야."

그녀의 행동에 바이올렛이 미간을 좁혔다. 그러자 이글린이 슬그머니 손을 내렸다.

베릴은 제 몸도 들어갈 듯한 크기의 가방을 들고 자그마한 마을 회관으로 향했다. 마을에는 의사가 없어 의사를 찾으려면 세 시간을 넘게 걸어 번화가로 나가야 했다. 그러므로 이 기회를 놓치지 않고 아이와 노인이 있는 집마다 와서 진료를 받기 위해 줄을 섰다.

이글린은 돈이 부족한 시기에 사죄를 빌미로 무료 인력을 데려온 건 좋은 생각이라고 여겼으나, 이렇게 용서해 주기에는 저 의사가 너무 큰 죄를 지었다고 생각했다.

이글린이 팔짱을 끼고 베릴의 뒷모습을 보며 바이올렛에게 물었다.

"저걸로 화가 풀리시겠습니까? 복수하셔야죠."

"이거면 충분하네."

"대표님의 부모님께는 하실 거죠?"

거리낌이라곤 없는 이글린의 말에 바이올렛은 놀란 얼굴을 했다. 이렇게 주변 상황 신경 안 쓰고 할 말을 하는 사람도 있구나, 싶었다. 윈터도 그런 편이었지만, 그와 큰 차이점이 있었다. 윈터는 주변 분위기를 알면서도 내뱉는 것이지만, 이글린은 정말로 자기가 하는 말의 문제 자체를 모른다는 점이었다. 아이러니하게도 바이올렛은 그런 이글린을 무례한 사람이 아니라고 인식하고 있었다.

그녀가 대답이 없자 이글린이 재촉했다.

"네? 하실 거죠?"

"이미 하는 중이네."

"네, 네에? 진짜요? 어떻…… 아, 작위 문제를 걸고넘어지셨군요?"

"……"

그리고 이글린은 눈치가 더럽게 없는 것에 비해 상황 파악은 잘했다. 특히 약점 찾는 능력이 좋았다. 그 능력을 바탕으로 그녀는 윈터가 성질을 못 참아 뒤집어엎어 버린 협상 테이블들을 책임졌다.

바이올렛이 계속 잠자코 있으니 이글린이 고개를 끄덕였다.

"그렇다는 걸로 알겠습니다. 대표님은 작위 문제에 대해 전혀 모르시던데요?"

"……"

"하긴, 차차 말씀하시겠죠. 저도 물심양면으로 돕겠습니다! 우리 카닉 일족이 처음으로 귀족 작위를 계승할 수 있는 기회니까요!"

"……자넨 참."

"눈치 없다고요? 많이 듣습니다."

이글린이 어깨를 으쓱였다. 그러자 바이올렛이 고개를 젓고 말했다.

"능력이 있단 말이었네."

그녀의 말에 이글린이 모처럼 말문이 막혀 한 걸음 물러섰다. 바이올렛이 말을 이었다.

"이 일 끝나면 꼭 회사로 돌아가게. 자네 같은 사람이 옆에 없으면 남편에게는 매우 큰 손해일 테니."

"……저 오늘 처음 뵀지만 작은 마님이 엄청 마음에 듭니다."

"처음 봤는데 왜 작은 마님인가. 부인이라고 부르게. 뭐…… 불편하지 않다면 이름을 불러도 되고."

바이올렛이 담담히 말하고 돌아섰다. 이글린은 입이 절로 벌어져서 그녀의 뒤를 따라 걸으며 제가 아는 온갖 잡지식을 늘어놓았다.

❄ ❆ ❄

윈터는 칼리본까지 온 스스로가 너무 황당해 견딜 수가 없었지만 그렇다고 안 오는 것은 더더욱 말이 되지 않았다. 아내는 믿을 만한 여자가 아니다. 바이올렛이 무슨 위험한 짓을 할 줄 알고 믿는단 말인가.

그는 멋대로 돈을 쥐여 주고 얻은 예배당 종탑에서 망원경으로 바이올렛을 살폈다.

하옐이 옆에서 서류를 정리하며 말했다.

"혹시 사고 날까 봐 대표님과 공동 부대표님들은 같은 배도 안 타시면서 말입니다. 언제 산사태가 날지 모르는 이런 위험한 곳에 둘이나 와 있는 것도 모자라서 비행선에 쓰는 최신 기술까지 노출시키려 하십니까?"

그의 잔소리에 윈터가 돌아보며 신경질적으로 대꾸했다.

"그럼 어떡하라는 거지? 내 아내는 평생 이방인 같은 건 만날 이유가 없는 사람이었어. 여길 오게 된 것에 내 탓이 없다고는 못 한다고."

"작은 마님은 원래 이런 상황을 두고 보실 분이 아니잖습니까. 대표님 때문이 아니었더라도 성정이……."

"무슨 소리야. 내 아내는 이런 되도 않는 일에 뛰어들 정도로 계산 없이 살지 않아. 서놈들은 나와 같은 혈통인 걸 감사히 여겨야 한다고."

하옐은 작은 마님이 사람 목숨 구하는 일에 셈을 하지 않을 사람이라고 확신했으나, 저 우쭐해 있는 걸 건드리느니 차라리 그의 돈을 퍼부어 이 일을 빨리 처리하고 여길 뜨는 게 효율적이라고 생각해 별말을 하지 않았다.

윈터가 함께 온 빼빼 마른 발명가에게 말했다.

"이봐, 쓸 만한 거 있으면 꺼내 봐."

그러자 유난히 윈터를 무서워하는 동갑의 발명가, 솔린이 가방을 열었다. 그가 윈터와는 눈도 안 마주치고 말했다.

"이, 이런 걸 가져왔습니다!"

"뭔데."

"접착식 폭약인데요. 이렇게 붙이면 저 정도 바위는 폭파할 수 있어요!"

"……안 그래도 갱도가 불안정한데 폭약을 설치하자고? 갱도 어디에 광부들이 있는지도 모르는데 일단 터트리고 보자?"

윈터의 상식적인 반응에 솔린이 아쉬운 표정으로 다음 발명품을 꺼내 보였다.

"이건 좀 더 쓸 만합니다! 동료인 세라의 발명품인데요. 원래 라크 라운드 드릴은 힘으로 돌려 가며 써야 하지 않습니까? 그런데 이건 자동이라 힘으로 돌리지 않아도 건장한 청년 다섯 명이 동시에 일하는 힘으로 돌아가죠!"

"그, 그거 굉장한데요, 대표님?"

하엘이 감격해서 윈터를 보는데, 한 번 폭약을 꺼내는 모습에서 이 발명가의 어리석음을 느낀 윈터가 진지하게 물었다.

"어떻게 자동으로 작동하지?"

"아, 전기를 이용하면 됩니다! 엄청난 전력이 필요하지만 대표님 재력이라면 그 정도는……."

"여기서 가장 가까운 전신국이 세 시간 거리인 거 못 봤어? 여긴 전기를 끌어올 수 없어. 이제부터 끌어오려고 해도 석 달은 걸리지."

솔린이 거기까지는 생각 못 했는지 발명품을 들고 그대로 굳어 버렸다. 어쩌면 그는 이걸 그냥 사적 호기심을 해결할 기회로 생각했을지도 모른다. 솔린이 다음 기계를 꺼냈다.

"이, 이건 정말 라크라운드 과학의 정수라고 할 수 있는 건데요. 전기가 필요하긴 하지만 충전식으로 움직이는 겁니다! 밖에서 조종할 수가 있어서요, 길만 알려 주면 돌을 뚫을 정도는 아니지만 흙 정도는 파고 들어갈 수 있습니다. 기계 자체가 엄청난 소음을 내니 근처에 도착하면 광부들이 발견할 수 있을 겁니다."

"그건 필요하겠네. 광부들의 위치를 알면 지상에서 아래로 뚫고 들어가야겠군."

윈터가 신중하게 말을 이었다.

"자, 이제부터 해결해야 할 건……."

"지상에서 아래로 뚫고 들어가는 게 안전한지요? 그건 은퇴한 광부들에게 물어보는 게 어떨까요."

"그거 말고. 이 기계를 어떻게 몰래 아내에게 가져다주냐는 거지."

그러자 하옐이 너무 한심해 견딜 수 없다는 듯한 표정으로 물었다.

"뚜벅뚜벅 걸어가서 건네주시는 건 어떠세요?"

"안 돼. 나 아직 화 안 풀렸어. 내가 가지 말라고 그렇게 말했는데 왜 여기 와 있어? 재혼 문제부터 해결해야 할 것 아냐. 그 문제는 어떻게 해결할 건네?"

"도망치신다고 했다면서요."

"별수 없으니까 보내는 거지! 다른 방법이 있으면 찾아야 할 것 아냐! 수도에 그 좋아하는 정원을 차려 줬는데 왜 딴 곳에 가서 살아!"

윈터가 역정을 냈다. 듣고 있던 솔린이 연필로 인해 시커메진 소매로 식은땀을 닦아 내며 물었다.

"그렇게 떨어지기 싫으시면 이혼을 안 하시면 되잖습니까?"

그의 말에 기겁한 하옐이 다급하게 달려가 그의 입을 틀어막았다.

"아휴, 이 사람이 너무 혼자 일해서 사회성이 바닥났나 봐요."

하옐이 눈짓하며 손을 내리자 솔린이 이제 알았다는 듯 화들짝 놀라서 말했다.

"죄, 죄송해요! 이혼당하시는 거라 안 할 수가 없는 거군요!"

"솔린 씨! 도망치세요! 빨리!"

하옐이 욱하는 윈터를 말리려고 다급히 붙잡았다.

＊ ❈ ＊

처음 소방대는 건성으로 바위에 드릴을 고정하고 바위를 뚫는 시늉을 했다. 누가 봐도 불성실한 태도였다. 그래도 시간이 지나자 모여든 마을 사람들의 도움을 받으며 조금씩 나아졌다.

그러나 열흘 내에는 도저히 끝낼 수 없을 것처럼 속도는 지지부진했고, 사람들은 그 짧은 시간 동안 그들이 죽었을 것이란 불안감에 잠식되었다. 목표가 불확실하니 소방대 역시 금방 다시 힘이 풀렸다.

바이올렛이 납작한 돌 위에 걸터앉아 담배를 피우는 제릭을 주시했다.

"언제까지 여기 앉아 있을 건가?"

"더 빨리 한다고 변하는 거 없습니다. 재촉하지 마시죠."

"어떻게 변하는 게 없나, 이렇게 급할 때."

"어차피 죽었다고 하잖습니까. 속도에 의미가 없습니다."

제릭이 킬킬거리자 바이올렛이 그의 팔을 잡아 들어 보고 던지듯이 놓으며 물었다.

"술을 마셨소?"

"원래 우리는 쭉 술을 마셨습니다. 취하지 않아 본 적이 없어서 깨면 오히려 일을 그르칩니다."

제릭이 능청을 떨자 뒤에서 소방대원들이 배를 잡고 웃었다.

바이올렛은 그들을 노려보다가 도리가 없어 휙 돌아서 버렸다. 도대체 저 망할 소방대가 어떻게 해야 이 일에 진지하게 임할지 알 수가 없었다.

바이올렛이 소방대의 기세를 올릴 방법을 모색하고 있을 때, 언제 왔는지 이글린이 말했다.

"왕실 소방대잖아요. 왕에게 충성하겠다고 온 사람들이라고요. 저런 사람들의 기세를 북돋는 법은 뻔하죠."

"……"

"이용하세요. 자기가 가진 걸 이용할 줄 모르는 게 바이올렛의 가장 큰 약점이에요. 솔직히 애초에 우리 대표님한테 돈이고 사람이고 내 달라고 아양이라도 떠셨으면 훨씬 수월했을 겁니다. 저 아래 사람이 있을지도 모르는데 그까짓 신념이 문제인가요? 이래서 사람들이 도덕적인 사람을 싫어하는 거예요. 언제 나에게 불이익이 될지 모르거든요."

이글린의 말을 가만히 듣던 바이올렛이 휙 몸을 돌렸다. 그녀는 밥을 먹고 세 시간째 그늘에 앉아 노닥거리는 소방대에게 걸어갔다.

바이올렛이 돌아오자 제릭이 슬슬 짜증 섞인 목소리로 말했다.

"곧 작업 시작할 생각이었으니 그만 좀 채근하십시오. 일도 쉬어 가며 해야 효율이 오르지 않습니까?"

"자네는 무엇을 섬기지?"

그녀의 무덤덤한 목소리에 제릭이 당연하다는 듯이 대꾸했다.

"왕실을 섬깁니다."

"자네의 태도는 그런 것 같지 않네. 내 명령에도 이토록 불성실하니 자네가 왕실을 섬긴다고 볼 수 있겠는가."

그녀의 말이 떨어지자마자 술기운에 풀려 있던 제릭의 눈빛에 당혹감이 서렸다. 그가 서둘러 한쪽 무릎을 꿇으며 말했다.

"죄송합니다, 전하."

"전…… 아니."

호칭을 고치려던 바이올렛이 마음을 다잡았다.

"왕실이 해체되었다고 나라가 사라진 건 아닌데, 자네들의 이 태도는 무엇인가? 지금 자네들은 칼리본 광부들을 위해 일하는 것이 아니네. 라크라운드의 왕녀인 내 명령으로 이곳에 와서 일하고 있는 것이 아닌가?"

그러자 제릭이 더더욱 고개를 숙였다.

"제가 잘못 생각했습니다. 꾸짖어 주셔서 감사합니다. 명심하겠습니다."

"용서하지."

바이올렛의 말에 제릭이 안도하며 서둘러 일어났다. 제릭뿐만 아니라 왕실을 위하여 일하기를 희망해 소방대에 들어간 대원 전원의 눈빛이 의욕으로 불탔다. 제릭이 돌아가더니 제복 위에 입고 있던 천막 천으로 만든 우비를 벗고, 제복 상의까지 벗어 던졌다.

"왕녀 전하 명령이시다! 덥다고 꼬맹이들처럼 칭얼거리지 말고 빨리 파!"

"예, 대장님!"

곧 제릭을 따라서 나머지 소방대원들도 상의를 벗어 던졌다. 수년째 놀고먹고는 있지만 기본적으로 단련을 좋아하는 소방대원들이라 하나같이 몸이 다부졌다.

바이올렛은 내심 놀랐으나 아무렇지도 않은 척 표정을 유지했다. 이전에 윈터를 따라서 스포츠 경기를 관람하지 않았다면 비명을 질렀을지도 모른다. 이제는 겉으로나마 침착할 수 있었다.

바이올렛은 그들을 감시하듯 한참 동안 바라보다가 돌아서서 가까이 보이는 나무 쪽으로 걸어갔다. 그리고 비틀거리며 웅크리고 앉아 두 손으로 얼굴을 감쌌다.

지금 하고 있는 일의 중압감이 그녀를 짓눌렀다.

이글린의 말대로였다. 신념을 기만하는 건 일도 아니었다.

광부들은 이미 다 사망했을 가능성이 컸다. 여기 들어가는 세금과 소방대원들의 노동력이 두려웠고, 아무것도 모르는 아이들과 남편이 살아 있기를 간절히 바라는 아내들의 희망이 두려웠다.

그녀는 울지 않으려고 필사적으로 애썼다. 키론에 혼자 처음 떨어졌을 때도 이렇게 막막하고 두렵진 않았는데.

그녀가 곧 무릎에 얼굴을 파묻고 떨리는 두 손을 감싸 쥐는데, 그녀의 손이 커다란 손에 덥석 잡혔다.

"무슨 짓……."

어떻게 생각해도 남자 손이라 바짝 경계하며 고개를 든 바이올렛은 윈터와 시선을 마주쳤다. 바이올렛이 너무 놀라 눈을 동그랗게 떴다.

"왜…… 여기 있어요?"

"대단한 능력이군. 손 하나 까딱하지 않고 저렇게 많은 남자의 옷을 벗기다니."

의지할 곳이 절실히 필요한 순간이라 너무 반가웠지만, 윈터의 빈정거림에 바이올렛도 핀잔부터 나갔다.

"지금이 음담패설을 할 때예요? 여긴 정말 무슨 일이에요?"

"당신이 연락도 없이 하도 안 들어와서."

"네에?"

바이올렛이 정말로 놀랍다는 듯 눈을 동그랗게 떴다.

"무슨 의미예요, 그게?"

"이게 어려운 말인가? 연락 한 번 없이 하도 집에 안 들어오니까 쫓아왔다고."

"여기 온다는 말 전했잖아요?"

"출발하기 전에 한 거잖아."

윈터가 정말로 이해를 못 하자 바이올렛이 윈터의 말투를 따라 하며 말했다.

"그럼 나더러 집에 못 들어간다는 보고를 매일매일 하라는 건가?"

"뭐?"

"당신이 한 말이에요. 그게 당신의 신념이라고 생각해서 따라 준 건데요."

바이올렛의 말에 윈터가 멍한 표정을 지었다.

그가 말이 없으니, 잠시 생각하던 바이올렛이 물었다.

"혹시 그런 건가요?"

"뭐."

"자기는 연락을 안 해도 되지만, 난 해야 한다든지."

그녀의 말에 한참 생각하던 윈터가 대꾸했다.

"정확하군."

"정말 믿을 수 없을 정도로 이기적이군요."

바이올렛의 말에 윈터가 양심에 아주 미미한 가책을 느끼며 아내의 팔을 붙잡아 일으켜 주었다. 바이올렛이 말갛고 억울해하는 눈으로 바라보며 그 죄책감을 콕콕 찔러 대자 윈터가 괴로운 표정으로 머리칼을 마구 헝클었다.

"결혼 직후에는 옆도 뒤도 돌아볼 시간이 없었어. 당신과 붙어 있기 시작하면 빚은 누가 갚고, 유지비는 어떻게 감당해?"

"그건 당신의 이기적임에 대한 답이 되지 않아요. 왜 당신은 연락하지 않아도 되고 난 해야 하죠?"

"원래 나도 남의 연락 안 기다려! 그런데 당신은 어디 있는지 궁금하니까!"

윈터가 버럭 언성을 높였다.

그 바람에 웅성거리는 소리가 들리자 바이올렛이 놀라서 그의 팔을 톡 때리고 밀어냈다. 그러더니 윈터의 팔을 당겨 제가 머무는 숙소 뒤로 끌고 갔다. 두 사람은 서둘러 건물 벽에 붙어 사람들의 수군거림이 잦아들기를 기다렸다. 그러나 얼마간 시간이 지나 어느 정도 조용해졌는데도 두 사람은 입을 열지 않았다.

바이올렛이 윈터 쪽으로 고개를 돌려 보니 그는 비이올렛 반대쪽으로 고개를 돌리고 있었다. 더운지 목덜미가 벌게져서.

"나도 궁금하단 말이에요."

"뭐가 궁금해, 회사에 있겠지."

그의 투덜거림에 바이올렛이 손으로 톡 팔을 때리자, 윈터가 못 이기고 말했다.

"……알았어. 당분간은 매일매일 보고하지."

"약속해요."

뭐 며칠이나 남았다고 약속을 하자는 건진 모르겠지만, 윈터는 바이올렛 쪽으로 고개를 돌리고 새끼손가락을 내밀어 슬쩍 그녀의 손가락에 걸었다. 그러자 바이올렛이 손가락을 당기며 물었다.

"그래서, 연락이 없어서 온 거예요?"

"아니. 우리 발명가가 괜찮은 기계를 만들어서 보여 주려고. 당신 묵는 방에 가지. 기술 유출되면 안 되니까."

바이올렛이 묵는 방을 확인해 보고 싶어 윈터가 핑계를 대자 그녀가 금방 수긍했다.

바이올렛이 묵는 숙소에 들어서자마자 윈터가 구석구석 살피며 말했다.

"생각보단 좋은 방이군."

"이 마을에서 가장 좋은 방을 준 것 같아요."

자그마하고 깔끔한 방이었다. 특히 침대가 무척이나 커서 두 사람이 눕고도 자리가 남을 듯했다. 다만 윈터는 방의 인테리어가 마음에 안 들어 트집을 잡았다.

"100년은 된 것 같은 벽지군. 가구도 마찬가지고. 게다가 이 넓은 방에 고작 램프 하나?"

불만을 늘어놓는 주제에 침대는 마음에 드는지 벌써부터 헤드에 머리만 기대고 반쯤 드러누워 있었다. 바이올렛은 까딱까딱거리는 그의 발끝이 이 방을 마음에 들어 하는 표현처럼 느껴졌다.

바이올렛이 그와 마주 보게 침대에 걸터앉았다.

"와 줘서 고마워요. 억지 부렸는데."

"뭐, 아무튼 회사 이름도 빌려 썼으니 최소한의 값어치는 해야지. 우리 비행선 연구소의 발명가가 도움이 될 만한 발명을 했더군."

"정말요? 어떤 발명품이죠?"

"밖에서 방향을 조절할 수 있는 기계라더군. 기계는 자두 정도 크기야. 그 정도 공간만 수동 드릴로 뚫어 주면 알아서 움직일 거란 얘기지. 안에 사람이 있다는 걸 확인할 수 있을 거야. 갱도 입구가 불안정하다면, 광부들이 있는 위치를 정확히 찾아서 위에서 뚫고 들어가는 거지."

그의 말에 바이올렛의 눈이 휘둥그레졌다.

"굉장해요! 시간을 훨씬 단축하겠군요!"

"게다가 훨씬 더 안전하지."

바이올렛이 고마움과 다시 차오르는 희망에 무심코 윈터를 와락 끌어안았다. 그러다 이내 움찔하고는 서둘러 그를 놓아주었다.

"미안해요. 아직 화났죠, 나에게?"

"화? 내가?"

"네. 내가 당신이 말리는데도 여기 와 버렸잖아요. 화가 많이 났을 거라고 생각은 했지만……. 당신은 당신 일이 아니라고 하지만 나에겐 아니었어요. 그래서 내심 따라와 주길 바란 것도 있어요."

"아."

"그것보다 당신도 이제 궁금하다고 했으니까 하는 말인데, 내가 당신이 연락 안 될 때 얼마나 궁금해했는지 알겠어요?"

바이올렛은 섭섭함과 미안함을 동시에 표현하고 있었다.

그녀가 가까이 다가오며 그가 궁금했었다는 말을 하자 세상에 무서울 것 없던 윈터가 대답을 못 하고 뒤로 몸을 피했다.

그는 이 기분이 지독히 낯설었다. 혹시 관심받는 기분이 이런 것과 비슷한가? 그럼 길에서 행복하게 웃고 다니며 짜증 나게 굴던 자들은 자기들끼리만 이런 기분을 맛보고 다닌 건가? 아니, 근데 칼슨 로우처럼 사랑만 받고 자란 놈들은 왜 약쟁이가 된 거지?

윈터가 온갖 의문을 가지고 생각에 잠겨 대답이 없자 바이올렛이 그를 흔들었다.

"윈터, 내 말 듣고 있는 거예요?"

"어? 어."

"발명품은 그래서 어디에 있어요?"

"벌써 가져다 놨을 거야."

"그래요? 고마워요."

"좀 더 폴짝폴짝 뛰면서 좋아해 줘야지."

그제야 정신이 돌아온 윈터가 농담을 하자 바이올렛이 고지식하게 대답했다.

"광부들 생사를 확인한 후에요."

"후에는 폴짝폴짝 뛸 거야?"

"당신이 원하면 해 보겠어요."

바이올렛이 크게 고개를 끄덕이고는 진지하게 대답했다.

❊ ❅ ❊

기계 장치를 넣기 위한 작은 구멍은 그날 저녁 바로 뚫을 수 있었다. 그 속으로 기계를 넣고, 소방대원들은 지도를 펼치고 지금 광부들이 있는 위치로 추측되는 구역들을 향해 기계를 움직였다.

다행히 갱도가 비교적 단순했고 길이 막힌 부분도 많지 않아 막힘없이 진행되었지만 기계가 갱도가 아닌 곳으로 빠졌다는 판단이 들 때가 많고 지도도 정확하지 않아 반복해 시도를 해야 했다.

게다가 처음 광부들이 있을 거라고 생각한 21번 구역에서 아무 답이 없어, 모두 죽었을 거라는 제릭의 부정적인 푸념으로 중단될 위기도 겪었다. 그러나 갱도가 무너지며 광부들이 이동을 했을지 모른다는 바이올렛의 주장으로 추적이 계속되었다.

멀찍이 예배당 종탑에서 그들의 모습을 망원경으로 지켜보던 솔린이 소파에 드러누워 초조하게 작은 고무공을 만지작거리는 윈터에게 말했다.

"아직 기계가 매몰된 광부들을 발견하지 못하는 모양입니다. 지금이라도 늦지 않았습니다, 대표님. 그냥 저 바위에 폭약을 설치하시죠."

"하옐, 저 폭파광 좀 쫓아내."

윈터가 고무공을 집어 던지며 말하자 하옐이 인상을 쓰며 대꾸했다.

"대표님이 평소처럼 윽박질렀으면 벌써 도망쳤을 걸 놔두시니까 그렇잖아요."

"전혀 말리고 싶지 않아. 나도 저 멍청이처럼 폭파하고 싶은 마음이 굴뚝같으니까. 광부들이야 죽든지 말든지 내 알 바 아니지."

윈터의 종잇장 같은 도덕심이 찢어지기 직전이었다. 중요치도 않은 광부들 구하려고 왜 제 아내가 싫은 소리 들어가며 고생하고 있어야 하는지 모를 일이었다.

한참 동태를 살피던 솔린이 멈칫하더니 말했다.

"아무래도 폭약을 설치……."

"솔린 씨."

옆에서 같이 창밖을 내다본 하옐이 안경을 벗어 셔츠에 걸치며 말했다.

"저 시력 엄청 나쁜데 안경 벗고 봐도 지금 신나서 날뛰는 거 보입니다."

"……."

"그 폭약은 나중에 써 보게 해 드릴게요. 너무 상심하지 마세요."

"지, 진짜요?"

"네, 진짜요. 비행선을 위해 필요하기만 하다면요."

하옐이 가만히 솔린을 달래는데, 그들 뒤에서 곧장 바이올렛에게 달려가려고 머리를 쓸어 넘기던 윈터가 말했다.

"물론 비행선에 필요한 실험이 아니라면 네놈이 터트린 것들은 다 네놈 빚이 될 거야. 취미 생활에 돈 보태 줄 생각 없어."

그의 말에 움츠러든 솔린이 주저앉았다.

바위 앞, 바이올렛은 기계에 달아 둔 밧줄이 당겨지는 것을 물끄러미 바라보고 있었다. 어마어마한 길이의 밧줄이 조금씩 당겨지고 있었으므로, 광부들이 생존해 있음이 명백했다.

제릭이 놀랍다는 듯이 말했다.

"이 줄이 움직일 정도면…… 한두 명 힘이 아닐 것 같은데요. 여럿이서 당기는 것 같습니다."

그때 바이올렛이 서둘러 자리에 주저앉더니 밧줄이 당겨지는 것을 유심히 보았다. 그리고 일정한 박자로 당겨지는 줄을 바라보다 돌을 주워 바닥에 뭔가를 적었다. 그걸 뒤에서 본 이글린이 박수를 쳤다.

"전신 부호로군요!"

신호를 모두 적은 바이올렛이 중얼거렸다.

"열여덟 명 다 살아 있는 모양이야……."

그녀의 말이 끝나기 무섭게 진이 빠져 죽은 사람처럼 멍하니 주저앉아만 있던 마을 여자 하나가 비명을 지르며 바위로 달려갔다.

"어마! 여보!"

그녀가 맨손으로 정신없이 바위를 두드리자 한 발짝 늦게 알아차린 다른 광부의 가족들도 전부 오열하며 주저앉았다.

생존자가 있는 것을 확인한 제릭이 곧바로 지도를 펼쳐 은퇴한 광부들에게 물었다.

"기계 위치를 표시한 곳으로 보면 여기 이 위치네. 어디쯤에서 파내려가면 되지?"

그러자 그들 중 하나가 자신이 젊을 때와 체격이 비슷한 소방대원

하나를 가리켰다.

"저분이 여기부터 세 시간 반 동안 걸어 주시면 될 것 같습니다."

제릭이 허락했다.

"리든, 입구에 서."

"예, 대장님."

리든이 입구에 섰다. 그러자 은퇴한 광부들이 지도를 확인하고 기억을 하나씩 더듬어 가며 지도에 표시된 곳을 찾았다. 칼리본 사람과 소방대원 전원이 리든의 걸음에 참견하며 달라붙었다.

"여기가 내리막길이오. 다섯 걸음 정도 줄이는 게 좋겠소."

"리든! 조금 천천히! 지금 걸음이 너무 빨라지고 있잖아!"

다들 광부들이 죽었으리라 생각해 부정적으로 굴었지만, 희망이 보이기 시작하니 너 나 할 것 없이 두 눈이 반짝거리고 몸에 힘이 생겼다.

누구 하나 지치지 않고 세 시간 반을 걸은 후, 리든의 걸음이 멈췄다. 그가 손을 들고 말했다.

"세 시간 반입니다."

제릭이 나뭇가지로 소방대원의 주변에 둥글게 선을 긋더니 부하들에게 턱짓했다.

"파."

그의 한마디에 소방대원들이 땅을 파기 시작했다. 제릭이 자부심과 충성심으로 가득한 눈빛을 하고 바이올렛에게 말했다.

"생존자 수색을 시작하겠습니다, 전하."

"생존자의 안전보다 소방대원의 안전을 우선해 주길 바라네."

"예, 명심하겠습니다."

실종자가 생존자로 바뀌자 분위기는 완전히 반전되었다.

체력이 있는 모든 사람이 땅을 파고 다지는 일에 몰두한 사이, 바이올렛은 밧줄을 연결한 곳으로 돌아갔다. 그곳은 어떻게든 그 무거운 밧줄을 움직여 신호를 보내 보려는 사람들로 가득 차 있었다.

바이올렛이 나타나자 이글린이 손을 흔들며 물었다.

"바이올렛, 기다리고 있었습니다! 구조 작업 중이니 조금만 버티라는 게 전신 부호로 어떻게 됩니까?"

"아, 그거 좋은 생각이군."

바이올렛이 고개를 끄덕이더니 다시 바닥에 부호를 적어 주었다.

생존자가 있다는 것만으로도 긴장이 풀린 바이올렛은 사람들과 떨어진 곳, 판판한 바위 위에 앉아 축 늘어졌다.

"저 소방대 놈들 모처럼 세금값을 하는군."

윈터가 다가오며 말하자 바이올렛이 지친 미소로 대답을 대신했다. 윈터가 그녀 옆에 앉으며 말을 이었다.

"살아 있는 거 확인했으니까 이제 쉬어. 당신 할 일 없어."

"또 그렇게 못되게 말하죠?"

"하마터면 생매장당할 뻔했던 사람들을 구했군. 훌륭한 사람이야."

윈터가 금방 말을 고치자 바이올렛이 그제야 웃었다.

그때 윈터의 주변에 쪼르르 동네 청소년들이 모였다. 윈터가 인상을 쓰며 말했다.

"뭐야, 저리 꺼져."

"윈터 씨는 카닉 일족의 자랑이에요!"

"이 근처에 광증이라도 도는 건가?"

윈터가 모질게 말하자 바이올렛이 손으로 그의 허벅지를 톡 때렸다. 그러나 이미 광부들의 나쁜 입버릇에 적응한 아이들이 오히려 흥분해서 말했다.

"정말이에요! 자랑이고 희망이라고요! 저도 커서 윈터 씨처럼 돈을 많이 벌고 싶어요!"

"맞아요, 이 거지 같은 동네를 떠나고 싶어요! 광부 일을 해서 꼭 수도로 갈 거예요!"

"개 같은 소리 하지 마. 광부 일을 해서 수도를 가?"

그 말에 아이들이 얼어서 눈만 둥그렇게 뜨고 윈터를 보았다.

"원래 우리처럼 회색 눈을 가지거나 은발인 놈들은 세금을 더 많이 내게 되어 있어. 물론 콕 집어 차별법이 있는 건 아니지만 우리 일족이 많은 지역과 업종의 세율이 높지. 여기 칼리본도 마찬가지야."

윈터의 매몰찬 말을 듣고 있던 아이들이 멍한 표정을 지었다. 윈터가 말을 이었다.

"수도에 가고 싶으면 광부 일을 안 할 생각을 해야지. 일단 집을 나와. 수도에 오면 네놈들 일거리는 내가 해결해 주지. 안 그래도 이글린이 소수자 전형 뭐 이딴 거 만들자고 성화였으니까."

"우와아아……"

매몰찬 이야기에 울먹울먹하던 아이들의 눈망울이 금방 다시 활기를 되찾아 반짝거렸다. 그 눈빛을 귀찮아하던 윈터가 아이들과 똑같은 눈으로 자신을 보고 있는 바이올렛을 발견했다.

그녀에게 허세 부리고 싶은 마음에 일자리를 남발했지만 저렇게 귀여운 눈으로 저를 볼 줄은 상상도 못 했다. 하마터면 아이들에게 집도 하나씩 사 주겠다고 할 뻔했지만 그것부터는 바이올렛이 좋아하기보다 경악할 것 같아 입을 다물었다.

땅을 파는 일이 나흘째 이어지고 있었다.

윈터는 제멋대로 짐을 챙겨 바이올렛의 방으로 들어왔다. 카닉 일족은 원래 부부가 방을 같이 쓰기 때문에 따로 쓰면 남들이 이상하게 여길 것이란 이유였다. 게다가 미치광이 폭파광이 있어 무섭다는 말도 안 되는 소리를 했다.

다행히 윈터는 카펫 깔린 바닥에서 별 불만 없이 잤다. 오히려 너무 잘 잤다. 그도 함께 구조 작업을 시작했기 때문이었다.

바이올렛은 전날 밤, 괜히 여기까지 와서 육체노동 중인 윈터에게 미안해 딱 하루만 침대 위에다 재워 주었다.

일찍 눈을 뜬 바이올렛의 손이 일주일 내내 쉬지 않고 삽질을 해 근육이 부풀어 오른 윈터의 팔뚝을 살며시 감쌌다. 안 그래도 두껍던 팔뚝이 더 두꺼워져 있었다. 바이올렛이 무심코 만지작거리는데 윈터가 중얼거렸다.

"……아침부터."

"뭐라고 했어요?"

윈터가 이불을 걷더니 곧바로 바이올렛에게 뒤집어씌웠다.

"뭐, 뭐 하는 거예요?"

바이올렛이 당황하다가 이불 밖으로 나와 보니 윈터는 곧바로 욕실에 들어간 후였다.

얼마 후 샤워를 마치고 나온 윈터가 물기를 대충 닦아 내고 상의에 팔을 먼저 끼운 뒤 머리 위로 당겨 입었다.

바이올렛이 윈터 덕에 다시 헝클어진 머리칼을 정리하며 물었다.

"오늘도 땅을 파요?"

"해야지."

지반이 매우 단단하긴 하지만 넓게 파 내려가면 사고가 날 위험이 있으므로 한 사람 겨우 설 좁은 면적만 파는 중이었다. 한 명이 파고 다른 한 명이 흙을 위로 퍼냈는데 속도가 느려지면 곧바로 교대했다. 촌각을 다투는 구조 작업이었기 때문이다.

웬만한 소방대원보다 훨씬 힘이 좋은 데다, 소방대원들보다 훨씬 거칠게 자라 땅을 파고 다지는 일을 월등히 잘하는 윈터도 구조 작업에 끼어들었다.

바이올렛이 의문스러워하며 물었다.

"왜 이렇게 즐거워 보이는 거죠?"

"난 원래 힘쓰는 일이 적성이야."

윈터가 허리를 숙여 바이올렛의 이마를 감쌌다.

"더 자. 열 있어."

윈터가 허리를 숙이자 작업복으로 입은 셔츠가 헐렁거려 단단한 가슴이 보였다. 이 남자한테도 체격보다 큰 옷이 있구나 싶어 바이올렛은 신기해졌다. 그녀가 윈터의 칼라를 잡아 몸에 붙여 주며 말했다.

"가슴이 보여요."

"그러라고 입는 건데."

윈터가 능청을 떨자 바이올렛이 정색을 했다. 윈터가 어깨를 들썩이고 유쾌하게 웃었다.

"육체노동을 하니까 이혼에 관한 것도 잊히고 좋더군."

"그러네요. 얼마 남지 않았군요."

"그렇지. 알차게 보내자고. 마지막 날에 샴페인도 터뜨리고."

바이올렛이 말없이 고개를 끄덕였다.

윈터가 떠나고 자리에 앉은 바이올렛이 깊은 한숨을 쉬었다.

지금 상황을 생각해 봤을 때, 헤스턴 변경백과의 재혼을 거부할 수 있는 가장 수월하지만 가장 확실한 방법이 있었다.

너무도 당연히 그것은 그녀가 미혼 상태가 아닌 것이다.

그러나 그것은 어차피 고를 수 있는 선택지가 아니라고, 바이올렛은 생각했다.

"이제 또 어디로 떠나게 될까."

바이올렛이 창밖을 바라보며 중얼거렸다.

❈ ❀ ❈

몸이 추라도 달아 놓은 것처럼 무거웠지만 누워 있을 수만은 없었다. 바이올렛은 마을 사람에게 빌린 옷을 입고 연보라색의 수수한 보닛을 쓴 후 숙소를 나섰다.

독려를 해야 한다고 생각했지만 뭘 해야 할지 몰랐다. 이미 광부의 아내들이 소방대원들에게 가진 걸 다 털어 극진한 식사 대접을 하고 있었고, 그녀의 가는 팔로는 구조 작업에 방해만 되었다.

그녀가 생각에 빠진 채 밧줄을 매단 곳에 도착했다. 그녀를 보고 사람들과 어울리던 이글린이 달려왔다.

"바이올렛, 왔어요?"

이글린은 바이올렛의 신념을 이해했기 때문에 그녀를 공주님이라고 칭하지 않으려 애썼다. 이글린의 호의에 바이올렛은 감사의 미소를 지었다.

바이올렛이 나타나자마자 마을 사람들이 다가왔다.

"왜 나오셨어요? 더 쉬시지."

"부인께서 몸져누우시기라도 하면 저희가 더 면목이 없잖아요."

마을 사람들은 소중한 보석이라도 다루듯 말하고 행동하며 바이올렛을 다시 들여보내려 애썼다.

내가 도움이 안 되는 게 아닐까 하고 바이올렛이 애정 가득한 주변 사람들 속도 모르고 걱정하고 있을 때, 산 위에서 괴로워하며 소리치는 소방대원의 목소리가 쩌렁쩌렁 들려왔다.

바이올렛이 놀라서 말을 타고 달려가 보니 소방대원이 주저앉아 있었다. 바이올렛이 흙투성이인 윈터에게 달려가 물었다.

"무슨 일이에요?"

"여기가 아닌 모양이군."

"네?"

"위치가 잘못됐나 봐. 광부들이 있는 곳이 아닌 모양이야. 갱도가 있긴 한데 광부들이 없어. 앞뒤는 다 바위로 막혀 있고."

안 그래도 지쳐 있던 소방대원이며 은퇴한 광부들 모두 욕설을 하며 드러누워 버렸다. 바이올렛이 말했다.

"잠깐만요. 나도 들어가 볼게요."

"어딜 들어가?"

"그냥 사다리 타고 잠깐만요. 광부들이 전신 부호로 곡괭이 소리가 가까워지고 있다고 했어요. 혹시 틀렸더라도 아주 멀지 않은 게 분명해요."

"……그래?"

그녀의 말에 사람들이 힐끔 바이올렛을 보았다.

바이올렛이 사다리로 걸어가자 윈터가 광부들의 모자를 보닛 대신 씌워 주었다.

"같이 가."

"고마워요."

바이올렛이 미소를 지었다.

두 사람이 갱도에 들어선 후 윈터가 소리쳤다.

"이봐! 소리를 내야 우리가 찾아갈 거 아냐! 노래라도 부르라고!"

쩌렁쩌렁 울리도록 소리친 윈터가 이내 입을 다물었다.

잠시 조용해졌을 때, 눈이 커진 바이올렛이 정신없이 한쪽 벽으로 달려갔다. 희미하지만 소리가 들린 기분이었다.

바이올렛은 떨리는 마음을 애써 누르며 조심스럽게 벽에 귀를 댔다. 그러자 정말로 소리가 들려왔다. 힘이라고는 하나도 없었지만, 분명 누군가의 목소리였다.

바이올렛이 말했다.

"여, 여기서 목소리가 들려요!"

그 즉시 근처에 있던 윈터와 소방대원들이 광부들의 목소리가 들리는 곳으로 수동 드릴을 넣어 구멍을 내기 시작했다.

고온과 높은 습도 속에서 땀을 뻘뻘 흘리며 구멍을 내고 있을 때, 소방대원 하나가 땅 파는 것을 멈추고 그 구멍 안을 들여다보더니 소리를 질렀다.

"과, 광부들이 보이는 것 같습니다! 물…… 물을 달라고 합니다!"

그 말을 듣자마자 윈터가 달려 올라가더니 이럴 때를 대비해 가져온 단단한 수도관과 구조대가 마시던 물을 가지고 왔다. 작은 구멍 안으로 수도관을 욱여넣은 그는 곧바로 그곳으로 콸콸 물을 흘려 넣기 시작했다. 신이 난 제릭이 소리쳤다.

"빨리 파서 저 망할 광부들 꺼내 놓고 집에 가자!"

"예, 대장님!"

"자, 자! 얼른 집에 갑시다!"

안에서는 생사를 넘나드는데, 밖에서는 다들 흥분의 도가니였다. 바이올렛은 방해가 되지 않도록 밖으로 나와 지상에서 기다리고 있었다.

해가 있을 때 시작한 작업은 해가 지고 새벽이 되도록 이어졌다.

얼마나 지났을까.

"첫 번째 구조자 올라갑니다! 들것을 놔 주십시오!"

그 말이 들리자마자 근처에 천막을 치고 기다리던 베릴이 들것을 두 팔로 안아 들고 달려왔다.

잠시 후 눈을 보호하기 위해 검은 천으로 가린 광부 하나가 올라왔다. 그의 얼굴을 알아본 광부의 아내가 달려왔다.

"아악! 여보!"

"아빠!"

아이들 모두 소리치며 달려와 광부를 올린 들것에 매달렸다. 베릴이 소리쳤다.

"바로 치료를 해야 하니 천막으로 옮겨 주세요! 손이 많이 필요하니 가족분들도 천막으로 와 주시고요!"

사람들이 우르르 천막으로 달려갔다.

바이올렛은 자리에 서서 올라오는 사람들의 얼굴을 확인했다. 그동안 광부의 가족들과 수많은 이야기를 나누었기 때문에 올라오는 사람들의 얼굴을 전부 알아볼 수 있었다. 마음속으로 천 번 만 번 되뇐 이름의 주인들이 하나씩 그녀의 눈앞을 지나갔다.

열여덟 명 중 마지막으로 구조된 자는 낸시의 남편 루토였다. 이제 스무 살. 아내와 동갑인 루토는 다른 광부들에 비해서 심하게 말라 있었다. 젊다는 이유로 힘이 필요한 건 다 본인이 하려 들었기 때문이었다고 한다.

들것에 누운 그가 신음하며 아내의 이름을 부르자 바이올렛이 손을 잡아 주며 말했다.

"낸시는 지금 먼저 나온 광부들의 치료를 돕고 있소. 둘 다 참 강한 사람들이오."

그녀의 말에 안심했는지, 루토는 그대로 정신을 잃었다.

열여덟 명이 전부 천막으로 들어가자 바이올렛이 비틀거렸다. 윈터가 정신없이 달려가 그녀를 부축해 보니 바이올렛 역시 정신을 잃은 후였다. 그녀의 몸이 불덩이였다.

윈터가 바이올렛을 안아 들자 이글린이 옆에서 핀잔했다.

"대표님한테 너어무 아깝습니다."

"닥쳐."

"대표님 아니면 여기까지 오셨겠습니까? 바이올렛이 몇 번이나 얘기하셨습니다. 대표님 덕에 카닉 일족들에 대해 알게 되어 다행이라고. 대표님 때문에 여기 오신 겁니다. 고맙다고 하십시오, 일족을 대표해서."

그녀의 말에 윈터가 슬쩍 우쭐해서 말했다.

"그렇지? 나 때문에 온 거 맞다니까 하옐 저놈이 계속 부정적으로 반응하잖아."

"하옐이 언제 긍정적인 적이 있었습니까?"

원터가 고개를 끄덕여 동조한 후 담요를 턱짓하자 이글린이 담요를 가져다 바이올렛을 덮어 주었다.

그녀가 정신을 잃는 걸 보고 한 걸음 늦게 달려온 제릭이 물었다.

"전하께선 괜찮으십니까?"

"내 아내가 괜찮든 말든 그쪽이 무슨 상관이지?"

위터가 불쾌해하며 말을 내뱉고는 성큼 걸음을 옮겨 천막 안으로 들어섰다. 하여튼 몇 걸음 걷는 동안에도 바이올렛이 걱정되어 달려오는 사람들투성이였다.

그가 천막에 들어서자 베릴이 흠칫했다. 원터가 죽일 듯한 표정으로 그를 보다가 바이올렛을 내려놓았다. 그리고 욱해서 주먹을 드는데 하옐과 이글린이 달려와 막았다.

"작은 마님 아프십니다!"

"그러니까요! 여기 하나 있는 의사를 두들겨 패면 치료는 누가 합니까!"

두 사람이 폴짝폴짝 뛰어오르며 원터의 팔을 붙잡았다. 정말 의사가 하나뿐인 건 사실이었다.

원터가 손을 내리자 사람들이 안도했다. 그러나 곧바로 원터는 베릴의 멱살을 틀어쥐어 그의 몸을 들어 올렸다.

"내 아내부터 치료해. 나머지는 내 알 바 아니니까."

"다, 당연히 그럴 겁니다!"

대롱대롱 매달린 베릴이 목이 졸려 간신히 대답했다.

원터는 그를 떠밀고 천막을 나왔다.

바이올렛이 정신을 차렸을 땐 침대 위였다. 해가 들어오고 있으니 아마 아침이 된 모양이었다.

상체를 일으키자 허리에 감겨 있던 윈터의 팔이 딸려 올라왔다. 고개를 돌려 윈터를 본 바이올렛이 혼잣말했다.

"……이게 편한가?"

상의는 저 멀리 구겨져 있고, 윈터는 편한 바지만 입고 잠들어 있었다.

바이올렛은 손가락 끝을 가져가 윈터의 눈꺼풀을 살짝 건드렸다. 그리고 시간을 확인하기 위해 두리번거렸으나 시계가 없었다.

그녀는 협탁에 풀려 있는 윈터의 손목시계를 발견하고 손을 뻗어 집어 들었다. 시간을 확인한 바이올렛은 눈을 못 떼고 계속 시계를 바라보았다. 그녀가 입을 열었다.

"윈터, 그만 자는 척하고 일어나 봐요."

그러자 윈터가 혀를 차며 눈을 떴다. 그는 바이올렛의 손에 들린 시계를 잡아챘다.

"내 거야."

"고장 났어요."

"어. 수리하러 가져갔더니 불량이라 바꿔야 한다더군."

"그래서요?"

"바꿨으면 시계가 갔겠지."

"고장 난 시계를 왜 하고 다녀요?"

"바꾸면 당신이 준 게 아니잖아."

윈터가 무슨 소리냐는 듯이 대꾸하고는 시계를 다시 협탁에 올리고 바이올렛을 잡아 눕혔다.

"잠이나 더 자."

"시계를…… 이럴 거면 시계를 왜 들고 다니는 거죠?"

순간 말문이 막혔는지 바이올렛이 한 번 문장 구성에 실패하고, 다시 물었다. 그러나 윈터는 더 이상 대답 없이 잠을 청했다.

바이올렛은 눈을 감은 윈터를 물끄러미 바라보았다. 그리고 제 쪽으로 기울인 왼쪽 어깨에 새겨진 키닉의 문신을 손으로 쓰다듬었다.

그녀의 부드러운 손길에 결국 잠이 확 달아난 윈터가 몸을 일으켜 바이올렛의 손목을 낚아채 끌어당겼다.

"왜 매번 이렇게 깨우는 건지 이유나 좀 알자."

"내가 뭘요?"

"왜 매번 깨울 때마다 이렇게 쓰다듬냐고."

"흔들어 깨우면 미안하잖아요."

바이올렛의 당당함에 윈터는 순간 할 말을 잃었다. 하여튼 이 여자는 그를 만지작거리는 것에 조금도 죄책감이 없었다. 윈터가 손을 잡는 걸 내켜 하기 시작하니 점점 아무 곳이나 만져도 되는 줄 아는 듯했다.

바이올렛이 보드라운 손으로 팔뚝을 만지작거리고 있으면 이성이 나가 버릴 것 같았다. 허리 아래가 격렬하게 욱신거리는데 그 원흉은 제가 무슨 짓을 하는지도 모른다.

윈터가 한숨을 쉬더니 그녀의 손을 제 가슴팍에 올려놓았다.

"자. 실컷 만져."

"이제 깼잖아요."

"어, 깼지."

바이올렛의 손끝에서 윈터의 강하게 뛰는 심장 박동이 느껴졌다. 그녀가 걱정스러운 표정으로 물었다.

"심장이 이렇게 뛰면 죽는 거 아니에요?"

"그러니까. 당신이 날 죽이게 생겼다고."

잡힌 손이 점점 아래로 내려갔다. 바이올렛의 동공이 커졌다가 작아졌다가 다시 커졌다. 머릿속에서는 손을 떼야 한다고 하는데, 호기심에 그러지 못했다. 군살 하나 없는 단단한 배를 내려가다 아랫배에 닿았을 때 바이올렛이 서둘러 손을 뗐다. 그리고 고개를 돌리며 떨리는 숨을 내쉬고 눈을 꼭 감아 버렸다.

"잘 알아들었어요."

"그렇게 깨우면 돼, 안 돼?"

"절대 안 돼요. 앞으로 안 그럴게요."

바이올렛의 확답을 듣고서야 윈터가 그녀의 손목을 놓아주었다.

윈터가 샤워를 하고 나온 후에도 이런저런 핑계를 대며 바이올렛을 붙잡는 바람에 두 사람은 침대에서 한참을 더 게으름을 부렸다.

덕분에 정오가 지나서야 두 사람은 광부들의 상태를 확인하기 위해 응급조치를 마친 광부들을 옮겨 놓은 예배당으로 들어섰다.

안에는 기자들이 와 있어 광부들이 짜증이 난 얼굴로 언성을 높이고 있었다.

"무슨 구경 났어? 뭐 이제 와서 난리야!"

"당장들 꺼져!"

광부들이 때리는 시늉을 하며 기자들을 밀쳤다. 바이올렛이 신기하다는 듯 윈터에게 소곤거렸다.

"······저기 당신 같은 사람이 열여덟 명 더 있어요!"

"그게 그렇게 재밌을 일이야?"

윈터가 정색하며 되묻는데 광부의 가족들이 달려왔다.

"부인! 오셨군요!"

"그렇게 쓰러졌으니 아직 움직이시면 안 되잖아요. 왜 벌써 돌아다니세요?"

"다들 생각보다 엄청 건강하답니다."

바이올렛이 미소를 지었다. 그때, 비교적 긴장해 보이는 광부 넷이 목발을 짚고 다가와 바이올렛을 둘러쌌다. 그녀는 조금 놀랐으나 곧 자세를 바로 해 안부를 물을 준비를 했다. 그러나 그녀가 입을 여는 순간 광부들이 노래를 부르기 시작했다.

손가락을 튕기며 노래를 시작하자 바이올렛은 어떻게 반응해야 할 줄 몰라서 눈을 깜빡거렸다. 심지어 가사는 좋은 뜻이라곤 없고 오직 가난과 고통스러운 노동에 대한 것들뿐이었다.

윈터가 그녀의 허리를 한 팔로 끌어안으며 소곤거렸다.

"뭘 놀라. 그럼 칼리본 광부들이 예의 바르게 고맙단 말이라도 할 줄 알았어?"

"왜 안 하죠?"

"낯간지러워서 그런 말을 어떻게 해. 이게 고맙단 뜻이야."

윈터가 웃으며 말하자 그제야 바이올렛도 기막혀하며 웃었다.

침상에 누워 있는 광부들까지 노래를 부르기 시작하고, 가족들은 어깨를 들썩이며 손가락을 튕겼다.

한편 조금 떨어진 곳에서는 기자들이 거대하고 복잡한 구조의 사진기를 바쁘게 설치하기 시작했다. 사진을 찍는 데는 매우 오랜 시간이 걸렸는데 다행히 광부의 노래는 꼬리에 꼬리를 물고 끝없이 이어졌다. 온 사방이 신나 하는 것에 비해 바이올렛은 거의 움직임 없이 미소를 지으며 그들의 노래를 듣고 있었다.

그날 밤, 그들은 이전에 바이올렛이 술집에서 먹었던 이싱을 먹었다. 카닉 일족들이 사는 곳이라면 어디에나 있는, 도대체 어디서 이런 걸 만드나 싶은 거대한 솥이 준비되었다.

마을 사람들은 바이올렛이 이 음식에 대해 알고 있다는 사실을 무척 신기해하는 동시에 당연하게도 여겼다. 사람들이 쉴 없이 바이올렛에게 말을 걸고 꽃을 건네주는 바람에 그녀의 무릎이며 머리가 꽃에 파묻힐 지경이었다.

그 모습에 윈터가 투덜거렸다.

"내가 그랬지? 당신 주변은 시장 바닥이 된다고. 하기야, 당연히 고마워해야지. 우리 귀한 공주님이 이방인들 사는 곳까지 행차하셨는데."

그의 말에 바이올렛이 저도 모르게 웃으며 고개를 비스듬히 기울이고 물었다.

"당신 때문에 여기 와 줘서 고맙다는 뜻이죠?"

"……."

"그런 걸로 알게요."

윈터가 홀린 듯이 그녀의 얼굴을 바라보다가 술을 벌컥벌컥 마셨다. 이보다 더 아내에게 약할 수 없을 줄 알았는데, 놀랍게도 점점 더 그녀에게 약해지는 기분이다.

다음 날 울고 있는 사람들을 뒤로하고 바이올렛 일행이 떠날 채비를 마쳤다. 소방대원들도 섭섭한 얼굴로 바이올렛에게 말했다.

"여기 음식 맛있어서 나중에 생각날 것 같습니다."

"저도요. 그리고 생각보다는…… 다들 착하더라고요."

좋은 가문에서 태어나 왕실 소방대에 들어왔던 소방대원들은 그새 정이 들었는지 칼리본을 떠나는 것을 매우 아쉬워했다.

바이올렛이 뒤를 돌아보았다. 칼리본 사람들이 챙겨 준 선물이 하도 많아서 결국 윈터가 사설 마차를 하나 더 불러야 했다.

"내가 괜찮다고 했는데도……"

바이올렛의 한숨 섞인 목소리에 윈터가 픽 웃으며 말했다.

"내 혈통 특성인가 봐. 당신 말 안 듣는 거."

그제야 바이올렛도 미소를 지어 보였다. 그때, 여기 며칠 더 머물기로 한 이글린이 달려와 바이올렛에게 편지를 내밀었다.

"광부들이 전해 드렸으면 하더라고요."

"광부들이?"

"네. 아, 물론 제가 윤문했습니다."

"고맙네."

바이올렛이 인사하고 편지를 펼쳤다.

혹시 우리의 숨이 끊어졌어도 전하께서 구조를 위해 달려오셨다는 사실은 변하지 않았을 겁니다. 우리 아이들은 좌절 대신 희망을 품고 자랄 겁니다. 누군가 도와주리라는 믿음이 생겼으니까요.

옆에서 편지를 엿본 윈터가 말했다.

"광부들은 러브 레터도 그렇게는 안 쓰던데."

그러자 옆에서 이글린도 맞장구쳤다.

"저도 그렇게 생각했는데 예외더라고요."

바이올렛이 행복한 표정을 지으며 편지를 소중히 가방에 챙겨 넣었다.

마차에서 기차로 갈아타고, 다시 마차를 타는 긴 여정이었다. 수도에 도착할 때쯤, 바이올렛이 지쳐서 반쯤 잠들어 있는데 마차가 멈췄다. 바이올렛이 애써 잠을 쫓으며 윈터에게 물었다.

"왜 마차가 멈추죠?"

그러자 창밖을 보고 있던 윈터가 말했다.

"당신이 내려서 직접 보는 게 좋겠어."

바이올렛이 의아해하며 먼저 내린 윈터의 에스코트를 받아 마차에서 내렸다. 그녀는 곧 길 양옆으로 늘어선 사람들을 발견하고 눈이 휘둥그레졌다.

앞에서 바이올렛을 발견한 사람들로부터 환호성이 번졌다. 윈터가 그럴 줄 알았다는 듯, 여분으로 데려온 말을 끌고 왔다.

"타."

"네에?"

"이 정도 쇼맨십도 없어? 기다려 줬으니 보답을 해야지."

"아……."

바이올렛이 얼떨결에 말에 타자, 앞장서던 제릭이 말을 돌려 바이올렛에게 다가왔다.

"앞장서시면 따르겠습니다, 부인."

바이올렛은 난처한 표정으로 천천히 앞으로 향했다. 그녀가 길로 들어서자 순식간에 꽃가루가 길에 뿌려졌다.

"공주님!"

"바이올렛 공주님!"

바이올렛은 환호성에 조금 흥분한 말을 쓰다듬었다.

"우리를 반겨 주는 것이니 두려워 말거라."

다행히 말은 순식간에 진정했고, 바이올렛의 말을 알아듣기라도 한 양 도도하게 턱을 치켜들었다. 말이 인파가 만든 길로 들어섰다. 바이올렛은 담담히 미소를 지으며 그 길을 지났다.

그녀는 내심 스스로에게 실망하는 중이었다. 그녀는 지금껏 라크라운드의 다른 사람들두 귀족들과 같이 광산에서 실종된 노동자들에게 무관심하리라 생각했기 때문이다. 그러나 그들은 지금 광부들의 생환에 기뻐하고 있다. 그녀의 고향 사람들은 그녀의 생각보다 나은 사람들이었다.

꽃길을 지나며 그녀는 어려서부터 체득한 부드러운 자세로 손을 흔들어 인사했다. 길의 끝에는 마지못해 나온 에쉬와 의회를 이끄는 의장이 있었다.

바이올렛이 그들 앞에 도착했다. 에쉬와 의장은 바이올렛이 말에서 곧 내릴 것이라 생각하고 기다렸으나 그녀는 내리지 않고 입을 열었다.

"무슨 일로 오셨소?"

그녀가 묻자 에쉬가 불쾌한 표정으로 말했다.

"무슨 짓이오? 말에서 내려와서 말하시오."

"왜 그래야 하오? 그대가 왕도 아닌데."

바이올렛의 담담한 목소리가 침묵 속에 퍼졌다. 에쉬는 여동생의 속셈을 알고 두 주먹을 부들부들 떨었다. 이런 모두의 이목이 집중된 자리에서 그가 왕이 아니라는 것을 소리 내어 말하고 있는 것이었다. 왕실이 사라졌음을 알리기 위해.

그러나 그녀는 그리 긴 기 싸움을 하지 않고 말에서 내렸다. 왕이든 아니든 말에서 사람을 내려다보는 것은 예의가 아니었다.

바이올렛이 에쉬에게 가까이 걸어가 말했다.

"나에게 칼리본 사람들을 보내 줘서 고마워. 살면서 오빠에게 고마워할 일이 있을 줄은 몰랐네."

"이혼을 앞둔 사람이 건강하기도 하지."

"이혼과 건강이 무슨 상관인지 모르겠어."

비꼬는 것에 이골이 난 바이올렛이 담담히 대답했다. 그때 제릭이 에쉬에게 정중히 인사했다.

"오랜만에 뵙습니다."

"전하."

에쉬가 지적하자 제릭이 약간 난처한 표정을 지었다. 그러나 곧 고개를 숙이며 대답했다.

"죄송합니다, 전하. 그리고."

제릭은 '전하'라는 에쉬의 지적에 깨달은 바가 있어, 정중한 태도로 바이올렛을 향해 말했다.

"부인. 임무가 끝났으니 해산 명령을 내려 주십시오."

그의 말에 바이올렛이 놀란 표정으로 물었다.

"내가 내려도 되는 건가?"

"예. 임무를 내리신 분이니 해산 명령도 내려 주셔야지요."

제릭의 말에 에쉬의 표정이 굳었다. 에쉬는 지금까지 단 한 번도, 왕실에 속한 어떤 군대도 왕이 있을 때 왕이 아닌 다른 자가 해산 명령을 내리는 것을 본 적이 없었다.

제릭이 그녀의 앞에 한쪽 무릎을 꿇자, 소방대원들이 그 뒤로 똑같이 무릎을 꿇고 바이올렛을 보았다.

바이올렛이 당황하면서도 보고 자란 것을 떠올려 침착하게 말했다.

"훌륭한 행동이었네. 진심으로 감사하며 이것으로 해산을 명하네."

"감사합니다."

제릭과 소방대가 자리에서 일어나 다시 말에 올라타 그대로 왕성의 소방대 숙소로 돌아갔다. 에쉬가 죽일 듯이 그들을 노려보며 의장에게 말했다.

"저 소방대가 왜 이직도 남아 있는 거시?"

"죄송하지만…… 그건 전하께서 해산하셨어야 합니다."

"일이 없으면 알아서 해산했어야 할 것 아냐."

"일도 안 하는데 꼬박꼬박 급여를 받는 일을 그만둘 수는 없었겠죠."

"당장 소방대를 없애 버리지."

"좋은 선택이십니다."

왕실이 해산하자마자 했어야 할 일을 이제야 하고 있었다. 바이올렛은 소방대에게 좀 미안했으나, 지금까지 놀고먹으며 세금을 받아 챙겼으니 지금이라도 해산되어 다행이라고 생각했다.

그들은 아마도 왕실 기사단처럼 경관으로 발령이 나거나, 운이 나쁘면 수도에서 떨어진 곳의 보안관으로 발령이 날 것이다. 어쩌면 그들도 발령이 나지 않아 지금껏 도리가 없어 놀고먹었을지 모르니, 그들에게도 잘된 일이었다.

그리고 실제로, 얼마 뒤 발령이 떨어지자 소방대원 전원이 바이올렛에게 감사의 인사를 보냈다.

＊ ✳ ＊

집에 돌아온 바이올렛 앞으로 그녀가 보낸 편지들의 답장이 쌓여 있었다. 예상대로 극소수를 제외하면 대부분 질문에서 벗어난 대답뿐이었다. 날씨 얘기나 파티 초대로 회피한 편지들에 바이올렛은 씁쓸한 표정을 지었다.

편지들을 전부 뜯어 본 바이올렛이 깊은 한숨을 쉬었다.

"……정말 방법이 없나."

도망치고 싶지는 않았다. 체력적으로도 문제였지만 점점 더 수도에 소중한 사람들이 많아지고 있는 것도 문제였다.

무엇보다 윈터 블루밍. 그 남자가 뭐라고 자꾸만 눈에 밟혔다.

"아, 정말 내가 제정신이 아닌가 봐."

3년을 앓아 놓고 또. 또다시 그가 그립기 시작했다.

바이올렛이 두 손으로 이마를 감쌌다.

그를 잘 모르고 자신도 어릴 때 첫눈에 반하는 거야, 외모 하나만으로도 당연한 일이었다. 그런데 이제는 그에 대해 많은 걸 알았다. 그런데도 그를 보면 여전히 가슴이 울렁였다.

좋아도 그런 거친 남자가 좋을 게 뭐란 말인가. 그의 무례하고 못된 말투 어디에 호감을 느낄 부분이 있단 말인가.

바이올렛이 심란해하는데 문이 벌컥 열렸다. 여전히 적응되지 않는 윈터의 무례함에 바이올렛의 어깨가 흠칫 떨렸다가 바로 돌아왔다.

"윈터, 제발 미리 인기척 좀 해 줘요."

"난 당신이 문 앞에 서면 인기척 안 내도 당신인 거 알아. 당신은 왜 몰라?"

"당신이 이상한 거예요. 그걸 어떻게 아는 거죠?"

"이봐. 우리가 몸도 바뀌는데 그까짓 게 뭐가 이상해? 우리 혈통의 또 다른 대단한 주술인 모양이지."

"공주님이라고 못 하게 하니 이제는 '이봐'인가요?"

"응, 그럴 거고 당신은 오늘 꼼짝 말고 집에서 쉬어. 또 모르는 사람 따라가지 말고."

"이유가 없다면 따라가지 않…… 혹시 농담인가요?"

"농담은. 유괴라도 당할까 봐 걱정하는 거지."

농담이 맞았다. 바이올렛이 한숨을 쉬는데 윈터가 다가와 의자에 앉아 있는 그녀의 시선 높이까지 허리를 숙이고 물었다.

"그나저나 머리 아파? 손으로 감싸고 있었잖아."

"괜찮아요."

"당신은 항상 아파서 그게 정상인 줄 알잖아."

그의 핀잔에 바이올렛이 입꼬리를 늘이며 대답했다.

"당신과 몸이 바뀌어 보지 않았다면 건강하다는 게 어떤 건지 모를 뻔했어요."

"나도 당신과 몸이 바뀌어 보지 않았다면 당신이 이렇게……."

윈터가 웬일로 말을 다 잇지 못하고 시선을 떨구었다가 겨우 문장을 끝마쳤다.

"……이렇게 3년을 보낸 걸 몰랐겠지."

지난 3년과 같지 않다.

바이올렛은 윈터의 그 중얼거림을 들으며 생각했다. 이전엔 그녀의 편이 없었지만 지금은 있다. 그녀는 지금 남부에 고립되어 있지도 않았으며, 윈터도 이전엔 제 편이 아니었지만 지금은 제 편이 되어 줄 때가 있다.

그의 의견을 물어야겠다고 생각했다. 바이올렛이 테이블에 올려 둔 윈터의 손을 손으로 감싸며 물었다.

"바로 어디 가야 하나요?"

"비행선 수리를 마쳤다더군. 확인해 보려고."

"아…… 다녀오면 우리 얘기 좀 해요."

"지금 해. 나도 할 말이 있어."

윈터가 의자를 그녀 앞으로 끌어당겨 허리를 구부리고 앉았다. 바이올렛이 당황한 얼굴로 물었다.

"바쁜 거 아니에요?"

"안 바빠. 그까짓 비행선 언제 보면 어때."

"그럼……."

바이올렛이 심호흡을 했다.

"우리 이혼 말이에요."

"아, 이혼 얘기 하니까."

윈터가 때마침 잘됐다는 듯 가져온 봉투를 내밀었다.

"오늘 여기 좀 가 봐."

바이올렛이 봉투를 잡아 들어 펼쳐 보자 땅문서의 사본이었다. 거기 적힌 주소지를 본 바이올렛의 눈이 동그래졌다.

"……왕성을요?"

"나라에 귀속되는 부분을 제외하고는 전부 샀어. 앞으로 어떤 식으로 활용할지 생각해 둬. 이제 당신 것이 될 테니까. 그리고 그 뒷장."

바이올렛이 다음 장을 확인하니 헤스턴 변경백의 작위 수여식이 열릴 별장의 문서였다.

"이따가 여기로 와. 호텔 운영하는 법을 차차 배워야 하니까. 시간이 없어."

"호텔 운영하는 법이요?"

"내 재산은 높은 확률로 호텔 부동산이야. 당신이 위자료로 받을 것도 호텔 부동산이고. 당연히 배워야지. 아니면 설마 건물들을 다른 용도로 쓰려는 건 아니겠지? 팔아 버린다든지."

윈터가 인상을 썼다. 다른 건 몰라도 호텔에 대한 애정만은 가득한 그였다. 바이올렛이 문서를 다시 봉투에 넣으며 말했다.

"그럴 리가요."

"자, 이제 당신 하려던 얘기는 뭐야."

"아, 그게요."

바이올렛은 뭔가 얘기하고 싶었지만 제 손에 쥐어진 막대한 재산에 말문이 막혔다.

위자료 이야기를 나누기는 했지만, 언젠가 샤론이 말했듯이 그녀는 셈에 약한 편이었고 정확한 숫자를 상상해 본 적이 없었다.

경제관념이라는 것이 생기기도 전부터 그녀의 아버지는 라크라운드의 경제를 무너뜨리고 있었고, 그러므로 그녀는 자신의 사유 재산에 대해서는 바라지도 않을뿐더러 심지어 죄책감마저 느꼈다.

혹여 바이올렛이 사유 재산에 대해 생각이 있었다고 해도, 왕성을 소유하겠다는 규모의 생각은 하지 못했을 것이다.

바이올렛이 충격받은 표정으로 물었다.

"이게 다 위자료는 아니죠?"

"당연히 아니지. 그 이상은 당신이 변호사 대동해 싸워서 가져가."

"……아뇨, 지금 당신은 내 말을 반대로 이해했어요."

바이올렛이 어처구니없어하고 있을 때, 문밖에서 하녀의 목소리가 들렸다.

"작은 마님, 큰 마님께서 오셨습니다."

그 말에 윈터는 표정을 구기며 걸어가 문을 벌컥 열었다.

바로 앞에 서 있던 캐서린이 놀란 표정을 지었다.

"윈터?"

"잘은 모르지만 아무리 어머니여도 말없이 침실 앞까지 오는 건 무례한 거 아닙니까?"

"내 며느리 있는 곳에 찾아오는 게 무례면 좀 무례해도 된단다."

캐서린이 아들에게 종종 사용하는 특유의 애교 섞인 투로 말하고는 윈터의 뒤로 다가오는 바이올렛을 보며 말했다.

"바이올렛, 우리 이야기 좀 해야겠구나. 네가 요구한 것에 대해서."

"그러죠."

그러자 두 사람을 번갈아 보던 윈터가 의아해하며 물었다.

"내가 없어야 하는 이야기가 있어?"

"네. 둘이서만 해야 하는 이야기예요."

"위자료 얘기라도 하려는 거야?"

자신을 빼고 할 이야기라면 위자료 얘기밖에 생각나는 게 없었다.

바이올렛이 윈터의 등을 떠밀며 말했다.

"비밀이에요. 이야기 끝나면 내가 당신 있는 곳으로 갈게요. 괜찮죠?"

"별장과 가까우니 연구소로 와. 겸사겸사 구경시켜 줄 테니까. 위치는 룰루가 알아."

"그럴게요."

바이올렛이 고개를 끄덕였다.

윈터가 떠나고, 바이올렛은 캐서린을 응접실로 안내했다.

캐서린은 생각보다 아들의 집 규모가 작다고 생각했으나, 응접실 유리 벽으로 보이는 정원에 자신이 착각했음을 알았다.

5월, 이 환상적인 계절에 이곳은 앞으로 수도 사교계의 중심이 될 것이 자명했다. 누구나 이곳에 오고 싶어 할 것이고, 누구나 이곳에 왔던 것을 자랑하게 될 것이다.

유명한 디자이너들이 매달려 만든 거대한 정원은 바이올렛의 취향이 합쳐져 캐서린이 실면서 본 적 없는 아름다운 장소가 되어 있었다.

캐서린이 정원을 보며 말했다.

"이런 정원을 그냥 두는 건 아깝구나. 이혼을 하면 이 집은 더 이상 네 집이 아니지 않니. 지금 파티를 열어 두렴."

그녀의 말을 가만히 듣고 난 바이올렛이 차를 한 모금 마시고 조용히 물었다.

"생각해 볼게요. 그보다 작위에 대해서는 어떻게 하시기로 했나요?"

"난 마음이 바뀌지 않을 거란다. 우리 아들 외에 어느 누구에게도 작위를 줄 수 없어. 하지만 남편은 다르더구나. 윈터가 장남이니 충분히 물려받을 수 있다고. 하기야, 그 사람에게는 친자식이니."

"합의가 안 되셨군요."

"그래. 중대사잖니."

바이올렛이 잠시 생각에 잠겼다. 블루밍 공작 부부는 무작정 시간을 끌어 보겠다는 심산이 틀림없었다. 이혼을 하고, 재혼을 하고 나면 바이올렛의 관심이 윈터의 작위에서 슬슬 멀어질 것이라 생각하는 것이다. 바이올렛이 어두워진 얼굴로 다시 입을 열었다.

"빨리 결정해 주시지 않으면 수도 신문사에 제보할 겁니다. 두 분께서 저에게 약을 먹이신 것."

"증거도 없잖니."

"증인은 있습니다. 게다가 두 분의 사교계 행사에는 큰 문제가 생기겠죠."

그녀의 담담한 말에 잔을 쥔 캐서린의 손이 분노로 잘게 떨렸다. 그녀가 턱을 들며 물었다.

"넌 내 아들이 계속 네 편을 들 거라고 생각하니?"

"……."

바이올렛이 순간 대답을 하지 못하고 입을 다물었다. 그러자 캐서린이 미소 지으며 말을 이었다.

"네가 자꾸 작위를 고집하면, 난 내 아들을 더 이상 사랑하지 못하게 될 거야. 이제…… 가문에서 추방하는 것을 생각해 볼지도 모르겠구나."

예상하지 못한 추방이라는 말에 바이올렛의 눈이 커졌다.

"추방이라니요? 지금까지 윈터가 두 분을 위해 얼마나……."

"하지만 지금 그 애는 우리에게 아무것도 주지 않잖니. 만약 그 애가 우리에게 아무것도 해 줄 수 없다면, 우리도 그 애를 우리 아이로 여길 이유가 없지."

그녀의 말에 바이올렛은 가슴이 무너지는 기분이 들었다. 캐서린에게 있어서 윈터가 친자식이 아니라는 것은 영원히 변하지 않을 사실이었다. 윈터의 생모도 캐서린과 크게 다르지 않았다.

최소한 캐서린은 윈터에게 명문가 아들이라는 타이틀은 줄 수 있었다. 게다가 가짜일지 몰라도 윈터가 사랑이라고 느껴 온 다정함도 주었다. 그래서 윈터는 삐뚤어졌을지는 몰라도, 긍정적인 성격은 아닐지 몰라도 염세적이지는 않을 수 있었다.

"어떻게…… 그런 말을 하세요. 윈터는 두 분을 진심으로 사랑하며 헌신했는데."

"그러니까 네가 쓸데없는 욕심만 안 부리면 그 애의 믿음이 지켜지지 않겠니."

그녀의 말에 바이올렛은 역겨움이 몰려왔다. 공기가 희박해지는 기분이라, 빨리 이 자리가 끝났으면 좋겠다는 바람만이 들었다.

그런 그녀의 상태와 상관없이, 캐서린이 아까부터 신경 쓰이던 바이올렛의 봉투를 보며 물었다.

"그나저나 거기에는 뭐가 들었니?"

"……위자료라더군요."

캐서린은 그까짓 봉투에 든 돈이 얼마나 되겠냐 생각하며 코웃음 쳤다.

"내 아들이 얼마나 돈을 좋아하는지 알고 있겠지. 그 애는 순순히 너에게 위자료를 넘기지 않을 거야. 헤스턴이든 로렌스든 필요한 곳에 지불해서 이득을 내는 데 이용하겠지."

"아뇨, 윈터는 그럴 사람이 아니에요. 아들에 대해서 전혀 모르고 계시는군요."

"1년을 넘게 도망쳐 있었던 네가 내 아들에 대해서 뭘 안다는 건지 이해가 가지 않는구나."

"부인께서는 아들에 대해 평생 신경 쓰신 적이 없으니 저만큼도 모르시는 거겠지요."

이혼할 마음이니 호칭도, 말투도 거침이 없었다. 캐서린이 가슴 아프다는 듯이 그녀를 보았다. 그러자 바이올렛이 보란 듯이 봉투에서 서류를 꺼내 펼쳐 보였다.

"별장을 받았어요."

"······설마 북부 별장 말이니?"

"네."

캐서린의 낯빛이 하얘졌다.

윈터는 작년부터 디에브만 보면 죽이려 들었다. 그는 태연하게도 블루밍 가문에서 디에브를 쫓아내 외가에 살게 했는데, 경제적으로 윈터에게 완전히 의지하게 된 블루밍 가문 사람들은 그것에 대해 뭐라고 말할 수가 없었다. 심지어 윈터가 길길이 날뛰는 이유가 디에브가 제 아내에게 집적거렸기 때문이니, 블루밍 부부도 일단은 윈터의 화가 풀릴 때까지 떨어져 지내는 것이 낫다고 생각했다.

동생에게는 그렇게 모질던 윈터가 다툼도 없이 아내에게 별장부터 넘겨 버렸다는 사실은 굉장히 큰 충격이었다.

캐서린은 애써 평소의 부드러운 그녀로 돌아와 단호히 말했다.

"아무튼, 내가 양보하는 일은 없을 거다. 알아 두렴."

"네, 알겠습니다."

캐서린이 관심이 가득한 눈으로 정원 쪽을 보며 말을 이었다.

"온 김에 정원 구경을 하고 싶구나."

"그렇게 하세요."

"어디 테이블을 놓으면 좋을지 알아 놔야겠구나. 나중에 파티를 하게 되면 내가 조언해 줄게, 바이올렛."

캐서린이 생긋 웃으며 말하고 정원으로 향했다. 이혼 전부터 이곳을 제 특별한 파티의 공간으로 여기는 마음이 가득해 보였다.

그녀는 특권층에서 태어난 몇몇 아이들처럼 부와 권력이 자신을 특별히 선택한 것이라는 우월감이 있었다. 그러므로 이 저택이 가지는 부와 권력 역시 당연히 제 것이기도 하다는 태생적인 믿음을 가졌다.

나쁜 것은, 그녀가 그것들을 가지지 못하게 방해하는 세력이다. 에쉬역시 정확히 그런 사람이었으므로, 바이올렛은 캐서린이 지금 하고있는 생각들을 거의 확실하게 알 수 있었다.

바이올렛은 가슴이 미어져 빨리 윈터를 만나고 싶은 기분이 들었다. 그녀가 곧바로 젠에게 말했다.

"젠, 남편에게 다녀오고 싶은데 오늘 좀…… 신경 써서 단장해 주겠니?"

"신경 써서요? 무슨 일로요?"

"아무래도 남편 직장에 가니 신경을 쓰고 싶구나."

"아! 염려 마세요."

젠이 신나서 대답했다.

❋ ❋ ❋

비행선 연구소 소장은 스물세 번째로 완성된 유인 비행선을 가리키며 말했다.

"더 이상 목숨을 잃는 파일럿은 없게 할 겁니다. 비상 탈출 장치에총력을 기울이고 있거든요!"

"그딴 게 뭐가 중요해? 속도와 체공 시간이 중요하지."

"……파일럿의 안전도 중요하지 않습니까?"

"전혀."

대표님은 피도 눈물도 없으며 인권 따위는 안중에도 없는 사람이라고 소장은 확신했다. 그가 두려움에 떨며 말했다.

"이번에 대표님께서 저희 연구소를 인수하셨다는 소식이 돈 덕에 파일럿으로 자원한 자들이 어마어마하게 늘었습니다. 역시 돈이 최고인 세상입니다."

"내가 타지."

"……예?"

소장이 멈칫했다. 윈터가 말을 이었다.

"내가 타겠다고. 나만큼 성실하게 파일럿 훈련을 한 놈도 없잖아."

"대표님께서 성실히 파일럿 훈련을 하신 게 아니라 대표님의 신체 조건이 월등해서 다 한 방에 통과하신 것뿐입니다만."

"그거나 저거나. 내가 이렇게 태어나려고 얼마나 고생했는지 아나?"

소장은 그의 농담에도 인상만 쓰고 있다가 이해가 가지 않아 물었다.

"그래서, 진심으로 대표님께서…… 비행선에 타시겠다는 겁니까?"

"어. 진심으로 내가 타겠다는 거지."

"왜, 왭니까?"

"스릴을 느껴 보려고."

윈터가 어깨를 으쓱이고 말하더니 소장이 든 서류에서 파일럿 지원자들의 파일을 전부 뺏어 쓰레기통에 넣었다.

"비밀로 해."

"대표님!"

소장은 당황하며 그를 불렀으나 윈터는 더 이상의 설명은 해 주지 않고 그대로 소장실을 나섰다.

"비상 탈출은 무슨 비상 탈출."

그가 성질을 내고 투덜거리다가, 저도 모르게 발걸음이 이끌리는 연구소 문 앞으로 향했다. 그가 팔짱을 끼고 부산하게 그 앞을 걸어

다니며 연구소 정문 방향을 기웃거렸다.

아내가 온다고 했는데, 언제 오는지를 몰랐다.

"온다더니 왜 안 와."

차라리 온다는 말을 안 들었으면 모르겠는데, 듣고 나니 진정할 수가 없었다. 게다가 어머니와 둘이 무슨 이야기를 나눴는지도 궁금해 미칠 지경이었다.

윈터가 하염없이 주변을 배회하다 보니 멀리서 마차가 달려오는 것이 보였다. 그가 밖으로 나가 기다리니 곧 마차가 멈추고 바이올렛이 내려섰다.

윈터는 생각보다 훨씬 화려하게 꾸미고 온 바이올렛의 모습에 저도 모르게 입꼬리를 씰룩였다. 아내는 제 차림새와는 너무도 다른, 윈터의 뒤에서 기웃거리고 있는 눈 밑에 시커멓게 피로가 쌓인 연구원들을 발견하고 어쩔 줄을 몰라 하고 있었다.

윈터가 웃음을 꾹 참으며 놀리듯 물었다.

"아, 배우자 직장에 찾아올 때는 차려입고 싶다고 했나?"

"……틀렸네요, 내가."

윈터가 그녀의 중얼거림에 웃음이 터져 시원스레 폭소했다. 세수도 못 하고 밤을 새운 연구원으로 가득한 연구소에서 혼자 화려하고 반짝반짝한 모습을 하고 있으니 바이올렛의 얼굴이 금방 빨갛게 달아올랐다.

젠이 있는 대로 힘써서 꾸며 준 바이올렛은 선뜻 말이 나오지 않을 정도로 눈부셨다. 그는 바이올렛의 손에 끼워진 더워 보이는 장갑을 벗기며 말했다.

"내 눈이 즐거우니 됐어."

"당신이 날 좀 숨겨 줘야겠어요."

바이올렛의 다급한 부탁에 윈터는 아예 자리에 쪼그리고 앉아 웃기 시작했다. 바이올렛은 부끄러움에 두 손으로 얼굴을 감싸 버렸지만, 남편이 저렇게까지 웃으니 곧 그녀의 얼굴에도 즐거움이 피어올랐다.

❋ ❋ ❋

연구소는 원래 목장이던 드넓은 곳에 덩그러니 지어진 건물이었다.

옆에 다가가기 어려울 정도로 반짝반짝거리는 바이올렛이 안으로 들어서자 연구원들이 모두 슬금슬금 자리를 피해 버렸다.

바이올렛은 피해를 주는 기분이라 빨리 이곳을 나가고 싶었지만 원래 남에게 신경을 안 쓰는 윈터는 그녀를 여기저기 끌고 다니며 구경시켜 주기 바빴다.

"비행선이 궁금하면 보여 주지. 물론 그 전에 비밀 유지 각서를 써야 하지만."

"궁금하긴 하지만 다음에요. 정말 빨리 북부 별장으로 가고 싶어요."

"당신은 입고 싶은 거 입으면 돼. 누구의 눈치도 볼 필요 없는 사람이라고, 바이올렛 블루밍은."

윈터의 핀잔에 바이올렛이 한숨을 폭 쉬고 고개를 끄덕여 보였다. 그러나 손으로는 윈터의 팔을 꾹 당겼다.

"그래도 빨리 가요, 우리."

윈터가 힐끔 바이올렛을 보았다. 솔직히, 보여 줄 것도 없는데 그녀가 저렇게 당황하는 게 귀여워서 아까부터 괜히 시간을 끌고 있었다. 이곳을 몇 바퀴 더 돌며 좀 더 괴롭히고 싶었지만 눈치껏 그만두고 연구소를 나섰다.

두 사람은 곧바로 마차에 타서 비행장 가까이에 있으며, 헤스턴 변경백의 작위 수여식이 열릴 예정인 북쪽의 카닉 호텔 별장으로 향했다.

두 사람이 들어선 별장은 숲속의 맑은 호수에 넓은 간격으로 지어져 있는 열일곱 채의 레이크하우스와 그로부터 조금 거리를 두고 위치한 대강당 건물로 이루어져 있었다.

그들이 들어갈 때 잠시 인사를 한 별장 직원들은 곧 자기 자리로 돌아가 제 할 일을 시작했다. 카닉사의 매뉴얼은 윈터 기준의 불필요한 인사치레 등을 전부 버리고, 오로지 효율만을 중시했다. 바이올렛은 종종 그 사실에 감탄했다. 윈터에게 지나치게 일이 몰려 있기는 했지만 그걸 제외하면 비교적 모든 일이 논리적이고 효율적이었다.

바이올렛이 대강당 안으로 들어서며 미소를 지었다. 천장이 높고 세로로 긴 건물이었다. 높은 곳의 스테인드글라스에서 아름다운 빛이 쏟아져 엄숙한 분위기를 조성했다. 백목을 사용해 지은 건물에, 가구 하나하나에는 고급스러운 세공이 들어가 있었다.

"과연 작위 수여식에 탐낼 만한 곳이군요."

"근사하지. 적자를 보면서도 유지하는 이유가 있지."

"적자가 나요?"

"이런 큰 행사가 없으면 대강당이 비어 있으니까. 무도회를 열기에는 너무 정숙하고, 연극을 하기에는 너무 무겁지."

"그런데도 이런 곳을 만들어 둔 이유가 있나요?"

"이런 곳을 가진 사람이 나밖에 없으면 그게 희소성이고, 그 희소성이 권력이 되잖아."

희소성이라는 말에 바이올렛이 고개를 끄덕였다. 잠시 생각하던 바이올렛이 입을 열었다.

"당신은 물건에 잘 질리잖아요. 툭하면 옷이고 시계고 다 바꿔 버리는데…… 사람은 그렇지가 않네요."

"대체가 안 되니까. 세상에 가족은 하나뿐이잖아. 물론 결혼은 다시 할 수 있겠지만, 라크라운드에 왕녀님이 두 분 계시는 건 더더욱 아니고."

"아, 희소성."

바이올렛의 씁쓸한 목소리에 윈터의 눈동자에 불평불만이 더더욱 진하게 차올랐다. 그러고 보니 몸이 바뀌었을 때 젠과 하엘에게 비난을 들었었다. 흑자 전환 따위 소리를 하면 안 되는 것이었다고.

아내에게 흑자 전환이나 희소성 같은, 제 입장에선 최고로 좋은 말을 쓰면 바이올렛의 화만 돋우는 모양이었다. 매우 이상한 사실이었지만 받아들여야 했다. 윈터는 아내가 화를 내기를 원하지 않았다. 그녀를 더 이상 슬프게 만들고 싶지도 않았다. 희소성에 대한 이야기도 그녀를 기분 좋게 만들지는 않을 것이다.

윈터가 짜증과 불만으로 가득한 눈으로 저를 바라보자 바이올렛이 난처하게 물었다.

"왜 당신이 그런 표정이에요? 이 상황에서 기분이 나쁜 건 나여야죠."

역시나 기분이 나쁜 건 자신이란다. 윈터가 납득이 가지 않는 표정으로 물었다.

"왜 기분이 나빠? 난 내가 희소성이 있다면 기쁘겠는데."

"그렇군요."

바이올렛이 고개를 끄덕이더니 윈터를 가만히 바라보며 말했다.

"어쨌든 이 대륙에 당신 정도의 부자는 몇 명 더 있을 테니, 그렇군요. 당신은 나에게 희소성이 떨어지네요."

"일단, 없어. 그런 부자."

"그런가요?"

바이올렛이 고개를 갸우뚱하며 윈터를 바라보더니 말을 이었다.

"오만하군요."

"아니. 논리적으로, 수학적으로 없다니까."

"그렇다고 해요. 그래도 문제가 있죠."

"무슨 문제?"

바이올렛이 반듯한 얼굴로 말했다.

"내가 바라는 건 희소성이 아니라는 거죠."

"바라는 게 뭔데."

"글쎄요……."

"혹시 건강한 남자를 원한다면 나만큼 건강한 놈도 별로 없지."

"날 사랑에 푹 빠지게 할 남자가 좋겠어요. 당신 같지만 당신이 아닌 남자."

그러자 윈터가 코웃음을 치며 눈을 감고 중얼거렸다.

"세상에 나 같은 남자는 나밖에 없어."

"무슨 의미예요. 뽐내는 건가요?"

"부정적인 것까지 전부 합쳐서, 나 같은 남자가 어디에 그렇게 많겠어."

"부정적인 것까지라뇨?"

"몸이 바뀌었을 때 하옐과 젠이 그러더군. 어떻게 흑자 전환 따위를 말할 수 있냐고. 그 녀석들 다 재활용도 안 되는 쓰레기라도 본 눈빛이었다고. 난 그게 그렇게 쓰레기 같은 말이라고 생각하지 않아."

"……."

"그렇잖아. 다른 모든 물건처럼, 인간도 높은 가치가 매겨지는 게 좋은 거잖아. 난 당신에게 높은 가치를 매긴 거야. 나에게 필요하다고 판단한 거라고. 그게 왜 나쁘지?"

"아, 당신은 정말……."

그는 스스로도, 자신이 가치가 떨어지면 쓸모없어진다는 생각을 하고 있는 것이 분명했다.

당신은 좀 더 사랑받고 자랐어야 했다는 말을, 바이올렛은 바로 할 수 없었다. 이 말은 윈터에게 커다란 상처를 줄 것이 분명했다. 그는 자신이 부모로부터 받은 사랑에 충분히 만족하는 남자였으니까. 캐서린의 말대로 그는 크게 상처받을 것이다.

그녀가 고개를 들고 물었다.

"차기 블루밍 공작에 대해서 어떻게 생각하죠?"

"뭘 어떻게 생각해?"

"당신이 블루밍 가문 장남이잖아요."

윈터가 무슨 헛소리냐는 듯 코웃음 쳤다.

"무슨 말도 안 되는 소리야. 작위는 당연히 적자가 받아야지."

윈터의 확답에 바이올렛이 저도 모르게 그의 손을 감싸 쥐며 말했다.

"서자가 작위를 받은 경우도 얼마든지 있어요."

"그 서자들 중 이방인의 피가 섞인 놈은 없겠지."

"이방인 중에 당신만큼 성공해서 가문의 명줄을 쥐고 있는 사람도 없었죠."

"그거 마음에 드는 표현이군."

윈터가 픽 웃으며 말했다. 바이올렛이 제 말을 진지하게 들으라는 듯 힘 있는 눈동자로 윈터를 바라보았다.

"당신은 권력을 비랐잖아요."

"그러면 안 된다는 교훈을 얻었지. 충분히."

"……그건 미안해요."

"당신 탓하는 거 아니야."

"작위를 물려받는 것도 욕심낼 수 있다고 생각해요."

"난 시간 낭비라고 생각하는데. 게다가 이미 부모님과 사이도 틀어졌잖아."

"얼굴 한 번 본 적 없는 나와 결혼할 정도로 작위를 원했잖아요."

"그야 지금도 바라긴 하지."

윈터가 낮게 한숨을 쉬고 말을 이었다.

"부모님이 내게 잘해 줘도 이방인은 이방인이야. 서자기도 하고. 그건 내 자리가 아니야."

그의 말에 바이올렛의 손에 힘이 들어갔다.

캐서린은 오늘, 윈터가 부모에게 가진 사랑을 두고 자신을 협박했다. 미칠 것 같았다. 그와의 3년 동안 그의 무심함에 절망했는데, 어쩌면 그는 애초부터 그 이상의 감정 같은 건 가지지 못한 사람이었을지 모른다.

바이올렛은 이 말을 해야만 한다고 생각했다. 그가 영원히 거짓된 사랑에 속고 있게만 할 수는 없었다. 저 또한 제 어머니가 자신에게

준 사랑에 잠겨서 에쉬가 바라는 것을 위해서라면 얼마든지 자신이
희생해야 한다고 생각하지 않았나.

바이올렛이 윈터를 화나게 할 각오를 하고 물었다.

"잘해 줬다는 게…… 굶기지 않고, 때리지 않고, 안전하게 재워 줬
다는 뜻이죠?"

"그게 뭐."

"당신의 부모님은 당신이 집을 나가면 찾지 않았잖아요."

바이올렛의 말에 담긴 뜻을 파악했는지, 윈터의 표정이 서서히 구
겨졌다.

"그게 뭐. 세상 모든 사람들이 당신처럼 남들이 어디에서 뭐 하고
있나 궁금해하진 않아."

"아뇨. 대부분의 사람들은 자기 가족이 어디 있는지 궁금해해요."

"그럼 난 내 부모와 가족이 아니란 뜻인가?"

"그런 뜻은 아니지만……."

"아니면 뭔데."

윈터가 표정을 구기며 추궁했다.

그러자 잠시 생각하며 숨을 고른 바이올렛이 단호하게 말했다.

"나는 당신이 두 분에게서 충분한 사랑을 받지 못했다고 생각해요."

"어떻게 친자식만큼 사랑해?"

"……."

"……뭐야, 그 표정은."

"당신이 나에게 물었던 적이 있잖아요. 당신이 돈이 없었어도 당신
과 결혼했겠느냐고. 당신 부모님은……."

그녀의 말이 끝나기도 전에 윈터가 바이올렛의 손에서 손을 **빼냈다.**

남편이 멀어지는 이 감각은 오랜만이었다. 바이올렛은 남편이 요즘 자신에게 많은 시간을 할애했구나, 하는 생각을 했다.

그래서 더욱 간절했다. 그가 좀 더 많은 사랑을 갈구하기를 바랐다.

윈터가 치미는 화를 주체하지 못하고 돌아섰다가 다시 바이올렛을 돌아보며 말했다.

"니에게 그따위 이야기를 하는 이유가 뭐야? 왜 당신이 내가 돈이 없었어도 내 부모가 날 받아 줬겠냐는 얘기를 해?"

"윈터……."

"꺼져, 당장."

"……."

윈터는 누구에게나 닥치라든지, 꺼지라는 말을 서슴없이 내뱉었지만 바이올렛에게만은 예외였다. 바이올렛은 지금 윈터가 얼마나 이성을 잃을 정도로 화가 나 있는지를 알았다. 다른 사람이었다면 예전에 두들겨 맞았으리라.

바이올렛이 문으로 걸음을 옮겼다. 멀리서 윈터가 입을 열었다.

"내 악몽. 뭐냐고 물었지? 당신이 죽는 거야, 그 꿈."

그 말에 바이올렛이 황급히 윈터를 돌아보았다. 그는 제가 버려졌음을 깨달은 아이 같은 얼굴을 하고 있었다.

"당신은 모르지? 그 순간이 어떤지. 내 눈앞에서 당신이 죽었어. 총알이 그대로 머리에 박혀서 피가 흘렀다고. 내가 보고 있는데. 내가 바로 앞에서 보고 있는데!"

그의 고통으로 가득한 음성에 바이올렛은 몸에서 힘이 풀려 주저앉았다.

"누군지 모르는 인간도, 내 앞에서 그렇게 죽었으면 잊기 힘들걸.

그런데 다른 누구도 아니고 당신이, 당신이 내가 보는 앞에서 죽었어. 그 순간은 영원히 내 꿈에서 반복될 거야. 망할, 당신이 내 전 재산을 수백 번 날려도, 내 부모가 나를 수천 번 버려도 그 순간만큼 끔찍하지는 않아."

"……."

"내 단잠도, 이제는 내 부모에 대한 믿음도 가져가는군. 아주 대단해. 이제 할 만큼 했으면 나 좀 그만 괴롭혀. 지옥에 온 것 같으니까."

윈터가 걸음을 옮기더니 그녀를 지나쳐 문으로 향했다. 바이올렛이 그에게 손을 뻗으며 말했다.

"함부로 말해서 미안해요. 내 멋대로 말한 거예요. 그럴 리가요. 당신은 사랑받고 자랐어요. 정말…… 미안해요. 정말……."

윈터가 나가고 쾅 소리와 함께 문이 닫혔다.

그 소리에 바이올렛은 몸을 움츠렸다가, 멍한 얼굴로 몇 번이고 미안하다는 말을 반복했다.

＊ ❋ ＊

아무리 노크를 해도 대답이 없어 하엘이 윈터의 집무실 문을 열었다. 오른쪽 벽을 보니 윈터가 기대앉아 있었다.

"어떻게 작은 마님을 별장에 두고 오실 수가 있습니까?"

그제야 윈터가 허탈하게 한숨을 쉬더니 하엘 쪽으로 고개를 들고 물었다.

"집에 데려다줬지?"

"네. 그나저나 엄청 슬퍼 보이셨어요."

"아, 젠장."

윈터가 고개를 바로 하고 벽에 뒤통수를 기댔다. 하옐이 걱정스레 물었다.

"싸우셨습니까? 어차피 이제 곧인데 좋게 헤어지시지……."

"그 망할 공주님이, 내 부모님이 날 충분히 사랑하지 않는다잖아. 자기가 뭘 안다고."

"……."

하옐이 바로 대답 없이 눈을 데굴데굴 굴리자, 윈터가 신경질적으로 말했다.

"넌 원래 부모에 대해 불신이 있으니까 도움이 안 돼."

"객관적으로 사랑받고 자란 놈들 불러올까요?"

"그런 놈들을 왜 불러. 뭐야, 네놈도 바이올렛과 똑같은 생각을 하는 건가?"

"예? 아, 아닌데요!"

하옐이 기겁해서 부정했다.

그러나 이미 늦었는지 윈터의 표정이 있는 대로 일그러지기 시작했다. 그가 뭔가 던지고 싶은지 주변을 더듬거리다 아무것도 못 찾고 결국 바지 주머니에서 담배를 찾아 집어 던졌다. 하옐이 쏙 그것을 피하고 바닥에 떨어진 담배를 주워 윈터의 옆에 가져다 두었다.

윈터가 버럭 소리를 쳤다.

"네놈도 그렇게 생각했으면 왜 말을 안 해!"

"말을 했으면…… 대표님께서 무슨 반응을 보였을 것 같으세요? 대표님은 작은 마님께 약하신 편인데도 작은 마님께 그렇게 무섭게 화내셨잖아요. 작은 마님은 뭐 쉽게 말씀하셨겠어요? 대표님 상처받을까 봐 그 말을 3년 내내 못 하신 분이세요. 애초에 이 이야기가 왜 나온 겁니까? 편하게 이혼하시고 위자료로 행복하게 사시면 될걸."

"나더러 작위에 욕심을 내라잖아."

"그렇군요. 이글린도 조만간 작은 마님께서 그 말씀을 하실 거라고 하더군요. 이런 식일 줄은 몰랐지만."

"……."

"대표님께서 작위를 원하셨으니까, 블루밍 공작 가문을 이었으면 하는데 대표님께서 가족이라고 생각하고 욕심을 안 내고 계속 호구처럼 뺏기기만 하니까 용기 내서 말씀하신 거잖아요."

하옐이 용기 내서 작은 마님 편을 들고 문을 닫아 버렸다. 예상대로 안에서 물건 집어 던지고 깨지는 소리가 들렸다.

"젠장. 젠장, 젠장!"

그러더니 이어서 하옐이 구걸하며 자랐던 길거리에서도 못 들어 본 온갖 욕설이 쏟아졌다. 하옐이 치를 떨며 작게 중얼거렸다.

"으, 저 성격 파탄자."

그가 두 손으로 귀를 틀어막았다.

잠시 후, 문 안에서 명령이 들려왔다.

"변호사 불러와!"

"예? 아, 예!"

하옐이 토 달지 않고 재빨리 달려갔다.

원터는 그날 이후부터 한동안 집에 돌아오지 않았다. 이대로 얼굴

한 번 못 보고 있다가 20일에 만나 이혼 서류에 도장을 찍게 될 수도 있었다.

바이올렛은 윈터에게 함부로 말해 상처를 줬다는 죄책감에서 벗어날 수가 없었다.

캐서린의 말대로 그냥 그들은 돈을 얻고, 윈터는 부모의 사랑을 얻으며 지내는 것이 맞았을지도 모른다. 윈터는 지금까지 블루밍 공작 부부에게 받는 사랑에 만족해 왔었다. 그런데 제가 뭐라고 감히 그에게 그 사랑이 가짜였다고 말했던 걸까.

작위를 주고 싶다는 것도 결국 제 욕심이었다. 제가 남편에게 빚을 진 느낌이었으니까, 그걸 해소하기 위해 작위를 넘겨받으려 들었던 건 아닐까.

결국은 제가 먼저 찾아가 봐야겠다 싶어 연구소에 가 보았지만 운 나쁘게도 남편과 엇갈렸다. 제가 온다는 이야기를 들었을 텐데, 그가 자리를 피해 버린 것일지도 몰랐다.

다행히 그곳에서 일하고 있는 핌이 달려와 바이올렛을 맞아 주었다. 연구소 주변을 산책하며 핌이 말했다.

"확실히 요즘 대표님 안색이 영 안 좋으시더라고요. 안색만 안 좋은가요? 누가 말 걸어도 대답도 안 해 주시고."

바이올렛이 힘없이 고개를 끄덕였다. 핌이 그녀의 등을 토닥토닥거리며 분위기를 바꾸려 즐거운 목소리로 말했다.

"그보다 조만간 유인 비행선 실험을 한다더라고요. 소장이 완성했다고 신나서 자랑하던데."

"그랬소? 파일럿들이 목숨을 잃었는데도 탈 사람이 있었소?"

"있다마다요. 심지어 이번엔 도전자들이 엄청 많았다더라고요. 아무래도 연구비가 기하급수적으로 늘었잖아요. 비상 탈출 장치 같은 걸 강화했다나……? 혹시 어떻게 되더라도 대표님이 챙겨 주실 테니까."

"아무리 그래도…… 이제 정해지긴 했소?"

"정해졌나 본데, 보안 때문인지 아무한테도 알려 주지 않더라고요."

"아."

이상하게도 바이올렛은 어떤 사람이 유인 비행선에 타려 하는지 무척이나 알고 싶어졌다. 어떤 마음으로 그 위험한 길에 오르는 걸까. 가족에게 돌아갈 돈을 생각하면 죽어도 별수 없다는 마음인가. 아니면 최초의 유인 비행선 탑승자가 되고 싶은 마음일까…….

＊ ❄ ＊

19일 아침, 바이올렛은 이혼 서류를 물끄러미 내려다보았다.

비가 오려는지 7시가 가까워지는데도 세상이 어두컴컴했다. 며칠 동안 식사도, 잠도 제대로 취하지 못하던 바이올렛은 정신을 차리기 위해 정원으로 나갔다. 막막하고 답답한 마음에 걸음을 옮기는데 멀리서 룰루가 우산을 들고 정신없이 달려왔다.

"작은 마님! 비 올 것 같으니 우산 들고 가셔요!"

"아, 고맙네."

바이올렛이 미소를 지으며 우산을 받아 들었다. 집에 있던 카닉사의 로고가 그려진 우산이었다. 이게 좋아 보여서 기웃거렸더니 윈터가 별것 아닌 것도 가지고 싶어 한다며 여러 개를 가져다 놓았다.

바이올렛이 우산을 팔에 걸자 룰루가 물었다.

"산책 같이 해 드릴까요? 고민이 많으신 것 같은데."

"아무래도 내일이 이혼장을 쓰기로 한 날이라……. 같이 걸어 주면 고맙지."

바이올렛이 허락할 줄 알았는지, 몇 걸음 뒤에서 따라온 투린이 제 아내에게도 얼른 우산을 건네주며 말했다.

"작은 마님, 아침 식사 거하게 준비할 테니 꼭 식사하셔야 합니다! 요즘 하도 식사를 거르셔서 미음이 안 좋습니다."

"고맙네. 한 바퀴 돌고 오면 배가 고파질 테니 꼭 식사를 해야지."

바이올렛의 대답에 투린이 신나하자 룰루가 유쾌하게 말했다.

"아이고, 우리 남편 이렇게 직업 만족도가 높으니 얼마나 좋아요."

"그러게 말이네."

그러자 투린이 기다렸다는 듯이 말했다.

"네! 키론에서 보셨잖습니까. 그렇게 음식을 준비했는데, 그 망할 해산물 플래터만 시킨다고요!"

골백번 들은 그 말에 룰루가 지긋지긋하다는 듯 말했다.

"사람들이 바닷가 휴양지 호텔을 갈 때 기대하는 게 해산물이니까!"

"그, 그렇지만 내 손이 하나도 닿지 않잖소! 해산물 플래터는 호텔 아니어도 얼마든지 먹을 수 있고!"

투린이 절대 호텔로 돌아가기 싫다는 듯 이야기하다가 아침 식사를 준비하러 떠났다.

소란에서 벗어난 두 사람은 다시 꽃이 흐드러진 정원을 천천히 걸었다. 바이올렛이 아쉬운 얼굴로 말했다.

"비가 오면 꽃이 많이 떨어지겠네……."

"아휴, 요즘 정말 예뻤는데. 그렇죠?"

바이올렛이 흐릿한 미소를 지으며 고개를 끄덕였다. 룰루가 물었다.

"많이 심란하세요?"

"아무래도 편하지는 않지. 게다가⋯⋯ 재혼을 피하려면 일단은 멀리 떠나야 할 것 같기도 해서."

"떠, 떠나시다니요? 이혼 후에도 여기 계시는 거 아니었어요?"

룰루가 눈이 커져서 묻자 바이올렛이 난감해하며 대답했다.

"재혼을 피할 방법이 그것밖에 없는 것 같아서."

"안 돼요! 또 가긴 어딜 가신다고 그래요. 이번에 또 떠나시면 대표님 정말 죽어요!"

"죽다니. 그런 말 말게. 애초에 남편이 도망칠 곳도 마련해 보겠다고⋯⋯."

"대표님 성격 몰라서 그러세요? 원래 예쁜 말도 못되게 하는 분이 잖아요. 예전에 작은 마님 떠나신 후에 대표님⋯⋯."

룰루가 다시 떠올리니 올컥해서 말을 잇지 못했다. 바이올렛이 걱정스레 다독거리자 룰루가 말을 이었다.

"작은 마님 떠나시던 날 그 튼튼한 분이 길에 쓰러지셨어요."

"⋯⋯쓰러지다니?"

바이올렛이 자리에 멈춰 섰다. 룰루가 여태 그녀가 몰랐다는 것이 놀랍다는 듯 눈이 동그래져서 말을 이었다.

"작은 마님 떠나신 후에요, 넋이 나가서는 맨발로 기차역까지 가려 하시더라고요. 역에서 작은 마님이 떠나신 걸 알고는⋯⋯."

"⋯⋯."

"하루를 꼬박 기절해 계시다가 일어나셨어요. 그러고도 작은 마님이 혹시나 돌아오실까, 계속 이 집에서 기다리셨나 봐요. 작은 마님 보여 드리려고 정원도 이렇게 크게 지어 놨는데 그걸 못 보여 드렸으니 얼마나 속상했겠어요."

바이올렛이 저도 모르게 정원 먼 곳으로 시선을 옮겼다. 윈터는 정원 따위에 관심이 없다. 이 넓은 정원은 온전히 그녀를 위한 것이었을 것이다.

"그 순간은 영원히 내 꿈에서 반복될 거야. 망할. 당신이 내 전 재산을 수백 번 날려도, 내 부모가 나를 수천 번 버려도 그 순간만큼 끔찍하지는 않아."

그렇게 말하던 순간의 윈터의 얼굴을 떠올리니 눈물이 날 것 같았다. 바이올렛이 심호흡을 하고 마음먹었다는 듯 단호한 목소리를 냈다.

"아침 식사를 든든하게 해야겠네. 식사하고 남편을 보고 와야겠어."

"화해하시려고요?"

"노력해 보려고."

"잘 생각하셨어요! 그리고…… 떠나시면 안 돼요. 내가 아주 저택 사람들한테 다 말할 거예요. 다들 작은 마님 못 가게 붙잡을걸요."

"찾아보겠네. 떠나지 않을 방법. 그래서 남편과 이야기해 보려고."

"저, 정말이세요?"

바이올렛이 고개를 끄덕였다.

저택으로 돌아와 투린이 유난히 신경 써서 준비한 아침 식사를 했다. 요즘 바이올렛이 축 늘어져 있는 것이 걱정스러웠던 터라 온갖 진귀한 과일을 가져다가 식사를 꾸민 상태였다.

바이올렛은 발코니에서 천천히 식사를 하며, 비가 온 뒤에 확 달라져 버릴 봄의 정원을 눈에 담았다.

바이올렛이 별다른 말을 안 했는데도 젠은 있는 힘껏 그녀를 꾸며 주었다. 그러면서도 지난번의 실수를 양분 삼아 너무 신경 쓰지는 않은 듯한 분위기를 내는 것에 집중했다. 특히 그녀의 보드라운 머리칼을 화관처럼 땋아서 은줄과 보석으로 꼼꼼하게 장식한 재주가 기가 막혔다.

그 뒤, 봄꽃 같은 연분홍색 하늘거리는 외출용 드레스에 흰색 레이스로 된 볼레로를 걸쳤다. 거기에 드레스 색과 비슷한 슬링 백 구두까지 신고 나니 봄나들이라도 나가는 듯한 분위기가 물씬 풍겼다.

바이올렛의 예상 출발 시간보다 한참 늦어진 후에야 만족하고 손을 뗀 젠이 심오한 표정으로 물었다.

"저는 그럭저럭 만족하는데, 어떠세요? 시간이 좀 부족했지만."

"시, 시간이 부족했니?"

"그럼요!"

지난번 연구소 방문에는 네 시간 반이 걸렸으니 그것과 비교하면 순식간이긴 했다. 바이올렛은 가끔 젠이 자신을 제 인형으로 생각하는 것 같다는 생각을 멈출 수 없었다. 젠은 시간만 허락한다면 하루 꼬박도 바이올렛을 꾸미고 있을 것 같았다.

바이올렛이 무조건 잘했다고 칭찬해야 한다는 압박을 느끼며 거울을 보고는 진심으로 미소를 지었다.

"어머나, 머리를 어쩜 이렇게 예쁘게 했니? 옷과 구두도 정말 잘 골랐구나."

"저도 마음에 들어요."

바이올렛이 고개를 끄덕이며 카닉사의 우산을 들자, 젠이 얼른 달려가서 정열적인 느낌이 드는 레이스가 있는 빨간색 우산을 가져왔다.

"오늘만 이걸로 드세요."

"빗속에서도 눈에 띄겠구나."

"작은 마님은 밤에 봐도 눈에 띄어요."

젠이 그리 말하고는 뽐내고 싶어 안달을 하며 복도에 사람만 지나가면 제 작은 마님을 보라고 인기척을 냈다. 그리고 다들 감탄하는 것을 우쭐해서 즐겼다.

어려운 이야기를 하려는 거였는데, 산뜻하게 꾸미고 나니 바이올렛의 마음이 한결 가벼워졌다.

그녀의 마음은 확고했다. 제 가여운 첫사랑에게 알려 줄 생각이었다.

그녀가 그의 단잠과 부모에 대한 믿음을 가져갔다고 했다. 그러니 그는 지금 그녀를 꼴도 보기 싫어할지도 모른다.

그래도 바이올렛은 원래 성실한 사람이었고, 눈앞에 닥친 일에서 도망치는 것을 즐기지 않는 사람이었다. 그녀는 지금 이 일을 해결하기 위해, 자신이 최선이라고 믿는 방법을 남편에게 제안할 생각이었다.

✳ ❄ ✳

윈터는 요 며칠, 죽을 의지와 힘조차 나지 않아 집무실 의자에만 줄곧 앉아 있었다.

여태까지 자신이 가족이라고 믿었던 이들과의 관계와 어린 시절에 당한 착취가 남들 눈에는 전혀 다르게 느껴지지 않았던 모양이다. 그 사실이 어처구니없고, 끔찍했다.

적당히 먹이고 재워 주면 그게 사랑이라고 생각했다. 그게 아니라면 지금껏 자신은 사랑을 받은 적도, 준 적도 없다는 뜻이 되지 않나.

변호사와 유언장을 새로 적고 난 뒤, 자리에서 일어선 변호사가 걱정스럽게 말했다.

"아무리 그러셔도 블루밍 공작 부부 전하 두 분이 사용하시고 있는 영지까지 왕녀 전하 앞으로 돌리시는 건…… 두 분을 크게 자극하는 행동 같은데요."

"그래서 뭐. 내가 한 푼도 주기 싫다는데."

윈터가 안락의자를 완전히 뒤로 젖혔다.

그가 욕설을 퍼부으며 유언장 수정을 하고 있을 때, 집무실 문이 벌컥 열렸다. 윈터의 아버지 제임스 블루밍이었다.

그가 윈터를 찾아올 때는 늘 다른 누군가와 함께였다. 친구가 사업을 시작하려 하니 좀 도와줄 수 있냐는 것이었다. 콩깍지가 벗겨지고 나니, 윈터의 눈에도 그 사실이 보이기 시작했다.

윈터가 변호사에게 나가라고 턱짓하자 그가 빠르게 서류들을 정리해 가방에 넣고 그곳을 나갔다.

제임스가 달래듯이 말했다.

"유언장을 수정하고 있다더구나."

"여기에 아버지 귀가 있나 보군요."

"아들아."

제임스가 변호사가 앉았던 자리에 앉으며 다정히 말했다.

"네 어머니는 어떨지 몰라도, 나에게는 네가 친아들이다."

"어머니에겐 왜 아닙니까?"

"물론 네 어머니도 널 사랑하지만, 가문을 물려주는 것은 그래, 솔직히 꺼려 하는 부분이 있다."

딱히 바란 적도 없었는데, 그걸로 저렇게 전전긍긍했나 싶었다.

아니면 혹시 아내가 부탁했었나?

윈터의 미간이 좁아지는 사이, 제임스가 심호흡을 크게 하고 말했다.

"그러니 나와 함께 한번 네 어머니를 설득해 보자, 윈터."

윈터는 제 의심을 확인하기 위해 사업하면서 자주 사용하던 방법을 쓰기로 했다.

"……어쩐지 며칠 전에도 어머니가 아내와 작위 문제로 싸운 것 같더군요."

불확실한 사실을 아는 척 일단 던지는 것이었다.

제임스가 고개를 끄덕였다.

"그랬다더구나. 아내가 홧김에 모진 말을……."

"그래도 그런 말을 하시면 안 되죠."

윈터는 다툼이 있었던 것도 몰랐으면서 어르듯이 말했다. 그러자 제임스가 사색이 되어 물었다.

"서, 설마…… 바이올렛이 너에게 그 이야기까지 해 버린 게냐?"

"예. 아내는 원래 저에게 무엇이든 바로 말합니다."

"할 말 못 할 말이 따로 있지!"

무슨 말을 했는데 아버지가 저렇게까지 두려워하는 표정을 짓는 건가. 윈터는 어머니와 바이올렛 사이에서 오갔을 이야기를 추측해 보았다. 바이올렛은 그에게서 도망치던 순간까지도 그의 부모에 대해 모진 말을 하지 못했다. 그런 그녀가 이제 와서, 이혼 직전에 와서 자신에게 그런 꺼내기 어려운 말을 했던 이유가 무엇인가.

윈터가 한참 생각하다가, 열두 살의 소년을 가장 불안하게 했던 말을 꺼냈다.

"블루밍 가문에서 저를……."

그가 말끝을 흐리기만 했는데도, 제임스가 펄쩍 뛰며 오히려 성질을 냈다.

"아주 널 네 어머니와 갈라놓으려고 작정을 한 게구나! 윈터, 그건 정말 말도 안 되는 소리다. 넌 내 친아들이야. 어떻게 널 가문에서 쫓아내겠니? 물론 네 어머니의 가문에서 주장할 수도 있겠지만 아무 효력도 없을 거다."

정말로 그런 이야기가 오갔던 것이다. 윈터는 그제야 아내가 왜 자신에게 그렇게 못된 이야기를 했는지 이해했다.

그가 돈을 벌고, 그의 가족은 그를 가족으로 여기는, 그가 좋아하던 이 메커니즘을 둘러싸고 있던 가짜로 만든 가족애를 깨트리려 든 이유가 뭐였는지.

온 사방으로 인연의 실이 있다고 생각했는데, 그 실들을 전부 당겨 보니 그 끝에는 아무것도 없었다. 저 혼자 실을 끌고 앞장서는 사이, 부모라고 믿던 사람들은 그가 떨어뜨리는 조각을 주워 가며 살았다. 그가 부서지고 있는 것에는 아무런 관심도 없었다.

그 조각을 주워 모아 돌려주려 했던 바이올렛은 그의 손으로 내쳤고, 이제 그녀는 그 조각에 관심조차 없었다.

자신의 인생은 정말이지, 고려의 여지 없는 대실패였다.

〈당신의 이해를 돕기 위하여〉 3권에서 계속